D1754801

Karin Lindemann
Sie verschwanden im erleuchteten Torbogen

W

Karin Lindemann

Sie verschwanden im erleuchteten Torbogen

Roman

Walter-Verlag Olten und Freiburg im Breisgau

1. Auflage 1982
Alle Rechte vorbehalten
© 1982 by Walter-Verlag AG, Olten
Gesamtherstellung in den grafischen Betrieben
des Walter-Verlags
Printed in Switzerland

ISBN 3-530-52680-0

Für מָיִם

Zwielicht

Dämmrung will die Flügel spreiten,
Schaurig rühren sich die Bäume,
Wolken ziehn wie schwere Träume –
Was will dieses Graun bedeuten?

Hast ein Reh du lieb vor andern,
Laß es nicht alleine grasen,
Jäger ziehn im Wald und blasen,
Stimmen hin und wieder wandern.

Hast du einen Freund hinieden,
Trau ihm nicht zu dieser Stunde,
Freundlich wohl mit Aug und Munde,
Sinnt er Krieg im tückschen Frieden.

Was heut müde gehet unter,
Hebt sich morgen neugeboren,
Manches bleibt in Nacht verloren –
Hüte dich, bleib wach und munter!

Joseph Freiherr von Eichendorff

Ich bin unterwegs. Im Zug schlafe ich sonst niemals ein. Als ich wieder zu mir komme, sind mir weiße Blätter von den Knien geglitten. Irgendwo auf dem Boden liegt auch mein Satz: Sie verschwanden im erleuchteten Torbogen und winkten mir zu.
Komm.
Geh.

Vom Rascheln des Papiers bin ich erwacht, kann mich nicht rühren. Im Zug hat sich zu viel verändert. Ich sitze inmitten einer sonderbaren Reisegesellschaft, bin sicher, soeben haben die Leute noch dahingeplaudert. Jetzt sind sie still. Zwischen unauffälligen Reisenden sehe ich schwarzgekleidete Gestalten. Von hier sind sie nicht. Doch, dieser neben mir, er hat sonst mit mir auf einem Stein gesessen, und *dahte bein mit beine dar ûf satzt er den ellenbogen und hete in sîne hant gesmogen daz kinne und ein sîn wange.*
Dort drüben sitzt einer mit geschlossenen Augen, vor ihm kniet eine Frau in großer Ruhe. Hinter ihr steht ein Mann, er ist sehr bewegt, kommt aber nur auf ein paar Schritte heran. Draußen vor dem Abteil sehe ich einen gegen das Fenster gelehnt, er wirft Zuckererbsen in einen Aschenbecher. Manche fallen daneben, und wenn er sich bückt, sie aufzuheben, sehe ich unter dem schwarzen Paletot seinen blauen Frack und die gelbe Weste.
Endlich wage ich es, an mir selbst hinunterzusehen. Ich trage einen fremden Mantel. Königsblau.
Mir gegenüber sitzt eine Dame. Unter dem breitrandigen schwarzen Hut kann ich das verschleierte Gesicht nicht erkennen. Der schwarze Mantel reicht bis auf die Knöchel. Brüsseler Spitze. Am Hals hält ein Onyx den Mantel zusammen. So reist doch kein Mensch.
Sind Sie sicher? lächelt die Dame, sitzt mir so nachbarlich gegenüber. Ich antworte nicht, nutze mein Mißgeschick,

sammle meine Blätter vom Boden auf und bleibe länger als nötig über die Papiere gebückt, um der Dame eine Chance zu geben, zu verschwinden oder nicht dagewesen zu sein.
Bitte, sagt sie freundlich, sitzt unleugbar da und reicht mir das Blatt mit meinem Satz:
Sie verschwanden im erleuchteten Torbogen und winkten mir zu.
Sind Sie sicher? fragt die Dame, als ließe ich Lebensart vermissen oder erläge einem höchst bedauerlichen Irrtum.
Mein Satz, sage ich, könnte mein erster oder mein letzter sein. Er ist versetzbar, eine Mutfrage.
Jedes Tier braucht zwei Ausgänge, lächelt mein Gegenüber unter dem Schleier, zieht eine silberne Zigarettenspitze aus der Manteltasche, macht Feuer mit einem purpurnen Feuerzeug, raucht. Es befremdet mich sehr, beruhigt mich aber auch, daß sie raucht.
Es hätte mich verlangt, dich zu sehen –
Die Dame fragt mich leise: Sie halten sich an das, was Sie gesehen haben, an Tatsachen? Sie muß lachen über das Wort.
Ich bleibe bei den Splittern unter der Haut.
Sehen Sie mich an, sagt sie, hält meine Bedenken wohl für sehr töricht.
Ich halte Tatsachen stand und setze eine Geschichte dagegen, damit sich zeigt, was ich sehe.
Ich stelle anheim. Finden und Erfinden gleichen sich wie Tun und Erleiden. Noch immer.
Sie sieht vor sich hin.
Ich schreibe meinen Satz noch einmal und halte ihn ihr hin.
Es ist eine Wette, sagt sie nach einer Weile.
Ich wette nie.
Schade, Wetten verändert sehr. Was hat Sie am meisten verändert?

Ich finde die Dame sehr unverschämt, höre mich aber schon antworten: ein Schweigen.
Sie raucht, wartet, sagt nichts.
Ein Leben mit Kindern, schlage ich vor.
Sie haben nur drei Antworten, sagt die Dame, eine Lüge steht Ihnen noch frei.
Ein Verlust, sage ich.
Nur einer?
Ja, ich habe eine Wette verloren. Natürlich.
Ah, sagt sie, und schlägt den Schleier zurück. Im Gegenlicht kann ich ihr Gesicht gleichwohl nicht deutlich sehen. Brauen, geschwungen wie Flügel, über Mandelaugen. Grün. Der Mund bleibt verdeckt von schmalen Fingern. Ich sehe einen Onyxstein auch an der Hand.
Sie suchen, sagt sie, und sieht durch mich hindurch, Sie suchen nach um Entlassung aus einem Heimweh.
Ich spiele, *it makes me realize the truth.*
It blesses you. Es wird Zeit, daß Sie sich aufmachen, Sie werden erwartet.
Hier?
Hier wird niemand erwartet –
Ich stehe auf und gehe im Zug hin und her. In allen Abteilen haben sich schwarzgekleidete Gestalten unter die Reisenden gemischt. Die meisten wirken gelöst. Einige spielen Domino, stumm, aber heiter. Eine Frau sitzt dabei, ein roter Cardinal singt auf ihrer Schulter. Zwei andere Schwarzvermummte streiten erbittert in einer Sprache, die ich kenne. Schierling, ruft der eine. Nein, Schafgarbe, natürlich Schafgarbe, der andere. Die Nachbarn lachen. *Diesseitig bin ich gar nicht faßbar,* singt ein Kind und winkt mir mit einem schwarzen Tuch.
Ich gehe wieder zurück in mein Abteil und bleibe bei den Leuten, die da sitzen, noch eine lange Zeit.
An den Fensterscheiben bilden sich Eisblumen. Ich habe sie immer geliebt. Wie ich sie ansehe, tauen sie fort und

geben den Blick in schnell wechselnde Landschaften frei. Sommerlicht sehe ich, wir gleiten durch sanfte Hügellandschaften, kleine Seen schauen zu mir herein. Für Stunden fahren wir durch atmende Wälder, bewohnbar. Als sie hinter uns liegen, sehe ich Orte, die mir vertraut sind. Sie liegen nun in unmittelbarer Nachbarschaft, indes ohne Farbe. Auch haben sie die Namen nicht mehr, die ich vordem kannte, sind hingereiht unter eine Kette von Leuchttürmen, in deren Schein die Verwandlung glänzt.
Wohnstatt hinter den Brücken über blindem Gewässer, lese ich auf einem Schild. Später: Platz der Verpuppung, bewohnte Lagune – Aufenthalt für Vergebung und langsame Genesung. Zuletzt: versäumter Auferstehung lautloses Haus. Auf den Bahnhöfen steht niemand. Der Zug hält auch nicht.
Die Landkarte möchte ich sehen, auf der verzeichnet ist, was ich sehe.
Die Dame lächelt mir zu. Ich habe nichts gesagt. Furchtsam geworden, frage ich: wo werde ich aussteigen?
A l'usato soggiorno –
Wie sie das R rollt, wie sie leichthin das Wort ausspricht, erkenne ich den Tonfall. Ich höre. *Jusqu'à ce point, je t'ai servi de guide, plus loin m'interdit d'avancer une règle rigide.*
Ich wende mich meinen Papieren zu, schreibe und schreibe, bis ich hochfahre. Aus dem Lautsprecher tönt es laut und grell: l'usato soggiorno.
Ich springe aus dem Fenster, der Zug hält nicht an, fährt nur im Schrittempo, als ich springe und zusehen muß, wie ich alle meine Papiere, auch die beschriebenen Seiten, verliere. Sie verschwinden unter den Bahnschwellen, und der Zug mit den dunklen Reisenden rollt darüber.
Ich lasse sie fahren.

Fahles Frühlicht umfängt mich, jetzt sieht mich niemand, ich bin sicher.

Wie ich hinaustrete aufs freie Feld, gehen fünf Gestalten vor mir her und wenden sich nicht um. Ich trete in ihren Schatten, so nahe bin ich an sie herangekommen, rufen kann ich sie nicht.
Jetzt sehe ich sie nicht mehr. Es macht mir alles aus. Erfindend nehme ich sie wahr.
Es tagt.
Lange gehe ich und komme an ein Fenster. Dort sitzt einer an seinem Schreibtisch, mit dem Rücken zu mir. Was er sucht auf seinem Tisch, ich weiß es nicht. Aber es gibt Augenblicke, in denen er innehält gleich einem, der irgend etwas sucht und plötzlich alles findet. Davor will er sich hüten. Viel wird erfunden, weil es verloren ist.
Unwichtiges, ich sehe es, liegt ungeschieden von Wichtigem. Nun nimmt der hinter der Scheibe ein altes Volksschulzeugnis aus der Schublade. Ich lese den Namen des Schülers. Till heißt er, und über dem Namen klebt die Ludwig-Richter-Idylle. Till zieht sie ein wenig von dem Papier. Ja, das Hakenkreuz ist darunter. – Till, das weißt du doch, sage ich. Er hört mich nicht. Nun hebt er den Splitter einer Schiefertafel gegen das Licht, ungefragt spricht er und sieht mich noch immer nicht.
Mit diesem Riß, Heil Hitler, wirst du nun immer herumlaufen, sagte der Lehrer und hielt mir die zersprungene Tafel vors Gesicht. Ich hatte sie ihm vor die Füße geworfen, mein fliegendes Haus hatte er gelöscht. Der Riß ist noch da. Viel paßt hinein, und manchmal ist mir, er würde breiter.
Till, frage ich, kann ich hineinkommen? Der aber hört nicht, ist bei seinen Briefbündeln aus der Studienzeit. Wie klein sie sind. Hundert Briefe, wenn es hochkommt, in jedem Päckchen, fest umwickelt mit einer Schnur. Wie sicher muß er gewesen sein, kein neuer Bogen kommt hinzu. Welch abschließende Geste. Hat er sie nötig gehabt? Gültige Abschiede muß er sich gewünscht haben und ab-

geschlossene Kapitel. Auch schrieben sie ausnahmslos noch mit Tinte damals. Ernstzunehmendes schrieb man nur so.
Erbarmen mit sich selber scheint Till nicht zu kennen, wie er sich nun zu mir umwendet, das Fenster auf einen Spalt öffnet und zu mir herausredet.
Die Einsicht, sagt Till, ist unaufhebbar, Botschaften suche ich vergeblich. – Ja, sage ich und weiß, Till hat keine Spuren verwischt, ihre Entdeckung steht ihm noch bevor.
Ich sage: nichts hast du gefunden als Stücke einer Schlangenhaut, zerbrochene Kokonsplitter, Lügenstricke, an denen du dich in die Gegenwart heraufseilst. Zeugengeschichten, versuchte Liebe, Totenschelte, Totenklage. Was dich wachhält und oft genug vertreibt aus dem Haus und weg von den Tischen, es findet sich in der Küche zwischen Rezepten oder liegt plötzlich im Handschuhfach, als müßtest du dich umgeben mit Vergangenem, damit du dir die Gegenwart glaubst. Könntest du annehmen, wenn ich das über dich sage?
Ja, sagt Till, das kann ich. Auch meine ich, so ist der wiederkehrende Augenblick zu ertragen, da wir uns fremd werden im Schrecken der Notlügen angesichts der Mißgestalt, die wir abgeben, wie verhext, wenn wir reden hören über uns.
Die Wahrheit, fährt Till fort und schließt das Fenster wieder, die Wahrheit findest du nie. Nimm diese Sätze mit:
Wo hast du den Skarabäus? Ich zerschlug ihn.
Wo hängt das Aquarell, das ich dir gab, ganz zuletzt? Ich habe es zerrissen.
Wo sind die Goldbergvariationen, mit denen ich dich wachhielt? Die alten Platten, du weißt, sie zerbrechen so leicht.
Gegen den Augenschein sind wir zum Entsetzen verläßlich. Die äußerste Erschöpfung sieht aus wie unsere stoische Ruhe. Wie es noch einmal darauf ankäme, daß man

unsere Eselshaut verbrennt und unser Igelkleid ins gewaltige Feuer wirft, damit wir glaubwürdig werden.
Ich kann sehen, jetzt hat Till etwas Verlorengegebenes gefunden. Seine Hände spüren, was es ist, noch hat er den handbreiten Zettel nicht gelesen. Eine Schrift nehme ich wahr, steil wie ein Staketenzaun.
Es berührt mich sehr, wie Till dasteht vor seiner Wand, im Rücken ein schönes Schattenbild von Blättern. Der Baum steht draußen bei mir, ich stehe gegen ihn gelehnt. Till kann, was er nun doch liest, noch immer nicht hinnehmen. Liest und liest immer wieder:
die Zeile aus der Winterreise –

Verwerfung

Damals ist Till allein zu spät gekommen. Er findet noch einen Klappsitz im Hörsaal mit den ansteigenden Reihen. Noch immer spielt sich dort unten die werbende Einführung ab, Tage kann es dauern, bis der Leiermann die einschüchternde Leseliste herausrückt. Till langweilt sich, seine Blicke streunen im Raum. Da sitzen sie, Nickbekanntschaften, kritzeln sich warm für den Winter im spärlich geheizten Saal, kritzeln sich in das Chaos einer Zettelwirtschaft hinein, fast alle willfährig geduckt und mit eingezogenen Lippen; fleißige und gehorsame Kinder, die es lieber gleich richtig machen, um der Strafe zu entgehen.
Till weiß nicht, wie lange Ruth ihn schon beobachtet. Der Ausdruck von Belustigung in ihrem Gesicht ist ansteckend. Da sitzt sie mit verschränkten Armen, im Sitz leicht heruntergerutscht, und ihre Augen sagen: nun sieh dir das bloß an. Was Ruth mit Till bisher verbindet: beharrliches Zuspätkommen, wenn auch aus verschiedenen Richtungen.
Während sie einander nun ansehen, dehnt sich ein breites Grinsen auf Ruths Gesicht. Till behält sie im Auge, als sie ein Zettelchen aus der Manteltasche zieht, schnell etwas darauf schreibt und ihrem Nachbarn mit dringlicher, wenn auch gestriger Höflichkeit bedeutet, das Papier Till weiterzureichen. Es ist zerknittert, als es bei ihm ankommt.
Er liest: *Fremd bin ich eingezogen, fremd zieh ich wieder aus.* Wenigstens hier.
Die Absenderin hält noch immer den Blick auf Till gerichtet, aber das Grinsen ist weg. Till schreibt zum Verdruß seiner Nachbarn auch einen Zettel: ich komme mit.
Ruth liest und schaut wieder herüber, jetzt durchaus sanft und von Herzen hochmütig.
Wie sie da sitzt im lilafarbenen Pullover mit dem viel zu weiten Rollkragen, in den sie ihren Kopf verschwinden lassen könnte, paßt sie nicht sonderlich gut zu den ande-

ren, die schon wieder à la mode verkleidet neben ihr sitzen.
Die Hände tief in den Rocktaschen, kommt sie am Ende der Vorlesung auf Till zu. Der Rock ist schäbig, zu weit und zu lang, hängt wie geborgt am Körper.
Hier weilt eine Riesengemeinde, sagt Ruth, die Hand ist erstaunlich willig, der Geist wohl schwächlich bei den meisten. Vielleicht sind die Schafe des Lesens nicht kundig, warum nehmen sie mit miserablen Nacherzählungen der Fontaneschen Romane aus dem Mund des Hirtenfossils vorlieb? Ich dachte, ich studierte hier eine Wissenschaft, was, zum Henker, ist bei ihnen eine Vorlesung.
Etwas Schlichtes, lacht Till, eine karitative Einrichtung, die jedem in dem Fach aufhilft, mit dem er in der Schule die größten Schwierigkeiten hatte. Da eine Schwäche behoben werden soll, mutet man den Leuten auch das Lesen nicht mehr zu. In leicht faßlicher Form wird ihnen vorgelesen, analytischen Verstand brauchen die Leute hier nicht. Darum sitzen sie ja hier.
Ein Licht zu viel geht mir auf, sagt Ruth und legt den Kopf schief. Till fühlt sich gemustert und denkt, die soll gefälligst die Hände aus der Tasche nehmen.
Sie sind, fragt Ruth, immer so behutsam im Urteil?
Selbstredend, sagt Till, und wie heißen Sie, bitte?
Ruth zieht eine Hand aus der Tasche, streckt sie hin und sagt ihren Vornamen. Einen Augenblick zu lange hält Till die Hand fest, heftig wird sie zurückgezogen. Till sieht, was er spürt: diese Hände arbeiten nicht nur am Tisch, die Haut ist rissig, unter den Nägeln Farbe und Erde.
Till fragt nach Ruths Wohnung. Daß sie durch den Schnee mit dem Fahrrad hierherkommt, weiß er. Bevor Ruth sich nun schroff umwendet, sagt sie, schon im Gehen: ich wohne nicht in einer Bude, ihre Adresse nennt sie nicht.
Was steht im Weg?

Von anderen erfährt Till, die «Ostdame» wohnt im Dorf vor dem Städtchen. Von seinen Bekannten wohnt dort niemand.

Wenn Sie nicht zimperlich sind, hatte Ruth gesagt, können Sie mich ja einmal aufsuchen. Eine freundliche Einladung war das nun nicht; Till bestand auf seinem Besuch, entschlossen, sich nach einer gewissen Langen Straße durchzufragen.

Mit dem Fahrrad schlittert er über verschneite Wiesen, die das Dörfchen von der Stadt trennen. Im Frühjahr tritt der Fluß, eine tückische Stadtgrenze, so weit über die Ufer, daß jenes Dorf schier unzugänglich ist.

Jetzt aber kämpft Till sich mit den Sommerschuhen, er hat nur sie, durch beträchtliche Schneemassen. Die Wegmarkierungen sind so unzureichend, daß er gleich querfeldein fahren kann. Till friert erbärmlich, aber zimperlich ist er nicht. Die Sommersachen werden im Winter als Winterkleidung weitergetragen, freilich verböte gesunde Eigenliebe Wanderungen wie diese.

Unversehens läuft Till auf eine Dampfwolke zu. Groß ist sie nicht, aber sie stinkt. Vor ihm ein kleines Gehöft, auf den ersten Blick macht es einen heruntergekommenen Eindruck, auf den zweiten einen erbärmlichen. Durch das Geäst eines mächtigen Kastanienbaums sieht Till auf den bröckeligen Verputz der Hauswand, grämlich verschmutztes Gelb, helle Mauerinseln dazwischen, die Fenster sind schön, ohne Vorhänge. Das Hoftor steht auf, Till will in die Dampfwolke hineinlaufen, wärmer ist es darin sicher, und er kann immer noch rufen: hallo, ist da jemand?

Vor ihm schiebt Ruth mit weitausholenden Schritten eine Mistkarre.

Als Zeuge ist er nicht gedacht, und als Ruth ihn wahrnimmt, bleibt sie nicht einmal stehen. Mit einem amüsierten Blick, der auch wieder ein wenig erschrocken wirkt,

hört Till sie sagen: Stadtkind sieht fassungslos ländliche Verrichtung, ja? Nun denn, weil Sie sich weiter ins Dorf ohnehin nicht gewagt hätten, wohne ich gleich hier. Sie hätten sich ja verlaufen können auf dem Weg zu mir.
Arrogantes Weib, denkt Till, schaut aber mild zu Ruth hinüber. Um den Kopf geschlungen trägt sie ein dunkelblaues verwaschenes Tuch, das kaum jünger sein kann als die zerlöcherte Kittelschürze, sie schlottert bis auf die Knöchel.
Endlich winkt Ruth über den spiegelglatten Vorplatz zum Wohnhaus hinüber, nicht gleich zu dem Platz, an dem sie wohnt. Dorthin weist sie nur mit der Hand. Ein verharschter Weg aus Jauche mit braunen Pfützen, durch die die Bäuerin patscht, führt zu einer Scheune, Ruth hat sich wohl verwinkt.
Leutselig sagt die Bäuerin, Ruth verstehe ihr Handwerk, rede sogar mit dem Vieh, sagt es so, als müßte Till sich nun etwas darauf einbilden, daß sie auch mit ihm ein paar Worte wechselt. Die Dame, heißt es, helfe täglich, und jetzt möge sie sich einen Armvoll trockenes Holz mit in die Scheune nehmen, eine Hand wärme die andere.
Was um alles in der Welt wollen Sie nun noch in der Scheune machen? fragt Till.
Feuer, sagt Ruth gleichmütig, dort nämlich wohne ich für dreißig Mark im Monat, ist so viel wie geschenkt.
Wenn es nun keine Hühnerleiter heißen soll, über die sie in Ruths Behausung hinaufklettern, will Till es wenigstens eine halsbrecherische Nottreppe nennen. Mit dem Kopf stößt er gegen die Falltür. Hier also.
Ein besonders großer Raum ist das ja nicht, auch nicht besonders hell. Durch die Eisblumen an der Dachluke fällt mattes Licht auf notdürftig gekälkte Wände. Gleich neben der Tür sieht Till einen Wassereimer, verschlossen mit einer Eisdecke. Ruth läßt sie splittern mit einem Faustschlag, sie will etwas Heißes zu trinken machen. Till

wartet gierig darauf und möchte nur wissen, wie Ruth es bis zum Nachmittag in dieser Kälte ausgehalten hat. Immerhin, er sieht seinen Atem vor dem Mund. Zwar ist bei ihm das Wasser im Porzellankrug auf dem marmorierten Tisch auch jeden Morgen mit einer Eisschicht überzogen, nun aber ist schon lange nicht mehr Morgen.
Ich friere, sagt Till.
Er sieht Ruth leicht verschwommen durch eine Aschenwolke, bewundert die Geschwindigkeit, mit der sie den Kanonenofen für ein Feuer vorbereitet. Der Raum kann sich schnell erwärmen, ein Ofenrohr windet sich über die Decke. Nachher könnte das gemütlich sein. Aber nachher ist viel später.
Unter einen Arm klemmt Ruth den randvollen Aschenkübel, unter den anderen ein Beil. Vorwärts jongliert sie freihändig die steile Treppe hinunter, Till rückwärts hinterher, zweifelnd, ob Ruth ihn nicht doch schon vergessen hat. Sie redet nämlich kein Wort. Auf die Wiese jenseits des Hoftors hält sie zu, es ist ziemlich weit, stumm wohnt Till einer Wiesendüngung bei. Ruth verstreut ohne Hast die Asche über den Schnee, als wäre sie eigens dafür in die Kälte hinausgegangen.
Im Sommer, sagt sie endlich, können wir hier sitzen, im Gras verschwunden sein und vielleicht zum Verschwundensein einen Wein trinken. Gutwillig und ohne Sachverstand scharrt Till ein wenig mit den Füßen in der Asche herum und sagt dankbar: ja, könnten wir. Wenn wir nicht schleunigst ins Haus kommen, werde ich krank, denkt er. – Er siehts, Holzspalten hat Ruth nicht erst heute gelernt. Wie ausgeschüttete Zündhölzer fallen die Scheite zu beiden Seiten des Beils in den Schnee.
Endlich sitzen sie dicht vor dem Ofen und könnten reden. Hinter einem trübgrauen Wachstuchvorhang fischt Ruth einen Aluminiumtopf hervor, füllt ihn mit Wasser aus dem Eimer an der Tür und verspricht einen Kaffee. Hin-

ter dem Vorhang also die Küche. Die Haushaltsgeräte: vier Keramikbecher, ein Messer, vier Teller, zwei Löffel. Das Inventar ist Till vertraut bis auf die nicht mehr ganz frisch gebleichte Damastdecke, die Ruth nun hervorzieht, nachgedunkelter Fremdkörper in diesem Raum. Die Decke liegt auf dem kahlen Bretterfußboden ausgebreitet. Einen Tisch gibt es hier nicht, ebensowenig ein Bett. Von Stühlen keine Rede. In der Ecke unter der Dachluke drei aneinandergeschobene Matratzenteile. Bestimmt rutschen die in der Nacht auseinander, liegt die Schläferin nicht wie tot darauf. Leider ist das Bett als Sitzgelegenheit für den Tag nicht frei, ist mit Büchern und losen Blättern schon belegt. Einfach schnell wegräumen kann man sie nicht, es sind zu viele. Eine Schreibfläche also, vor der man kniet. – Viel später, als Ruth spottete, über dies und das habe ich schon auf Knien nachgedacht, und man sie fragte, welchen Weg ihre Abkehr von der Askese genommen habe, meinte sie nur, meine Tische sind lediglich etwas höher geworden, klüger geworden bin ich dadurch nicht.
Aber noch sitzen Till und Ruth auf dem Boden vor dem glühenden Ofen. Die schönen Eisblumen schwinden von den Scheiben, geben eine Dächerlandschaft aus Rot und Weiß frei, um die Schornsteine haben sich im Schnee kleine rote Ziegelinseln gebildet.
Die Finger umschließen die wärmenden Becher. Till und Ruth sitzen endlich still mit der Neugier aufeinander.
Warum um alles in der Welt wohnen Sie hier?
Es ist billig.
Ein Zimmer wäre kaum teurer, warum leben Sie in einer Scheune?
Dumme Frage, bestehn Sie auf einer tumben Antwort?
Ja.
Darüber wurde es Nacht und wieder Morgen, bis Ruth von der Bäuerin, die einer kalbenden Kuh wegen in Panik war, weggerufen wurde. – In der Morgendämmerung

hockten sie noch immer auf dem Boden, die leeren Teller mit den Kartoffelschalen erinnerten an den Hunger in der Nacht. Als es draußen wieder hell wurde, ahnte Till, warum Ruth in der Scheune wohnte, verstanden hatte er nichts. Nie wieder hörte er Ruth später so viele Sätze nacheinander über sich selbst sagen wie in dieser Nacht. – Bis zum Morgen waren sie im Dunkeln gesessen, aber Till hatte Ruths Gesicht im Schneelicht doch erkannt und gesehen, wie ihre Gestalt, mit um die Knie geschlungenen Armen, in sich verkrochen saß, bevor es so kalt wurde, daß sie sich Decken umhängen mußten.
Für Andeutungen hatte Ruth eine ganze Nacht gebraucht, an Till die meiste Zeit vorbeigesehen, er kam sich schließlich vor wie ein Zeuge, nicht wie ein Gesprächspartner.
Später sagte man über Ruth, sie sei eine hemmungslose, ja hochmütige Zuhörerin, die sich im sicheren Schlupfwinkel selbst nie preisgäbe. Aber in dieser Nacht hatte sie sich hervorgewagt, so weit sie konnte.
Sie redete in Sätzen aus vergangener Zeit und fragte Till, ob er je in Brandenburg gewesen sei. Vor etwa einem Jahr hatte sie allein mit ihrem Vater das Gut verlassen. Das Prinzessinnen- und Hexenschloß sei bis zur Enteignung Jahrhunderte in den Händen derselben Familie gewesen. Der Vater, Landwirt aus Neigung und Leidenschaft, habe die erste Zeit danach gehofft, er stehe das an Ort und Stelle ohne Schaden für sich und seine Leute durch. Mit den Leuten nämlich sei er nie herrschaftlich verfahren, habe die Arbeit mit ihnen geteilt, was sollte da schon für eine Befreiung vonnöten gewesen sein. Es sei, sagte Ruth vor sich hinblickend, eine glückliche Hand gewesen, die den Besitz pflegte und vermehrte, so daß er mit den Leuten zusammen gehütet wurde, ohne daß sie sich mißbraucht hielten für die Zwecke eines Stärkeren.
Wie redet sie nur, dachte Till, aber er schwieg.

Bis zuletzt seien die Verhältnisse in der Kriegszeit familiär geblieben. Natürlich denke man sich in solche Verhältnisse auch immer gern die Vaterfigur hinein, indes, ihr Vater sei kein Patriarch gewesen, den Verzicht auf Macht habe ihm eine Passion erleichtert, die nicht zu den zerarbeiteten Händen stimmte. In Berlin habe er eine Ausbildung zum Pianisten genossen, sei dann nach unruhiger zweijähriger Entscheidungszeit auf das Gut zurückgekehrt, um dort ohne Bitterkeit ein klavierspielender Bauer zu werden. Diese Wahl habe eine das Wesen des Vaters stetig verändernde Kraft behalten. Einsicht in die eigenen Grenzen mache erfinderisch. Die Geschicklichkeit der Hände sei der des Kopfes nicht im Wege, wehre auch dem Hochmut.
Als Ruth so weit gekommen war, verstummte sie lange, und Till wagte nicht zu fragen, ob sie auch in einem Deutsch von heute reden könne. So traurig Ruth geredet hatte, so komisch war es Till doch satzweise vorgekommen, er war aber bereit, das Absonderlichste von ihr anzunehmen.
Ruths Vater habe auch darauf bestanden, mit seinen Leuten zu musizieren. Scheu sei bei den Dilettanten niemals aufgekommen, und Standesschranken seien nicht im Wege gewesen. Nach der Verstaatlichung des Gutes sei die Arbeitsmoral der Leute jäh verdorben. Als die Leute keine Leute mehr gewesen seien, sondern Werktätige, sei es zu unerklärlichen Veruntreuungen gekommen, schließlich habe es einen Mord gegeben an einem auf dem Altenteil lebenden Bauern, der sich abends beim Bier ernsthaft auf den Sozialismus habe einlassen wollen. Danach habe der Vater resigniert und den Verfall der Besitzungen nicht mehr mit Contenance zu ertragen gewußt, auch habe ihn die Haltlosigkeit der drei Söhne zermürbt, woher hätten sie die aus der Art schlagende sozialistische Zuversicht auch nehmen sollen. Genaugenommen sei der Vater vor-

nehmlich weggegangen, damit ihm die Leute nicht verwilderten, während er selbst in der unstatthaften Hoffnung auf die Herstellung der alten Verhältnisse verharrte. Da Hexen und vermeintliche Prinzessinnen am falschen Ort nicht leicht seßhaft würden, endete Ruth, sei sie selbst in der Scheune aus dem Blickwinkel des Vaters vorerst gut untergebracht. Verwilderung drohe ihr hier ja nicht.
In Ihren Augen, sind Sie da auch gut untergebracht? fragte Till.
Käme es darauf an?
Vielleicht, sagte Till, liegen Sie ja hier auf der Lauer in einem Versteck, aus dem Sie kaum herauszulocken sind. Es heißt, Einladungen nehmen Sie nicht an.
Ich behalte es mir vor. Die Leute schweigen sich hier ja aus. Das ist mir nicht geheuer. Die Studenten haben wohl keine Vorstellung von dem Ort, an dem sie leben.
Die meisten Studenten haben keine besondere, sagte Till.
Mit Ruths Zornausbruch hatte er nicht gerechnet. Die Empörung über die geheuchelte Ahnungslosigkeit der Westdeutschen ihrer jüngsten Vergangenheit gegenüber, und das noch fünfzehn Jahre nach dem Krieg, fand keinen gerechten Satz. Die Gleichaltrigen beschuldigte Ruth, den 17. Juni oder den 20. Juli hielten sie wohl für des Kaisers Geburtstag und Treblinka für einen Vorort von Waterloo. Till war bestürzt, als Ruth in harten Urteilen die Gleichaltrigen für die Zukunft eines Staates haftbar machte, den sie doch kaum kannte. Die Unfähigkeit, geschichtlich zu denken, nannte Ruth eine deutsche Todeskrankheit. Ein bodenloses Unrecht sei es, die Kriegsverbrechen der Justiz oder den Siegermächten zu überlassen, auch verstehe sie nicht, weshalb die Jungen hier von ihrem Recht auf Aufklärung keinen Gebrauch machten, während dort, wo sie herkomme, den Jugendlichen jede Auskunft über Naziverbrechen gegeben werde, die sie verlangten, und es sei ihr egal, ob das als Opportunismus ge-

genüber den Sowjets gelte oder nicht. Die Totenstille im Gedächtnis der Leute, rief sie, sei der Wiederholung Anfang. Zuhause habe man Kriegsverbrecher in ihre eigenen KZs gesteckt, hier offenbar nur in eine andere Partei. Auch habe sich im Westen im Umgang mit Fremden wohl nicht viel verändert, mildtätige Hände griffen nach ihr, um sie einzukleiden und ihr die Aufbauhaltung beizubringen.

Till war entsetzt und noch immer um eine Antwort verlegen. Um über Einzelheiten zu sprechen, war er zu befangen, vermutete aber, wenn auch mit schlechtem Gewissen, Ruth rede so auch über die nicht gemeisterten Mühen der Gegenwart. Till konnte nicht für den Ort sprechen, an dem er lebte, aber rechten hätte er über ihn wollen, wären Ruths Sätze nicht so scharf gewesen.

Zuletzt sagte Ruth, sie wisse immer gern, was sie in der Hand halte, und ein Kalb sei ein Kalb. Till möge nur nicht glauben, sie vertraue den Verrichtungen bäuerlichen Handwerks blindlings. Aus dem Hof hörte man Rufe nach Ruth, Notgeschrei. Ruth ließ Till ohne Entschuldigung stehen und stürzte in den Stall. Die Kuh hatte verkalbt. Die Bäuerin zog mit Ruths Hilfe tote Zwillinge heraus. Till wurde übel, als er Ruths Arme sah, die bis zu den Ellenbogen blutig waren. Dann schaute er auf die Kälber und übergab sich.

Diesen Morgen hatte Till sich anders vorgestellt.

Am späten Vormittag nach einer Vorlesung ging Ruth kopfnickend an ihm vorbei. Nichts deutete darauf, daß er immerhin eine Nacht lang bei ihr gesessen hatte. Diese Schroffheit zu verstehen, lernte Till erst zuletzt.

Auf rasches Einvernehmen mit diesem Mädchen hatte Till nicht gehofft. Sie ließ ihre Überlegenheit spüren. Ihre Belesenheit hatte etwas Besessenes und stellte die Gleichaltrigen bloß. Seminare tat Ruth als aseptische Kinderschule ab. Die mit ihr studierten, hatten selbst nicht den Ein-

druck, selbständiges Denken fände dort ein Hausrecht. Ruth ahmte die Dozenten nach, wie sie wortabschneiderisch Fragen schon im Keim erstickten, betrafen sie nicht bloß Philologie. Das Recht auf den eigenen Kopf ist nichts Selbstverständliches, schöner Knabe, hatte Ruth einem auf der Treppe vor dem Seminargebäude gesagt, es verscherzt sich auch so leicht, und Kopflosigkeit fördert ungemein das Pflichtgefühl, Sie wissen ja. — Spottgeburt aus Dreck und Feuer hatte sie dann einer genannt. Sie maß ihn aus den Augenwinkeln mit einer wegwerfenden Geste der Hand: wie bewegt mich doch ihre Großmut, mich in der Gesellschaft des Teufels zu vermuten, da kenne ich mich aus. — Mit Sätzen dieser Art entzog sie sich und förderte auf solche Weise den fahrlässigen Umgang mit ihr.
Manchmal stand sie am Ende eines Seminars noch allein im Raum, als sei sie dort vergessen worden. Auch Till ließ sie unbekümmert stehen. Sie wußte nicht, wie es zu lernen sei, daß Überlegenheit nicht als Hochmut ausgelegt werden kann. Es hatte sich eingespielt, Ruth als Instanz zu benutzen, die alle Sachfragen zum Studium mühelos beantwortete, ihre Person ließ man aus dem Spiel. Auch hatten manche Referate der Studenten einen verflucht ähnlichen Stil, und wer nicht wahrhaben wollte, daß es Ruths Stil war, hätte schon dumm sein müssen. Aber keiner wollte zugeben, daß diese ausgefuchste Person anderen auch noch auf die Sprünge half und ihre Hausarbeiten schrieb.
Einmal wich Ruth einer Verabredung mit Till aus. Aufs Geratewohl ging er nach Tagen zu ihr hinaus, warf vergeblich kleine Steinchen gegen die Dachluke.
Ruth aber saß seelenruhig bei strömendem Regen vor dem Haus unter dem Vordach und las in den Wahlverwandtschaften, die sie Till schon mehrmals gepriesen hatte als die vollkommenste Organisation, in der höchstens der Tod noch gewinnen könne, das Unglück nicht. Till hatte Ruth reden lassen und widersprach ihr auch an jenem

Tag nicht, tat so, als sähe er nicht, was sie las. Ihn befremdete der leidenschaftliche Umgang mit diesem Buch.
Erschrick nicht, sagte er und duzte sie einfach, sieh, wie es regnet! Da sah Till zum erstenmal, wie Ruth sich überschwenglich freute. – Es stellte sich heraus, sie hatte einen Garten angelegt, mitten auf der Wiese eine große Fläche umgegraben und alles mögliche durcheinandergesät und gepflanzt. Till nickte lernwillig zu den Ausführungen, wie da nun Zier- und Nutzpflanzen, einander helfend, hochwuchsen. Es war ein vertracktes System.
Im Regen hockte Ruth vor Till und begutachtete ihr Feld.
Später im Sommer, als sich das zartgrüne Feld in eine bunte Wildnis aus Zwiebeln und Möhren, Kartoffelkraut und Rittersporn, Dahlien, Kohl und Salatstauden ausgewachsen hatte, fiel es Till auf, wieviel Zeit Ruth dort verbrachte. Als die Ernte kam, verschenkte sie das meiste.
Daß Ruth sich in Tills Umgebung sonderbar ausnahm, wußten nach ein paar Wochen alle. Ruths fremde Gewohnheiten waren es nicht, die den Abstand spüren ließen. Sie wollte erfragt sein, auf Geständnisse war sie nicht aus.
Den Schrecken der Vertrautheit auszuweichen, hatte sie gründlich gelernt und dafür gesorgt, daß sie mißdeutbar blieb.
So kam sie wenige Tage, nachdem Till sie im Regen lesend gefunden hatte, barfuß in die Stadt. Auch in Tills Augen hieß das, den Hang zum Natürlichen zu übertreiben. Ruth übertrieb gar nichts, sie hatte nur keine Schuhe mehr mit einer dichten Sohle. So lief sie eben barfuß und hätte sich eher die Füße blaugefroren im naßkalten Mai, als zu sagen, leiht mir Geld, ich muß zum Schuster.

Till erfand, wenn er allein war, Sätze und Beschwörungen für Ruth: Ich will dich stehen sehen, gelehnt in eine offene

Tür. Dort könntest du noch einmal wählen, ob du bleiben willst, einen Ort betreten oder auch nur ein Zimmer, von dem du sagen möchtest, ja, hier will ich sein, hierher hat es mich nicht nur verschlagen. In der offenen Tür könnte ich dich fragen, woher dein Mißtrauen rührt, den Fuß nicht zu setzen Schritt vor Schritt in eine fremde Gegend. Unter der Scheunentür aber zögerst du, verwünschst die Gegenwart, mit ausschweifenden Kindheitsgeschichten deckst du sie zu.
Ich kann es mir jetzt vorstellen: hundert Zöpfe flichtst du dir, damit dir Hexenhaare wachsen um den Kopf. Die müßten gelockt sein und rot. Mit Kinderscham trittst du am Morgen vor den Spiegel, das Haar steht dir wild um den Kopf, aus der Hexe ist nichts geworden. Bevor die anderen aufwachen, reitest du auf dem Pferderücken durch die Kiefern auf und davon und streitest mit den Bäumen: Hans mein Igel bin ich, wenigstens der. Und ich habe dich gefragt, wie ihr euch geeinigt habt, die Kiefern und du –
Mein Schätzelchen, für dich ist das nichts.
Da hörte ich sie zum erstenmal, die herablassende Anrede, Nachbarschaft andeutend, mehr nicht.
Mit Verwandtschaft kann ich nicht dienen, mir sind als Kind keine Wunder gelungen. Ich will dirs ja glauben, daß du gewußt hast, deine Brüder sind Raben, die du erlöst auf dem gläsernen Berg, will auch annehmen, daß sie dich gewähren ließen, als du die goldene Feder nachhause brachtest, und keiner hat über dich gelacht. Der Stein der Weisen, der lag, ich weiß, rissig auf einem Feld, nicht einmal umblicken durftest du dich nach ihm, wer aber hat sich nach dir umgeblickt?
Empfindsamkeiten dieser Art, mein Schätzelchen, gelten hierorts wohl als Verrücktheit, hast du zu mir gesagt, und Zauberer schließt man aus, wenn sie schon nicht mehr ins Loch kommen. Mit deinem Realitätssinn möchte auch ich nicht unter die Menschen geraten sein.

In der vorlesungsfreien Zeit stand Ruth um vier Uhr auf, fuhr mit dem Rad in die Nachbarstadt, arbeitete am Fließband acht Stunden im Akkord, stöpselte täglich Tausende von Medikamentenflaschen zu oder stapelte am Verpackungstisch fünfmal fünf Päckchen. Mit den Arbeiterinnen ließ sie sich nicht ein. Sie trauten ihr nicht und starrten sie an. Flüchtling ist sie, das hatten sie gehört. Wie bewegt sich ein Flüchtling? Wann endlich rückt er mit den DDR-Geschichten heraus? Schauergeschichten, bitte, und auf jeden Fall Haß und eine gefährliche Flucht.
Ruth redete wenig, kämpfte mit schnell einsetzender Erschöpfung, die sich wie Kräfteverfall anfühlte, eine Krankheit. Wahrhaben wollte sie es nicht, schleppte sich nach ein paar Wochen mühsam mit dem Fahrrad über die dunklen Felder, und ihr war, als suchte sie nun wirklich Schutz in der Scheune. Das machte sie wütend auf sich. – Von den Zuwendungen des Vaters konnte sie nicht leben, die anderen schafften die Fabrik doch auch, warum wollte sie mittags schon alles hinwerfen und gehen? Körperlich arbeiten konnte sie, und käme es für ein paar Wochen darauf an, sich mit monotonen Handgriffen abzufinden, dann könnte sie auch das. Etwas anderes war es, womit umzugehen sie nicht lernte: die feindselige Neugier der Leute. – Anfangs wirkte sie wie Verhätschelung. Die Arbeiter, Männer wie Frauen, fütterten Ruth mit Süßigkeiten in den Pausen, die würgte sie hinunter, nahm sie als dürftige Geste.
Was sie den Tag über am Band hörte, erschreckte sie. Schweigsam blieb sie in der dröhnenden Halle auf der Hut, nahm zur Kenntnis, worüber geklagt wurde, es war kläglich. Ruth biß die Zähne aufeinander, als sie hörte, wie die Kauenden sich gegenseitig das Maul stopften mit den Trümpfen ihrer Kauflust. Sie brauchten so viel, es ging ihnen noch immer nicht gut genug, sie machten Schulden, lebten pokernd auf Raten und stachen sich ge-

genseitig aus in dieser Kunst, gierten nach der Darbietung ihrer Lust auf Kühlschränke, Teppiche oder dann und wann auf den Ehemann der Nachbarin. Ruth hörte und saß doch da, als höre und sehe sie nicht, sah durch die Leute hindurch, war anderswo. Ruths sozialistische Schulung erwies sich als Wortklapper, und ihre Sprache war für die Frauen am Band eine Fremdsprache. Wie ein Naturereignis nahmen die vorzeitig gealterten Frauen ihre Arbeitsbedingungen hin. Das Wort Arbeiterbewegung verübelten sie Ruth, sie wollten es nie gehört haben. Wovor hatten die Frauen Angst, und welche Sätze würgten sie mit den Wurstscheiben hinunter, die sie in den kleinsten Verschnaufpausen heimlich aus dem Paket auf den Knien zogen?
Sie stopfen sich den Mund, dann kann keiner fragen. Sie verstecken sich hinter ihrem Anspruch auf materielle Dinge, so bleibt der Verfall der Wünsche nach einem ganzen Leben verdeckt.
Das machte Ruth befangen. Als sie eines Morgens das drittemal nicht hörte, daß sie angesprochen war, blieb die längst fällige Kränkung nicht aus.
Schade, sagte die beleibte Nachbarin und steckte sich etwas Süßes in den Mund, sehr schade, daß es keine Scheiterhaufen mehr gibt. Kampflustig schaute sie Ruth ins Gesicht, kaute, wartete lüstern.
Es gibt sie noch, sagte Ruth.
Dann könnte man Sie als Hexe verbrennen –
Möchten Sie das?
Sie haben grüne Hexenaugen, mit Ihrem Blick stechen Sie den Leuten die Augen aus, so ist das nämlich, meine Dame. – Einige Frauen kicherten, dann waren sie mit einemmal sehr konzentriert bei der Arbeit. Ah, sagte Ruth nach einer Weile, Sie haben sich über mich verständigt. Alle schwiegen sie an. Von dem Tag an machte Ruth einen Fehler nach dem anderen, lauter unverzeihliche.

Zog in der Pause die weiße Arbeitsschürze aus und vergaß sie bei Arbeitsbeginn, saß ohne die Verkleidung am Band. Man legte es ihr als Protesthandlung aus, zu euch gehöre ich nicht, und Hygienevorschriften habe ich nicht nötig. Der Vorarbeiter stauchte Ruth in einer Mundart zusammen, die sie kaum verstand. Den Ausdruck hergelaufene Person aber verstand sie gut. Er war in makellosem Deutsch gesagt. Die Arbeiterinnen duckten sich stumm über ihre Arbeit, rollten die Arzneiflaschen noch schneller in die Beipackzettel, das Band hätte man beschleunigen können.
Anderntags vergaß Ruth die Schürze nicht, blieb in den Pausen abseits, ließ sich mustern. Etwas von schlechtem Gewissen gegen Ruth stand einigen noch im Gesicht, kam nicht auf die Zunge. Ein Satz aber doch, der nun endgültig kränken sollte. Die Grenze gegen Ruth wurde gründlich gezogen. Sie haben, sagte die Frau, die Ruth gern brennen sähe, während der Arbeit keinen Schmuck zu tragen, oder wollen Sie mit Ihrem teuren Armband zeigen, daß Sie was Besseres sind, von oben, und uns aushorchen?
Ruth faßte sich an den Arm und schwieg, gegen Dummdreistigkeit war sie wehrlos. Die Verurteilung war mit den lächerlichsten Mitteln vollzogen, doch sie galt. Ruth haftete, wofür, wußte sie nicht.
Auf dem Hof, wo sie oft mit den Bauern aß, sprach sie kein Wort über die Haltung der Leute am Band, erzählte lieber so: Abends zieht alles an mir vorbei. Teller und Schüsseln in Ihrer Küche, auch die festgebundenen Tiere im Stall, nichts will mehr stillstehen, alles will weg. Von links nach rechts macht sich das Salzfaß tückisch davon, Messer und Gabel sind in schnellem Zugriff von oben zu packen, sonst sind sie fort. Mit meinen Ellenbogen halte ich die Teller auf. Ruhiger verhält sich mein Frühstückskaffee, die Tasse bleibt stehen, ich kann sie schon mal einen Augenblick allein lassen.

Mit Till redete Ruth nicht über die Fabrik, ihn verwikkelte sie in literarische Probleme und alte Kindheitsgeschichten, die alle schön und versponnen klangen. Till glaubte einfach nicht, daß man ein Kind so verwildern ließ, daß es auch nachts mit dem Pferd auf und davonreiten durfte, wann immer es wollte, allein. Till dachte oft, die Geschichten habe Ruth sich im nachhinein ausgemalt, weil sie es in der Gegenwart nicht aushielt. Einmal sagte Ruth, ein junges Pferd sei sie lange nicht mehr, dem mans nachsieht, daß es ausschlägt nach allen Seiten, den tänzelnden Schritt, den man hier brauche, sie werde ihn schon noch lernen. – Sie stand mit hängenden Armen und bat Till, er möge sie alleinlassen, aber nicht weggehen.

In den Nächten, in denen Ruth wach lag, ging ihr eine Redensart durch den Kopf: ich habe mich versehen an einem Land. Die Wendung kannte sie aus dem abergläubischen Mund alter Frauen, mit der sie die uralte Angst wecken: Verunstaltung des Kindes, mißgestaltete Zukunft. Wie begreiflich ihr das nun erschien.
Am neuen Lebensplatz hatte es Ruth das Wort verschlagen. – Unverändert wollte sie aus dem Schweigen nicht hervorgehen. Auch war Trotz im Spiel, den sie an sich selbst zunehmend weniger verstand.
Sie brachte ihn in Zusammenhang mit ihrem Vater. Er hatte sie gelehrt, davon auszugehen, daß sie es immer und überall mit vernünftigen Menschen zu tun habe. Zum Vorzug der Vernünftigkeit zählte der Vater im gleichen Atemzug die Güte; für ansteckend hielt er beide. Lerne streiten, und du hast ein Leben gewonnen. Diesen Satz hatte Ruth behalten, wie lag er weit zurück, in mühsam behütete Kindheit gesprochen.
Ruth fürchtete sich vor den Leuten, die sich aufs Schweigen verstanden, schauderte vor der untilgbaren Schrift auf der Stirn, entsetzliche Erbschaft ihrer Geschichte. Schalt

man sie jung, so gab sie den Vorwurf zurück: Ausdruck von Mündigkeit kann es nicht sein, wenn eine ganze Generation sich aus der Gegenwart schleicht, damit sie die Vergangenheit nicht einholt.

Mit Till stritt Ruth, wenn auch immer seltener in geschlossenen Räumen. Halbe Nächte lang liefen sie durch die Straßen, in denen die Lichter ausgingen, während sie über das schlechte Gedächtnis der Elterngeneration klagten und über die aus Angst geborene Gleichgültigkeit.
Till war ein geduldiger Zuhörer, beredt war er nicht. Ihn störte es kaum, daß Ruth nach monatelanger Bekanntschaft noch immer nichts über ihn wußte. Er mochte Ruth bedingungslos. Beim Abschied vor der Scheune hatte er zu Ruth gesagt: ich begleite dich, wohin auch immer du gehst, zog sie an sich, spürte sofort den Widerstand sich spreizender Arme. Endlich wurde er wütend und wußte, es war nicht der gekränkte Mann allein, der Ruth nicht aus der Umarmung entkommen ließ. Du hörst jetzt einmal zu, rief er, lockerte den Griff um Ruths Schultern, legte ihr die Hände auf den Rücken.
Immerzu, sagte er, starrst du auf deine Angst. Laß dich doch einmal auf einen lebendigen Menschen ein, zum Beispiel auf mich. Du behandelst uns alle wie eine Richterin. Manchmal denke ich, du siehst Gespenster, ich sehe sie nie. Nicht jeder schließlich hatte einen Nazi zum Vater. Hör gut zu. Es gibt hier auch viele Leute, die nicht gern über ihre Familie reden – und nicht, weil sie sich sonst schämen müßten. Bei meiner Familie kannst du ruhig einmal durch die Tür sehen, vielleicht begreifst du dann etwas. Du führst so gern Kleist, Hölderlin und Heine im Mund, um dich über die zu mokieren, die mit dir leben. Die gerümpfte Nase steht dir nicht. Sei doch nicht so leichtfertig, weißt du nicht, wie mißbrauchbar Namen sind? – Meinen Vater haben die Fische gefressen, als er bei

den Faschisten Heine nur erwähnt hat. – In der Kajüte auf einem Kriegsschiff war es. Er verließ die betrunkene Runde mit den Worten: Deutschland, ein Wintermärchen. Die Tür konnte er nicht mehr hinter sich schließen. Von hinten haben sie ihn erschossen und gleich über die Reling geworfen. Zwei Jahre nach Kriegsende erfuhr meine Mutter, was geschehen war. Ihre Antwort: Sie verweigerte die Kriegerrente, stellte sich morgens um vier in einen Fleischerladen, portionierte Wurstsuppen und Blutwürste für die Hungergestalten, die um sechs schon vor der Tür warteten. In riesigen Strohschuhen stand sie auf den kalten Fliesen und hat sich mehr als die Füße erfroren dabei. Nur mußt du wissen, sie wollte Chirurgin werden, ihre Ausbildung stand bei Kriegsende kurz vor dem Abschluß. Sie hätte von niemandem Geld genommen, um das Studium beenden zu können. In der kleinen Provinzstadt hat niemand gewußt, wer sie ist. Nach dem Krieg hätte jeder gern einen Widerstandskämpfer umhegt oder eine einschlägige Witwe in der Besenkammer mit drei bis vier Kindern. Vor dieser glitschigen Anhänglichkeit hat meine Mutter sich und ihre Kinder bewahrt. Allerdings wußten wir mehr über die Nazis als unsere Altersgenossen, wir wußten es von unserer Mutter, geschont hat sie uns nicht.
Ruth stand mit aufeinandergepreßten Lippen da und wartete. Till war verletzt, sie sah es.
Es wird dir nicht weiterhelfen, fuhr er fort, dich auf deinen Vater als die Wohlanständigkeit in Person zu berufen. Es wäre besser, wir wüßten endlich, wie man das macht, für sich selbst einzustehen. Hast du vielleicht eine Vorstellung, wie man es macht? Dann verrate es mir doch. Wie beantwortest du denn für dich, ich meine mit deinem Leben, die Schuld, die die Nazis uns hinterlassen haben? Verdammt nochmal, oft denke ich, du gefällst dir in deinem Leiden an der Welt. Hochmut kann auch so daher kommen.

Du meinst mich, sagte Ruth.
Heute ja, sagte er und sah, Ruth fühlte sich geschlagen.
Deine Familiengeschichte brauche ich nicht, sagte sie und fragte zum erstenmal nach Tills Lebensbedingungen.
Wovon ernährst du dich eigentlich? Ich weiß nur, aus dem Blutspenden kommst du gar nicht heraus, die ganze Stadt bald schon: Blut von deinem Blute – laß uns von dir sprechen, bitte, ich setze mich ja fortwährend ins Unrecht.
Till kam für sein Studium selbst auf. In der vorlesungsfreien Zeit arbeitete er in einer Schuhfabrik, strich den ganzen Tag Stiefel an und verbrachte die Nächte in einem Rohbau, in dem die Verglasung der Fenster noch anstand. Eine luftige und kalte Existenz. In der Nacht, wenn er fror, lernte Till Traklgedichte auswendig, später vertonte er sie. Die mit Bleistift beschriebenen Zettel flogen im Raum umher, die Bauarbeiter stellten ihre Bierflaschen darauf und fragten nichts. Ich war, sagte Till, in einer schönen Übereinstimmung mit mir selbst.
Etwas Fremdes sei ihr dies geworden, meinte Ruth und zuckte zurück, als Till kühl dagegenhielt: das ist es wohl für dich immer gewesen. Sie zu verletzen, nahm er inkauf, so endlich erfuhr er, woran Ruth so heftig litt.
Ihr Vater habe sie gelehrt, in fremden Zungen zu reden, er sei ihr Lehrer in Überlebenskunst gewesen. Für jede Einsicht habe er eine schöne Geschichte aus den Regalen gezogen. Ein Gespräch über Gerechtigkeit zum Beispiel habe unweigerlich mit dem Verweis auf Michael Kohlhaas geendet. Lies, habe der Vater gesagt, und du wirst die Grenzen der Gerechtigkeit kennenlernen. Ruth, damals noch ein Kind, fand aber die Antwort, die Kohlhaas der Welt gab, vollkommen überzeugend. Wie er wollte sie werden, selbst um den Preis des Todes.
Die Kurzschlüsse in Ruths Kopf habe aber keiner beachtet, habe sie doch früh eine die Erwachsenen erheiternde Fähigkeit herausgebildet, Gespräche im Stil einer Zitaten-

montage zu führen. Für bildbar und einfühlsam habe man sie gehalten und dabei übersehen, wie Ruth sich selbst auf diese Weise mundtot machte.
Seit wann hast du es gewußt? fragte Till.
Hier erst, sagte Ruth, erst hier genau. Hätte ich gestohlen wie ein Rabe, ginge es mir besser. Ich habe es mit den Elstern gehalten, glänzende Einsichten nebeneinandergelegt, bis es hell wurde in meinem Nest, und ich habe mich schlecht gewärmt in dem geborgten Schein.
Ich werde nie vergessen, sagte Till, wie du neulich in einem Seminar lange Passagen aus dem Hyperion aufsagtest, statt dich über die politische Unkultur der Deutschen in eigenen Worten auszulassen. Leider habe ich auch mitgelacht, als der Professor wütend nach deinem Namen fragte und du, ohne mit der Wimper zu zucken, sagtest: Scardanelli –
Sie sollen nicht denken, Fräulein Scardanelli, sie sollen lernen!
Ruth ahmte den Professor nach. Endlich konnte sie über ihn lachen.
Es ging schon gegen Morgen, Ruth blieb neben Till am Flußufer, in die Scheune wollte sie vor Tag nicht zurück. Auch nicht zu Till. – Verjagte Erinnerungen stiegen wieder auf: die frühe Meisterschaft in der Verstellung. Der Sinn für die doppelbödige Rede, er war noch immer hellwach wie damals, als Ruth in der Schule, auf der Hut vor den sozialistischen Glücksbringern, um ihr Leben geredet hatte.
Ruth hätte Till gern erzählt, daß sie sich in der Nähe ihres Vaters wie in einem Schonraum vorgekommen war. Sie fürchtete, er würde sie auslachen, wenn sie ihm sagte: stell dir vor, ich habe mit fünfzehn oft tagelang gedacht, ich würde die Sprache verlieren, stumm werden von einer Minute zur anderen, wenn ich – und sei es nur aus Versehen – einmal so reden würde wie meine Lehrer. Zu Till

sagte sie aber nur: ach, weißt du, meine Zornausbrüche kannst du dir gar nicht wild genug ausmalen, beruhigt habe ich mich immer erst, wenn ich mich gerettet hatte in die Sprache einer vergangenen Zeit.
Aber nun bist du doch hier, sagte Till ein wenig hilflos.
Aufrichtig zu reden habe ich hier auch nicht gelernt. Die Sprache des Gehorsams, oh ja, die kann einer bei euch an der Universität schon lernen. Mit verkniffenen Gesichtern halten sie dort die ewigen Wahrheiten in Ordnung. Die Rangordnung, die Schweigeordnung, die Sterbe- und Friedhofsordnung walten in aller Stille, ach Till, machen wir uns doch nichts vor. Wenn ich durch eure ordentlichen Straßen gehe, stelle ich mir manchmal vor, ich ginge auf einer hauchdünnen Decke, und darunter –
Was hast du? fragte Till.
Dich habe ich, sagte Ruth, auch wenn ich bald für eine Weile wegfahre von hier, ich werde es nicht vergessen.
Ich weiß ja nicht, wo du hin willst, sagte Till, aber kannst du jetzt, in diesem Augenblick, nicht einmal nur da sein, wo du bist? Bei mir. Schau dir mit mir den Sommerboden an, oder sieh in den Himmel, im Dunst liegt er verborgen, in einem hellen Grau. Spürst du, wie der Wind einen der letzten Sommertage herbläst? Auch für dich und für mich, sieh mich an –: Till zog Ruth, die erbärmlich fror, unter seinen weiten alten Mantel, hielt ihn mit beiden Händen hinter ihrem Rücken zusammen.
Ruth sah über die Schulter von Till hinweg einen Mann auf sie zuhasten, vor ihm ein hechelnder Hund, der wütend an der Leine zerrte und bellte.
Recht so, sagte der Mann und dann: Pack, Weiberheld.
Aus den Fenstern des Städtchens sprangen die ersten Lichter herüber, Till und Ruth hielten auf den nahen Bahnhof zu. Dort gab es schon heißen Kaffee und frisches Weißbrot.
Ruth setzte sich abseits auf eine freie Bank, und als Till

mit Brot und Kaffee zurückkam, hockte sie benommen da. Till wußte nicht, was sie sah, ihn jedenfalls nicht.
Ruth fuhr zusammen, als er sie an der Schulter berührte.
Verzeihung, murmelte sie, danke. Behutsam drehte sie den heißen Becher in den Händen und wärmte sich daran.
Ich fahre nach Leipzig zur Messe, sagte sie, als wäre es in ihrer Lage das Selbstverständlichste der Welt. – Es wird nichts werden mit dem Nachhausegehen, sagte Till.
Nachhause will ich gar nicht. Ich weiß nicht, wohin ich reisen müßte, ins Innere der Erde oder ans Ende der Welt. Aber da ich nicht aus Gomorrha komme, werde ich mich noch einmal umwenden dürfen, oder nicht?
Du wirst eine Riesendummheit machen, sagte Till.
Nicht Heimweh zog Ruth zurück. Eigensinn hatte sie gepackt, mit List oder Drohung war er nicht aus der Welt zu bringen. Ruth wurde heftig: abstreifen wolle sie noch einmal, was aus ihr geworden sei. Sehnsucht nach der internationalen Arbeiterklasse habe sie nicht, wolle sich auch nicht vergewissern, wieweit die Hoffnungen auf sozialistisches Glück schon verkümmert seien, die Deklamationen über den Klassenkampf interessierten sie dort so wenig wie hier. Sie sehe nämlich keine Klassenkämpfer, nur Menschen, die sich hier wie dort im gerechten Zusammenleben nicht auskennten, Menschen, die mit aufgenötigten Fortschrittsparolen hier wie dort von einem Tag auf den andern unglücklicher würden, sich selbst weiterverstümmelnde Krüppel, die ihre Phantasie verrieten.
In Leipzig sei sie immer gern gewesen. Dort wolle sie ein paar Tage ohne jeden Zusammenhang sein. Alte Häuser und Straßen sehen, die sie kennten. Sie lasse sich gern dafür auslachen, es stimme nämlich, daß Häuser Menschen kennen. Keine Sorge, sie werde schon einsilbig sein.
Ich will noch einmal weggehen von dort, endigte Ruth, aber allein. Ich will nicht leben wie jemand, den ein anderer mitnahm. Für Strandgut soll mich niemand ausgeben.

Till nannte die geplante Fahrt einen fahrlässigen Entschluß. Ich hoffe, sagte er, du wartest dort in Klein-Paris nicht darauf, daß dir der Doktor Faust seine Aufwartung macht, sagen wir, mitten auf dem Markt und freilich in des Teufels Begleitung. Vielleicht trifft es sich auch, daß du auf den enzyklopädisch gebildeten Gotthold Ephraim stößt, dem man gleich dir einen mokanten Zug im Wesen nachsagte, als er in Leipzig herumging. Oder es finden sich noch ein paar Komödianten der Neuberin, die, auch als Lemuren noch schwer verschuldet, mit dir außer Landes geführt werden könnten, damit du hier endlich was zu lachen hast. Mir könntest du ein Kraut mitbringen aus der Apotheke, in der Fontane zu Diensten war. Auch Herr Fürchtegott Gellert könnte dir in die angemessene Richtung heimleuchten mit einer eigens auf dich zugeschnittenen Fabel, und wenn du sie lieber in Leipzig lassen willst, läge es nahe, sie Herrn Gottsched anzudienen für seine Frauenzeitschrift, die war die erste ihrer Art. Wie gut stünde dirs, darin verzeichnet zu sein.
Ruth blickte Till aus verengten Augen an, erst erschrokken, zuletzt lachte sie laut auf und fragte: was weiter? Du hast die Hälfte der Lemuren vergessen, die du mir als Gespenster an den Hals wünschst. Ich habe noch keinen getroffen, der Eifersucht auf Tote heuchelt wie du. Nichts hast du verstanden. Das macht nichts. Ich reise nicht in die Vergangenheit, die Grenzen meiner Sprache suche ich.
Dann erwähnte sie etwas Sonderbares. Sie habe gehört von einem Indianerstamm, dessen Sprache nur einen einzigen Vokal kennt.
Einen klaren Klang müsse diese Sprache haben, so schwierig auch immer sie zu erlernen sei. Sicher nicht mühsamer als jene, die sie nun vorhabe zu sprechen, ihre eigene, ohne geborgte Sätze.
Ich ziehe nicht aus, das beste Land der Deutschen mit der Seele zu suchen, wofür hältst du mich?

Ich halte dich für meine Freundin, die aus einer Zwangsjacke heraus will.
Ich glaube dir sogar, sagte Ruth. Till wußte nicht, was sie dachte.
Er wollte sie über die Wiese zurückbegleiten, irgendwann mußte ja auch sie einmal schlafen, aber sie wehrte ab mit den Augen, wollte gelassen sein. Mit ratlosem Lächeln winkte Till, sie wandte sich nicht um. Im Dunst konnte Till gerade noch erkennen, wie sie auf der kleinen Brücke über dem Fluß stehenblieb. Eine seltsame Grenze habt ihr für eure Stadt, hatte Ruth gesagt, einen Styx.
Was sie nur immer redet –
Till ging nachhause. Unsicher.

Till macht sichs leicht, sagte sich Ruth. Auch ich habe gedacht, hier könnte es gelingen, nur da zu sein, wo ich den Fuß hinsetze. Aber auch hier habe ich mich um mein Leben geredet. Wann ist es gewesen, daß ich mich so weit zurückzog unter die eigene Haut, eine Grenze setzte zwischen mich und die Welt mit meinem Wissen, abgeschirmt so: vor der Gegenwart? Es war, als ich erfuhr, was Angst ist. Es war in der Schule, und was Ruthchen gelernt, verlernt Ruth nimmermehr. Untergetaucht bin ich früh in ein zweites Leben, wann immer ich wollte oder mußte, verschwunden ganz und gar vor den Leuten in eine andere Zeit. Was bin ich so verhetzt, daß sie mich nicht mitkommen lassen in die Gegenwart. Mir verginge der Geschmack daran, mit Iphigenie in Jamben zu streiten und Hyperion im Mund zu führen, als wäre ich sein Nachbar. Aufsässig zuhause in einer anderen Zeit und heimatlos jetzt an diesem Ort.
Einmal möchte ich es wieder sagen können, ich sehe: Sommerfarben, die ersten Zugvögel, ich spüre den Geruch der Luft und den aus dem Gras, über das der Schatten aus den wilden Apfelbäumen springt. Wann kann ich es wie-

der sagen: kräftiger Wind bläst mir in den Rücken vom Fluß her, und es ist nur so und bedeutet nichts.
Ruth zog die Morgenluft durch die Lippen, als tränke sie Wasser, wusch sich das Gesicht mit dem Tau. Warum nicht, sagte sie sich, als Kind konnte ich es auch, und es war gut, warum sollte es nicht mehr gelten, nur weil ich bin, wo ich bin?
Im Dorf reden sie karg, die rissige Haut der Hände zeigt abends am Tisch, wir sind zusammen gewesen: reich mir das Brot, ich habe Hunger. Jetzt. Und sonst nichts. Ruth hatte niemandem gesagt, daß sie täglich die Mahlzeiten mit den Bauern nahm, daß sie geheult hatte bei ihnen und sie gesagt hatten: es ist aber auch alles etwas viel für Sie. Sie meinten die Feldarbeit. Ruth ließ es dabei.
In solchen Sätzen ruhte sie sich aus: ich habe Hunger, das Heu muß eingefahren werden, es wird regnen, wir sind müde, wir haben Durst, wir haben gearbeitet. Im Dorf sagte auch sie nur Ja und Nein.
Im Arbeiter- und Bauernstaat hatte sie gelernt, was sie vergiftet, die doppelbödige Rede, das lebensgefährliche Handwerk: Literatur als Tarnung zu gebrauchen.
In der Schule hatte sie geübt, das, was sie wußte, zu dem zu machen, was sie zum Überleben brauchte. Welchen Schutz das bietet, hatte sie früh begriffen und sich danach gerichtet. Die sichere Tarnung quälte erst ihr Gewissen, aber sie wollte ja auf der Schule bleiben. Es war leicht, mit den Parolen der Lehrer umzugehen.
Bürgerliche Literatur schmecke nicht nach neuem Bewußtsein? Da berief sich Ruth auf Fontane. Und wie bürgerliche Bücher schmeckten, es mußte einer nur die Zunge entwickeln für den revolutionären Gehalt. Scharen von Menschen in Fontanes Büchern, die sich frei zu entfalten versuchten, die engen Formen bürgerlichen Lebens sprengend, sich aufmachten in eine neue Zeit. Der Junglehrer zuletzt hatte Ruth entgeistert zugehört, wie sie nicht zu

kurz bemessene Partien aus Gesprächen Fontanescher Romane wiedergab, einfach so, aus dem Kopf. Ruth hörte sich wieder sagen, Fontane lasse die ausgebeutete Klasse die allerklügsten Einsichten aussprechen. In Mundart rede das Hausgesinde, und fortschrittliche Gestalten, wie die revolutionäre Melanie in L'Adultera, verließen die von innen her zerfallenden Häuser. Sehen Sie, *in jedes Haus is'n Gespenst... und in manches Haus sind zweie,* das spüre bei Fontane selbst das Hausgesinde und vornehmlich Frauen; auch die, die sich nicht mehr aushalten lassen vom Gemahl, die haben mitunter, wie die schöne Melanie, auch *nur ein ganz äußerliches Schuldbewußtsein* und *ein störrisches Herz* und eine erstaunliche Treue zu ihren Einsichten, wollen wieder in Frieden mit sich selber leben, *und wenn nicht in Frieden, so doch wenigstens ohne Zwiespalt und zweierlei Gesicht.*

Die Unerschrockenheit im Friedensangebot für die Lehrer war ein halsbrecherisches Spiel, in dem Ruth sich der politischen Konfrontation entzog. Das geschah täglich. Ruth hatte ein stets sich erweiterndes Arsenal von literarischen Passagen bereit, wenn sie ihren politischen Standpunkt darzulegen hatte. Auch täglich. Die Lehrer wurden aus ihr nicht klug, hofften, in ihrem Wissensschatz müßte sie sich eines Tages verheddern, wenigstens einen dekadenten Zeugen anbieten. Sie wiederholte sich aber nicht, führte mit leichter Hand die Klasse samt dem hilflosen jungen Lehrer durch die Literaturgeschichte.

Das Bekenntnis zum neuen Menschen brauchte sie nicht aus ideologisch verquollenen Merksätzen herzuleiten, aufrichtig sprach sie ja vom neuen Menschen, der aus seiner selbstverschuldeten Unmündigkeit heraustreten könne ohne die ökonomische Basis ständig vor Augen und das Schuldverteilen an die besitzende Klasse. Nur, sie meinte einen anderen neuen Menschen als der Lehrer, und der nahm es übel.

Bildung ist ein schönes Tarnsystem, hatte der Vater gelächelt, als sies ihm aufdeckte, was sie in der Schule trieb. Dann gab er zu bedenken, ob Ruth es sich nicht mit den Büchern verdarb, wenn sie nicht einstünde für sich selbst. Das war nun rücksichtslos von ihm, und Ruth konnte es ihm nie vergessen. Der Schutz ist der Schaden, hatte ihr Vater gesagt, abschließend.
Ruth kletterte unbemerkt in ihre Behausung hinauf, und bei den taghellen Geräuschen, die bis in die Scheune drangen, wurde sie wütend auf sich selbst.
Nachtwachen und Nachtwanderungen mit Till hatten sie ausgehöhlt, sie wollte die Rolle des Provokateurs nicht mehr.
Ruth kündigte ihrem Vater einen lange versprochenen Besuch an.

Vater, bald bin ich bei dir und sehe, wie du lebst. Ein geisterhaftes Glück mußt du haben, dich mit den richtigen Leuten vertraut zu machen. Mir ist jetzt oft, als müßte ich etwas gegen mich selbst gutmachen und mich zu den Wurzeln meines Lebensvertrauens zurücktasten. Wie immer ich mich gegen die Leute stelle, ich werde als abweisend erfahren. Es ist wahr, den Gesetzen einer kaltsinnigen Kopffüßlergemeinschaft will ich mich nicht unterwerfen. Ich sehe so viel abgewiesenes Leben um mich her, als liefe der Lebensentwurf der Studenten auf die Vernichtung der Freude hinaus. Das macht mich so ratlos, daß es eine Schande ist.
Die meisten Studenten sind Schlucker, arme. Könntest du sie sehen, wie sie mit hochgestellten Kragen von einer Vorlesung zur anderen hasten: stumm, in schnöden Rudeln. Als hätten sie nichts auszurichten in der Welt, geben sie sich schnell geschlagen, glauben alles, hoffen auf nichts, und was sie lieben, ist mir unbekannt. Ich hoffe, es ist nicht ansteckend. Es könnte wie ein schleichendes Gift in

mich einsickern, bis ich mich endlich auch nicht mehr mag.
Ich werde die Augen nach lebendigen Leuten aufsperren. Die Augen aber sind mir schmal geworden in der letzten Zeit, ich bin manchmal mutlos, daß Gott erbarm. Diese Nacht ging ich im Traum zuhaus durchs Dorf, Kinder winkten mir aus den Fenstern zu, und sie lachten. Da sah ich an mir hinunter, und ich bin Hans mein Igel gewesen. Aber ein weiteresmal verwünscht. Ihm reicht die Igelhaut nur bis zum Gürtel, mir aber war sie bis auf die Sohlen gewachsen. Im Chor riefen die Kinder: den Dudelsack, den hast du nicht, das sagt dir jeder ins Gesicht. Sie prusteten vor Lachen. Da wachte ich auf und mochte mich nicht rühren. Es stimmt vielleicht, eine zweite Haut ist mir gewachsen, und *wie kohlschwarz und gebrannt meine erste darunter* ist, wird sich noch zeigen. Es ist Zeit, daß ich aus der Igelhaut herauskrieche, doch dabei hilft mir nur des Königs Kind. Da hast du es! *Mit meinen Stacheln kann ich nicht in ein ordentlich Bett kommen.*
Wer uns vertrieb, muß gewußt haben, daß wir da nicht liegenbleiben und sterben, aber ein bißchen mehr als Stroh will ich schon gewinnen. Du Väterchen, hütest ja schon die Esel und Schweine und machst wieder Musik. Die ist sehr schön. Hans mein Igel soll in der Fremde aber nicht so viel reden wie ich, soll sich anders bemerkbar machen, dann könnt er immer lustig sein. Doch mir hat man den Dudelsack zu geben vergessen.
Einmal ist Hans mein Igel vor seiner Befreiung aber nachhause gegangen, um die gehüteten Esel und Schweine abzugeben. Ich hätte aber nichts mitzubringen außer Neugier, und ich verrate dir, ich will einmal, wenn nicht nachhaus, so doch nach Leipzig zur Messe. Andere sind auch gefahrlos wiedergekommen. Vielleicht kann ich mir den Dudelsack abholen. Er steht mir zu. Hernach will ich dann auch, *ganz als ein Mensch gestaltet,* weiterleben.

Verwöhne mich ein bißchen mit deinem Zuspruch, ich sehne mich danach, mehr als gut ist, aber ich bin ja verwünscht.
Die Antwort kam mit der nächstmöglichen Post:
Was bist du so verdrossen, mein stacheliges Kind. Ohne etwas Schulmeisterlichkeit wird es nun von meiner Seite nicht abgehn.
Über deinem Brief liegt eine Ratlosigkeit, die mich besorgt. Du weißt es doch, deutsche Bravheit verträgt sich mit Liebenswürdigkeit nicht. Du sollst mir nicht verkümmern, ich muß dich sehen, hältst du dich doch im Brief so im allgemeinen. Ich wüßte gern, mit wem du Umgang hast. Deine Art zu wohnen stimmt auch nicht zu deinen Neigungen. Du könntest dir ein sicheres Urteil über die Menschen bilden, zögest du einige Fußbreit weiter in die Stadt. Die Ungelegenheiten, mit denen du dich da draußen herumschlägst, können auch niemandem zeigen, daß du nicht hochfahrend bist. Dein Traum hat mich bestürzt, und ich sann ihm lange nach. Es hilft dir nicht, wenn ich dir schreibe, du kannst dich wohlgeborgen fühlen in deiner Haut. Was du für der Leute Feindseligkeit hältst, ist bloße Ungeschicklichkeit in den allermeisten Fällen.
Schutzsuchen dürfen wir beieinander nicht. Wir könnten uns miteinander in Wunschvorstellungen verirren, die alte Lebensart wieder zu erneuern. Ich hörte von einer Familie, die nach dem Weggehn den Vater durch Freitod verlor. Er hat sich nicht dareinfinden können, neu anzufangen. Besonnen wollen wir mit unserem leichteren Gepäck in die Zukunft gehn. Aber was heißt leicht? Denken wir nicht zu häufig an zuhause. Wenn du im reinen bist mit deinen Reisewünschen, so komm. Mir sind sie zweifelhaft, aber einwirken will ich auf dich nicht. Mit dem nötigen Geld statte ich dich aus.
Ich hätte nichts Leichteres gewußt, als dir zu schreiben,

komm, damit ich dich in die Arme schließen kann. Ich schreibe es nicht.

Ruth steckte den Umschlag in die Tasche und nahm ihn mit in die Mensa. Till traute sie mehr, als sie wußte, und zeigte ihm den Brief. Sie standen zusammen in einer Schlange vor dem Essensschalter. Ruth hielt auch Tills schartigen Teller unter die Blechkelle, aus der von großer Höhe Kartoffelsalat herunterklatschte. Der Teller glitt Ruth fast aus der Hand.
Ich empfehle ein Loch in der Zimmerdecke, von dort oben bekämen die Speisen einen appetitlichen Schwung. Die Serviererin kannte Ruths angewidertes Gesicht schon.
– Auf Meißner Porzellan können wir selbst für Sie nicht servieren. – Ruth hörte es gar nicht, Till redete empört auf sie sein. – An einem der hinteren Tische ohne die braune Soßen- und Schlierendecke kam Till kaum zum Essen. Was willst du, sagte er, uns nennst du Buchhalter, die gehorsam bis zur Selbstverkümmerung sich oben Literaturgeschichte einfüttern lassen, damit unten ein gesetzlich geschütztes Examen herauskommt. Dein Vater ist der gerissenere Buchhalter, er hält sich die Bücher, damit er nichts mit Menschen zu tun bekommt, zum Beispiel mit dir.
Von meinem Vater jedenfalls redest du jetzt nicht!
Ich rede über den Verfasser dieses Briefes, mit dem würde ich mich gern prügeln, ganz schlicht mit Fäusten, nicht mit einem Stilett aus Hexametern. Ich glaube ihm die Rücksichtnahme gegen dich nicht, die aus seinem Brief stelzt. Wie tragfähig ist seine Anteilnahme an dir, wenn er nichts vorzubringen hat als leise rügenden Tadel gegen dich? Till näselte so gut er konnte.

Ruth war vor der Wiederbegegnung mit dem Vater nach so langer Zeit befangen. Viel wußten sie nicht voneinan-

der, die räumliche Trennung hatten beide gewollt und hießen sie noch immer gut.
Es ist ein glühend heißer Tag. Als der Zug auf der kleinen Bahnstation hinter München hält, schlendert ein sonnengebräunter Mann allein vor den Gleisen, hält die Hände in den Taschen und das Gesicht in die Sonne. Von den Wänden des Stationshäuschens flattern zerrissene Plakate, man glaubt nicht recht, daß sie hier je einer las.
Mit lockeren Schritten läuft Ruths Vater der Tochter entgegen. Sein Gesicht und seine Bewegungen haben sich verändert. So ein schöner Gleichmut darin, denkt Ruth, so geht nur einer, der gewinnt. Sie forscht in den Augen des Vaters und findet Freude, die ihr fast kindlich erscheint.
Eine Stunde gehen sie nebeneinander durch die Mittagshitze auf der schattenlosen Straße. Der aufgewirbelte Staub legt sich auf die Zunge, und man schweigt lieber.
Der Vater sieht Ruth von der Seite an, ist beunruhigt über die erstarrte Aufmerksamkeit in ihrem Gesicht. Sie spricht beiseite.
Ich denke, mein Kompaß geht falsch, hoffentlich zeigst du mir etwas Schönes, du siehst so zuversichtlich aus.
Ich bin es.
Seit Ruth wußte, wo er sich niedergelassen hatte, fragte sie sich, wie er es an diesem Platz aushielt. Abgeschnitten von der Welt in einem Dreihundertseelendorf. Niemand außer Ruth war an der Bahnstation ausgestiegen.
Der kleine Hof, den der Vater gepachtet hatte, war vormals schon aufgelassen gewesen, sein Zustand der Inbegriff eines verlassenen Gehöfts. Ruth konnte dem Vater an diesem Ort keine Zukunft ausdenken.
Aber ein weißgekälktes Haus steht hell in den Sommer, eine bunte Wildnis von Rittersporn und Dahlien vor dem Eingang.
Ruth stürzt zum Pumpbrunnen und hält mit offenem

Mund den Kopf unter den Wasserstrahl. Lange hat sie nicht so viel Wasser getrunken. Als sie sich die tropfenden Haare aus dem Gesicht streicht, drängt der Vater ins Haus.
Endlich bist du da.
Eine Kate ist das Haus nicht mehr, ist wohnlich geworden, hinter größeren Fenstern karge und freundliche Zimmer, in denen sich der Vater bewegt, als gehöre er schon lange dorthin. Das ist der Mann nicht mehr, der mit hängenden Schultern über die Grenze kam, ein vor der Zeit gebückter Mann, noch nicht entschlossen, sich selbst noch einmal hervorzubringen in einer Welt, in der er nachbarlich würde leben können.
Es ist Sonntag, sie können bis gegen Abend im Haus bleiben. Für die Festmahlzeit darf Ruth nicht helfen. –
Gilt als ausgemacht, die Heimkehr der verlorenen Tochter mit dickschädligen Küchengesetzen zu feiern?
Warum nennst du dich verlorene Tochter?
Ruth plaudert leichthin über die Alltäglichkeiten des Studiums, als hätte sie ihrem Vater jenen Brief nicht geschrieben. Sie plaudert im spöttischen Abstand zu ihrer Enttäuschung über das Leben im Städtchen. Ich bin unter die Leute mit dem verlorenen Lachen geraten. Es lohnt nicht, darüber zu reden, erzähl von dir.
Noch lebe er gern allein, sagt er, habe sich nicht entschließen können, jemanden ins Haus zu nehmen, frühstücke morgens mit dem Mann, den er angestellt habe, der erzähle viel vom Dorf, und durch ihn frage er sich an die Leute heran. Anfänglich seien die Bauern mit ihm wie mit einem Geretteten umgegangen, gleichwohl befangen und zugeschlossen bis zu den Augen für eine Woche, als sie erfuhren, zuhause, ehe er wegging, sei er Bürgermeister gewesen. Sie hätten ihn dann einen roten Schleicher gescholten, die abendlichen Plaudergrüppchen seien in die Häuser verschwunden, sooft er auf der Dorfstraße aufgetaucht sei.

Auch hätten sie ihm das Orgelspiel in der Dorfkirche verbieten wollen.
So einer hat dort nichts zu suchen. Und weil das Dorfleben sonntags nach der Kirche auf dem Friedhof seinen Höhepunkt hat, ging der Vater dorthin und fragte: wer soll bei euch Bürgermeister sein? Wer die Leute kennt oder ein Fremder? Natürlich einer, der nicht die Mistgabel mit den Zinken nach oben auf den Boden vor die Leute legt.
Ja, wenn das so ist –
Später hatte sich herzliche Hilfsbereitschaft gezeigt. Man lieh und schenkte Ruths Vater Gerätschaft, half auch manchmal unentgeltlich auf dem Hof und sah sich gründlich dabei um.
Die kühnen Kostenrechnungen aber, die Ruth vor Augen geführt werden, die schwindelnd hohen Kreditsummen paßten nicht recht zum heiteren Gesicht des Schuldners. Ruth hütet sich, den Vorhaben zu widersprechen. Sie nickt zur Erbpacht von Brachland, ein kleines Stück Wald heißt sie gut. Daß der Ertrag des Hofes vorerst kümmerlich ist, scheint nur Ruth zu beschweren, ihr Vater sieht schon den Musterhof stehen. Und es klingt, wie er spricht, doch ein wenig nach Schonung der Tochter, die unruhig über die bei jedem Schritt knarrenden Dielen hin und her geht.
Du bist schon angekommen, sagt sie, ich warte noch immer und weiß nicht, worauf.
Auf ihren Brief läßt Ruth sich nicht ansprechen, wehrt sich gegen Fragen. Ja, ja, abkapseln wolle sie sich nicht, sie werde sich schon aus dem Sumpf ihrer Vorurteile ziehen, bevor er über ihr zusammenschlage. Es möge ihr keiner nachsetzen wie einem Kind und ihr begütigend übers Haar streichen.
Beim Essen sagt sie unvermittelt: meine Erinnerung ist mein Nessushemd.

Als der Vater Wein nachgießen will, hält Ruth die Hand über das Glas und nimmt sie nicht weg, als der Vater die seine darüberlegt.
Du schweigst hier noch besser als in deinem Brief, sagt er.
Von früher sollten wir reden, aber es geht nicht. Ruths Stimme klingt gepreßt, und für Tränen fehlt nur noch der Mut. Über den Preis ihrer Erziehung hätte sie gern geredet, verletzen wollte sie nicht, und doch wäre es unvermeidlich geworden, schon mit dem ersten Satz.
Wem gehört der Westen? fragt Ruth. Kannitverstan. Wer trinkt den Wein so schnell aus, daß das Wasser bis zum Hals steht und der Mund übergeht? Kannitverstan.
Du, sagt Ruth dann in ein langes Schweigen, ich war in einer größeren Gesellschaft, es war gestern Nacht, bevor ich zu dir fuhr.
Erzähl. – Der Vater richtet sich ein auf eine längere Geschichte, in der vielleicht auch endlich vorkommt, mit wem Ruth lebt, und ob sie überhaupt mit jemandem lebt. Der Vater legt die Gabel weg, nur das Glas nimmt er mit, wie er sich zurücklehnt.
Ich erwachte, sagt Ruth langsam, in einem schlecht und recht zusammengesägten, viel zu hohen Bett. Weiß nicht, wie ich hineinkam. Das Bett stand in einem kahlen Raum. Aus dem Nebenzimmer hörte ich Stimmengewirr, manchmal auch ein Aufkreischen. Sie feierten ein Fest nebenan, und ich wollte schlafen. Ohne die schöne alte Musik wäre es mir sicherlich auch gelungen. Die aber wollte ich hören. Mitten im Satz brach sie ab, nein, übertönt wurde sie von Gläserklirren und einer kurzen Ansprache, in der kam mein Name vor. Gelächter hörte ich dann, mir aber war das Lachen vergangen. Sie feierten nämlich meinen Leichenschmaus. Ich sah mich um im Raum, in dem ich lag, entdeckte neben mir einen in die Wand eingelassenen Schrank. Seine Türen waren nur leicht angelehnt. Ich sah in den Schrank hinein.

Er war nicht leer. Ich setzte mir eine Perücke auf den Kopf, griffbereit lag da auch eine Pelerine, die ich über ein barockes Kleid zog. Ein paar Schnabelschuhe fand ich, die wollten nicht recht dazu passen. Aber es gab nur dieses Paar Schuhe. Als ich umgezogen war, öffnete ich die Tür zum Nebenzimmer, ging an den langen Tischen vorbei, sah den Leuten ins Gesicht und auf die Teller, ein Breughelsches Mahl war da im Gange. Es hat mich ein jeder gesehn, hat keiner Notiz von mir genommen, niemand erschrak. Ich ging mitten durch die Menge und auf der anderen Seite des Raums wieder ins Freie hinaus. Einmal wandte ich mich um und sah durchs Fenster zurück.
Es war nichts geschehn. So bin ich entkommen. Gesehen hatten mich alle, ich bin sicher. Draußen im Freien ist die Welt mir wieder farbig erschienen, im Haus aber blieb alles schwarz-weiß.
Schwarz vor Augen könnte einem werden von deinen Geschichten, sagt der Vater ungehalten.
Es ist keine Geschichte, sagt Ruth und bleibt hartnäckig dabei, weiter nichts dazu sagen zu wollen. Ich habe es gesehn und gehört und bin dort gewesen, und jetzt bin ich bei dir.
Mehr sagst du mir nicht?
Wenn sich die Leute verlaufen haben, vielleicht –
Du, sagt der Vater, gut geht es dir nicht.
Ruth sitzt nur so da.
Der Vater geht zum Fenster hinüber und zeigt ihr einen großen schmiedeeisernen Schlüssel. Das ist ganz der Vater, wie Ruth ihn kennt, als er nun sagt: bis sich die Leute verlaufen haben, spiele ich dir auf der Orgel, steh auf und laß uns hinausgehn.
Sie lassen das Haus linkerhand liegen, halten durch die menschenleere Straße auf die kleine Sandsteinkirche zu. Sie liegt auf einer Anhöhe, weit sichtbar über den Ort hinaus. – Ruth ist von der Hitze benommen, streift mit

der Hand die Zäune entlang, aus denen Phlox und Geranien, Astern und Feuerlilien herausdrängen. Schönes rotes Geleit.
In der Kirche begleitet sie ihren Vater die schön geschwungene Treppe zur Empore hinauf, bleibt neben ihm, bis er die Register gezogen hat, und geht dann langsam zurück zur letzten Bank des bunt bemalten Gestühls. Dort läßt sie sich nieder, hält die Augen geschlossen, hört ihre Lieblingsstücke aus der Kunst der Fuge, glaubt schon zu wissen, in welcher Reihenfolge sie für sie gespielt würden, da entsteht plötzlich eine kleine Pause, und mit der Trompete im Cantus firmus ertönt der alte Choral:
Media in vita sumus morte circumdati –
Nicht getragen, aber sehr langsam genommen. Am Ende keine Fermate, sondern gleich wieder der Anfang, als ginge es nun immer so fort. Wie der letzte Ton davonfährt, wird er wieder aufgegriffen als erster in einer langen Kette von Variationen über das Thema. Eine Stunde schon kauert Ruth fröstelnd in der Bank, sieht das späte Nachmittagslicht durch die Fenster in einem tanzenden Muster auf den Boden springen; sieht aber mehr, und Augenschließen hilft nicht.
Einmal spielte der Vater eine ganze Nacht. Er hatte sich im Musikzimmer eingeschlossen und kam erst am Morgen, fahl im Gesicht, wieder heraus. Ruth, noch ein Kind, hatte sich, als es hell wurde, im Hemd vor die Tür geschlichen. Der Vater ging an ihr vorbei. Schlaf, Kindchen, ich bin ein alter Mann, der sitzt am Flügel in der Nacht und läßt die Leute nicht schlafen. Ruth war in der Nacht durchs Haus geg eistert und hatte hinter den Türen gelauscht, denn das gab es vorher nie, daß man sie wegschickte. Barsch. Sie hörte Sätze, von denen sie nichts verstand, aber im Kopf blieben sie sitzen: – Schutzhaft ist doch ein Todesurteil   seine Brüder sieht er nicht wieder   sie werden gestorben sein plötzlich natürlich im

Gefängnis   im Nest das dunkelste Subjekt, das heben sie nicht aus   die Weisung lautet auf rücklings erschlagen wer Gäste nach Verhören ins Haus lädt –
Vor dem Wort Subjekt fürchtete Ruth sich seither, auch in durchschaubaren Zusammenhängen, und die Silben rück-lings konnte sie nie richtig aussprechen, fand immer eine Umschreibung für sie und brauchte sie oft zuhause; wo sie herkam, war rücklings kein seltenes Wort.
Nach jener Nacht hatte Ruth mehr erfahren, als sie tragen konnte, war ein Kind fortan, mit einem Wissen, das Erwachsenen die Augen eng machte vor der Zeit.
Heute aber ruft der Vater in die Stille: wo bist du?
Ich bin ja noch da –
Jetzt ist Sonntagsfrieden in der Kirche. In der Mitte des Kirchenschiffs treffen Vater und Tochter zusammen, bleiben voreinander stehen, Ruth streckt beide Arme aus und legt sie ihrem Vater auf die Schulter. Ein guter Abstand ist es, den sie voneinander haben, aus dem geben sie sich zu erkennen: dein Trost bin ich nicht, aber ich traue dir.
Und weil der Vater sich noch immer nicht rührt, sagt Ruth ohne Spott:
Wir kommen durch –
Festwurzeln wollen wir ja hier nicht, antwortet der Vater und zieht Ruth ins Freie. – Draußen ist es schwül, die Vögel fliegen tief, Wind fegt den Staub vom Dorfsträßchen, bevor ein heftiger Regen niedergeht und endlich das schwefelgelbe Licht auslöscht.
Die nassen Kleider hängen noch über der Lehne, als sie sich später an den Tisch setzen.
Der Vater müht sich in Stolpersätzen. Das ist neu. Ruth ist schon aufgestanden und deckt den Tisch ab, setzt noch einmal Wasser für einen Kaffee auf.
Ich möchte dir etwas zeigen, sagt der Vater und nimmt einen Bildband aus dem Schrank. Er hält ihn Ruth aufgeschlagen vors Gesicht.

Wie gefällt dir das?
Dies ist eine Darstellung von Abraham, sagt der Vater werbend: steh auf und geh in ein Land, das ich dir zeigen werde. – Ich weiß, jetzt lachst du mich aus.
Du mit deinen Verlockungen, sagt Ruth.
Unbeirrbar redet der Vater weiter: Im linken Bildteil steht der alte Mann mit seinem Patriarchenbart, steht so verloren auf der leeren Fläche, Spott und Gelächter preisgegeben, er, der kinderlose, und hält die Hände offen vor den Rumpf. Die große Leere vor dem alten Mann. Und eine Hand über ihm, die in die Leere lockt, hinausgeleitet –. Die Zukunft, eine Zumutung, in die der alte Mann nichts mitnimmt.
Zweifelnd sieht Ruth ihrem Vater ins Gesicht.
Für dich und mich gilt das Bild nicht, sagt sie. Keine Hand im Bild, Vater. Wir sind keine Ausnahme wie dieser Mann, der die ersten Schritte für ein Volk geht, von dem er noch nichts weiß. Wir aber gehören zu einem Volk, von dem wir alles wissen. So unschuldig gehen wir nicht in unsere Zukunft.
Dieses Bild, sagt Ruths Vater, zeigt mir trotzdem eine Kraft, wie ich keine zweite kenne, aber es soll einer sich nur halten an das, was er bejaht.
Spät am Abend geht Ruth ruhlos durch das Haus. Ihre Schuhe stehen mitten im Zimmer. Sie will nicht stören, so sucht sie der Vater nicht. Bis weit in die Nacht sieht er den Widerschein des Lichts aus Ruths Zimmer und hört sie summen. Er kann nicht erkennen, was es ist. – Am nächsten Morgen ist Ruth von einer heiteren Unzugänglichkeit. Der Vater kennt das von früher. Er läßt es bei knappen Fragen nach der Organisation des Studiums, und eine liebenswürdige Antwort ist ihm gewiß.
Was die Universität anlangt, könne der Vater sich die lächerlichsten Vorstellungen machen, sie seien sicher richtig. Ruth hoffe, in der Hälfte der vorgegebenen Zeit zu einem

Abschluß zu kommen. Sie sagt es wie etwas Selbstverständliches. Nun aber wolle sie fahren.
Ich stecke fest, ganz anders als du denkst, sagt sie, und für das Risiko, das darin liegt, sollst du den Kopf nicht hinhalten. Beiläufig bringt sie die Fahrt nach Leipzig damit in Zusammenhang, nimmt die Hand des Vaters fest in die ihre, um sie dann entschieden loszulassen.
Du kannst mich aus der Hand geben, du mußt es sogar, damit ich gehen lerne. Die Richtung wird sich zeigen.
Nur einen Tag und eine Nacht hielt Ruth es in der Nähe des Vaters, und als sie wegfuhr, umarmte sie ihn heftig, wandte sich um und stieg in den Zug, ohne zu winken.

Ruth hatte zu sich auf die Wiese vor der Scheune eingeladen. Ruths Apfelkuchen erledigend, kamen die Studenten schnell zum Wesentlichen, der Angst vor der fälligen Klausur. Da saßen sie, abgekämpfte Naturen, angestrengt auf dem Sprung, nicht gegen die Universität zu verlieren. Ihr Leben kreiste um diesen Platz wie der Esel ums Schöpfrad. Den Rest der Welt nahmen sie obenhin inkauf. Ihr Wunsch, sich bei Ruth rückzuversichern, daß doch am Ende alles, alles gut sein würde, verdarb den Tag. Ruth war allein inmitten von Musterschülern der Angst. Auch Till saß da und hatte mit sich zu tun. In seiner Nachbarschaft saßen die beiden, die ihn in Ruths Abwesenheit gern fragten: wo ist sie, deine schöne Seelenfreundin, ist Diotima unterwegs, das Abendland zu retten? Erst kotzt sie die Seminarsuppe aus, hatte Till einmal geantwortet, dann wartet sie auf euch in Arkadien. Dafür hatten die beiden ihn neulich ins Wasser geworfen, als er bäuchlings im Schwimmbad auf den warmen Steinen lag. Till war dann zehn Bahnen geschwommen, das Paar stand noch immer da und wartete, daß er herauskam. Geduckt standen sie vor dem Becken, mit der aufgeweichten

Grammatik über dem nassen Handtuch, und setzten wieder an zu einem ihrer Sinnsprüche. Till tat verdutzt: es gibt sie schon, die aufblasbaren Göschenbändchen, lieferbar mit altnordischer Taucherbrille. Till war trotzdem getroffen, sprachen doch spitzzüngiger Neid und Schadenfreude etwas aus, das er vor sich selbst verschwieg. Er stak in der Sackgasse, in der manchmal Stichwörter wie Diotima und Seelenfreundin böse schmerzten. Till war für Ruth ein Redegesell, Komplize für den Kopf, eine nicht weiter befragte Spielart von Bruder.
Beiläufig erwähnte Ruth bei den verstummten Essern den Anlaß ihrer Einladung. Sie hatte das Latinum nachgemacht. Niemandem hatte sie auch nur ein Wort davon gesagt.
Ruth wischte Till mit einem Blatt einen Vorhang vor den Augen weg. Wo bist du, was ist das? lachte sie und hielt ihm das Spitzwegerichblatt vor die Augen. Ruth mochte nicht glauben, daß außer ihr niemand wußte, wie die Pflanzen hießen, die die anderen nun mit geheuchelter Neugier gleich büschelweis aus dem Boden zogen und hinstreckten.
Wie hat unsere Urmutter das Kraut benannt? Ruth bekam schmale Augen, als einer schließlich sagte, wir werden dich nachträglich in Dürers Rasenstück einarbeiten lassen, du hast es verdient – und Till hat dich dann endlich für sich allein, natürlich gerahmt.
Till stand auf und ging weg. Ruth folgte ihm. – Wo willst du hin?
Ich will mit dir nach Hamburg, sagte Till. Er war ein anderer Mensch, als er, im Gehen sich erwärmend an seiner Idee, Ruth von den Freunden in Hamburg erzählte.
Dort wußte er eine Freundschaftsinsel für sich. Er nannte sie auch seine Fluchtburg. Er war dort stärker gebunden als sonst an einem Ort. Die Stadt allerdings empfand er als die allerabweisendste. Bei den Freunden fasse er jedesmal

wieder Fuß in seinem eigenen Leben. Sie sind keine Kopffüßler, sagte Till und nannte sie grundgute Menschen.
Erspare es mir, sagte Ruth, gute Menschen zu sehen. Ich kenne schon so viele, die, ins Bodenlose gehalten, sich tapfer aus dem Sumpf ziehen.
Till blieb unbeirrt von Ruths Spott, redete von den Leuten in Hamburg ähnlich dem, der eine unangreifbare Erfahrung von Geborgenheit gemacht hat. – Ruth konnte es nicht lassen zu fragen, ob Till nicht um die andere Menschenart zu großen Lärm schlüge.
Sie leben hoffentlich unter ihresgleichen? fragte Ruth.
Ich will von dir nicht wie eine Verschüttete behandelt werden, die du gerade ans Licht ziehst, in dem du schon lange stehst.
Till versprach Ruth, in Hamburg wären auch sie einander endlich verständlich. Vielleicht, fuhr er fort, findest du dort die Wärme, die du bei mir vermißt. Bei Jan und Bettina, bei Jens.
Jan ist Maler und Puppenspieler. Aus der Akademie haben sie ihn frühzeitig ins Freie komplimentiert. Dort, hieß es, könne er nur noch lernen, Studiengelder zu verschwenden. Das allerdings hätte Jan auf keinen Fall dort lernen können, Geld hatte er so gut wie nie. Mit Aufträgen für Plakate vornehmlich sparsamer Auftraggeber wie etwa der Kirche sucht er sein Auskommen. Knapp reicht das Geld für Brot, nicht aber für die Miete und das trojanische Kamel, ein Marionettentheater in einem Kellerlädchen, das zum Verdruß der Anwohner bald über den Stadtteil hinaus von sich reden machte. Wohnung und Kellerlädchen nämlich liegen in einer leblosen Straße, aber auf der richtigen Seite der Alster, sehr nahe am Wasser, also nicht in Uhlenhorst.
Warum? fragte Ruth. Sie kann Till nun nicht mehr stoppen. Gegen die Alster ist nichts zu sagen, aber gegen die Straße, in der die Freunde wohnen, eben alles. Dort tän-

zeln, nerzverhüllt, Junghanseatinnen um ihre Kaufherren herum, bis sie sich zu ihrem Bankkonto hinaufgeläutert haben. In der naßkalten Ehe empfiehlt sich beizeiten ein Pudelchen, das mit Eintritt der ortsüblichen Altersarthritis das Tänzeln übernimmt.
Auch das maliziöse Lächeln zu Gattinnen erniedrigter Besucherinnen beschwichtigt nicht den Verdacht, auf der Bühne handle es sich am Ende doch nicht um entzückende Puppen und geistreiche junge Menschen allein, die die Abende reizend gestalten, auch wenn sie nicht von hier sind, was unverzeihlich bleibt. Auch der Hausbesitzerin, unter deren Obhut die jungen Künstler hausen, stößt das täglich schmerzlich auf. Auf der Kippe zwischen Neid und Verachtung hat sie es nicht leicht, schlagen doch ihre Erziehungsversuche bei Jan, Jens und Bettina ständig fehl. Es schickt sich nämlich nicht, bedenkt es die Vermieterin wohl, daß dies Gesindel, dem zwar Jens, der wenigstens Theologie studiert, die Miete manchmal vorstreckt, die Beletage bewohnt. Oder kann man etwa mit Menschen unter einem Dache wohnen, die aus dem Viertel keiner zu sich lädt? Darf man mit einer Frau zu Tische sitzen, die an der Ecke Eis verkauft? Nein, schleichende Unterkühlung der geselligen Verhältnisse wäre der Mindestschaden. Man würde gewiß reederlicherseits nicht mehr geladen.
Nun freilich, es sind ja Künstler anders, aber die Vermieterin, ins Telefonbuch als Privatgelehrte eingetragen, versteht schließlich auch etwas von der Kunst, ist in gewisser Weise vom Fach, zeichnet Skelette und stopft im zoologischen Institut Tiere aus.
Aber müssen die drei jeden Sonntagmorgen auf den Fischmarkt pilgern und dazu noch als Verkäufer? Es kann nicht angehen, daß die jungen Menschen, bepackt mit ihrem Kram, schon im Morgengrauen aus dem Haus ziehen. Es ist schließlich kein Trödelladen für Emailleschmuck und Batiktücher, die dann auch noch der junge Mann, der

einmal Pfarrer werden möchte, auf dem Fischmarkt mitverhökert. – Die niedlichen kleinen Zwillinge, um deren mietvertraglich geregelte Zeugung Jan auch nicht nachgesucht hatte, erleiden eine schwere Kindheit, bedauerlicherweise kann die Skelettzeichnerin nicht dagegen einschreiten. Im Grunde genommen sind die Mieter ja Ausländer, man wahrt den gebotenen Abstand, grüßt dünnlippig. – Jan stammt aus Böhmen, ein Land, das für die Vermieterin irgendwo in Asien liegt.
Ich werde mir deine guten Menschen einmal ansehen, du Komödiant, sagte Ruth. Sie studieren wenigstens nicht Germanistik.
Jans Grundthese, lachte Till, wird dir gefallen. Entgeisterung als Grundzustand führt unweigerlich zum Germanistikstudium.
Als Ruth und Till zur Wiese zurückkehrten, saßen die Gäste noch da, vertieft in Prüfungsstrategien.
Könnt ihr nicht einmal nur da sein, wo ihr gerade sitzt? fragte Ruth mit einer Freundlichkeit, in der die Fassungslosigkeit mühsam niedergehalten wurde. Sie schaute in verständnislose Gesichter.
Till schrieb am gleichen Tag noch einen Brief nach Hamburg, an dessen Ende es hieß: ich will Euch wiedersehen, bringe auch meine Freundin mit. Ich habe Angst um sie. Sie geht umher wie eine Tigerkatze, der man die Füße zusammengebunden hat. Helft mir die Stricke durchschneiden, ich kann es nicht allein.

Nieselregen hängt über Hamburg, als Till und Ruth per Autostop eintreffen. Auf der ausgetretenen Treppe, die zu dem Haus mit der frischgetünchten Fassade hinaufführt, steht Jan. Eine hünenhafte Gestalt mit rotem Bart, im anthrazitgrauen Pullover, lebenslänglichem Kleidungsstück, ausgebeult, fast ein Mantel. Jan springt, gleich mehrere Stufen auf einmal nehmend, herunter und schließt Till in

die Arme. Als Ruth beiseite treten will, ist sie schon in die Umarmung einbezogen. Das da, sagt Jan, gehört also zu dir, und er stößt die Köpfe von Ruth und Till zusammen. Jan lacht über Ruths jähes Zurückzucken. Was dieser Mensch tut oder läßt, ist offensichtlich keine Frage des Takts.
Die Wände im ehemals feudalen Treppenhaus von einem rissigen Bernsteingelb, brüchiger Stuck an der Decke, Geruch von feuchtem Stein. Die Räume der Wohnung sind hoch oder doch hoch gedacht. An langen Schnüren baumeln in Kopfhöhe bizarre Marionetten: Ungeheuer, Hexen und Biedermänner, historische Gestalten, eine Sippschaft von Teufeln und körperlose Köpfe, die im leichten Luftzug gegeneinanderklappern, bis Jan leise die Tür zuzieht. Nicht der Puppen wegen. Auf einem großen Tisch schläft inmitten von Farbtiegeln, schlammfarbigen Wassergläsern und Pinseln ein Kind, zusammengerollt auf einer sorgsam gefalteten Decke.
Die Wohnung ist weitläufig. Im Flur ächzen die Bohlenbretter. Aus der fensterlosen Gerätekammer scheint Licht, dort kniet Bettina vor einem Brennofen, wendet das glühende Gesicht zur Tür und grüßt nur leicht mit der Hand. – Ruft mich später. –
Jan sucht etwas in der Wohnküche. Die Tischplatte ist überwachsen mit zum Trocknen aufgelegten Linolschnitten, alten Zeitungen, Blättern mit Kindergekrakel. In der Ecke beim Herd hockt ein Kind, Ebenbild des schlafenden Bündels, auf dem Boden und zerreißt genüßlich einen Bogen Papier. Nein, Geld für eine Begrüßungsmahlzeit hat sich auf dem Tisch nicht gefunden. Verloren steht eine Flasche Wein zwischen all dem Papier. So bedächtig wie Jan sie entkorkt, müßte sie sich augenblicklich in Burgunder verwandeln. Das Rote in Jugendstilgläsern bleibt Kochwein, lauwarm. Stille Erwartung eines Weinwunders hängt in Bettinas Lächeln, während sie mit dem Glas

in der Hand im Türrahmen steht: Leben aus der Hand in den Mund. – Vorläufig jeden Tag, wäre da nicht Jens, dem das knapp bemessene Geld aus dem väterlichen Wechsel unter der Hand nachwächst. Er sät selten, erntet reichlich, was ihn mitunter bestürzt. Früher versuchte er, von seiner Rolle im Geldkrieg abzurücken, jetzt nimmt er die selbsterwirkten Brotwunder einfach hin. Seine stille Befriedigung verbirgt er, beschämen will er die anderen nicht und tut es täglich.
Jens wirft verstohlen einen Blick in die Küche, legt, als er Ruth und Till sieht, mit Nachdruck seine Schirmmütze auf den Tisch. Dies ist keine Brechtmütze, dies ist mein Friedenshelm im Kampf gegen die beseligenden Wirkungen der Askese.
Ich rede immer zuviel, sagt Jens, sticht mit dem Finger in die Luft, die andere Hand sucht in der Tasche, wird aber nicht fündig. Ich lebe heute nicht in der Gnade, sagt Jens. Aber so sind sie hier nicht, daß sie jeden spitzen Satz für ein Messer halten, in das sie nun unbedingt hineinrennen müssen. Es wird jetzt einfach weitergegessen, beschließt Jan mit großer Geste zum leeren Herd hin.
Bald sitzen sie alle um den Tisch. Gegen die gardinenlosen Scheiben klopft der ortsübliche Regen. Ruth bietet ein Bild stiller Verwunderung. Verwöhnt ist sie nicht, aber dies hier hat sie noch nicht gegessen.
In einer gewaltigen Holzschüssel klumpt etwas. Gelblich, nein, doch eher weiß. Mit kleinen Blasen. Eigentlich geruchlos. Mit zierlichen Griffen auch nicht aus der Schüssel zu heben. Jan setzt jetzt breit an zu einer Geschichte über die Schüssel, gleichsam ablenkend von ihrem Inhalt. Die Schüssel sei ein Tauschobjekt, in der Dunkelheit gegen einen Stockpuppenteufel eingehandelt, dessen Geist gewissermaßen noch in der Schüssel hause.
Trotz aller Zaghaftigkeit beim Zugreifen, schleift jetzt eine glitschige Masse über den Schüsselrand und rutscht

anteilig über Ruths Teller, trennt sich nach dem Gesetz der Schwerkraft vom Großen und Ganzen in der Schüssel, in die die Kinder mit Ruth gleichzeitig, indes mit den Händen, patschen. Wäre nicht, damit alles richtig ist, noch ein sonderbares Gemisch von Gewürzen an Ruths Tellerrand geschüttet worden, über den ein Löffel Tomatenmark abgleitet, könnte Ruth beschließen: ich mache es wie Charlie Chaplin in «Goldrausch». War er nicht für eine Weile glücklich mit seinen Schnürsenkeln, die er mit einer ansteckenden Gefaßtheit um die Gabel wickelte, während die Hütte, in der er speiste, schon über den Felsrand schlingerte? Brötchentanz wird hier sicher nicht verlangt. Betört von einer Art Glück über die glitschige Sättigung, rutschen die Kinder von den Stühlen und nehmen noch ein paar in voller Länge erhaltene Spaghetti mit.
Eine zweite Flasche Kochwein ist auch noch da, entfaltet eine intensivere Wirkung als die erste. Wenigstens bei Jan. Till hat sich längst den Mund gewischt, seinen Stuhl vom Tisch gerückt und bläst den Zigarettenrauch vor sich hin. Jan saugt an der kalten Pfeife, während Bettina großäugig auf Jan sieht, der die Schüssel geräuschvoll auskratzt, daß es wie eine Drohung klingt. Jedenfalls erwähnt Till später in der Nacht den Wein als mildernden Umstand für alles folgende.
Gesoffen hat er doch gar nicht, wird Ruth dann immer noch sagen, nüchtern hat er nur nicht sagen können, was er wollte, und beim Trinken hat es ihn abgetrieben.
In der Küche ist es still. Ruth weiß nicht, in welchem Stück sie mitspielt, gewarnt ist sie nicht, somit vorurteilslos. Sitzt da und wartet. Keine Einleitung führt in die Suada, zu der Jan ansetzt, er redet wie ein Verschwörer, der endlich alle zusammen hat, die er braucht.
Da hat er dich also angeschleppt, Schwesterchen, der gute Till hat dich angeschleppt. Flüchtling zu Flüchtling, das wird schon einen Reim machen, er hat gehofft, so ein

erdhafter Böhme wird ihr schon zeigen, daß da noch ein paar Leute im Land hausen, die die Erde nicht nur als Schwarzes unterm Nagel kennen, die man sich, bitte sehr, herauskratzt, bevor die Leute kommen.
Jan lacht übertrieben. So komisch findet Ruth gar nicht, was er sagt. Aber Jens vielleicht, der Jan am Weiterreden zu hindern sucht. Laß doch den großen Tusch. – Den Tadel hört der Redner gar nicht. – Stier mich nicht so an, Schwesterchen, und rück ein bißchen näher, lispelst ja auch nicht mit im Gejammer über den Verlust der Mitte.
Wer jammert denn? fragt Ruth eine Spur zu höflich.
Till hört, wie verlegen sie ist. Jens ist aufgestanden, steht mit dem Rücken zum Tisch und fängt an, geräuschvoll das Geschirr zu waschen. Der tätige Rückzug verdeckt, wie befangen er ist.
Über den Verlust der Mitte jammern sie doch alle, die das Maul vollnehmen im deutschen Theater, und meinen doch die verlorenen Ostgebiete, wenn sie sagen, die Mitte ist weg. Und du kannst nicht Fuß fassen hier, hab ich gehört, gehst auf Kothurnen in einer schönen weiblichen Gescheitheit, hab ich auch gehört, fürchtest dich vor der Besitzgier der Leute. Laß sie doch jetzt die Setzkästen in den Herrgottswinkel hängen, haben doch nichts anderes, die meisten, wo sie hinknien können, vor ein Habchen und ein Gutchen, und beten. Lieber Gott, wenn es dich gibt, rette meinen Kram, wenn ich wieder einen hab. Was fürchtet die deutsche Duckmaus zwischen Falle und Speck, überm Kopf das Mobile aus Muscheln, Glas und Zapfen, daß sie nicht kann geradeausgehn auf dem Weg zur Falle?
Geradeaus, wie sähe das aus? fragt Ruth herausfordernd, obwohl Bettina leise warnt: nimm dich in acht, Jan, sie ist nicht deine Schwester.
Mein Schwesterchen wüßte recht gut, wie einer geradeausgeht, nicht gleich wie der Ritter zwischen Tod und

Teufel, gepanzert mit Eisen, Speer und Gottesmut. Nicht einmal mit Wörtern, Schwesterchen. Geradeausgehn könnt heißen, sich nicht mehr schützen, auch nicht mit der Weisheit der Alten.
Ruth kann Jan nicht aufhalten. Unsicher sagt sie, ich möchte wissen, für wen du das sagst und warum denn so umschweifig.
Weil wir immer Bücher und Bilder zwischen die Welt und uns stellen, hab mir sagen lassen, daß du ein erotisches Verhältnis zu Büchern hast, eine Liebschaft mit der Literatur.
Was du nicht alles über mich weißt. Kannst du nicht ohne dieses Pathos reden, oder tust dus mir zuliebe? Hat Till dir eine Karikatur von mir als Gastgeschenk mitgebracht?
Bettina rührt kopfschüttelnd in ihrer Teetasse, sie verträgt Jans Tonfall nicht. Ihr Beitrag zur Situation: gleichmäßiges Klappern mit den Kandisstücken, die sich im Tee einfach nicht auflösen. Endlich bittet sie Jens mit einer Stimme, in der die Klugheit fast von der Sanftheit erdrückt wird, er möge Jan doch zum Schweigen bringen.
Was drin ist, muß auch heraus, sagt der trocken, zündet sich die Pfeife wieder an, er könne warten, das seien erst die Lavabrocken, Bettina solle einstweilen in Deckung gehen. Manchmal verwechsle Jan eben den Kochwein mit den Steinen des Demosthenes, die große Rede komme erst.
Jan redet weiter. Wer zuhört, schert ihn nicht.
Sieht einer die Hand noch vor den Augen? Nein, aber was sieht man hier in der finsteren Küche? Eine Hand an der Gurgel sieht man, verlang ich zu viel, meine Herrschaften, wenn ich schreie: draufschlagen, senkrecht von oben draufschlagen auf die Würgehand und wenn sichs als die eigene herausstellt. Daß der Hals wieder frei wird für den Gang mit dem hocherhobenen Kopf. Bin ich geschickt worden von weiter drüben als du, Schwesterchen, hat

man mich wollen lehren den Kopf ducken und den ganzen Leib krümmen, als ich kam zu den deutschen Christen in die Heimlehre, die eine kurzgefaßte gewesen ist. Haben dem böhmischen Waisen- und Heidenkind nicht gesagt, wie die Füße zu setzen sind auf die Erde, haben ihm gewiesen die Kriechspur in das himmlische Jerusalem, bis das Waisenkind nicht mehr gewußt hat den Rückweg vom Turnplatz, weils gefaßt gewesen ist alle Tage auf die plötzliche Entrückung ins himmlische Reich, hat nur noch Bescheid wissen sollen über die Gassen in der goldenen Stadt. Ist oft heimgekommen ins deutsche Kinderheim, das böhmische Heidenkind, und fand keinen vor, waren alle schon abgefahren, möglicherweise in die hohe Stadt, und das Heidenkind hat man nicht mitfliegen lassen, weils das Kind gewesen ist von einem Verräter, nicht einem Gottesverräter, genügt ja Landesverräter, der nicht küßt die Hand der Obrigkeit, so Gewalt über uns hat. Hat 1939 die braune Obrigkeit genannt eine Saubande, und dann hat er niemanden mehr was geheißen, weil man ihn geheißen hat sterben, und zwar gleich in der goldenen Stadt, aber nicht in Jerusalem, ist in Prag gewesen, von wo seine Mutter einen Tag darauf verschwand. Wird ein Grab haben wie seine kleine Schwester, oder wird keins haben wie seine kleine Schwester.
Kann das Heidenkind nicht ‹ich› sagen? fragt Ruth, legt Jan die Hand auf den Arm, nimmt sie nicht weg, als er fortfährt:
Ist ein großer Fehler, wenns einer hier tut, sonst fallen sie nieder vor dir, weil du ihnen den Märtyrer machen sollst und doch die Gedächtnislosen verachtest.
Du hast ja Angst, sagt Ruth. Warum kannst du nicht zugeben, daß du fürchtest, die Nazibarbarei wiederholt sich?
Laß mich ausreden, bevor du mir Vorschläge machst, immer die Vorschläge nach dem Sachverhalt. Hab später wissen wollen, ob die Mörder meines Vaters auch auftau-

chen im goldenen Jerusalem. Groß ist Gottes Erbarmen, hat es geheißen, und seither hab ich nicht mehr hineinwollen in die goldene Stadt, aber die Hölle war noch nicht geöffnet, und ich bin geblieben bei den Christen eine lange Zeit und bin noch in einem christlichen Staat, wo der Christ pariert, wo sie dir vorleben die Seligkeit des Gehorsams. Hab ich gefragt früher, Gehorsam gegen wen? Ist immer gewesen der Gehorsam gegen alle, die Verantwortung für mich haben, so lang ich nicht mündig bin, und hierorts wirst du mündig erst unter dem Sargdeckel, kannst darunter machen, was du willst. Will mich aber nicht in meine ewige Seligkeit hineingehorchen und nicht herbeten den himmlischen Glanz, der früher oder später über mich hereinbricht. Als ich noch klein war und im Heim, hab ich gefunden die «Strafkolonie» von Kafka, wollt auch ein bissel was vorlesen am Abend zur Erbauung, und haben gedacht die Erbauten, es liest der aus ein fromm Büchel der Heimbibliothek, und hatten ein Zittern in der Hand, als sie das Büchel haben ausgeliehn bei mir. Das war meine einzige Sünde gegen die Literatur, soweit ich weiß. Wieviele Sünden hast du, Schwesterchen, ich wett, es möcht mehr zusammenkommen bei dir.
Ruth beharrt darauf, Jan redet nicht so, weil er betrunken, sondern weil er noch gar nicht in der Gegenwart angekommen ist.
Jan braucht keine Überschrift für seinen Zustand, sagt Bettina, die eine Tasse unter den Heißwasserhahn hält. Er braucht einen Kaffee.
Trink schon.
Jens und Till sehen sich an. Was ist in ihn gefahren? sagt Till, er redet doch sonst nicht von sich.
Laß ihn, sagt Ruth, du brauchst für ihn die Form nicht zu wahren.
Bettina steht am Tisch, bügelt schweigend das Wachs aus Batiktüchern.

Ist ja nur gewesen eine Begrüßungsansprache für meine Schwester, die mir auch eine halten kann, sagt Jan.
Ich will, sagt Ruth, lieber morgen mit dir essen und trinken und arbeiten. Du brauchst dich nicht zu schämen.
Dann sagt niemand mehr etwas. Man hört das Zischen von Wachs unter dem Eisen. Jan bittet mit veränderter Stimme und sehr langsam: ich hätte gern noch ein paar Abzüge von dem Blatt hier. Ruth, könntest du mir helfen?
Ruth sagt nichts. Aber wenn die anderen ihr Lächeln richtig deuten, wird sie jetzt aufstehen und mitgehen, die Abzüge allein herstellen und zu Jan sagen, leg du dich schon mal hin.
Ein bißchen schwankt Jan, als er nun durch die Tür geht wie einer, der gewonnen hat.

Im Dunkel zwischen Kinderspielzeug machen Till und Ruth sich später aus zusammengeschobenen Sesseln ein Lager.
Oft denke ich, die Sünden der Väter werden an den Kindern heimgesucht als Angst, sagt Ruth. Jan hat viel Angst. Er zeigt sie wenigstens.
Till tut so, als schlafe er schon. – Feigling, sagt Ruth.
Dann kommt ein lauter Morgen. Auf der anderen Straßenseite kreischt ein defekter Lastenaufzug an einer Baustelle, in der Wohnung hört Ruth ein Quodlibet aus Kinderrufen, Radionachrichten, einer Bacharie, im basso continuo eine beschwichtigende Stimme, weiblich. Sie spricht gegen das Crescendo eines Telefongesprächs an, in dem sich vom anderen Ende des Flurs her einzelne Worte, schrill über die anderen aufsteigend, selbständig machen; böse Worte, die – jetzt schon fortissimo – schließlich in einen Satz münden. Bitte sehr, wenn Sie wollen, Hochwürden, werde ich Ihnen das nächstemal einen Gitterzaun um die ewigen Werte malen. Dann Pause. Nun mit Ver-

achtung: nein, eine unsterbliche Seele habe ich nicht, würde sie auch nicht an Sie verpfeifen. Guten Morgen.
Das war auf nüchternen Magen ein Gespräch mit der Volkshochschule. Jan steht noch immer am Telefon, als Ruth ins Bad will.
Werd ich mich prostituieren? fragt er. Guten Morgen sagt er nicht.
Wenn dich Gott nicht mit dieser aufdringlichen Hellsicht geschlagen hätte, wärst du mir noch lieber, brummt Jens und schlurft – an Ruth vorbei – ins Bad. Jan rafft die nächtlich bedruckten Blätter zusammen. Mit gespreizten Fingern hält er Ruth eines hin.
Hier, was Schlüpfriges zum Aufwachen, was ist firmenschädigend dran?
Auf hohem Sockel das Standbild einer jungen Frau. Der dazugehörige Mann reicht mit seinem Besen kaum zu ihr hinauf, er will die Dame nicht scheuchen, lediglich abstauben.
Sehr anrüchig, lacht Ruth, der Auftraggeber wünscht sich die Ehe als Standbild, aber mit Patina – hättest du wissen können. Verwandlungen in der Beziehung zwischen Mann und Frau sind nicht vorgesehen.
Leider ist Jens schon wieder da. Morgenstund, Verdruß im Mund, und solcherart alterslose Sprüche streut er auf dem Weg in die Küche vor sich hin, freigebig nach allen Seiten mit Trauergebärden.
Seine Geduld mit Jan zerlappt manchmal ein bißchen, auch wenn er ihm dann beim Frühstück eine wohlgestaltete Seele nicht abspricht. In Jans Beisein klärt er Ruth über Jan auf. Er sei ein Cardillac. Blätter, die er gut finde, verkaufe er ungern an Fremde, Gelegenheitsarbeiten – wie dieses Plakat – ließe er nicht gelten, eines Tages werde der Tick mit der Prostitution stärker als der Hunger. Essen müsse er ja, und nicht nur er.
Damit habe ich nicht gerechnet, sagt Ruth.

Jan ist Sumpftrockenleger, er sieht nur wie ein Maler aus, der zufällig mit Marionetten umgehen kann, hauptberuflich ist er Sumpftrockenleger.
Und du siehst ihm das großmütig nach, wenn ers nur nicht nach Flagellantenart treibt? Was berechtigt dich dazu?
Ich bin ein Laienbruder, ein frühreifer, grinst Jens.

Vor Ruth die geöffnete Tür zu Jens' Zimmer. Eine Art Schreckenskammer. Jens geht oder schreitet nicht, er steigt über größere und kleinere Bodenerhebungen hinweg. Umzugschaos als Dauerzustand. Darin bewegt er sich mit der Grazie eines hochbeinigen Laufvogels in natürlich gewachsener Landschaft. Ruth rettet sich in den einzig unbelegten Sitzplatz, einen alten Strohsessel. Mit einladender Geste streift Jens einen in sich zusammenstürzenden Stapel von Büchern, Mappen und Briefen beiseite, der, sich nach allen Seiten auflösend, mit einem dumpfen Laut noch ein paar Kleidungsstücke mit zu Boden reißt. Jens sieht gar nicht hin. Ihn freut die Landgewinnung auf der Tischfläche. Wegelagerer in Wartestellung, stemmt er die Ellbogen auf das Stückchen freie Tischplatte. Mit einem mißglückten Grinsen um die Augen dann: lieber ein verrutschtes als ein verpfuschtes Zimmer, oder? –
Ruth findet ihn komisch. Zumindest sei die Gestaltung des Raumes lebensnah, es verwirrten sie die ordentlichen Lösungen eher. – Jens nimmt es als Freundschaftsangebot.
Die trüben vormaligen Senfgläser, die er auf den Tisch stellt, gehören zum soliden Bestand des Haushalts. Die Jugendstilgläser von gestern abend will Jens nicht im Zimmer haben. – Der Firlefanz aus Plüsch und Glas, sagt er, gehört Bettina, der ihre Mutter die Schränke samt dem Geschirr mit dem Zwiebelmuster, das sie sich vom Herzen riß, bei der Eheschließung nachschleppte. Sie muß an die gesittende Wirkung des Schwemmguts geglaubt haben.

Ruth ist erst unangenehm berührt, dann wütend. Jens verurteilt eine Fremde, um zu verteidigen, wie er lebt. Aber Jens ist noch nicht fertig mit Bettinas Mutter.
Jeder Zoll gebeugte Witwe und ihr einzig Kind fällt einem Schrat in die Hand. Im gut konservierten Witwenleid drohte sie mit dem toten Gatten, der, in fremder Erde liegend, seine Tochter so wenig retten kann wie die Familienehre. Der verschollene Gatte ist längst zu einer Heldengestalt umgemodelt. Der Schriftleiter an einem Nazikopfblatt muß ein heimlicher Widerstandskämpfer gewesen sein, der nach der Ausschaltung der Juden die Stelle des jüdischen Kollegen treuhänderisch übernahm.
Bettina kann mir das selbst erzählen, wenn sie es für richtig hält, unterbricht Ruth. Was für eine armselige Art, über das Versagen anderer zu reden. Du hast so halsabschneiderisch recht. Wer anklagt, muß behutsamer sein als du; daß Bettinas Mutter euch vielleicht braucht, weil sie auch nicht mit dem leben kann, was sie weiß, darauf bist du nie gekommen?
Jens kann den schäbigen Ton noch immer nicht wechseln. Bettinas Mutter, sagt Jens, ist eine Bedrohung. In ihrem Kopf ist alles wieder aufgeräumt, die Vergangenheit, und die Zukunft vielleicht auch. Jens macht eine Bewegung wie einer, der mit der Hand etwas zudecken will, über dem nach allen Seiten die Decke zu kurz ist.
Es ist überhaupt alles schön aufgeräumt. Bettina im Haß der Mutter, der verschollene Gatte im tiefverschlossenen Herzeleid, das viel zeitraubender als Grabpflege ist, bei der man ab und zu seine Erinnerung jäten müßte. Bettinas Mutter ist des Jätens in jedem Sinne enthoben. – Jens läßt die Überheblichkeit fallen, schützt Bettinas Mutter nicht mehr vor, kann endlich zeigen, daß er selbst nicht weiß, wohin mit sich. In kleinen Schlucken trinkt er und sieht nur gelegentlich zu Ruth auf.
So ordentlich verräumt der ganze Schutt. Auch der in uns.

Unter den kleinen Hügeln mitten in den Städten das Geröll, über das im Winter die Kinder rodeln. Bevor sie die Häuser in meiner Straße zuhause wieder aufbauten, rissen sie die kleinen Bäume aus, die in den Ruinen wuchsen. Ich hab geheult. Nie wieder habe ich junge Bäume so geliebt wie die in den Ruinen. Die habe ich gekannt. Sie kannten mich auch. Ein zerbombtes Haus, der Preis für einen Baum in der Stadt, so dumm hab ich als Kind gedacht.
So dumm warst du gar nicht, sagt Ruth, aber du hast es in anderen Sätzen gedacht, du weißt sie nicht mehr?
Nein. Aber mir ist, als seien die Dinge in den neuen Häusern ein riesiger Haufen Verbandszeug, von dem sich alle bedienen, damit man die klaffende Wunde nicht sieht, mit der die meisten herumlaufen. Lieber ein zubandagierter Mund als ein Wort über die Verletzung, die nicht heilt.
Was denkst du bloß in die Leute hinein? Verletztsein, womöglich Schuldeinsicht beim Wiederaufbau des alten Nests? Einem Naturtrieb folgend, richteten sie wieder her, was zerstört war. Wer innehält, bevor er wiederherstellt, müßte fähig sein, über das Alte zu urteilen. Aber gerade dies konnten die allerwenigsten. Sie dachten sich in die alte Welt vor Hitler zurück, die meisten schnitten die zwölf Jahre aus ihrem Gedächtnis und taten so, als wäre davor doch alles, alles gut gewesen. Du denkst dir Menschen viel zu klug, denk sie dir eher schwach, dann mußt du sie nicht hassen. Und jetzt will ich mit dir aus diesem Zimmer hinaus.

Draußen auf den Alsterwiesen versteht Jens nicht, warum Ruth mit den Kindern spielt, als habe sie ihn schon vergessen. Er schaut auf das Wasser mit den toten Fischen, die mit nach oben gekehrten Bäuchen giftig in der Sonne glänzen. Ruth wartet mit den Kindern an der Schiffsanle-

gestelle. Sie will in die Innenstadt. Jens verbeißt sich eine Antwort, als Ruth sagt: euer Innenleben ahne ich jetzt, nun sähe ich gern das der Stadt. Jens fühlt sich behandelt wie ein Bub.
Auf dem Schiff dann blickt er finster ins Wasser, als sei er bestellt, die toten Fische zu zählen. Ruth schüttelt das Haar zurück und lacht ihn aus. Kannst du nicht hier auf dem Schiff stehen, einfach vorhanden sein neben den Kindern und mir?
Das kann ich nicht, sagt Jens in der Rolle des zürnenden Stadtvaters, dem über den toten Fischen die Lust auf Gegenwart vergangen ist. Er sieht sich um und nimmt es den Wiesen übel, daß noch Grünes auf ihnen gedeiht, solange er mit der Vergangenheit anderer Leute nicht im reinen ist. Eigentlich rührt er Ruth. Jens, warum läßt du dich nicht leben? fragt sie. Willst du die Generationen vor uns damit bestrafen, daß du dich nicht leben läßt und dich widerlegt fühlst durch ihre Fehler? Ich glaube dir nämlich nicht, daß du morgens aufwachst, gleich um Deutschland besorgt.
Hast du eine Ahnung, erwiderte Jens. Letzten Sommer hab ich als eine Bußübung zugebracht. Das war in Tübingen. Bei Rothfels hörte ich die Vorgeschichte des zweiten Weltkriegs. Im überfüllten Hörsaal standen die Leute dicht gedrängt an den Wänden, im Hörsaal daneben war es nicht anders, nur verstanden sie dort noch weniger als wir, der Lautsprecher übertrug manchmal nur Fetzen. Aber wir verstanden ohnehin nur Fetzen, schrieben und schrieben und hatten doch nichts begriffen. Da war niemand, der uns für jung genug hielt, daß er uns erklärt hätte, was wir brauchten. Wir arbeiteten nicht auf, wir schrieben nur auf.
Glaubst du, daß du persönlich die deutsche Geschichte aufarbeiten kannst? fragt Ruth. Du bist ziemlich naiv, entschuldige.

Es geht nicht, sagt Jens, mit dir kann ich nicht sprechen, wie ich will. Du bist, sagt er, als wäre es ihm eben erst aufgefallen, eine Frau. Warum wehren sich die Frauen nicht für ihre Kinder? Dann klärt er Ruth mit viel Inbrunst über die Verantwortung der Frau in der Geschichte auf.
Ruth lacht: erhoffst du von uns, was ihr nicht könnt? Du übst wohl fürs Gotteshaus, spottet sie und wird doch in der Nacht darauf träumen, Jens predigt in der Westminster Abbey.
Jens hört Ruth gar nicht. Willst du deine Kinder großziehn, wie meine Mutter mich großschwieg? – Stünde Jens da nicht mit einem plötzlich eingefallenen Gesicht, würde sie ihrer Wut auf ihn freien Lauf lassen. Es rührt sich etwas in seinen Augen, das Ruth verbietet, Jens wegzuschieben, der sich mit einemmal an ihr festhalten muß. Die Wörter kommen einzeln aus Jens' Mund, sie haben endlich mit ihm zu tun, und er wehrt sich nicht mehr dagegen.

Noch heute kann ich den Ausdruck Haus der Kindheit nicht ohne Schauder hören. Das Haus meiner Kindheit nämlich war leer. Es hat mich das Grauen gelehrt, und das Grauen nutzt sich nicht ab. Ein Judenhaus ohne Bewohner war das Haus meiner Kindheit. Unser Nachbarhaus. Ihm gehörte die Phantasie meiner Kinderzeit und fast alle Furcht. Für das Haus lernte ich auch Lügen und Stehlen. Seit ich zurückdenken kann, wohnte niemand mehr dort. Keiner wollte mir sagen, warum die Haustür mit einem Bretterzaun verschalt wurde. Die Besitzer, mein Kind, sind nicht da. Sind sie verreist? Wer weiß das heute, sagte die Mutter, frag nicht, die Welt steht Kopf, mein Kind. Ich war sechs und nahm die Wörter wörtlich. Steht die Welt Kopf, so werde ich mich auch auf den Kopf stellen, vielleicht finde ich dann diese Nachbarn. Mit dem Kopf nach unten klemmte ich meine Füße zwischen die eisernen Stäbe des Staketenzauns mit dem Blick in den Himmel. Was machst du? fragten meine Spielkameraden. Ich warte auf die Leute von nebenan. Manchmal warteten wir zu dritt mit nach unten hängenden Köpfen. Oft saß ich auf den zerbrochenen Stufen des Nachbarhauses und starrte auf die ausgeblichenen Jalousien, die schief in den Fenstern hingen. Sie bewegten sich nie, und ich begann mich vor der Stille zu fürchten, geriet in der Nacht mit meinen Träumen in das Haus. Die ausgeblichenen Tapeten mit den hellen Flecken, wo die Bilder gehangen hatten, suchte ich nach Botschaften ab. Ich hatte Angst vor meinen hallenden Schritten, als jemand meinen Namen rief. Es zog mir die Kopfhaut unter den Haaren zusammen, meine Füße staken fest im Parkett, als meine Mutter mich rüttelte und ich ihr nicht sagen mochte, warum ich schrie.

Oft saßen wir auf den Mülltonnen vor dem Haus und ließen die spillrigen Beinchen gegen das Blech baumeln und leckten das gestohlene Salz aus der hohlen Hand. Wir hatten es gestohlen aus den Papiersäcken der Lagerhalle nebenan. Mit dem Salz in der Hand sahen wir aus wie Kinder, die sichs schmecken ließen, und unverfänglich saßen wir und warteten auf die Nachbarn. Die Mutter fragte ich schon lange nicht mehr. Ich mochte nicht, wie sie mir mit gequälten Ablenkungsmanövern den Scheitel geradezog. Halt still, Kind, frag mir kein Loch in den Bauch.

Wenn ich in der Stadt meiner Kindheit bin, suche ich jedesmal dieses Haus auf. Es steht noch, und es wohnt noch immer niemand darin, es wehrt sich gegen die Verwitterung und sperrt, schrecklich unangreifbar, die Menschen aus. Die Jalousien hängen noch im gleichen Winkel in den Fenstern wie im Krieg. Eine Schande ist das Haus und steht als Zeuge der Naziverbrechen zwischen notdürftig abgedeckten Mauerstümpfen. Vor dem Parkplatz, auf

dem früher unser Haus stand, liegt ein Stück zerbrochenen Staketenzauns, zerfressen von Rost, ein vergessenes Stück Schutt, und das Haus steht so da gegen die Zeit.
Was sagt deine Mutter heute über das Haus, fragt Ruth nach langem Schweigen, kennt sie es noch?
Meine Mutter sagt, ich weiß gar nicht, was du dort noch willst, du weißt doch jetzt alles. Das sagt meine Mutter. Und möchtest du wissen, was der Saalwärter rief, der die Tür zuschlagen wollte in dem Raum, in dem ich auf das Drängen meiner Mutter als Schüler unvorbereitet «Nacht und Nebel» sah? Als einige nicht mehr aufstehen konnten und hinausgehen, weil sie nämlich keine Knie mehr hatten, klatschte er in die Hände und rief: auf ein Neues. Da hatte ich keine Hände mehr, ihm ins Gesicht zu schlagen, egal, ob er wußte, was er sagte.
Ruth ist die Farbe aus dem Gesicht gewichen. – Laß uns nachhause fahren.
Wohin? fragt Jens und nimmt eines der Kinder auf den Arm.
Zu den Leuten, zu denen wir gehören.
Im letzten Jahr, fuhr Ruth fort, hatte ich oft den gleichen Traum. In einem mir unbekannten Stück stehe ich mit einer fremden Rolle auf der Bühne. Die Mitspieler sprechen schon, zur Flucht ist es zu spät. Der Vorhang ist hochgezogen, vor mir ein Riesenpublikum. In panischem Schrecken wachte ich jedesmal auf, bis ich dann eines Nachts im allergrößten Zorn mit den Spielern zu sprechen begann in einer Rolle, die ich mir erfand. Seither bin ich verschont von diesem Traum. Wenn wir im Rampenlicht mit ratlos hängenden Armen uns übertölpeln lassen, wird es eines Tages unsere eigene Schuld sein. – Laß du dich nicht vergiften von deiner Erinnerung, die lähmt dich. Ich wünsche dir, du könntest dich ihr widersetzen, ohne dich abzufinden, sonst bleibst du hinter dir zurück. Wir alle bleiben vielleicht so hinter uns zurück.

Ruths Angst auf der Rückfahrt zum Haus, die sie nicht ausspricht: Die geballte Faust aus der Tasche nehmen, die Hand öffnen und sehen, sie ist noch immer leer. Sichtbar in der Handfläche der unter die Haut getriebene Splitter, fast eins schon mit dem Fleisch. Eine Drohung für später. Mit der Wünschelrute über das Pflaster gehen, mit den winzigen Kindern, mit Jens und Jan und Bettina, für möglich halten, daß es aufspringt und klafft. Eine Wunde. Dann stehenbleiben und standhalten. Hinsehen. Es werden die Toten nicht aus den Gräbern kommen. Und wenn alle vor Scham bis zu den Knien einsinken, sie werden nicht kommen. Dann Wörter rufen: Drahtverhau, Bombenhagel, niedergefahren in die Grube, nicht auferstanden, verjagt und verschleppt, nicht über den Styx. Solche Wörter schreien und Zwillingswörter: blutige Fessel, rücklings geworfener Stein. Unter dem aufgesprengten Pflaster fließt kein Lethe, fährt Charon nicht mehr mit, der Pfennig unter der Zunge gilt nicht, fälschlich mitgeführtes Wort, Meineidformeln für Todesursachen.
Zurück da – es kommen Steine geflogen. Von Fall zu Fall nur trägt einer sie fort. Die meisten treffen.

Später tappt Jan durch die Rauchschleier in Jens' Zimmer, schlägt wie ein großer Vogel mit den Armen auf und nieder.
Wohin bist du schon wieder verschwunden im Nebel des Großen und Ganzen mit einem schönen Mädchen? Jens wollte diesen Tag für alle Mahlzeiten sorgen. Er hat es vergessen. Seht die Vögel unter dem Himmel an, schlägt er vor.
Sein Platz neben Jan und Bettina war undeutlich. Jens blieb Novize in der Entbehrung, Gast in der wirtschaftlichen Not, könnte ja den Löffel in die Suppe halten, in der die dicksten Fettaugen schwimmen. Bürgerlich und engstirnig nannte er sich. Er hatte die Brücken nicht hinter

sich verbrannt. Ungebrochen war das Einvernehmen mit seinem Elternhaus. Unter den wohlwollenden Blicken des Vaters plünderte er den Weinkeller für Jan und Bettina. Der Vater schickte kommentarlos Geld an alle drei.
Zungenfertig, mit dem Charme eines gefallenen Engels, umging Jens die Verteidigung seiner Herkunft. Jens war großmütig, und es war Verlaß auf seine Unverläßlichkeit. Er hielt sie für Spontaneität. Fuhr er mit Bettina für eine halbe Stunde in die Stadt, um Arbeitsmaterial zu kaufen, konnte es Nacht werden, bis er wiederkam. Er dachte sich nur Freundliches, wenn er mit Bettina dann plötzlich in einem Strandkorb an der Ostsee saß.
Hat Bettina nicht schon lange so in der Sonne sitzen wollen?
Das nannte Jens, die Wünsche von den Augen ablesen. Die Angst in Jans Augen erkannte er dann nicht mehr so deutlich: Jens' VW-Käfer liegt zu Schrott gefahren am Rand der Autobahn. Fuhr Jens doch gern, nach rückwärts in den Fond des Wagens plaudernd, gemächlich über die Autobahn. Zottelte mit vierzig auf der linken Spur, die Straßenkreuzer hinter seinem Käfer sah er nicht. Er durfte hundert fahren, er mußte nicht. Was den Alltag betraf, stand Jens zu seinem Bekenntnis: es hat sich noch immer alles geregelt, gefunden und eingerenkt. Er wußte nie genau, ob er sein Geld schon verschenkt hatte. Wenn ja, tat es ihm leid, daß er es nicht noch einmal tun konnte. Er spielte mit Schneebällen und hörte die Lawine im Rücken nicht.
Gefunden hatte sich noch immer das Geld für die Miete, die teuren Kinderschuhe im Fachgeschäft oder das billige Zeug von den Ramschtischen im Kaufhaus. Essen muß man nicht unbedingt täglich, die Kinder ausgenommen. Lasset die Kinder zu mir kommen, sagte Jens und nahm sie mit ins Institut, verstand nicht, warum der Chef sie nicht auf seinen Schultern reiten ließ.

Ich bin zwar nicht Jesus, aber ich habe Ihnen etwas voraus, sagte Jens zu seinem Chef, der immer schiefer lächelte und mit den Augen Schellen verteilte. Doch Jens hielt still die andere Backe auch noch hin. Er nannte das, den Frieden der Wissenschaft wahren. Aufgestört von Mißtrauen gegen Jens hatte der Professor schon manchmal bereut, daß er dem Mann, der sich mit der Sanftmut, der die Seligkeit versprochen ist, den Spielregeln des Hauses widersetzte, eine Assistentenstelle übertragen hatte. Jens sollte endlich unter Zeitdruck lernen, daß er eine Hoffnung der Wissenschaft ist, und die Kindereien – das sind Bettinas Kinder – anderen Leuten überlassen.
Es verstimmte den Chef, daß Jens die Kinder im Seminar neben sich setzte, wenn er zu einer brillanten Exegese des Textes anhob, an dessen Ende es heißt: aber die Liebe ist die größte unter ihnen. Jens war an der Universität versprochen worden, er werde vom Regen in die Traufe kommen, was den Ernst einer wissenschaftlichen Aussage hatte. Er aber, mit nach innen gekehrtem Blick, strafte den Professor durch geistliche Armut: ich werde still psalmodierend unter dem Schirm des Allmächtigen sitzen. Der Professor ärgerte sich, daß er Jens nicht böse sein konnte. So warf er ihn auch nicht hinaus.

Jan aber, der mit Jens leben will, würde ihn heute gern hinauswerfen. Er steht noch immer im rauchverschleierten Zimmer von Jens.
Übernimmst du heute die Verantwortung für die Kinder oder übernimmst du sie nicht? Jan hat Proben für ein Puppenspiel angesetzt, Bettina ist längst unterwegs.
Natürlich übernehme ich alles, auch die Kinder, wo sind sie denn?
Du machst mich wahnsinnnig, sagt Jan.
Verhunz dir nicht dein Leben, der Rückzug aus dem Irrenhaus ist schwierig, meint Jens mild.

Ruth begreift, Talent zu starren Lebensregeln haben sie hier nicht. Nur reden sie fortwährend mit sperrangelweit geöffneter Seele, das ist Ruth nicht gewohnt. Bettina allein beteiligt sich nicht daran, wenn die anderen durch ihre Bekenntnisse stolpern. An den Abenden, wenn Jan an den Puppen herumsägt und die laut deklamierten Rollen fluchend wieder verwirft, sitzt Bettina in der Gerätekammer, feilt Kupferblättchen mit unzureichendem Werkzeug.
Sieh dir Bettina an, sagt Jens eines Abends, achte auf die rothaarige Füchsin mit dem glatten Fell, sie sitzt im Bau und lauert nicht auf Wörter. Diese halbe Person mit den buntgefärbten Händen kippt eines Tages unbemerkt in den Werkzeugkasten, und ich muß dann eigens für sie den Talar anziehen. So hübe ich an zu sprechen –
Verschone uns, sei still, sagt Bettina.
Mich kurzfassend um deinetwillen, die du nicht von dieser Welt bist, predige ich folgendes:
Liebe Gesellen und Spießrutenläufer, es war ferne von ihr, wie die Verwandten ihrer Eltern zu wirken, sie sonderte sich ab von denen, die vor ihr gewesen sind und miteinander bei ihr weilten, sie war allezeit freundlich, und wenn es hochkam, brachte sie es zu ingrimmiger Feindschaft gegen sich selbst, wenn sie den Pharisäern, die wir sind, heimleuchtete beim täglichen Schein der Sonne. Sie spann nie Stroh zu Gold in der dunklen Kammer und fiel auf keinen Rumpelstilz herein, der kommt ja heute mit den weitschweifigsten Reden, verlangt auch Vater und Mutter oder doch wenigstens ihre Bloßstellung. Ich mit den flatternden Ärmeln – in Kanzelhöhe alles überblickend –, sage euch, sie war nicht wie alle diese, auch nicht gesäugt mit der Milch wertfreier Wissenschaft, die blind und taub macht, am Ende aber promoviert. Warum gabst du uns die bösen Blicke, unsere Zukunft ahndungsvoll zu schaun? Und Bettina wehrte unserer Narrheit nicht. Über ein

kleines und ich fürchte, wir werden zerstreut sein in alle Winde...
Jens gerät ins Stocken, läßt die Arme sinken, setzt die Fingerspitzen gegeneinander, verfällt zerknirscht ins Murmeln. – Ja, das könnte man auch sagen.
Bettina unterbricht ihn: dir wünsche ich nicht, daß dich deine Sprüche eines Tages einholen. Nach einer Pause: ich wünsche es dir doch. Dann kommt nichts mehr.
Sie greift in eines der Regale, zieht ein kleines Silberpferdchen heraus. Ein Zirkuspferdchen ohne Reiter, ein zierlich aufgezäumtes. Sie reicht es Ruth hinüber.
Nimm dies, ich schenke es dir, it's good for nothing.
Was Ruth nicht wissen kann: Till hatte dafür gesorgt, daß in diesen Tagen soviel geredet wurde.
Sie kennt seine flehentlichen Briefe nicht: redet mit ihr, damit sie uns sieht und nicht fortgeht.
Jens hatte böse geantwortet: wir spielen dir nicht die drei Gerechten im Lande. Das Herz des Menschen ist böse von Jugend auf und verfeinert seine Bosheit bis ins hohe Alter. Die Güte aber, lieber Till, ist handgreiflich. Eine Wirgeschichte probieren wir aus, und wenn es hochkommt, sind wir einander ein Obdach.
In Hamburg aber hält sich Till aus allen Gesprächen heraus, hört zu, als erredeten die anderen für ihn eine Gnadenfrist.

Am Abschiedsmorgen verschnürt Bettina mit bunten Händen, die das einzig kräftige an ihr sind, ein Päckchen für Ruth. Sie legt es zu dem Zirkuspferdchen in die Tasche. Wegzehrung, lacht Bettina, nichts weiter. Ein paar Sachen, die eine Zigeunerin braucht.
Ruth findet später eine Halskette, drei bunte Tücher, bestrichene Brote und eine Flasche Wein. Keinen Kochwein.
Jens hat auch etwas in die Tasche geschmuggelt. Ein Märchen über Bettina.

Es war eimal ein Puppenspieler, der war arm, aber er hatte eine Frau, die sich nie verhaspelte. Nun traf es sich, daß er mit dem Rektor zu sprechen kam, der wollte sich schmücken mit einer hochbegabten Schülerin, denn bislang hatte er nur Meisterschüler gehabt und keine einzige Frau, die es ihnen gleichtat. Es ist mir zu Ohren gekommen, sprach er zu dem Puppenspieler, daß Sie eine Frau haben, die kann, was keine zweite fertigbringt. Aus nichts und nochmals nichts kann sie Collagen zaubern. Das ist eine Kunst, die mir wohlgefällt.
Oh nein, antwortete da der Puppenspieler, sie beläßt es gern beim Stroh, verspinnt es zu wärmenden Matten, die des Menschen Fuß erfreun.
Das glaube ich nicht, sagte darauf der Rektor, der ein sehr mächtiger Mann war und, von eitel Ruhmsucht getrieben, die Frau auf die Probe stellen wollte.
Er lud sie zu sich in die Hochschule, gab ihr ein Atelier, das sie Tag und Nacht benutzen sollte. Er sprach, jetzt mache dich an die Arbeit. Wenn du den Collagenwettbewerb nicht gewinnst, bist du verloren, du wirst dir nie einen Namen machen und bist so gut wie gestorben.
Da saß nun die Frau und wußte um ihr Leben teuren Rat. Sie nahm die Strohbündel, Stoffetzen und Holzstückchen, die Farbtiegel und Späne vom Boden auf und fertigte fürs erste eine schöne Matte. Da ging auf einmal die Tür auf, und trat ein kleines Männchen herein und sprach: Was gibst du mir, wenn ich die Collage für dich mache? Die Matte, sagte die Frau, kannst du haben, und schnurr, schnurr, schnurr, dreimal gezogen, war sie zerrissen. Es macht nichts, die Matte hat mich gewärmt, sagte die Frau.
Beim hellen Sonnenschein kam der Rektor herein und staunte über die Fetzen, von denen auch einige auf der Leinwand hängengeblieben waren. Sie brauchen ein größeres Atelier, sagte er, der ganze Raum ist ja schon in ihre Arbeit einbezogen, und er deutete auf den Boden. Es

drängt die Zeit, und Sie werden sich als meine Assistentin bald einen Namen machen, das werden Sie nicht ausschlagen.
In der folgenden Nacht fertigte die Frau einen Ring, den das hereintretende Männchen im Zorn an die Leinwand warf, wo er steckenblieb.
Eine so begabte Frau finde ich in der ganzen Welt nicht, sagte der Rektor, als er am Morgen hereintrat und die Leinwand betrachtete. Die Kunst des Weglassens beherrschen nur Meister. Wenn du fertig bist, werde ich dir eine Kritik in unserem allerbesten Blatt besorgen.
In der dritten Nacht verlangte das Männchen wieder ein Geschenk für die vermeintlichen Dienste. Versprich mir deine Kinder, verlangte es, ich werde gar lustig mit ihnen spielen, wenn du berühmt bist.
Wer weiß, was der noch will, dachte die Frau und warf dem Männchen eine Handvoll Stroh ins Gesicht.
Etwas Lebendes ist mir lieber als alles auf der Welt, sagte darauf das Männchen und begann die Frau zu würgen.
Dieses Männchen kenne ich doch, sagte sich die Frau, als es von ihr abließ. Ein *Rippenbiest* ist es und Blut von meinem Blute. In der Nachbarschaft muß ich gar nicht nach ihm herumfragen, es ist ein Teil von mir, hat gewiß keinen Namen wie Hinz oder Kunz, es wohnt in der entlegensten Gegend meiner Seele, wo Klugheit und Feigheit sich gute Nacht sagen, und es möchte gewiß nicht mit Namen benannt sein. Wes Namen man kennt, des Kraft ist gebannt, sagte sich die Frau und wurde sehr vergnügt.
Als der Rektor den andern Morgen wieder hereinkam, hatte die Frau einen schönen Strohkranz geflochten und setzte ihn dem Mann auf den Kopf. Das ist eure Krone, und als Assistentin könnte ich Ihnen nur ein lächerlich Männchen anbieten, das auf einem Bein hüpft und schreit:
Heut studier ich
morgen promovier ich

übermorgen hol ich mir
das Beamtenpapier
ach wie gut, daß niemand weiß
daß ich Überlebensangst heiß –
Da könnt ihr denken, daß der Rektor gar nicht froh war. Und schon hörte man aus dem Stroh, in das sich die Frau nicht verhaspelte, das Männchen schreien: das hat dir eine Teufelin gesagt, während die Frau den Rektor fragte, wo er das viele Stroh herhabe, und warum er es an der Hochschule verwahren müsse, daß es ihm einer dort gewinnbringend aufbraucht. Auch fragte sie, wo denn das Korn gelagert sei und ob vielleicht in einer andern Kammer die Männer mit den Körnern ihr Glück machten, während sie hier im Stroh gesessen habe. Während sie also fragte, riß sich das Männchen vor den Augen des Rektors mitten entzwei. Da ging die Frau nachhause und lebte noch lange, manchmal vergnügt. Sie teilte das Stroh mit dem Puppenspieler zu gleichen Teilen und durfte auch ihre Kinder behalten.

In dem blauen VW-Käfer von Jens bringt Jan Till und Ruth an die Autobahn. Der Abschied ist herzlich, was ja Bissigkeit nicht ausschließt: meinst du, Leipzig vielleicht, sei eine bessere Stadt..., deklamiert Jan. Er kommt nicht weit. Ruth, die hinter ihm sitzt, fährt ihm in die Haare. Viel später wird Jan behaupten: sie hat mir ein Büschel ausgerissen.
Till wirkt gelöst, wie Ruth ihn nicht kennt. An der Autobahn nimmt sie lange keiner mit. Das Wasser, sagt Ruth, mit dem deine Freunde gewaschen sind, stammt nicht aus der Alster.
Wieso?
Sie waschen sich die Selbsttäuschung vom Leib. Das dauert noch lange.

Till stand vor einem Torbogen im Städtchen. Er führte hinaus über die Felder zu Ruth. Till konnte nicht hindurchgehen. Mit dem untrüglichen Gespür für Ruths Unruhe wußte er, finden würde er sie nicht. Sie war unterwegs. Till wollte auf sie warten. Er sagte sichs mit Trotz. Der war ihm neu. Er wärmte.

An einem Sonntagmorgen stand Ruth an der Ausfallstraße im Morgennebel. Leicht hing der Matchbeutel über der Schulter. Ruth hatte nur Sachen von zuhause übereinandergeworfen. Den alten lila Pullover aus der Schulzeit, das lange Leinenhemd, in dem sie nächtelang auf und ab gegangen war, und zuletzt den knöchellangen Mantel. So etwas trug kein Mensch mehr.
September, Geruch des ersten Herbstlaubs schon in der Luft, in den Bauerngärten blühten die Astern. Eine hatte Ruth sich ins Haar gesteckt. Astern gehören zu keiner Jahreszeit, auch den Herbst zeigen sie nur an.
Auf der spärlich befahrenen Straße zogen die Autos an Ruth in feiertäglichem Tempo vorbei. – Einer Frau, die sie schließlich mitnahm, nannte sie ihr Ziel nicht, obschon sie fast bis Bebra fuhr, wo Ruth in den Interzonenzug steigen wollte. Sie nannte nur die nächst größere Stadt ihrer Route, hielt mit beiden Händen schweigend das Gepäck auf den Knien, fühlte ein Ziehen in der Magengrube. Der Wagen fuhr gleichmäßig und schnell.
Ruth hatte Hunger, kam von einem Satz nicht mehr los, wußte nicht, woher sie ihn hatte: unterwegs mit dem ungesäuerten Wanderbrot. Von einem Augenblick auf den anderen fiel Angst sie an.
Vielleicht komme ich nicht zurück. Ein Ort, an dem ich nicht aus meiner Haut fahren muß, müßte Heimat sein. Ich bin aus meiner Haut gefahren, aber nicht wie die Schlange, die, beherbergt unter der neuen, die alte Haut abstreift –. Ich will wieder zu mir kommen, gleichgültig

an welchem Platz der Welt. Die deutschen Landesgrenzen, Wegmarken, die Angst vor dem Grenzübertritt, eine Bagatelle. Die Kindheitslandschaft ist längst losgelassen als Heimwehziel. Hat Jens zum Beispiel nicht mitleidig auf jene Kinder gesehen, die später zeigen konnten, hier habe ich gespielt, dort fiel ich zum erstenmal vom Baum, und hier war es, genau hier, wo ich das erstemal log. Ziehe ich ab, was zum Irrtum eines Kriegskindes gehört, so hat Jens doch in die Richtung geblickt, in der Erwachsenwerden eine gute Chance hat. Sich nirgends festhalten, ins Offene gehen, seis unberaten und ratlos.
Sie sind sehr still, meinte die Fahrerin und bedachte Ruth mit zwei Äpfeln. Wer kaut, muß nicht plaudern. Zum Abschied schüttelte die Frau Ruth herzlich die Hand.
Man könnte sie sonstwo hinkarren, sie würden es gar nicht merken.
Sie lachte und fuhr winkend davon. – Ruth, die gern eine unterhaltsamere Begleiterin gewesen wäre, blieb stundenlang für sich, fürchtete einen Argwohn der Autofahrer. Als sie ruhiger wurde, erinnerte sie das ungesäuerte Wanderbrot.
Ruths innere Landschaft glich jener Wüste, durch die die Alten auf der Suche nach sich selbst vierzig Jahre, ein halbes Menschenleben lang, unterwegs waren. Unstet und flüchtig, mit den fremden Lebensgewohnheiten der Nomaden, überlebten sie. Zwischen Gefangenschaft und Ankunft unermeßliche Zeit: für Irrtümer und Umwege. Unterwegs im Wüstensand, der die Gesteinsschichten bloßbläst und nicht sie allein. Unterwegs unter sengender Sonne, die Zeichen in die Haut brennt, daß die Umherschweifenden sich daran erkennen, mit der Hoffnung auf Heimat. So zogen sie ihre Kinder groß. In der Nacht aber ein Zelt für die alte Geschichte. Die übers Ankommen, die endlose. Wieviel besser, geboren zu sein unterwegs und nichts zu lernen als dies: wir werden die sein, die wir sein

werden. Kühner Trotz. – Wie werden wir sein? Schlaf, Kind, wir wissen es nicht. Wo werden wir ankommen? Frag nicht, Kind, geh! Geh vor dich hin mit dem Brot im Mund, das in den Sand fiel. Kein Vorrat? Niemals. Entkommen und ankommen werden wir, im Bund mit uns selbst, mit dem Wind in den Haaren und mit dem Sand unterm Fuß. Bis wir den Stein finden, in den wir die Erfahrung ritzen, die uns aneinander bindet.

Obschon geschützt durch den Messeausweis und als Flüchtling nicht erfaßt, hatte Ruth während der Grenzkontrollen Angst, hielt eine Geschichte über ihre Kindheit in Bayern bereit, eine mit Einzelheiten.
Als sie in Leipzig aus dem Bahnhofsgebäude trat, war ein Gewitter abgezogen, ließ der Stadt heftigen Wind und ein Licht, in dem die Konturen aller Dinge scharf hervortraten. Ruth zwang sich, langsam zu gehen, übte Schlendern, damit ihr die selbstverständliche Gegenwart nicht abgesprochen wurde, setzte später die Füße fest auf den Boden, als könnte der Wind ihr etwas anhaben. Was sie in ihrer Unruhe sah, es war nicht eben viel. Gegenfüßler. Sie erkannte, wer hierher gehörte oder zur Messe gereist war. – An der farblosen Kleidung und den müden Gesichtern der einen lag es nicht, die doch lebendiger aussahen als die anderen in den bunteren Kleidern und der selbstbewußteren Gangart. Ruth spürte die taxierenden Blicke von allen Seiten: wohin gehört diese?
Im Haus des Buches wich sie den neugierigen Blicken nicht aus, war bestürzt vom sofortigen Beiseitesehen der meisten. Sie blätterte in den Büchern, fand nichts, das sie unbedingt hätte haben wollen, wünschte Till neben sich und nannte sich eine Närrin.
Sie traf Gleichaltrige, die sie von früher kannte. Sie aßen zusammen. Ruth wunderte sich, wie wenig sie über den Platz erzählen konnte, an dem sie jetzt lebte.

Es gefällt dir so wenig wie hier, so nämlich redest du.
Ruth widersprach nicht. Als man sie kompromißlos nannte, schaute sie auf: ja, es verlor sich auch dort nicht. Als Vorwurf war es gedacht, und Ruth wehrte sich nicht. Sie stritten lange über die Bitterfelder Konferenz, genossen Ruths Spott, eine Lebensanweisung sind Bücher schließlich nicht, ach, was hilft Reden darüber. Wie lebt ihr? Ruth hörte genau die Mischung aus tapferer Anpassung und Furcht, mit der sie in Leipzig nicht hätte atmen können. So ging sie, ohne sich mit den Bekannten noch einmal zu verabreden, was ihr erst später auffiel, und es tat ihr weh.
Ihr fiel die Kugel wieder ein, in die sie als Kind verschwinden konnte. Keine Bedrohung galt ihr darin. Größer als eine kleine blaue Murmel war die Kugel nicht. Auch hatte sie nicht Tür oder Fenster. Ruth allein konnte durch die Wand eintreten und war dann unverletzbar. Nichts und niemand hatte Macht, die Kugel zu zerstören. Bomben fielen auf sie, Panzer überrollten sie, sie lag in den Flammen und am Grunde des Meers, wo sich die Fische über sie hermachten, während Ruth in ihr saß und von alledem wußte, und sie war ohne Angst. Der Tod hatte keine Chance gegen sie, und nicht einmal ein Schmerz. Eines Tages hatte sie die Kugel verloren.
Jetzt aber war ihr schwindlig, als stünde sie auf einer heimtückisch in wechselnden Winkeln zum Boden gedrehten Fläche und rollte nun selbst als Kugel umher. Vollkommene Desorientierung im Raum, sagte sie sich, wird mir schadlos nicht öfter als einmal unterkommen. Ihr Körper hatte ihr etwas gezeigt, das ihr Kopf abstritt.
In dieser Verfassung brachte sie bei den Verwandten den Abend hin, erzählte von ihrem Vater, wie gut sich alles bei ihm nun äußerlich gewendet habe. Von sich selbst sprach sie nicht, fragte viel.
In der Nacht ging es ihr schlecht.

Unter die kahle 40-Watt-Birne entkommen. Dem Gestöber von Traumfetzen entronnen. Hierher. Vor den blinden Spiegel. Die entfesselten Handgelenke unter dem rinnenden Strahl. Hier vor dem Spülstein mit dem schwärzlich abplatzenden Emaille. Aug in Aug mit mir. Dies Gesicht ist vollkommen fremd. Hast es durch den nächtlichen Korridor getragen, mit den Händen an der Wand tastend bis hierher. Vor den Spiegel. Daß sich nur der Kiefer nicht aushakt zu beiden Seiten der schwarzklaffenden Höhle. Das ist nicht mein Mund. Wachwerden, ganz wachwerden. Noch einmal die Worte nachbilden – non moriar. Aber es ziehen sich nur die Lippen, über die Zähne gespannt, weit auseinander. Dies ist mein Gesicht nicht, und hatte ich nicht eine Stimme für solch ein Gesicht, dem die Haare feucht am Schädel kleben, ein Rinnsal über den Wangen? Keine Stimme.

Wenn die Uhr schlägt, bevor die Grimasse heilt, bleibt sie für immer stehn, Kindchen, viel Schabernak versteht er nämlich nicht, mein Brotherr, dessen Acker ich um und um grab. Der alte Totengräber aus dem Dorf zuhaus, der mit der Feldflasche am Gürtel, er hätte so reden dürfen fort und fort.

Er, der den rotbezopften Schädel mit den leeren Augenhöhlen achtlos mit der Stiefelspitze in die Grube schleudert und mit der Hand schon nach dem Spaten langt, der die Erdklumpen darüber wirft mit dumpfem Gepolter. Warum hast du nur den Kopf gefunden, fragte ich damals, auf drei Schritte herangeschlichen. Hat nicht der Totengräber trällernd den Spaten geschultert und ist an mir vorbeigegangen, ohne mich anzusehn in der Trällerpause: miese kleine Kopfjägerin, dir werd ich was verplappern.

Dir brech ich Hals und Bein, wenn du nicht machst, daß du wegkommst, rief der hier in der Wohnung mit hocherhobenem Spaten. – Wie ich davonkommen will durch die erstbeste Tür in der wildfremden Wohnung, werd ich gewahr, es sind alle Türen doppelt gesichert wie die Friedhofsmauer damals. Gespickt mit bunten Scherben und Stacheldraht. Verscherbelt, verscherbelt, lacht dröhnend der Alte und klopft sich mit dem Spaten auf den gewaltigen Bauch. Früher, zuhause, bin ich von den Ästen des Birnbaums in den Kirchhof gesprungen, hab mir die Früchte aus den Zweigen gerissen, die die Grabplatte der ehrenachtbaren Frau seit hundert Jahren beschatten. Vorhin aber plötzlich in das Gewieher des Alten ein feines Fistelstimmchen, ein boshaftes – ehrenachtbare Stimmen klingen sonst tiefer –: ist dir der süße Saft bis über das Kinn geronnen, Kindchen, und solltest doch nicht essen von den Früchten dieses Baums. Laß doch die Toten ihre Toten bewirten, mußt sonst hocken bleiben auf dem Mäuerchen, wo dir die blanken Zehchen feststecken in den Scherben über dem fruchtbaren Gottesäckerchen.

Niemand sprach Ruth zu:
Du hier – im jähen Schrecken vor dem Spiegel – sollst einatmen und ausatmen, sehen, wie die Schultern sich heben und senken im härenen Hemd, dem alten von früher. Omnia mea mecum porto, so geht es auf der Reis. Aber du bist nicht der Kaspar im finsteren Stück, du stehst hier und schlotterst. – Geruch von Heimat ist in der Luft. Lysol. Kommt schon aus dem Hemd, ein Tag und eine Nacht genügen, daß du den Nestgeruch hast, den vom Verlies, so kannst du nicht verstoßen sein. Im Maul könnte die Alte dich davontragen in die düstere Ecke, willst du das?
Nein. Mein Körper, meine Behausung.
Im Spiegel sah Ruth, hinter ihr stand jemand, gelehnt in die offene Tür. Aus dem Halbdunkel eine Stimme: dreh dich nicht um.
Im Spiegel ein Gesicht, das Ruth vom Vortag erinnerte. –

Es war Josts Gesicht, der hier ein Zimmer bewohnt. Die Verwandten sind vernarrt in ihn. Der mit den Spielmannsmanieren, dem galgenleichten Sinn, den Ruth auch an sich kannte und den sie verlor. Nun stand Jost hinter ihr und schwieg in den Spiegel. Gestern abend war er spöttisch beredt.
Ruth drehte den Wasserhahn zu, blieb mit hängenden Armen, von denen das Wasser tropfte.
Dreh dich nicht um, sagte Jost wieder.
Ruth sah ihn unverwandt an. Gehen soll er nicht. – Du, bat sie, bleib, bis ich ruhiger bin. Mit Mühe weiß ich, wo ich bin. Erschreckt hast du mich nicht, du kannst mich nicht erschrecken.
Ich weiß.
Ich weiß nicht mehr, was es ist, sich umwenden. Nämlich, ich bin nirgends.
Das könnte, sagte Jost, ein fabelhafter Ort sein, du kannst wählen.
Wohin ich mich wende, stehe ich neben mir, sehe mir zu und höre die Stimme, mit der ich antworte. Es ist nicht meine Stimme. Mit listiger Stimme rettete ich hier meine Haut, und mit Hochmut, sagen sie, rette ich nun dort meinen Verstand. Ich bin mir abhanden gekommen. Im Westen kenne ich eine handvoll Leute, mit denen möchte ich leben, aber sie zeigen sich nicht, nur ihre Angst. Mir ist kalt bei ihnen. Was mach ich falsch?
Vermutlich alles, sagte Jost, und wie redest du überhaupt? Hast du überfeinerte Vorstellungen, mit welchen Wörtern man um Hilfe schreit, Donnerwetter –
Wie aber hatte Jost den Abend zuvor geredet? Wie ein Automat, in makellosem Sächsisch.
Was willst du in Leipzig? Du bist zur Buchmesse gekommen, da sieh einer an. Ein Mädchen so gelehrt was, daß es an den buochen las, ob hier richtiges Bewußtsein gedeiht. Ob sichs gelohnt hat, auch im Lebensbuch auf die West-

seite umzublättern, auf die mit den goldnen Vignetten. So
verhält sichs, so ist es: wir entrümpeln die Ruinengrundstücke, die Köpfe etwas später, während alles immer billiger wird, die Einsichten inbegriffen. Die große Familie der
Werktätigen schließt sich auch ohne dich zusammen, deine Brüder und Schwestern wärmt ein ganz neues Verwandtschaftsgefühl. Und dich ein falsches Bewußtsein,
während ich mit dem dialektischen kulturelle Massenarbeit leiste in unserer stolzen Kampforganisation, im Kulturbund, jawohl. In einem langsamen geschichtlichen
Prozeß mache ich die Massen mit dem Geist der Revolution vertraut. Es sind aber die Massen ängstlich gegenüber
Geistern, so zieh ich voran als Rattenfänger von Zeulenroda, zieh mit der Oboe voran auf dem Weg in die klassenlose Gesellschaft mit dem einen Kopf, dem großen
Schädel der Partei, die hat mir schon volksnah vorgedacht, ich brauche nicht mehr selbst zu denken. Seit der
Vorladung neulich ist das vorbei. Ich war ins Bündnis geschlittert mit dem Klassenfeind durch die Inempfangnahme eines Westpäckchens, darin verschnürt mein dunkelster Hintermann lag, Kafka. Mit mir hätte er um ein Haar
die Jugend in staatsverleumderischer Hetze aufgewiegelt.
Das tat mir sehr leid, ich bin nur ein Hirtenkind und hab
es nicht wissen können, mein Vater war Dorfpfarrer, und
als Hirtenkind hab ich immerhin ein Semester Musik studiert, bis sie die Berufsbezeichnung herausfanden. Dann
flog ich und bin noch immer schwer von Begriff wie die
Werktätigen, drum blas ich denen was vor, da kann ich so
viel nicht mehr falsch machen, bin unters Volk gemischt
als Kulturschaffender, mit Einblick in die Produktionsverhältnisse, der wirkt sich auf meine Art zu blasen aus:
auf dem letzten Loch. Ich lese nicht gern Bücher wie du,
das Feld ist mir zu weit, und wenns auch Bitterfeld heißt.
Konfus bin ich schon genug und hab den Überblick verloren, wie nun die Schriftsteller mit dem richtigen Be-

wußtsein den Werktätigen mit dem falschen durch Abschilderung der Produktion zum richtigen Bewußtsein verhelfen. Und Bücher gibt es viele in Sachsen. Auch wenn du aus der märkischen Sandwüste kommst, weißt du hoffentlich, es gibt hier fünf Elemente. Zu Himmel, Erde, Wasser und Luft kommt noch die Tinte – das hat geschichtliche Folgen. Die Farbe der Tinte ist neu, sie leuchtet dir heim, und weil du verstockt bist, fällt dir Verzicht auf Wunder leicht, darum bist du ja gekommen. Dann war Jost plötzlich aufgestanden und hinausgegangen, und Ruth hörte ihn weit in die Nacht hinein Oboe blasen.

Ich habe Angst, sagte Ruth.
Jost ging langsam auf sie zu, im Spiegel hielt sie seinen Blick fest, bis das Gesicht hinter ihrem Kopf verschwand.
Jost legte Ruth leicht die Arme um die Hüften.
Ich möchte lange schlafen, sagte Ruth.
Warum stehst du mitten in der Nacht am Spülstein und starrst in den Spiegel, was willst du denn sehen?
Ich kann dir nur sagen, was ich nicht mehr sehen will.
Jost zog Ruth sanft auf den Boden. Erst jetzt wandte sie sich um. Sag mir, was du nicht mehr sehen willst.
Über ihren Totengräbertraum sagte Ruth kein Wort. Sie erzählte von der Fahrt nach Leipzig, einer Abschreckungsreise. Ruth war unterwegs in einen Altherrenopel geraten, in dem ein Spillermännchen das Wort führte. Es machte Ruth klar, es liege an Leuten wie ihm, daß sein Vaterland nun keine Wiese ist, auf der die Herden weiden. Es traf sich gut, daß es mit zwei im Fond applaudierenden Altnazis zusammen fuhr. Ruths Gegenwart hatte den Redestrom in Gang gebracht. Das Triumvirat bewies seine Führertreue über den vermasselten Endsieg hinaus. Für Hitler hatten sie immer galant am Tode vorbeigelebt. Tot wollten sie auch ihn nicht sein lassen.

Ruth wurde schlecht. Sie bat, kurz anzuhalten, und wollte, als sie wieder einigermaßen auf den Beinen war, nicht mehr einsteigen. Die Herren empfahlen ihr die Reisepraxis des Zupfgeigenhansl und hupten kräftig für sie.
An diesem Tag hatte Ruth wenigstens bis in die Rhön kommen wollen, lief nun stundenlang in den Haßbergen umher, hatte den Tag über nichts mehr gegessen und plötzlich Angst, in ein weiteres Auto einzusteigen. Sie wußte, es war Zufall, daß diese Männer sie hatten mitfahren lassen, aber das half ihr nicht.
Auf der Fahrt nach Leipzig hatte sie eine Angst großgezogen, die sie nun überwältigte, und alles, was sie erinnerte, setzte sich wie Mosaiksteine in ein Schreckensbild zusammen, dessen unübersehbare Ränder Ruth sprachlos machten. Sie wußte: ich gehöre nirgends mehr dazu, von meinen Rollen taugt keine, unter jeder Maske sitzt eine neue. Nicht die sieben Häute der Verwandlung decken meine Person. Ruth hatte Angst, unter der letzten Maske sei nichts mehr: Erinnerung an das Spiel mit dem großen Geschenk, bei dem in die Verpackung die Verpackung gewickelt ist und am Ende aus dem letzten Bogen Papier das Gelächter der Enttäuschung springt. Da war ja gar nichts –
Eine zweite Kindheitserinnerung stieg wieder auf und narrte Ruth. Das Mädchen auf dem Plakat, das einen verdeckten Korb am Arm hält, auf den ein Mädchen gemalt ist, das, zum Verschwinden winzig, den Blicken fast entzogen, wieder einen Korb in der Hand hält. Da war ja gar nichts –
Spiel mit der Täuschung, Lust und Schrecken der Enttäuschung, die mehr als alles andere zu wünschen war. So käme Ruth aus dem Würgegriff der Angst vor dem Unwirklichen.
Als trockenes Schluchzen brach sie nun endlich in dem armseligen Badezimmer aus ihr heraus. Zusammenge-

krümmt lag Ruth auf den kahlen Steinfliesen, konnte den Blick nicht von dem sich scheinbar endlos fortsetzenden grauweißen Muster auf dem Boden lösen. Ruth barg den Kopf in den Armen, die Knie eng an den Leib gezogen. So lag sie in der Haltung des Ungeborenen.
Jost hielt ihr hilflos ein Glas Wasser hin, das sie nicht nahm.
Was um alles in der Welt kann ich für dich tun?
Jost trug das Bündel, das sich nicht wehrte, in sein Zimmer aufs Bett und legte sich mit ausgebreiteten Armen wie eine Decke über Ruth. Sein Körper spürte den stetiger werdenden Atem, spürte, wie sich die Verkrampfung der Glieder löste, die sich langsam unter ihm ausstreckten.
Aus der Wohnung erste Morgengeräusche, hastige Schritte, Stimmen aus Küche und Badezimmer, in dem noch Licht brennen mußte. Dann war es wieder still. Ruth lag mit offenen Augen.
Du, sagte Jost.
Ruth rührte sich nicht.
Etwas zu ihr hinbringen durch die Luft, dachte Jost, Wörter hört sie jetzt nicht, ich will sie erreichen.

Wörter finden, in denen die Unzulänglichkeit und der Trost aller Wörter sind, also die alten, auf die Leute sich verlassen haben seit Menschengedenken. Aber ich will nicht reden mit Menschen- und Engelszungen, den klingenden Schellen. Es kann der Mund nicht sagen zu der Hand, ich bedarf dein nicht. Schweig, Mund, und ihr Hände, setzt Zeichen in die Haut, daß sie blüht. Mit dem Leib reden.
Es sind viele Worte auf deiner und meiner Zunge, die ich nicht weiß und nicht wissen will, und so halte ich dich jetzt und kann dich doch nicht führen dorthin, wo die Nacht leuchtet wie der Tag. Ich kann mich aber mit dir in die Hölle betten und mit dir auf den Flügeln der Mor-

genröte fliegen mitten unter die Leute und nicht ans äußerste Meer. Im Kokon stecken wir aber, und es spürt der Falter das Licht nicht, das er doch weiß. Du in der Verfältelung deiner Angst, so weiß und erkenne ich dich.
Ruths Haar lag über die Decke gebreitet und bedeckte auch Josts Gesicht. Strähnen ihres Haars hatten sich mit dem seinen vermischt und waren nun nicht mehr voneinander zu unterscheiden. Kastanienfarbener Schleier.
Welch schöner fließender Übergang zwischen dir und mir, sagte Ruth, aber was werden wir tun, wenn ich aufstehen und weggehen muß? Der Geruch deines Haars nur noch eine Geschichte und deine Haut eine Geschichte, in der sie mir verlorengeht. Die Haut vergißt nicht, lachte Jost, es ist nur der Kopf ein Geschichtenmacher. Deinen Kopf möchte ich nicht bewohnen.

Der Morgen in der leeren Wohnung war leicht. Jost entschuldigte sich mit der redlichsten Stimme der Welt für eine versäumte Orchesterprobe:
Ich bin schon fast wieder gesund. – Auf dem Frühstückstisch fanden sich Reste eines hastigen Frühstücks. Fettige Tüten zwischen Meißner Porzellan. Deine Verwandten wohnen hier nicht, sagte Jost, sie sind eingekeilt. Er schenkte den durchsichtigen Kaffee – 30 Bohnen für die Kanne, das war abgemacht – in die kleinen Täßchen, die unter Ruths Griff unsicher auf der Untertasse hin und her glitten. – Der Wohnraum war groß, nur merkte man nichts mehr davon. Der Raum, ein Museum wider Willen. Alle Möbel, die nach dem Krieg übriggeblieben waren, standen nebeneinandergerückt, die meisten Zimmer der Wohnung waren vermietet. Die ausgeblichenen Tapetenranken verschwanden fast hinter flach an die Wand geschmiegten Jugendstilvitrinen und glasverkleideten Bücherschränken. Sie waren nur auf dem Umweg über zwei sperrige Kommoden zu erreichen, über denen jeweils

eine laut tickende Hängeuhr die Zeit schlug, nachdem eine Standuhr sie schon vorgemeldet hatte. Die ausladenden Sessel, kleine Inseln im Raum.

Die Lebensgewohnheiten der Bewohner paßten nicht mehr zum Ambiente von Sammlerehrgeiz und Wohlhabenheit. – Auf dem Tisch in der Schale für den Aufschnitt ein, wie Ruth entschied, ins Dunkelweiß spielendes Zellophanpapier, mit einer Art Leberwurst. Grau. Jost aß unbeeindruckt den Rest. Ruth sah ihm zu. Sie sprach Jost davon, wie gut es zu ihrer Familie paßte, wie sie hier wohnten. Zurückgezogen lebten sie mit den Insignien einer Lebensart, die längst aufgegeben war, aber sie gaben es nicht zu. Und doch fand Ruth in Enge und Ärmlichkeit, was sie das richtige Deutschland nannte. Hier fehlte die Symbolik und der Tand eines verlogenen Neuanfangs. Hier fürchtete sie nicht, es würden die Leute für eine Plastikschüssel, nur weil sie unzerbrechlich war, altes Zinn eintauschen. Der Strauß auf dem Tisch war mit Sicherheit echt, im Westen irritierte sie manchmal der Verdacht, auch die Blumen in der Vase seien aus Papier oder Plastik. Hier aber glaubte sie, was sie sah, auch wenn es erbärmlich war.

Jost war erheitert und sagte, ich hoffe, du bist nicht aus Papier.

Zum Lachen fand Ruth das nicht.

Du hast unsere Familienkrankheit nicht, sagte sie, ansteckend ist sie nicht für Leute wie dich, die sich aufs Reden nicht verlassen. Sie macht blind und stumm, während wir die längsten Reden führen, und doch haben einige von uns im Leben noch nie von ihren Bedürfnissen gesprochen. Bevor ich dich sah, sprachen meine Verwandten über dich wie über ein körperloses Wesen, du warst für sie einfach eine Figur aus Fontanes Büchern: *Ein Sachse tut niemand etwas, ein Sachse stört keinen.* Pech für den, der nun nicht weiß, in welches Kapitel er sich mit dir denken

soll. So wohlerzogen machen sie Gebrauch von ihren Anspielungen und müssen dann nicht selber leben, sind selbst eine Anspielung. So halten sie sich die Welt vom Leib, aber sich auch gegenseitig. Sie reden so gut und sind Sprachkrüppel, ganz wie ich. Mir ist, als sei ich an den Ort meiner Verkrüppelung zurückgekommen wie der Mörder an den Ort der Tat. Aber dann bist du hinter mir gestanden und schweigst jetzt.
Jost sagte nur: ich höre dich.
Ich habe keine Sprache gefunden, fuhr Ruth fort, die zu mir gehört. Es ist lächerlich, ich kenne nicht einmal die Allerweltswörter, die ich dort brauchte. Ich kann Käsesorten nicht benennen, zum Beispiel, und esse immer den gleichen, zu fragen bin ich nämlich zu feige, rede mit Händen und Füßen.
Eine phantastische Behandlung eurer Familienkrankheit, sagte Jost, so lernst du dich kennen.
Er lachte.
Ruth bestritt entschieden, daß sie weint.
Jost, du verstehst nur nichts –. Ich möchte, daß es mich ohne die schützende Verkleidung gibt, ich will eine Haut, die wachsen kann, meinetwegen mit Schrunden und Narben und den krümmsten Falten.
Ich will mich nicht alleweil beim Anfassen fragen: bin ichs oder ists bloß mein Hemd in irgendeinem Stück.
Ich habe, sagte Jost, nichts gegen Rollen und Verkleidungen, so lange sie uns nicht am Leben hindern, sondern unser Leben sogar schützen. Mein Vater zum Beispiel, der unter dem Schutz der Eulen im Turm die Glockenstränge zog, als die Amerikaner ins Dorf kamen, trat im Lutherrock vor den Spähtrupp und fragte mit der allerschönsten Würde und dem dürftigsten Englisch: what do you want? Die Höflichkeit, mit der sich die Soldaten aus dem Pfarrhaus zurückzogen, hatte international style, das darfst du mir glauben. Was hast du gegen Rollen, solange du weißt,

wer du bist? Freilich, verrückt kann man schon werden dabei. Hier sitzen sie und schaffen Menschen nach ihrem Bilde, und wenn der Entwurf himmelweit von der Realität entfernt ist, wen scherts schon? Was nicht ins Konzept paßt, wird abgeschnitten – wie beim Film.
Mein Chef wird mich miserabel behandeln, wenn du wieder weg bist. Ich werde gesehen worden sein mit dir. Nun hätte ich eine feine Rolle für dich: du schreibst im Westen Rezensionen über unsere Bücher, und schon wäre ich hinreichend entschuldigt, ist doch mein Chef ruhmsüchtig, sähe sich gern auf Umwegen in der Westpresse erwähnt.
Sei still, sagte Ruth.
Sie wärmten sich in der schönen Täuschung, die nach Wiederholung verlangt. Dein Leib, mein Haus.
Gleichgültig war der Schlüssel, der in der Wohnungstür gedreht wurde, gleichgültig auch der Kopf, der im Türspalt erschien und sich sofort wieder zurückzog.
Mit einer Ruhe, die Jost erschreckte, trieb Ruth ihm die Nägel unter die Haut und merkte es nicht. Eine einzelne werde ich wieder sein und nicht selbander, soll ich dir das sagen? Hab weder Mann noch Schwester, und zum Spotten ist mir nicht. Aber mit dir bin ich gewesen unter der Sonne und besonders hier unter ihrem zwiefachen Schein. So wars darin schon besser zwei denn eins. Fällt unsereiner morgen, so hilft ihm sein Gesell nicht auf, weil wir in getrennten Sälen gehalten werden. Weh dem, der allein ist, du weißt es doch, und ich muß es dir nicht sagen. Ich kenne den Platz der Menschwerdung nicht. Hier bleiben will ich nicht, und kommen darfst du nicht? Soll ich dir schreiben, wenn ich wieder im Städtchen bin: Narren sind wir beide, und was für ein Tor war ich, daß ich ins Käficht zurückwollte. Soll ich dir ein Buch schenken zu Weihnachten und diesen Satz darin unterstreichen? Dann schickst du mir Schillers Räuber: gestern ist ihm der Pro-

zeß gemacht worden, er schäumt wie ein Eber. Ich würde dir schaden mit Briefen, denn aufrichtig würde ich dir schreiben.
Jost hielt Ruth den Mund zu.
Ruth waren Tränen in die Augen getreten, und sie wollte aus dem Haus. Im nächstbesten Blumenladen kaufte sie einen Strauß Herbstblumen, führte Jost ohne Erklärung in die Thomaskirche und legte die Blumen auf Bachs Grabplatte, dann zog sie Jost schnell ins Freie.
Hierher sollst du gehen, wenn ich weg bin, hier sollst du dich freuen, daß wir am Ende auf Wörter nicht angewiesen waren.
Es war keine Zeit mehr, den nahen Abschied nur flüchtig zu berühren. Sie achteten jetzt darauf, daß sie alles, was dem anderen gehörte, noch behutsamer berührten als vorher. Ein letztes Mal Ruths alten Mantel, mit dem sie sich zudeckten, als sie im Freien miteinander schliefen; mit Bedacht die Tassen, in die Ruth den letzten starken Kaffee goß. Als könnten sie so die Zeit langsamer vergehen lassen.
Als sie mit der Familie noch einmal zu Tisch saßen, waren Ruths Verwandte froh, an Josts Oboenspiel anknüpfen zu können, war ihnen doch nicht entgangen, daß Ruth lieber allein mit ihm in der Wohnung geblieben wäre. Sie sahen die Bekümmerung in Ruths Gesicht und lenkten das Gespräch schnell ins ästhetisch Allgemeine. Ruth nahm den Schutz dankbar an, doch zu ihrem elenden Gesicht wollte nicht recht passen, wie sie versicherte, es habe der Sachse sie recht angenehm gestört, er sei ein musikalischer Feinschmecker, ja, das Ästhetische, seufzte sie dann und nahm sich, Fontane parodierend, selbst auf den Arm. Für manchen ist es ein Unglück. Ich weiß schon.
Das Essen rührte Ruth kaum an.
Direktheiten seiner Frau abwendend, redete der Onkel nun wie ein Sturzbach über die Messe, bis er sich der Rolle des unterhaltsamen Gastgebers wieder sicher war.

Mache es nicht wie dein Vater, sagte er dann zu Ruth, laß dich nicht frühmorgens schon in Nachmitternachtsgesprächen fangen. Jost ist auch so einer, der schon zum Frühstück die Fünfte von Beethoven verlangt. Das geht nicht gut. – Ruth blickte zur Seite.

Als sie mit Jost abends noch einmal durch die Stadt gehen wollte, fing die Tante sie auf der Treppe ab: es ist, sagte sie, ein Segen, daß du weggemacht bist –

Es bekommt mir der Segen nicht sonderlich gut, sagte Ruth und drehte sich noch einmal um. Zu Jost sagte sie: ich bin wie eine, die auszog, das Fürchten zu verlernen. Auch ich bin von den allerkleinsten Fischen überwältigt worden, doch schlimmer war die Brühe, in der sie schwammen. Sie war braun.

Jost legte den Arm um Ruth. Sie fröstelte.

Es ist nicht schön hier, sagte sie, ließ den Blick über die erleuchteten Fenster und an den zerbröckelnden Fassaden entlanggleiten. Es ist nicht schön hier, aber ich kenne mich aus. Sie bat Jost, mit ihr in der Stadt noch etwas zu essen. Als sie zwischen den lauten Messebesuchern saßen, trank Ruth ein Glas Wodka nach dem anderen. Im Rückhalt eines befremdlichen Selbstvertrauens befähigte sie die bevorstehende Trennung zu einer Rabiatheit, auf die Jost deutlich reagiert hätte, wären sie allein gewesen.

Ruth kam der Druck, unter dem sie in Josts Land gelebt hatte, plötzlich nicht so unerträglich vor wie jener im Westen. Ich war, sagte sie, verloren wie ein Fisch, der zu plötzlich aus großer Wassertiefe an die Oberfläche gebracht wird. Du weißt, es zerreißt ihn, wenn er nicht Glück hat. Habe ich Glück gehabt? Immer lauter nun redete Ruth auf Jost ein. Beschwichtigend sagte er: ich höre ja, ich höre.

Es wunderten sich noch andere Leute, die von den Nachbartischen die Köpfe herüberreckten. Ruth gegenüber äußerten sie sich nicht, hatten nur manches miteinander zu reden und zu tuscheln. Damit haben wir nichts zu tun, gehört allerdings haben wir fast alles.

Als ich das Lied der Fische sang, ist mir viel Wasser ins Maul geschwappt. Hat mich keiner gehört, hätte mich nicht einer hören müssen? Leid tat es ihnen um mich, und sie haben geachtet darauf, daß auch ich eine menschliche Zukunft haben soll. Doch nicht mitzuraffen bin ich da. Wer hat, dem wird gegeben, sagen sie, der Aufbau ist noch nicht fertig. Wer hat, dem wird gegeben: Illusionen, und wer nicht hat, dem wird genommen, was er hat: Illusionen.
Es sind die Scheffler im Land, Verwalter der Erniedrigten und Beleidigten, die sich Widerspruch nicht leisten können. Ins Futteral der Rechtschaffenheit gesperrt, krempeln die meisten die Ärmel hoch und lassen unbestritten, ob sie im Recht sind, weil sie immer rechtens sind im Gehorsam. Sie geben sich schon ab mit den Zweiflern, lassen sie wie Kreisel tanzen, die bleiben aufrecht, solange die Peitsche niedersaust, so vergeht der hurtige Schwindel nicht. Angreifbar sind die Zweifler und bereit hinzufallen. Von den prahlsüchtigen Jägern werden sie in die Mitte genommen. Die Mächtigen treiben unzuverlässige Elemente dorthin, wo sie gebraucht werden: in den Rinnstein. Damit man sie aufklauben kann und sich ihrer erbarmen. So werden sie auch Jan und Jens, Till und Bettina, die du nicht kennst, die sich selbst nicht kennen, auf den guten Weg bringen, wenn sie es überleben. Doch tun Kinder gut daran, besonders die klugen, daß sie das Zuckerbrot greifen, bevor die Peitsche knallt, damit sie was zwischen den Zähnen haben und nicht mehr knirschen können mit ihnen des Nachts, denn Ruhe ist die erste Kindespflicht.
Im Westen ist die schlimmste Zeit vorbei, spult rückwärts ab in den Köpfen als Wildwestfilm. An der Theke sitzen

alle wieder friedlich, die Hand spielt schon mit dem Colt; hat weiter nichts zu bedeuten, daß der Hut so weit ins Gesicht hängt. Ins Auge sehen können sie jedermann auch so, und eine Hand drückt die andere. Nur umdrehen will sich keiner, sonst springt der Film aus der Spule.
Hat so deine Angst geredet, bevor du kamst? fragte Jost.
Ja und ja, und noch ist sie nicht still. – Ein jeder trägt sein Kreuz, und schert es viele, daß es noch Haken hat? Ich weiß, wie ungerecht ich bin, wie gerecht ist Angst je gewesen? Kassandra, war sie gerecht? Ich bin nicht Kassandra, ich weiß. Ich bin ein unzuverlässiges Element wie meine Freunde. Gehören wir vielleicht in einen Kinderkreuzzug, und es sagt uns nur niemand, damit wir uns nicht umwenden und um Begleitung bitten? Wenn wir am heiligen Grab ankommen, werden wir eine heilige Kuh darin finden: des Deutschen Unfehlbarkeit. Er hält sich immer an die Weisung, gebt Gott, was Gottes ist, dem Kaiser, was des Kaisers. Nur hat ja Gott nicht viel verlangt, werden sie sagen, der Kaiser aber alles. Vernunft, Mut und Gedächtnis. Verlegen liegt der Finger vor dem Mund, seit der Arm nicht mehr hochschnellen soll, und leise hörte ichs flüstern: kein schöner Land in dieser Zeit. Nörgler können nach drüben gehen.
Während sie die Geduld der Spinne rühmen, bin ich die Mücke im Netz, das sie nicht zerstören, wie sie auch andere Naturerscheinungen in Deutschland nicht stören. Mord, Schande und Tränen. Sie lassen alles gehen, wie es geht, und der Herr wirds wohl machen, da er auch immer wieder das Staatswesen behütet, denn wo der Herr nicht das Haus bewacht, da wacht der Wächter umsonst, wie geschrieben steht am Rathaus zu Leipzig. Nur ist der Name des Herrn ganz gleichgültig geworden, und viele Wächter sind ermordet. – Hinter die Halsbinde darf ein aufrechter Deutscher schon wieder allerlei kippen, der aufrichtige Deutsche freilich solls Maul halten und seinen

Hals nicht so offen hinstrecken. Aber er hält doch den Kopf hin.
Jetzt habe ich Angst: bleib hier, sagte Jost.
Fluch du nicht mir zulieb mit, Jost, sagte Ruth weinend. Ich habe mich selber mitverflucht, wenn es mir nicht gelingt, mit meinem Leben die richtige Antwort zu finden.
Wo soll ich denn hin mit dir? fragte Jost.
Später entschuldigte sich Ruth. Ich bin ausfällig geworden, aber war ich nicht herausgefallen aus allem? Ich werde mich hüten, daß Hochmut nicht kommt vor dem Fall.
Ruth wollte nicht, daß Jost sie zum Bahnhof begleitete. Ich verreise ja nicht, sagte sie, ich gehe weg und will nicht, daß du in der Ferne vor meinen Augen verschwimmst. Du sollst mir nicht winken.
In der schlendernden Menge der Messebesucher umarmten sie sich noch einmal. Als Ruth ihr Gepäck von der Straße aufnehmen wollte, hatte Jost seinen Fuß darauf gestellt.
Er gab Ruth einen Skarabäus in die Hand, schloß ihr die Finger so fest um den Ring, daß es schmerzte.
Dies gibst du mir wieder –
Ja, aber nicht hier, sagte Ruth, zog das Gepäck unter Josts Fuß weg und verschwand langsam in der Menschenmenge.

Till bekam ein Telegramm. Abgeschickt in Fulda.
Unverloren stop dir eine Schwester stop die bleibt dir.
Die Unterschrift fehlte. Tills erster Gedanke: wäre sie doch in ihrer verdammten Scheune geblieben. Er hatte vermieden, daß die Rede auf Ruth kam, mochte selbst nicht oft an sie denken, seit er sich einredete: mag sie hingehen wo sie will, ich achte ihren Eigensinn, bin auch bereit für die Geschwisterrolle. Münchhausen deutet eine Niederlage. Es schmerzt der Schopf.
Till wartete unruhig auf ein Zeichen von Ruth.

Statt dessen kam am gleichen Tag abends die Bäuerin, bei der Ruth wohnte. Sie entschuldigte sich, daß sie gekommen sei, Ruth müsse etwas zugestoßen sein, ob Till wisse, wo sie sei. Verwirrt wie sie war, bekam Till nur mühsam aus ihr heraus: mittags sei ein älterer Herr gekommen, ein gut gekleideter mit einer Aktentasche, den sie zunächst für einen Vertreter gehalten habe, dafür seien seine Manieren aber zu streng gewesen, er habe sich auch nicht hinauswerfen lassen. Sie werden ordentlich der Reihe nach beantworten, was ich sie frage, habe er befohlen, sich ungeniert an den Tisch gesetzt, habe auch das angebotene Glas Milch nicht getrunken. Der Mann wollte am Ende nichts Übles. Er habe wissen müssen, wann Ruth abends immer nach Hause komme, woher sie ihr Geld habe und ob sie sich vielleicht manchmal mit einem Auto entferne. Daß sie nie mit einem geliehenen Auto vorgefahren sei, habe der Mann nicht glauben wollen. Noch weniger, daß sie abends nicht regelmäßig Besuch habe.

Dann habe der Herr den Raum in der Scheune ansehen wollen und nach Zeitungen gesucht, was ihn wütend gemacht habe, denn er habe keine gefunden. Er sei dann weggegangen, habe sie, die Bäuerin, aber vorher noch gewarnt vor dem Fräulein. Fremde nehme man höchstens ins Haus, aber nicht in die Scheune, sie könnten sie auch anzünden. Der Herr habe so ausgesehen, als glaube er, was er sage. Zu Fuß sei er dann weggegangen und drei Straßen weiter in ein Auto gestiegen, was sie von Nachbarn wisse.

Wo ist das Fräulein? fragte die Bäuerin.

Till sagte, ich weiß es nicht, verbarg das Zittern seiner Hände, als er der Bäuerin Kaffee einschenkte. Ich habe gedacht, sagte sie, sie sind ein bißchen verantwortlich für das Fräulein oder haben ein Aug drauf. Sie war sehr enttäuscht, daß Till ihr lediglich, statt zu antworten, das Versprechen abnahm, den Herrn, sollte er wiederkommen, sofort zu ihm zu schicken.

Till rechnete nun selbst mit einem Besuch von seiten des Herrn. Statt dessen kam ein Brief von Jan.

Ruth ist wiedergekommen. Schon vor drei Tagen, geht herum mit einer dickschädligen Heiterkeit. Singt auch. Wo fünf in eine Wohnung passen, da wird es auch für sechs reichen. Ruth ist nicht zufällig noch einmal hier aufgetaucht, uns zu besichtigen. Will bleiben. Was soll ich dir schreiben, das dir ein Bild malte von ihrer Veränderung. Ein heller Schein leuchtet in ihrer Gegenwart, er rührt gewiß nicht von dem Scharlachtuch, das sie sich um die Schultern gelegt hat und den ganzen Tag nicht ablegt. Sie ist viel unterwegs mit den Kindern, fährt mit ihnen auf den Schiffen herum, klettert auch mit den Zwillingen in hohe Bäume, dort oben erzählt sie stundenlang Märchen. Fragen über ihr Verhalten verscheucht sie so, daß dir die Augen aufgehn in einem Gelächter. Auch hat sie jetzt ein sanftes Gesicht.
Den ersten Abend ist sie still neben Bettina gesessen und hat sich zeigen lassen, wie man Silber hämmert. Für wen sie den sonderbaren Gegenstand herstellt, an dem sie nun arbeitet, sagte sie nicht.
Am zweiten Abend dann ist sie im Turmzimmer auf den Stufen gesessen, die vom Erker in die Stube herunterführen, hat die Kinder auf den Knien geschaukelt, bis sie einschliefen. Zum erstenmal habe ich sie sehr schön gefunden, wie sie da saß. Das Scharlachtuch lag über die Kinder gebreitet und Ruths langes Haar hing aufgelöst darüber herab, als sie ganz ruhig zu sprechen anfing, auch leise, damit sie die Kinder nicht weckt, die sie sich nicht von den Knien hat nehmen lassen. Erst später, als sie sich ereiferte und im Erker um den runden Tisch lief, durfte Bettina die Kinder forttragen. Ruth war von einer Bestimmtheit, die mich erschreckte. Zum Glück hat sie, erregt wie sie war, nicht gesehen, was auf dem Tisch lag, um den sie

herum ging, ohne ein einziges Mal zu uns herunter zu kommen. Den Wein mußten wir ihr in den Erker hinaufbringen. Sie hat nicht gemerkt, daß es komisch war.
Auf dem Tisch also lag mein neuester Holzschnitt, zu dem mich nicht zuletzt die Bekanntschaft mit deiner Freundin gebracht hat.
Ein Narrenkopf, mit Schellen über dem Scheitel und großen Flügeln anstelle der Ohren, fährt auf Rädern über ein Pult, das sich jeder gern auch als eine Kanzel denken darf. Ein körperloser Kopf, an dem werde ich noch arbeiten.
Ruth sah ihn nicht.
Denn sie hat uns eine Rede gehalten, die in eine Einladung zu einem andern Leben gemündet ist. Hab nicht gedacht, daß ein Mädchen so reden kann, aber du wirst es wissen, kennst Ruth ja länger, und ich möchte nicht an deiner Stelle sein.
Übrigens kein Wort über Leipzig. Wir sind ja neugierig gewesen. Auf den Stufen dort vor dem Erker, als der Kerzenschein über ihr kastanienfarbenes Haar flackerte, fehlte nur, daß sie eine Geschichte erzählt – und sie wäre eine Zauberin gewesen. Aber sie hat keine erzählt.
Sie behauptete, wir alle seien Poltergeister, die den Geist der Zeit verfluchen, weil sie ihn nicht zu packen wissen. Im folgenden hat sie dann immer sich selbst mitbezichtigt, besonders sich selbst. Sie sei von gestern, das wisse sie jetzt, und hätte am liebsten auch fernerhin dickschädlig im kleinen Kreis des Adels die dort bewährten Sottisen begangen, den Konservatismus ihres Elternhauses zu den Honneurs addiert und wie einen Vorwurf gepflegt. Aber das wolle sie sich von nun an verbieten, und es brauche sie auch keiner mehr mit Glacéhandschuhen anzufassen, weil sie ein überlebtes Relikt sei, am besten unter die Kiefern in der märkischen Sandwüste zu legen, wenn schon nicht mehr auf die väterliche Scholle, worüber sie dann gelacht hat, als müsse sie die Feierlichkeit ihrer Einsichten zurück-

nehmen. Doch ist ihr das Lachen dann vergangen, und uns auch.

Till, ich denke, sie hat recht. Wir schaffen Gespenster statt Tatsachen, weil wir unsere Ängste nicht beim Namen nennen können. Wir haben auch keine rechten Vorstellungen davon, wer wir eigentlich sind. Die Rolle des Anklägers ist zu mager, unser Talent reicht für mehr. Hab dann gefragt, welche Tatsachen Ruth denn vorschwebten, weil sie sich so im allgemeinen hielt.

Unsere Ängste müssen wir beim Namen nennen, dann finden wir unseren Weg, meinte Ruth. Das sei Schwerarbeit. Nun hätte ich vielleicht nicht antworten dürfen, ob sie mit der Machete eine Schneise ins Dickicht schlagen wolle und ob sie den Mut zur Heldin der Arbeit aus Leipzig mitbringe, denn sie hat mich mit Empörung gemustert. Du weißt ja, daß ich keine Gelegenheit auslassen kann, linke Kraftmeierei, oder was ich dafür halte, zu verspotten, auch wenn es diesmal auf Ruths Kosten ging. Gleichviel, sie ließ sich nicht herausfordern, auch nicht, als Jens fragte, ob sie so freundlich sein möchte, Tugenden aller Art, aber bitte konkret, aus dem Füllhorn ihrer Einsichten unter die Leute zu streuen, wenn sie ihrem Leben tatsächlich eine missionarische Richtung geben wolle.

Wir hätten kein Recht, fuhr sie fort, den anderen zu zeigen, wie vernagelt sie seien, solange wir nicht selbst ein glaubwürdiges Leben führten. Auch ertränken wir demnächst in Selbstmitleid, wenn wir nicht aufhörten, als über Deutschland bekümmerte Privatpersonen herumzulaufen, die in Wahrheit doch an persönlicher Ratlosigkeit litten. Dann, Till, hat sie mir die Leviten gelesen. Ich sei auch nur ein Gaukler am Wegesrand, eine Art Wegweiser, der bekanntlich nicht mitgeht. Ja, ich bin ein Gaukler, hab ich ihr gesagt – und daß man mich schon rechtzeitig nach altem Brauch zur Hölle jagen wird.

Darauf seufzte deine schöne Freundin aber so schwer, daß

ich dachte, sie gäbe eine gute Figur in meinem neuen Stück ab, in dem ich Sokrates noch einmal sterben lasse, aber in Gegenwart von Frauen, die nicht bloß zum Füßesalben und Nardevergießen da sind. Will den alten Silen mit Hexen zusammen umbringen lassen, weil er den Leuten die Sicherheiten wegfragt, alle Antworten als Torheit fortwischt und die Leute mit den Fragen allein läßt, die sie sich schließlich selber stellen. Hat der alte Schuster vielleicht ein Hochmutsgefühl gehätschelt, als er wegschlich vom Markt? Ich glaube es nicht. – Hat ja außer seinem Schuhwerk auch nichts als Fragen gehabt. Die kosten aber mehr als die Schuh und den Zank vom bellenden Eheweib, das auf der Agora lieber mitgefragt hätte, statt den Kunden zu antworten: nein, es ist wieder kein Schuh draus geworden.
Aber mein Ketzerstück kannst du dir ansehn, Till, wenn du dich hertraust. – Es möcht freilich sein, daß deine schöne Freundin dich nun vergißt. Viel hat sie übers Vergessenmüssen gesprochen, was uns allen schließlich Angst gemacht hat. Sie ist heftig gewesen zuletzt und gleichzeitig von einer Hoffnung beseelt, daß keiner mehr dreinzureden gewagt hat. Nicht einmal Jens hat mehr etwas gewußt, als sie fragte: wißt ihr denn, was für mich vergessen heißen soll? Im Gedächtnis bewahren, was ich für lebbar hielt, als ich neben meinem Vater lebte. Der Erinnerung standhalten, ohne das Alte ins Leben zu wünschen. Ich könnte mir gar nichts von dem ins Leben wünschen, was sie von zuhause erzählte.
Es muß eine eigentümliche Sippe sein, die sie hat. Soll nach dem Krieg immer ein Tantchen in knisternder Seide ihrem Vater schräg gegenüber am Tisch gesessen haben, halb verdeckt vom dreiarmigen Silberleuchter, das mit der einen Hand immer am Spitzenkrägelchen zog, während die andere die Messerbänkchen über den Tisch sausen ließ, denn Malefizchen, so hieß das Tantchen, war lebensläng-

lich wütend. Ihr Thema: der Tyrannenmord. Ruthchen, noch schlecht unterwiesen im Staatswesen, saß mit gespitzten Ohren am Tisch, während ihre Augen den Krieg der Messerbänkchen verfolgten, es schoß nämlich Ruths Vater jedes Bänkchen zurück. Das streitbare Malefizchen spielte die alten Griechen gegen die Protestanten aus: Tyrannenmord ist erlaubt, und die Obrigkeit ist nicht von Gott, sagte sie, das Messerbänkchen dabei scharf im Aug. Der Vater nun, so Ruth, schlang die Finger ineinander und erklärte bald täglich, daß er in Deutschland lebt, nicht in Athen. Ein jedermann sei untertan der Obrigkeit, die Gewalt über ihn hat. Nun dachte Ruth dabei an die Tante und die Messerbänkchen. Ruth wollte dem Vater von seiner Behauptung abraten, aber bei Tisch dürfen Kinder nicht reden, auch Frauen nicht. Malefizchen ist keine Frau, sie ist eine Suffragette, was Ruth für eine Amazonenspielart hielt, für die natürlich keine Weiberregel gilt.

Beim Essen hörte Ruth über den 20. Juli, den Warschauer Aufstand und auch über die Lager in Polen. Und zwar von Malefizchen. Wie die Männer des 20. Juli starben, erfuhr sie vom Vater beim Kompott.

Möcht ich meinen Kindern solch rücksichtslose Erzieher immer vom Leib halten.

Lieber Till, können ja Leute das Hirn am rechten Fleck haben, die ein Kind wie einen kleinen Erwachsenen zuhören lassen. Ein Herz haben sie nicht und haben wohl auch verschuldet, daß Ruth nun immer fürchtet, sie hat das Herz nicht am rechten Fleck.

Muß ihr ja auch das Herz im Leib bald stillgestanden sein, wenn sie morgens, bevors noch recht hell war, hinaus in den Wald ritt und ihr da in der grauen Frühdämmerung der Vater zwischen den Stämmen begegnet. Auf einem Schimmel und mit schlohweißem Haar. Er soll dann nicht einmal abgestiegen sein, als er sein Kind da gefunden hat,

und ist mit ihm weitergeritten ins Morgenlicht und ohne ein Wort.
Sag, was du mußt, aber manche haben eine noble Herkunft, die andern kommen geradewegs aus der Grausamkeit. Ich kann Ruth nur beglückwünschen, wenn sie abrückt von ihren Erinnerungen und vielleicht noch wird, was sie ist. Ein junger Mensch.

Till ließ den Brief aus den Händen fallen, als hätte man ihm heißes Wasser darüber gegossen. Es wird sich zeigen, hatte Ruth gesagt, wo ich bleibe nach der Reise. Nun hatte es sich gezeigt. Sie geht mir aus dem Weg, dachte Till, läßt mich fallen. Auch erschien ihm jetzt die Rolle des Bruders, die er hatte auf sich nehmen wollen, als Selbstbetrug.
Er kämpfte mit einem bodenlosen Verdacht gegen sich. Hat er sich Ruth nicht die ganze Zeit als der Bruder gezeigt, den es nicht kränken darf, wenn die Schwester die Stadt vielleicht für immer verläßt? Ist er ihr nicht begegnet wie ein Mensch ohne Geschlecht, der sich die Abwesenheit aller sinnlichen Zeichen nicht als Mangel anrechnet? Wohl wußte er noch, wie Ruth sich lustig gemacht hatte. Alles haltet ihr euch drei Schritte vom Leib, mein Gott, müßt ihr Angst vor der Fruchtbarkeit haben. Eure Einsichten, ach, alle gezeugt in der Luft. Sie hatte hochmütig ausgesehen damals und lud zu einer Umarmung wahrhaftig nicht ein. Es sind mir die Vögel in der Luft die lieberen Gefährten. Ja, das hatte sie gesagt, und als er gekränkt zurückgab, dann ruf dir die Vögel und halte Zwiesprache mit ihnen, hatte sie ihn ausgelacht und Vogelstimmen nachgeahmt, bis er sie hilflos unterhakte und spottete: setz dich nieder auf mein Fuß. Damals hatte Ruth nicht gelacht.
Im Nebel selbstmitleidiger Gedanken suchte Till nach Gründen, warum Ruth nach Hamburg wollte. Er wußte,

sie stimmten nicht, aber sie taten ihm gut, weil er in diesen Begründungen nicht vorkam. Die Provinz ist sie leid, sagte er sich, die Beschränkung. Sie sucht die Metropole.
Hatte sie sich nicht geweigert, den Ort, an dem sie lebte, je mit Namen zu nennen? Beim Städtchen leb ich, wie geringschätzig es klang – und wie gern ers unwidersprochen ließ.
Er selbst hatte das Städtchen gewählt wie beim Würfeln. Es war ihm gleichgültig, wo er studierte. Die Städte, die infrage kamen, glichen sich sehr. Ob sie nun an der Leine lagen, am Neckar oder an der Regnitz, die Bürger hatten in Betragen alle eine Eins, unveränderliche Kennzeichen viele. Wie die Göttingerinnen im Sarg, die sich vom steifleinenen Kissen aus den Bügelfalten aufrichten, indigniert die Hinterbliebenen maßregeln: bat ich nicht ausdrücklich, mir die Arme rechtwinklig über den Leichnam zu falten? Eine Göttingerin hat keine Brust, über die man leger die Hände legt. Und waren nicht auch die Tübinger eigen mit ihren Stocherkähnen; diese Kähne sind nur für uns bestimmt, wir gehen jetzt und knüpfen sie los. Oder wie einladend waren schließlich die kellerlos kleinen, zweistöckigen Häuser in Erlangen, zwischen denen man sich verlief wie ein überzähliger Bauer auf dem Schachbrett? Till schämte sich seiner Gehässigkeit nicht, er merkte, daß er unversehens Jans Brief in sehr kleine Fetzen zerrissen hatte.
Er begriff plötzlich, mit den Fetzen wie mit einem Puzzle spielend, daß er Ruth die eigene Weltfremdheit unterschob.

Till hörte die Wohnungsklingel und dann die leise Stimme der Wirtin. Ja, heute ist er da, sagte die Stimme, nun klar und deutlich vor seiner Tür. Die Wirtin klopfte gar nicht erst, öffnete die Tür einen Spalt und schob jemanden durch. Wie lange hat der geübt für den nasalen Ton?

fragte sich Till, als ein nach Atem ringender Mann die Erlaubnis zum Sitzen einholte. Wie ein Vertreter sah er eigentlich nicht aus. Eher wie ein verhärmter Rentner, der sich ein Zubrot verdient.
Was wollen Sie? fragte Till und sah, wie die Augen des Mannes die Fetzen des Briefes auf dem Tisch festhielten, als könnten sie gleich wegfliegen.
Was verkaufen Sie? fragte Till, weil der Mann mit Verschnaufen noch immer nicht fertig war.
Ich verkaufe nichts, sagte er, der nun auch der kleine Verwandte vom Land sein könnte, der etwas gegen Stadtleute hat. Er lehnte sich zurück, öffnete den Knopf der Jacke, die über dem Bauch etwas spannte. Er nahm sich Zeit. Ich verkaufe nichts, wiederholte er, als müßte er eine Zumutung zurückweisen.
Sie waren oft in der Nacht nicht zuhause, hob er an, durchaus einladend im Ton nun, ein Wort unter Männern, bitte.
Warum interessiert Sie das?
Nun, in der letzten Zeit sind Sie ja immer da in der Nacht. Nur Ihre Freundin ist weg.
Richtig, sagte Till, holte sich ein paar Fetzen des Briefes auf seine Tischseite zurück, die der Frager spielerisch auf seine Seite hinübergearbeitet hatte.
Es ist nur so, sagte der Mann, Ihre Freundin ist doch von drüben und braucht allerhand. Wir haben da so einen Hilfsfond, ich würde gern mit Ihrer Freundin sprechen, wo ist sie denn?
Till holte sein Notizbuch, blätterte darin. Während er las: Schwimmengehen mit Ruth, sagte er stirnrunzelnd, um Überblick auf der Seite ersichtlich bemüht: wenn ich recht sehe, ist sie heute in Paris. Vorgestern war sie in Zürich.
Mit dem Wagen?
Zu Fuß selbstverständlich.
Der Mann rückte auf die Stuhlkante.

Im Ausland also, sinnierte er und dann, verblüfft von der überstürzten Entwicklung der Geschehnisse: im Ausland ist sie ganz allein?
Nicht ganz, sagte Till, schlug eine Seite im Notizbuch um, heute müßte sie mit Detlev Zingelbein unterwegs sein.
Dieser Detlev Zingelbein, ist das auch ein Gönner Ihrer Freundin? – Gelernte Mißbilligung schwang mit.
Ich kenne nicht alle Gönner meiner Freundin, aber Detlev ist ein patenter Kerl.
Kann er auch Russisch?
Selbstverständlich, bis auf mich sprechen alle Gönner meiner Freundin Russisch.
Damit hatte der Mann vom Land nicht gerechnet. Mit dieser Enthüllung wäre er lieber allein. Man sahs. Aber er blieb noch ein bißchen, wenn auch aus dem Konzept gekommen.
Sie haben eine gescheite Freundin, sagte er, das hat mir ihre Wirtin schon gesagt.
Gescheit, aber entsetzlich naiv dabei, seufzte Till.
Sehen Sie, sagte der Mann, bereit, sich mit Till gemeinsam Sorgen um Ruth zu machen. Er hatte nun alle Schnipsel, hielt die hohle Hand darüber.
Ihr Hilfsfond, was bietet er den Leuten denn an?
Die innere Mission erledigt die Einzelheiten für uns.
Gehört Altpapier auch zu den Einzelheiten? fragte Till, worauf der Mann die Hand leer vom Tisch nahm. Er mußte jetzt auch gehen.
Noch etwas, sagte Till, als der Mann sich mit Handschlag von der Wirtin verabschiedete, meine Freundin ist Atheistin. Ich weiß nicht, ob Sie ihr dann auch unter die Arme greifen können.
Wir helfen, wo wir können, rief der Mann schon von der Treppe her, während Till dachte, ich Idiot, warum habe ich seinen Ausweis nicht verlangt und: wieso habe ich wacklige Knie –

Bettina aber, die wenig sprach, war jenen Abend auch dabei gesessen, als Ruth vom neuen Leben sprach, hatte teilnahmsvoll zugehört, sich manchmal zu Ruth umgewandt und sie lange angesehen. Ruth erwiderte ihren Blick nicht.
Bettina tat es leid um Ruth und auch um die anderen, die über ganze Sätze nicht hinauskamen, nach einem ganzen Leben fragten sie nicht. Sie hüteten die Angst wie einen Drachen, auf dessen Rücken sie saßen und warteten, bis er sich nach ihnen umdrehte. Darum auch erschien Bettina die Geringschätzung der Gegenwart wie eine Herausforderung des Drachens. Ruth könnte sein erstes Beutestück sein.
Während sie alle redend die Angst vor politischer Ahnungslosigkeit und Gleichgültigkeit aufscheuchten, unterschlugen sie ihre eigene Lebensahnungslosigkeit. Wie bezwingbar sie alle waren von ihren eigenen Wörtern. Bettina spürte wohl, daß Ruth den ganzen Abend von den Rändern eines Kraftfeldes her geredet hatte, das Verstörung hieß, dem sie sich vergeblich zu entziehen suchte.
Ruth aber, die, als es endlich still wurde im Raum, zu Bettina vom Erker heruntergekommen war und zusah, wie sie bunte Tücher zu einem Gewand zusammennähte, fühlte sich aufgehoben und angenommen bei ihr.
Willst du haben, was ich gemacht habe? fragte Bettina und hielt Ruth die Tücher hin. – Nur so, während sie schenkte, konnte Bettina sich zu erkennen geben.
Ruth nahm das Geschenk an, und Bettina dachte: sie tut es mir zulieb und nicht für sich.
Als sie allein waren, schwiegen die beiden sich aneinander heran, bis Ruth unvermittelt sagte: ich könnte dich nie belügen, und wenn ich bei dir bin, bezwecke ich nichts.
Bettina verstand nicht, was Ruth meinte.
Ja, sagte sie. Und nach einer Weile: ich mag dich wie das Gras, Ruth.

Wie liebst du es denn?
Du mit deinen falschen Fragen, sagte Bettina.
Später in der Nacht traf Ruth noch einmal mit ihr bei den weinenden Kindern zusammen. Bettina tröstete ihre Kinder unermüdlich. Es klang, als tröstete sie auch sich. Ruth stand daneben und hätte gern gefragt, warum Bettina in der Nacht die Kinder nie verließ, ehe sie sich beruhigt hatten; sie nutzten es aus. Tagsüber ließ Bettina sie jammern und brüllen. Sie wollte nicht, daß sie hinweggetröstet werden über alles und jedes. So lernten sie, mit Schmerz umzugehen, und verdrängten ihn nicht. Als Ruth Bettina grausam nannte, schwieg sie, sah aus wie eine, die sich lustig macht über Leute, die das Leben zutode erklären. –
In der Nacht aber war sie dankbar, wenn Ruth neben ihr bei den Kindern Wache hielt. In der Nacht benahm sich Bettina, als wären ihre Kinder krank. Ruth hätte Bettina gern schlafen geschickt, aber sie wollte davon nichts wissen.

In der Fabrik vermißte Ruth die Wärme der Hamburger Freunde. Bettinas Abschiedssatz ging mit ihr: du kannst bei uns wohnen, solange du willst, und, nicht wahr, du wirst hier nicht nur studieren?
Natürlich nicht, hatte Ruth wie auf eine Zumutung geantwortet.
In der lauten Halle nahm Ruth ihren Körper jeden Tag, nach einer Stunde schon zerschlagen, als Fremdkörper wahr. Ihre Hände hatten sich so weit von ihr entfernt. Sie sah ihnen zu, wie sie acht Stunden lang zwischen einer Neun und einer Null ein Loch in Zählräder von Elektrozählern stanzten. Ruth nahm die Rädchen als Uhren wahr, die sie, mit Kopfschmerzen durch einen Schleier sehend, von Tag zu Tag mehr haßte. Auf den imaginären

Zifferblättern fehlten die Stunden zwischen neun und Mitternacht. Es war die Zeit, die Ruth für sich hatte und in der sie las, bis Erschöpfung sie in bleiernen Schlaf kippte, aus dem sie sich morgens vom dritten Brandenburgischen Konzert heraustrompeten ließ. Mit Verwunderung nahm sie wahr, daß ihr Herzschlag sich auf den Rhythmus der Musik einstellte, jagend. Ruth hatte nur zwei Schallplatten, diese eine und die vierte Sinfonie von Brahms, die sie abends hörte. Mit zittrigen Fingern die Fischdose auslöffelnd, wartete sie darauf, das Dröhnen der Fabrikhalle in ihren Ohren möchte aufgesogen werden von der Musik, während sie auf die Kunstpostkarten an der Wand starrte. Noldes großer Gärtner und Barlachs Zweifler hingen da in zwiespältiger Nachbarschaft.
Bei der Akkordarbeit verlor Ruth das reale Zeitgefühl. Der Tag zerbrach in eine Stundenfolge, die zu messen sich lohnte, die Stunden des Abends, und verödete Zeit, die Ruth verloren gab. Sie wußte nicht, die beiden Stücke wieder zusammenzuleben. Hinter ihr stand oft, länger als bei anderen, der Zeitnehmer, der sich einen Ulk daraus machte, Ruths Arbeitstempo zu kontrollieren, seit sie in den ersten Tagen den Akkord gebrochen hatte aus Angst, sie schaffe das Pensum nicht. Der Zeitnehmer nannte sie unsozial. Er fand immer etwas, das Ruth soeben verkehrt gemacht hatte.
Stellen Sie den Karton für die Zählräder richtig auf den Tisch, oder wollen Sie fünfhundert Räder vom Boden auflesen? Er griff nach dem Karton und ließ ihn grinsend über die Tischkante kippeln.
Verzeihung, sagte Ruth, wütend, daß sie sich einschüchtern ließ.
Sie lachte, als sie bemerkte, daß sie bereits gestanzte Räder noch einmal in die Maschine gelegt hatte.
Warum lachen Sie? fragte ihre Nachbarin, ich habe Sie noch gar nicht lachen hören.

Ich kann mich nicht acht Stunden lang zwischen einer neun und einer Null einklemmen, sagte Ruth.
Das kommt mit den Jahren, tröstete die Nachbarin. Sie meinte es wörtlich.
Vor dem Fabriktor stand eines Tages Till mit der Selbstverständlichkeit eines Freundes, der Ruth dort täglich abholt. Sie hatte Till seit der Rückkehr gemieden und erschrak. – Stop, rief er, das Telegramm habe ich bekommen, stop, wann bekomme ich eine Stunde deiner kostbaren Zeit? Anklagend klang es nicht.
Ruth umarmte Till herzlicher, als sie verstand. Ich benehme mich, sagte sie an seinem Ohr, wie ein Feigling gegen dich, ich weiß.
Ich mag Feiglinge, sagte Till listig, besonders wenn sie mit mir verwandt sind. Meine Schwester lade ich immer gern zum Essen ein. Noch beim Essen erzählte Ruth von Jost. Es war leicht.
Ich habe es gewußt, sagte Till, nur fand Ruth, daß er das dritte Bier vielleicht später trinken könnte. Meine Mutter bist du nicht, zischte Till, und sah nun doch verletzt aus, als er das Bier auf einen Zug hinunterkippte.
Liebe Ruth, sagte er dann, wischte mit dem Bierschaum auch noch ein paar Wörter mit vom Mund, die er sich verkniffen hatte, liebe Ruth, setzte er noch einmal an, es ist nicht dein Bruder allein, der sich um dich sorgt. Das Vaterland bangt um dich. – Er erzählte von den Besuchen des Spitzels, der inzwischen auch bei dem Professor vorbeigeschaut hatte, bei dem sie beide eine Arbeit schrieben.
Ich weiß nicht, habe der gerätselt, sind dergleichen Lungerfiguren noch immer da oder schon wieder. Ich werde als Professor bezahlt, soweit ich weiß, nicht als Denunziant.
Er will den Spitzel hochkant hinausgeworfen haben.
Hochkant sogar, sagte Ruth, war nicht im geringsten entsetzt, sondern bis zur Boshaftigkeit belustigt: ich bin herz-

lich dankbar, daß ich keinen Tritt gehen muß, von dem Er nicht weiß, der meine Tugend schützt.

Noch im Restaurant setzte Ruth einen Brief an das Innenministerium mit der Bitte um sofortige Aufklärung der Vorfälle auf. Für das Ministerium waren viele Wochen wie ein Tag.

Von Jost aber kam Post fast täglich. Die Briefumschläge verrieten, Ruth war nicht die erste Leserin der Briefe. Till, der sie manchmal vom Boden aufnahm, tröstete Ruth.

Bald werden sie dir die Briefe vorlesen, sie üben noch den passenden Tonfall. Meist ging Till unter einem Vorwand weg. Wenn Ruth las, wollte er nicht dabei sein.

Persönliches schrieb Jost kaum. Versteckt in Anspielungen las es sich so: Sätze, über die man nachdenken sollte: Wohl dem Manne, dem ein blühend Vaterland das Herz erfreut und stärkt! Mir ist, als würde ich in den Sumpf geworfen, als schlüge man den Sargdeckel über mir zu, wenn einer an das Meinige mich mahnt. Oder so: Laß uns vergessen, daß es eine Zeit gibt, und zähle die Lebenstage nicht! Was sind Jahrhunderte gegen den Augenblick, wo zwei Wesen so sich ahnen und nahn. –

Jost unterschrieb in solchen Fällen mit ‹Ringelnatz› oder ‹Dein Friedrich›. Als ‹Professor Eckermann› grüßte er, als er Korrekturzeichen beim Neusatz einer Schillerausgabe zu bedenken gab. Kursiv sei in Zukunft zu lesen: *Ich habe keinen Vater mehr, ich habe keine Liebe mehr – kommt, kommt! Und seis nur einer!*

Auf einer offenen Karte stand: Nächstens mehr. Lese jetzt Stefan Zweig, *Angst*. Sehr intensiv. – Einen anderen Tag fand Ruth nur eine Abbildung der Thomaskirche in Leipzig. Ohne Absender und Unterschrift hatte Jost auf die Rückseite mit der Maschine getippt:

Wir setzen uns mit Tränen nieder... Hier. Wenn du hier sein könntest. –

Ruth hielt es für wahrscheinlich, daß auch Jost unerbetenen Besuch erhalten hatte.
An ihre lauten Sätze im Leipziger Restaurant dachte sie nicht.
Einmal las sie Till den letzten Satz eines Briefes von Jost vor: warum nehmen wir jegliche Kultur und Kunst bloß so wichtig?
Weil sie euch im Klammergriff hat, sagte Till nicht gerade überzeugt, ganz abgesehen davon, daß dein Kulturrevolutionär schlechtes Deutsch schreibt. Jegliche Kunst gibt es nicht. Aber jegliche Menge Narren, die alles so schwer nehmen wie du. Ich zerbreche mir nicht den Kopf des Kulturphilosophen, der ich nicht bin.
Was Ruth in den Wochen der Fabrikarbeit begriffen hatte, mußte heraus. Es ist mir unmöglich, in die Hörsäle zurückzugehen, in das Klima einer schlecht belüfteten Gruft. In der dumpfen Luft leidet mein Gleichgewichtssinn und meine Selbstachtung zerbricht. Ich muß für mich eine Brücke zwischen der Lesewelt und der Lebenswelt schlagen. Den Scheinfrieden mit mir selbst halte ich nicht aus. Das ist es doch, was sie uns an der Universität beibringen: tapfere Lebensenthaltsamkeit. Ich will mich mit Mitteln wehren, die mir vertraut sind. Ich finde mich nicht ab und lasse mich nicht abfinden. Mit den Leuten von der Straße will ich über Bücher reden. Am besten in einer Buchhandlung. Gleich hinter den Schaufenstern. So sag doch was, Großvaterleben!
Du bist ja nicht richtig im Kopf, sagte Till.
Ich bin nicht richtig in der Welt. Ich erwarte nicht den großen Gemeinschaftsrausch der Ratlosen, die dann in schwärmerischer Solidarität auf dem Fußboden herumhocken und Hand in Hand die Bücher mißverstehen.
Sehr wohl, sagte Till, ihr werdet euch aneinander bewähren, aber nicht in eigenen Worten. Unter weniger als dem Protektorat eines Dichters tut ihrs nicht, wer darfs denn

sein, in dessen Namen du und die zweieinhalb anderen versammelt sind? Mehr kommen ja nicht.
Kassandra hatte entschieden mehr Charme als du, sagte Ruth. Es steht dir auch Wut viel besser als diese keimfreie Freundlichkeit. Wer beißt und poltert, ist wenigstens noch da. In den Seminaren hocken fügsame Gespenster. – Ich will die Leute dazu bringen, daß sie mit mir ihre Lebensgestalt befragen. Ich lasse mich nicht mehr einschüchtern von Heuchlern auf Kathedern, die so reden, als führe der Weg in die Vergangenheit an der Hitlerzeit vorbei. Sie lügen uns das Erbe einer ‹schönen› Literatur vor und wissen so gut wie wir, daß dieses Erbe nicht nur auf uns gekommen ist, sondern über uns.
Bekehre sie doch, unsere Zunftmeister, du bist die richtige Person dafür, und kläre vor allem die vielen jungen Menschen auf, es ist jammerschade um sie, sagte Till, nicht jeder hat Sendungsbewußtsein und Ausstrahlung wie du.
Du hättest gern, daß ich jetzt lache, sagte Ruth. Ausnahmsweise tue ich dir den Gefallen nicht. – Mir tun die Professoren manchmal leid, wie sie deklamieren und in zitathaften Reden ihre eigene Person zum Verschwinden bringen. Sie merken es nicht und verstecken in der ritualisierten Rede eigene Kränkung und Ratlosigkeit. In ihrer Sehnsucht nach Autorität müssen sie sich selbst als Vorbild anbieten. Wer diese Leute sind, will ich nicht mehr wissen, wenn sie nach dem Ende ihrer Selbstinszenierung nachhause gehen und hinter den viereckigen Luken der Neubauten verschwinden. Es bedarf keines besonderen Scharfsinns, in diesen Luken mehr zu sehen als ein Architekturfiasko. Sie zeigen die Einschränkung der Wahrnehmungslust ihrer Benutzer wie die ängstliche Einengung des Zugangs zu ihnen selbst. Welch kleinmütiger Lebensentwurf.
Aber du erlöst uns jetzt alle, sagte Till. Die Jungen, bitte, zuerst, sie müssen ja noch länger leiden als die Alten, die

ihnen die kleinen Fenster gebaut haben, aus denen sie leider nicht die Hälfte dessen sehen können, was du siehst.
Ruth empfand Tills Einwürfe entschieden als Gemeinheit. Er war beschäftigt mit einem Din A 4 Bogen, den er immer kleiner zusammenfaltete. Ein Knäuel, das er Ruth an den Kopf werfen konnte. Sätze fand er nicht.
Nur zu, dachte Till, mein Rücken wird immer breiter.
Ruth war nach einem Widerpart ausgehungert, den Till nicht spielen konnte. Till litt selbst unter den Tücken eines Studiums, in dem man als soziales Wesen in luftleeren Raum fiel. Doch Ruths Zug ins Unbedingte wirkte auf einmal auch auf ihn wie Hochmut.
Ich erwarte nichts mehr von dieser Art Lehrern, fuhr sie fort. Sie nutzen die Bedürfnisse ihrer Studenten schamlos aus. Jeder fünfte hat den Vater im Krieg verloren, da liegt es für Lehrer doch nahe, flugs in die Rolle der Vatergestalt zu schlüpfen. Ich verstehe zwar nicht, wie einer ausgerechnet auf der Suche nach dem Vater um ihre Nähe nachsuchen mag. Aber wer mit Phantomschmerzen herumläuft, nimmt, was er bekommt, ist es nicht so? Natürlich dürfen sie es nicht zugeben, sonst müßten sie erwachsen werden und selbstverantwortlich. Manch einer von ihnen wird *die Doktorskappen erwischen,* aus der er dann lebenslänglich *wie eine dreijährige Nachteul herausguckt,* bis er in tapferer Scheinheiligkeit stirbt.
Ich weiß einen Beruf für dich, schlug Till vor. Du schreibst ab heute Predigtmärlein für verirrte Germanisten. Dabei schlägst du zwei Adler mit einer Klappe, alle Fliegen hast du ja schon. Deine Reden garantieren den radikalen Neuansatz unserer Generation, und die Germanistik schafft sich als Halbwissenschaft selber ab. Wir haben ja dich, lesen dürfen nur noch Sinnsucher, allerdings erst nach einer Prüfung bei dir, denn du als Sinnstifterin verwahrst den Schlüssel zur Weltliteratur und kannst endlich getrost morgens aufwachen.

Nun warf Till das Papierknäuel doch. Deine Art rechtzuhaben fühlt sich wie Prügel an, sagte er, hob das Knäuel vor Ruths Füßen auf und warf es gleich noch einmal. Ruth fing es auf und steckte es, etwas verwirrt, in die Tasche.
Till blickte beiseite. So also ist das, sagte er, bin ich jetzt entlassen?
Wie du willst.
Ruth blieb am Fenster stehen und sah hinaus, als Till wegging. Sie war bereit, anzunehmen, daß ihre Bedürftigkeit als Narrheit erschien. Diese Spannung wollte sie nun aushalten: ich will wissen, wer zu mir gehört, im Schutz von Gemeinschaften werde ich nicht mehr suchen.
Sie nahm die Karte mit Barlachs Zweifler von der Wand, schrieb ein paar Zeilen an Jan auf die Rückseite:
Mach mir ein Plakat für «Die gestundete Zeit» der Ingeborg Bachmann. Was nichts kostet, taugt nichts; so schreib unten rechts: Eintritt eine Mark, für Schüler und Studenten die Hälfte. Angabe von Name und Straße der Buchhandlung folgten ohne weiteren Kommentar. – Beeil dich, herzliche Grüße. Zum erstenmal setzte sie dann nicht nur den Namen unter ihre Zeilen. Sie schrieb: Eure Ruth.

Jan kannte die Gedichte der Bachmann nicht. Die folgenden Abende las er nach den Proben für das Kellertheater «Die gestundete Zeit». Er ahnte, warum Ruth so davon angezogen war, daß sie es mit diesem Buch auf eine öffentliche Bloßstellung ihrer eigenen Fragen ankommen lassen wollte –: Lust am Aufbruch und die begleitende Furcht. – Auf dem Plakat für Ruth war eine Uhr zu sehen. Ihr Zifferblatt hatte fließende Grenzen. Die Zeiger standen weit darüber hinaus und deuteten ins Freie.
Jan nahm die Probeabzüge des Plakats mit ins Kellertheater. Dort hingen sie monatelang an den Wänden.

Jan wünschte, Ruth könnte sein neues Stück sehen: «Aussichten», eine Farce.
Du wirst dir Feinde machen damit, drohte Jens. Jans Antwort: ich habe sie schon, ich möchte sie auch kennenlernen.
Bei der ersten Aufführung war der Raum überfüllt. Viele standen an die Wände gelehnt, mit dem Rücken gegen die Plakate für Ruth.

Auf der Bühne die grelle Fröhlichkeit einer Abendgesellschaft. Eine Tischrunde, die dem vorbeugenden Frohsinn des Gastgebers vergeblich zu entrinnen sucht. Er tut Rotweineinsichten kund, übersieht, wie die anderen im Laufe des Abends von ihm abrücken. Der Gastgeber führt sein inneres Gleichgewicht vor, auch seine sittliche Basis: gesundes Wohlgefallen an den Wechselfällen des Lebens, an Jagdunfällen, auch im Betrieblichen, was er ganz besonders witzig findet.
Als die künstlich überhitzte Heiterkeit ihrem Siedepunkt entgegentreibt, stößt ein verspäteter Gast zu der Runde. Er ist nicht allein, hat einen Mann mitgebracht.
Als der trunkene Gastgeber seiner ansichtig wird, fährt er jäh von seinem Sitz auf und weicht, einen kurzen Schrei ausstoßend, zurück bis an die Wand. Seine Serviette hat er mitgenommen und hält sich den Mund damit zu. Man nimmt es zuerst für einen Ulk, bis der Gastgeber mit fahlem Gesicht ruft: ich dachte, Sie sind seit Jahren tot!
Der überzählige Gast weiß nicht, für wen er gehalten wird, und gibt seine Identität nicht preis. In der ersten Verwirrung wirkt das ganz natürlich, später allerdings nicht mehr. Das Lachen gerinnt den Leuten im Gesicht, die Tischrunde erstarrt zu einer Skulpturengruppe, vor der einer allein in Erinnerungsschluchten abstürzt.
Was zuerst aussieht wie Verwechslungskomödie oder Gedächtnisausfall, entpuppt sich als Fiasko. Der Fremde hat

keine Gelegenheit, das sich anbahnende Entsetzen zu mildern. Der Gastgeber, der ihn für einen Widergänger hält, betrunken wie er ist, läßt ihn nicht zu Wort kommen und bietet ihm im Wechsel zwei Lebensgeschichten an, die allerdings beide in einem fatalen Zusammenhang mit dem Redenden stehen müssen, der weiter und weiter redet, als sei das seine einzige Chance, die in jedem Falle vernichtende Aufklärung der Situation hinauszuzögern.
Hinter den Rotweinschleiern können die Zuhörer getrost für den Gastgeber zwei Angstfiguren aus dem Fremden machen.
Möglich ist beides: der Fremde ist ein totgeglaubter Komplize aus der Nazizeit oder aber sein totgeglaubtes Opfer. In Wahrheit ist er weder das eine noch das andere, aber aus der Gespensterrolle kann er nicht mehr heraus. Feindseligkeit gegen ihn wächst im Raum. Er schweigt, kann indes auch nicht gehen, weil das aussieht wie eine Bestätigung des Verdachts von seiten dessen, der ungefragt seine Vergangenheit aus den braunen Jahren preisgibt. Sie bleibt widerlich, auch wenn der Redner sich in einem fort widerspricht und mit jedem Satz den jeweils vorausgegangenen wieder zurücknehmen will. Am Ende ist der Redner so betrunken, daß er, noch immer lallend, einschläft.
Beim Erwachen sitzt nur seine Frau neben ihm. Sie hat die Spuren des Abends schon verwischt. Hier war niemand, sagt sie, du hast nur geträumt. Nein, wir hatten keine Abendgesellschaft, dir war nachmittags schon nicht gut. Er glaubt es.

Nach der Aufführung wurde in der Wohnung erbittert gestritten. Der Vorwurf gegen Jan lief darauf hinaus, er habe den Tonfall nicht gefunden, der den Leuten das Lachen im Halse stecken bleiben ließe. Jan war unbeirrbar: ersticken will ich die Leute nicht, ich bin kein Bußprediger, und Bettina näht keine härenen Gewänder.

Bettina äußerte sich nicht, strich Schmalzbrote für etwa zwanzig Leute. Zuletzt schaffte sie es, das Schmalz genau bis zum Brotrand über die Rinde zu streichen. – Du Kindskopf, sagte einer, der ihr zusah. – Ich weiß nicht, lachte Bettina, wo hier heute Nacht die Kindsköpfe sitzen, die Brote reichen für alle.

Im Städtchen fuhren Ruth und Till die Plakate für den Abend in der Buchhandlung aus. Till verhielt sich so, als sei das scharfe Gespräch zwischen ihm und Ruth eine Panne oder ein überflüssiges Verhör gewesen. Die Verantwortung für die Plakate allerdings trug Ruth allein. Er schleppte nur die dicken Rollen, ging auch nicht mit in die Häuser. Gleichmütig verschwand Ruth in Läden und Gasthäusern, Apotheken und Schulen, belustigt, daß Till es nicht für selbstverständlich hielt, daß sie nirgends abgewiesen wurde.
Lange vor Beginn der Veranstaltung schlenderten viele Leute vor den Schaufenstern herum. Till, der sich abseits hielt, wollte später gesehen haben, in welcher Reihenfolge die Leute dem Experiment auf den Leim gingen. Er bestand auf diesem Ausdruck. Vorangeschritten sei eine versmaßsüchtige Elite aus Schülern und Studenten, gleich hinterdrein ein Troß lauernder Deutschlehrer, hinter dem die paar Büroangestellten und Handwerker nicht weiter aufgefallen seien.
Der Buchhändler, um einleitende Sätze ersichtlich verlegen, wußte nicht recht, was er sagen sollte, die erhoffte Umsatzsteigerung durfte ja nicht vorkommen. Er entblößte sein offenes Herz für Liebhaber von Büchern überhaupt, insonderheit aber für die junge Dame, die im Gegensatz zu ihm das Moderne verstehe. Als sich der Buchhändler schon erleichtert gesetzt hatte, kam endlich Till herein, setzte sich in der hintersten Ecke auf den Fußbo-

den, ein Stuhl war nicht mehr frei. Till machte sich an seiner Uhr zu schaffen, bemerkte nicht gleich, daß dies keinesfalls ging, des Abendthemas wegen schon geradezu lächerlich war. Kein Zweifel, er wollte sich schon beteiligen, aber nur, wenn der Abend gut ging, schließlich war er Ruths Idee.
Wenn Sie Lust haben, sagte sie, fangen wir einfach mit einem Gedicht an. Branchenübliches Reden habe ich nicht vor. Literaturpflege überlasse ich gern jenen, die Spaß daran haben. Auch halte ich ein Gedicht nicht für eine Beute, die einer wegtragen kann, weil er insgeheim hofft, es sei ihm dann vielleicht geholfen.
Dann teilte sie auf hektografierten Blättern das Gedicht «Reklame» aus der gestundeten Zeit aus, hielt ihre Anmerkungen zur Verfasserin kurz und ließ die Leute mit dem Papier zunächst allein. – So hatte Till sich das gedacht: der Sachverstand der Anwesenden reicht gerade so weit, das Gedicht im großen und ganzen mißzuverstehen und betreten zu schweigen. Till blickte Ruth ins Gesicht, sie schaute durch ihn hindurch.
Mit vorgebeugten Köpfen saßen die Leute da, starrten auf das Papier. Till fand es hanebüchen, wie lange Ruth die Leute hängen ließ. Er räusperte sich strafend, alle drehten sich nach ihm um. Er wollte gar nichts sagen.
Wie Sie eben der Stille im Raum standgehalten haben, sagte Ruth endlich, hält in dem Gedicht eine Stimme ihrer Frage stand, obschon sie fortwährend mit dem Unterton der Bedrohung unterbrochen wird. Die Stimme, die ‹wir› sagt, läßt sich nicht abbringen. Sie können es sehen auf dem Blatt, wie Stimme und Gegenstimme aneinander vorbeireden.
Lassen wir die Stimmen laut werden, sagte Ruth, und sofort fand sich jemand bereit, die Fragestimme zu übernehmen: Wohin aber gehen wir / wenn es dunkel und wenn es kalt wird / aber / was sollen wir tun / und denken /

angesichts eines Endes / und wohin tragen wir / unsre Fragen und den Schauer aller Jahre / was aber geschieht / wenn Totenstille / eintritt

Ruth selbst las im Ton boshafter Beschwichtigung und heuchlerischer Beruhigung die kursiv gedruckten Zeilen der Gegenstimme:

ohne sorge sei ohne sorge / sei ohne sorge / mit musik / heiter und mit musik / heiter / mit musik / am besten / in die Traumwäscherei ohne sorge sei ohne sorge / am besten

Sie hören, fuhr Ruth nach einer Pause fort, die beschwichtigende Stimme duzt ihr Gegenüber, dem sie ins Wort fällt mit voreiliger Tröstung. Die vertrauliche Anrede kommt der Beschwichtigung zupaß, hilft, den Fragenden klein zu machen und seine Frage niederzuhalten. Die nivellierende Kleinschreibung der anonymen Troststimme hält jedes Wort gleich und klein bis auf eines, die Traumwäscherei. Welche Träume sollen gewaschen werden? Gesagt wird es nicht. Aber Sie können ja einsetzen, was für Sie gilt, Sie können mitspielen. Setzen Sie Alpträume ein oder was immer Sie müssen. Die Gegenstimme wiederholt ihren Slogan, auch wenn uns dunkel und kalt wird dabei. Oder erst später. Warum Sie sorglos sein dürfen, erfahren Sie allerdings nicht, die Betäubung sinnt auf Gewalt. Zusprüche im Imperativ sind bekanntlich wirksam in unserem Land.

Das geht zu weit, sagte einer ergrimmt, und übernahm vorbeugend für ein paar Minuten den Abend, geleitete die versammelten Ignoranten mithilfe von Rhythmusanalyse und Darlegung der Montagetechnik in der Kunst überhaupt gnädig durch das Gedicht. Nicht alle waren beeindruckt.

Ach so, sagte ein älterer Mann und knöpfte sich langsam die Strickweste zu. Man sahs, er hatte sein ‹ach so› nur zu sich selber gesagt. Da aber sonst niemand etwas äußerte,

wiederholte er es. Jetzt klang es wie eine Entschuldigung, daß er hier überhaupt saß.
Einige lachten.
Ruth bedankte sich höflich bei dem wortreichen Mann, den sie auf Anhieb als Deutschlehrer ansprach und damit dessen Sympathie vorläufig zurückbekam. Er nickte wohlwollend bei ihrem Versuch, seine Einschüchterung zu mildern.
Natürlich, sagte Ruth, stellt sich der ästhetische Genuß eines Kunstwerkes erst mit dem Verständnis seiner Machart ein. Die aber begreift einer erst, wenn er herausfindet, was der Wörtermacher gewollt haben kann, als er sich ans Schreiben machte. Schreiben und Lesen sind eigentlich eine Zumutung, beides hat mit Mut und Lebendigsein zu tun. Dem Prozeß, ein Buch oder auch nur ein einziges Gedicht zu verstehen, steht häufig die Unlust entgegen, sich einzulassen auf die Welt und sich selbst in der Welt. Im Glücksfall kann das – im Doppelsinn des Wortes – lebensgefährlich werden.
Scheußlich, aber wahr, fiel ihr ein Schüler ins Wort. Er zum Beispiel wünsche sich die Zeile ‹wohin aber gehen wir› über die Schultüre statt jenes ‹Non vitae sed scholae discimus›. Der Deutschlehrer klärte ihn mild lächelnd auf, daß es noch immer heißen müsse: fürs Leben und nicht für die Schule lernen wir. Er wußte nicht, daß der Schüler im Zorn versehentlich die originale, schon damals anklagende Fassung des Seneca wiederhergestellt hatte.
Ruth war entschlossen, die Erwartungen der Teilnehmer nicht vorwegzunehmen, keinen ihrer Sätze wollte sie überspringen, sei er noch so verständnislos oder töricht. Es fiel ihr schwer. Später aber wußte sie, daß nur so unverhofft ein Gespräch zwischen den Generationen ingang kam, dessen Entfernung vom Gedicht ihr gleichgültig war, jedenfalls für diesen Abend.
Was war geschehen? Die hilflosen Sätze des alten Mannes,

der sich mit seinem ‹ach so› bekannt gemacht hatte, lockten später die Leute aus sich selbst hervor. Sie gaben sich einen Ruck und fielen aus der Rolle. Es war plötzlich möglich, über Verdrängtes und über Leistungsbesessenheit zu sprechen, die eine Antwort waren auf die Angst vor der Totenstille in Erinnerung an den Krieg und an alte, beschwiegene Schuld.
Totenstille, hatte der alte Mann sehr leise gesagt, ist etwas, das vorkommt, solange man noch lebt. Und man weiß nicht, was man machen soll, wenn sie da ist, es fragt keiner danach. Fragen stellen ja sonst nur Richter oder Lehrer und Kinder, aber über Totenstille zu Lebzeiten wissen die auch nichts.
Till wartete schadenfroh, was Ruth aus dem mißglückten Abend machen würde. Sie aber wirkte gar nicht irritiert. Till fand es komisch, daß zwischen ihr und den anderen keine Schranke war, nur zwischen ihm und ihr. Damit hatte er nicht gerechnet. – Von Literatur verstand der alte Mann wirklich nichts, doch eine erneut wach gewordene Bestürzung löste ihm die Zunge, nur manchmal hielt er verwundert inne, so viele Leute hatten ihm im Leben wohl noch nie zugehört.
Er habe in einer Buchhandlung eigentlich jetzt nichts mehr verloren, sagte er, sei diesen Abend nur zufällig mit hineingegangen, weil er früher hier in den Büchern über die Kunst des Bäumeschneidens geblättert habe. Dieses Gedicht heute sei nun das erste seit der Schulzeit, und er habe es verstanden. Es hinge für ihn mit den Bäumen zusammen, was man über Totenstille sagen kann oder eben nicht sagen kann. Mit den schüchternen Gebärden des Redeungeübten verfiel er ins Stammeln. – Eine Totenstille, setzte er dann unvermittelt wieder ein und sah auf das Blatt mit dem Gedicht, das er immer vor sich liegen ließ, eine Totenstille gebe es auf Friedhöfen viel seltener als in der Stadt mitten unter den Leuten. Den Schauer aller Jah-

re auch, fuhr er fort, las die Wörter aber vom Blatt ab, als wunderte er sich, daß es geliehene Wörter waren, die zu seiner Erfahrung paßten und trotzdem fremd blieben.
Ich hatte auf einem Ruinengrundstück einen Garten mit Pfirsichbäumen angelegt, die wachsen ja schnell, und wir sind jahrelang nach der Arbeit unter ihnen gesessen und haben immer gewußt, unter den Baumwurzeln liegt noch der Schutt. Da zu sitzen war aber ein Frieden und keine Totenstille, die kam erst später, als der Garten planiert und das Grundstück wieder bebaut wurde. Es ist vorbei mit dem Garten und den Bäumen. Morgens fahre ich aus dem Bett und komme nicht in die Kleider, da höre ich sie schon wieder, die Totenstille auf dem Bauplatz. Dort ist es viel lauter als zu der Zeit, als die Vögel in den Pfirsichbäumen flogen, aber es ist trotzdem eine Totenstille auf dem Bauplatz. Ich kann sie hören, auch in der Werkhalle, wenn die Maschinen ausgestellt sind. Ich höre sie aber als einziger und habe auch sonst nicht davon geredet –
Nun fiel seine Sprechlust ins Leere, er blieb still und hörte in sich hinein, als drängte sich seine ganze Existenz im Kummer um den Verlust der Pfirsichbäume zusammen.
Viele verzichteten dann, vielleicht auch dem alten Mann zulieb, auf den Selbstschutz allzu gewandter Rede. Zuletzt sprachen sie darüber, wie gut es sei, daß das Gedicht die Antwort auf die Frage *Wohin aber gehen wir* ausspart.
Es könne schon sein, sagte jemand, daß die ablenkende Stimme, die zu Heiterkeit und Sorglosigkeit lockt, in uns selbst aufkommt, sonst wären die Stimmen in jenem Text nicht ineinander verflochten.
Der Buchhändler allerdings war enttäuscht, er hatte sich eine charmante Lesung gewünscht und nicht einen Haufen ratlos auseinandergehender Leute, von denen einer auch noch eine Kippe auf einem Katalog ausgedrückt hatte. Solche Leute waren der Poesie nicht wert, das mußte er Ruth leider zum Abschied sagen.

Vor der Tür hatte der alte Mann auf Ruth gewartet, um sie zu sich und seiner Frau nachhause einzuladen. Ruth nahm es verwundert an. Worauf sie sich einließ, wußte sie erst Tage später.
Im obersten Stockwerk eines Miethauses wohnte der alte Mann schon seit vierzig Jahren. Er kam Ruth ein paar Stufen entgegen. Oben in der Tür stand klein, grau und hager seine Frau, die später scheu daneben saß und die wenigen Sätze, die sie übers Essen herausbrachte, gleich wieder, sich entschuldigend, zurücknahm. Ruth saß in der Küche an einem Wachstuchtisch gleich neben dem Herd. Allein vor ihrem Teller lag ein silberner Löffel, mit dem sie in der Graupensuppe gerade einmal umgerührt hatte, als sie sah, der Frau fehlten an der rechten Hand zwei Finger. Ruth war wütend auf sich selbst, daß die Suppe in ihrem Mund nun so sonderbar schmeckte, sie war auch wütend auf sich, daß ihre Augen nicht von dem Wachsblumenstrauß vor dem Bild des toten Sohnes, um das eine schwarze Schleife gebunden war, loskamen. Das mußte über fünfzehn Jahre zurückliegen. Ruth konnte nach dem Sohn nicht fragen, der alte Mann aber, der ihr vom Sonntagsfleisch außer der Reihe schon zum drittenmal auf den Teller schob, erzählte, wenn schon nicht vom Sohn, so doch über das Bild.
Sie schauen da immer hin, sagte er, wir haben das Bild auf den Vertiko gestellt. Es hing einmal an der Wand. Aber als ich den Nagel einschlug, war es hinterher so entsetzlich still im Raum, daß ich den Nagel einen Tag später wieder herauszog. Ich kann Ihnen nicht erklären, warum, aber damals war mit dem Hammerschlag Totenstille im Zimmer eingekehrt. Den Hammerschlag hab ich rückgängig gemacht, die Totenstille nicht. Wir fassen das Bild nicht mehr an. Wir haben uns daran gewöhnt, daß es uns an den Hammerschlag eher erinnert als an unseren Sohn.
Ruth fand den Mann entschieden unheimlich. Er wirkte

nicht verwirrt. Ob er wußte, was er sagte, ahnte sie nicht.
Sie aß mehr, als sie mochte, und hörte, wie er auf sie einredete.
Ich sehe Sie gern essen. In diesem Laden da neulich haben Sie mich gedauert. Sie haben nämlich ausgesehn, als wüßten Sie selber nicht weiter und wie jemand, der alles schon hinter sich hat. Was eigentlich wollen Sie werden?
Das hatte Ruth noch niemand gefragt. In kleinen Happen aß sie vom Pfirsichkompott und sagte dann langsam: vielleicht will ich jemand werden, der nicht aussieht wie einer, der schon alles hinter sich hat.
Zum Abschied schenkte ihr der alte Mann einen kleinen Pfirsichbaum im Blumentopf. Er holte ihn aus dem Schlafzimmer, dessen Tür er schnell hinter sich zuzog. Ruth hatte aber doch gesehen, was dort über dem Bett hing. Das Bild mit dem Engel, der ein Kind über die Schlucht führt. Der Mann begleitete Ruth bis auf die Straße: seien Sie nicht immer so streng zu sich und den andern.
Von diesem Besuch erzählte Ruth niemandem ein Wort. Am gleichen Abend aber setzte sie sich hin und schrieb an ihren Vater.

Vater, ach mein lieber Vater –
es muß zum Fluch gehören, daß wir uns trösten wollen an einer gestalteten Welt. Wir, die wir im Offenen hängen und es nicht aushalten wollen. Wie viele Weltgestaltungen hast Du mir gezeigt, mich unterwiesen in wie vielen Welten. Die Welt der Märchen und Mythen, und später gabst du mir die Utopien der Humanisten zu lesen. –
So viel vergebliche Hoffnung auf überschaubare und steuerbare Welten. Mir ist, als hätte ich sie alle mißverstanden, die ich kenne, besonders aber die der alten Literatur, der schönen, die ich so nie mehr nennen will.
Wir haben so wenig Zeit und die Hoffnung nicht mehr,

wir könnten uns wie ein Wilhelm Meister bilden, der in eine Lebensgestalt hineinwächst, von der ihr Schöpfer noch hätte sagen dürfen: schau, sie ist gut.

Zu lange ist mir die Literatur der Alten ein Fluchtort gewesen, an den ich mich vor einem unerträglichen DDR-Alltag zurückzog. Was damals lebenslistig gewesen sein mag, ich finde es heute nicht mehr gut. Aber ich bin die List nicht mehr losgeworden all die lange Zeit hier. – Nun habe ich mich auf den Weg gemacht und bin unter die Leute gegangen, habe mit ihnen geredet, wie Menschen lebensgut fragen können und nicht nur klug und voll der Hoffnung und blind gemacht von ihr.

Ich will nicht mehr in einem guten Leben ankommen. Ich will nicht einmal mehr wissen, was es ist, will nur unterwegs sein und den Geschmack davon haben, nicht den von Bescheidwissen. Zu lange habe ich mich an den Einsichten der Alten, die Du mich lehrtest, gemessen. Nun bin ich endlich unterwegs und kann Dir nicht sagen, wohin, und es ist gut.

Ich setze auf die Lust zur Verwandlung, habe endlich den Mut, jede Art von Paradies und goldenem Zeitalter vorerst nicht zu vermissen. Es ist mir schon immer – nur wagte ich es nicht zu sagen – die Verbringung in den Christenhimmel zum Beispiel eher als eine Strafe erschienen denn als Glück. Ich mag nicht sein an einem Ort, der Irrtum und Verwandlung nicht vorsieht. Leichter war es schon, das Paradies der Marxisten abzulehnen, wenn sie sagen, es soll der Mensch dem Menschen kein Wolf mehr sein, während sie den Wölfen die Zähne schärfen, damit sie zerreißen können, wer immer zweifelt und aussieht wie ein Verräter, nur weil er sieht, was er sieht: eine bloß behauptete Vorbildlichkeit gelingenden Lebens, auf das wir schielen lernten unter Vernunftzwang wie ehedem die Christen unter Glaubenszwang auf das Reich Gottes, das nicht kommt, solange wir uns derart selbst überschätzen.

Immer schielen wir auf die Natur des Menschen, der nicht gut wird, wenn es ihm nur besser geht, dessen Natur überhaupt noch nicht sonderlich gut bekannt ist und gewiß nicht nach den Gesetzen der Physik funktioniert, wie so viele sonst recht kluge Leute meinen.

Im Paradies schon war die Menschennatur der Aufklärung bedürftig, sie hat sich den Gesetzen der Schöpfung widersetzt. So kam die Frage in die Welt. Im Mythos stellt Gott die erste Frage, nicht der Mensch bringt sie in die Welt.

Wo bist du, Mensch? heißt es dort. Gott weiß es nicht, und wer sich die Frage denkt als pädagogische List, ist gewiß schlecht beraten. Wo bist du, Mensch, der alles anders machte, als im Schöpfungsplan vorgesehen? Er ist sehr weit gegangen, nicht nur konsequent aus dem Paradies, das er mit keinem Wort beklagte, ist Dir das je aufgefallen? Verborgen ist er gewesen, der Mensch, von Anfang an verborgen, er muß gesucht werden, und es muß ihn schon einer fragen, wo und wer er ist. Es ist nämlich nicht bekannt. Das Paradies war ihm ersichtlich zu klein.

Aber wir schielen heute noch immer nach Nirgendwoland, nach der insula nova, denken uns eine vernünftig gewordene Erde als Zufluchtsort und wissen doch nicht, was Vernunft ist. Wie langweilig sind so viele Utopien der Alten, sterbenslangweilig mit ihren edlen Patriarchen an der Spitze. Ohne Herrschaft geht es ja nicht in Nirgendwoland. – Siehst Du den Haken? Die väterliche Güte, die das Funktionieren der insula nova ermöglicht, nimmt den beglückten Bewohnern die Freiheit schon wieder weg. Aus Güte natürlich, so wie die Partei, vatergleich, die Freiheiten der Unmündigen hütet. Denn Schmerz und Irrtum darf nicht sein, das gibt es nur bei den Feinden, den Insel- und Klassenfeinden, den Ketzern und Lebendigen.

Wie langweilig wäre es in Platons Staat geworden, aus

dem man die Dichter verjagt hätte, denn Spiel darf nicht sein, weil Schmerz und Irrtum, Wunde und Narbe nicht sein dürfen. Welch sterbenslangweilige Torheit.
Ich setze auf die Lust zur Verwandlung und damit auf eingestandenen Schmerz, ich setze sogar auf die Wunde. Es ist mein Recht, und jetzt kannst Du mich auslachen, ich erwarte mir nun von der Literatur die Belebung dieser Lust und dieses Rechts. Es gibt genug neue Bücher, die mir dabei helfen, ich berufe mich nicht nur auf Kleist, Büchner und Hölderlin, der sich übernommen hat mit Hoffnung, als er sich damals von seinen Freunden im Tübinger Stift verabschiedete: ‹Reich Gottes!› – schöne Utopie – sollen sich Schelling, Hegel und Hölderlin zugerufen haben. Hölderlins Reich, Du kennst es, am Ende war es ein Turm neben einem Fluß. Wie hat er sich überanstrengt und ist fortgegangen eine erdauswärts gerichtete Straße. Wie hat er die Welt verlassen, und wie kam er in sein Reich. Er ist angekommen, aber allein.
Warum, Vater, hast Du mir nie gesagt, daß Utopien nur die Richtung des Denkens weisen können, daß sie helfen, kritischen Abstand zur Gegenwart zu gewinnen, warum hast Du mir das nicht gesagt? Du hättest es tun müssen, denn schon zuhause habe ich Dich einmal gefragt: warum zerstören die Marxisten so opferwillig die Gegenwart, orientieren sich an der Zukunft, und ich habe Dir auch gesagt, so viel Liebe zu den Nachkommen glaube ich heute keinem Menschen, daß er sich plagt und Schaden nimmt an Leib und Leben, nur damit es die anderen besser haben, die nach ihm kommen? Habe ich Dich nicht gefragt – und Du hast nur gelacht –, wenn Kain schon nicht ertrug, daß es seinem Bruder besser ging, warum sollten es Menschen heute aushalten, daß sie den kürzeren ziehn für Leute, die sie nicht kennen?
Du hast nur gelacht. Du hast überhaupt viel zu oft gelacht über meine Fragen. Hast Du Sorge gehabt, ich wollte am

Ende vielleicht nicht mit Dir Hütten bauen am Ort Deiner Einsichten, die Du sicher manchmal auch für den Ort der Verklärung gehalten hast?
Heute sage ich Dir: ich will keine Hütte.
Ich will auch nicht mehr lesen, wie gelingendes Leben aussehen soll. Ich verachte jene, die im sinnenfeindlichen Fuchspelz vermeintlicher Vernunft uns die Selbstgewißheiten einreden wollen, die eine Absage an jede Spiellust enthalten: geh zu Fuß, Ikarus, hab acht auf die Gassen, in größtmöglicher Entfernung von deinem Traum.
Ich will infragegestellt sein, auch auf die Gefahr, daß ich wahrnehme, es gibt mich noch gar nicht.
Klingt es wie ein Vorwurf gegen Dich, so höre mich doch, Du hast mich in bester Absicht schützen wollen, doch nun muß ich vor mich hingehen und weiß nicht, wohin.
Ruth zögerte, den Brief abzusenden, und setzte erst einen Tag später noch einen Satz dazu: ich habe Dich nicht gefragt, wie es Dir geht, siehst Du, so rücksichtslos bin ich geworden, aber ich weiß es.

Zwielicht

An einem der letzten Oktobertage, die Bäume ließen schon das Blau über die gelben Blätter fahren und machten sie zum Fliegen leicht, ging Till mit Ruth über die Wiese zur Scheune. Ruth war müde, es war der letzte Tag in der Fabrik gewesen, und sie gingen ruhig nebeneinander her.
Ich möchte etwas richtigstellen zwischen uns, sagte Till, auch wenn du es an meinem Verhalten nicht mehr sehen kannst, meine Teilnahme an dir ist unkündbar. Mir ist allemal, du solltest einmal morgens nur den Kopf aus dem Fenster halten und dasein, ohne etwas ins Lot bringen zu wollen, kaum daß du aufgewacht bist. Du läßt nicht zu, daß es dir gutgeht, und halte ich dich, so ist mir immer, du willst die Nähe von Menschen nicht, suchst Nachbarschaft und sonst nichts, und dir ist dabei nicht wohl. Dein Gern-in-der-Welt-Sein ist so teuer erworben, aber ich begreife, daß du dir deinen Preis selber machen mußt.
Schweigend gingen sie nun eine Weile nebeneinander hin, bis Ruth Till einen flüchtigen Kuß gab.
Vielleicht hast du recht, aber nur du darfst mir so etwas sagen und auch nur einmal.
Es ist mir schwer genug gefallen, sagte Till, der einen Armvoll gefärbter Kastanienzweige abbrach und Ruth hinhielt. Hier, nimm dies, hast du gesehn, der Sommer ist vorbei?
Ich habe es gehört, geschmeckt und gerochen. Ruth ließ sich in das feuchte Gras fallen und wartete, daß Till sich neben sie setzte.
Willst du wissen, wann und zu welcher Stunde die ersten Herbstnebel über der Wiese aufzogen und das Städtchen verschluckten, willst du wissen, wie die Erde roch, wenn ich morgens kurz nach fünf hier mit dem Rad auf dem Weg zur Arbeit vorbeikam? Ich weiß, du bist nicht darauf aus, dergleichen zu wissen. Aber den Unterschied zwischen Nähe und Nachbarschaft, weißt du den genau?

Manchmal, sagte Till, wenn ich mit dir bin, tut es sogar weh.
Sie lagen im Gras, Till hatte seine Jacke unter Ruth ausgebreitet und spürte die Kälte aus dem Boden seinen Rücken hochkriechen. Sie lagen still und hörten einer Musik zu, die erst von weither über die Wiese kam, dann deutlich zu hören war und sich langsam wieder entfernte. Es war die Stimme eines Instruments.
Neulich, sagte Till ruhig, las ich einen Satz, der mich die Tage seither begleitete, und ich habe ihn vielleicht für dich gefunden: *Was mühn wir uns doch ab in unseren besten Jahren, lernen, polieren und feilen, um uns zu rechten Leuten zu machen, als fürchteten... wir uns vor uns selbst, und wollten uns daher hinter Geschicklichkeiten verbergen –*
Furchtlos bin ich nicht, das ist wahr, sagte Ruth, aber wer kann ohne Furcht sein unterwegs, und verstecken will ich mich nicht. Du bist komisch, willst berühren, aber du willst nicht berührt haben. Es macht dich viel unzugänglicher als alle deine Geschicklichkeiten zusammen. Hier nimm deine Jacke wieder, die Feuchtigkeit zieht schon durch. – Die Musik war nahe herangekommen, und noch als Till seine Jacke ausschüttelte, lief Ruth mit einemmal über die Wiese davon. Die bunten Zweige hatte sie liegenlassen.
Wie Till mit den Händen darüberhinfährt, sieht er: da hält einer über die Wiese hin. Noch im Gehen bläst er, fliegt dann auf Ruth zu und läßt das Instrument ins Gras fallen, Till sieht, wie der Bläser Ruth umarmt, mit ihr zu Boden sinkt. Die beiden richten sich gar nicht mehr auf. Die erste Schicht von Blattgold zerspringt in der kühlen Luft.
Das ist Jost. Till hat es begriffen und läuft schon, so schnell ihn die Füße tragen, nach der anderen Seite davon, kommt am Fluß erst zum Stehen, spürt wie die Kühle vom Boden aufsteigt, kann nicht über die kleine Brücke

in die Stadt gehen, muß stadtauswärts laufen, immer weiter stadtauswärts.
Jost war schon den halben Tag in der Nähe des Bauernhauses herumgegangen. Die Bäuerin hatte ihn grob weggeschickt, verweigerte jede Auskunft über Ruths Rückkehr. Sie brauchen sich hier bei uns erst gar nicht zu setzen. Bei uns wird nicht herumgeschnüffelt. Das war der Empfang für Jost im Westen.
Nicht weit vom Bauernhaus auf der Wiese stand Josts Tasche. Groß war sie nicht. Eine abgewetzte Schultasche, gerade geräumig genug für Papiere und einen Pullover, in den die Zahnbürste gewickelt war.
Bist du wahnsinnig?
Ja, sagte Jost, mit Sicherheit. In der S-Bahn hat man es mir noch nicht angesehn, auf dem Weg von Berlin zu dir habe ich nicht in den Spiegel geschaut, eine Nacht habe ich im Heu verbracht, dort habe ich es begriffen. Nur, mir war nie so gut wie in diesem Augenblick. Und jetzt bin ich bei dir.
Ja, sagte Ruth. Hätte ich mir nicht so oft vorgestellt, du stündest da eines Tages neben mir, ich wäre nun nicht so erschrocken.
Jost hatte von einem Augenblick auf den anderen zu kommen beschlossen. Ja, Angst sei im Spiel gewesen. Getrieben habe sie ihn nicht. Eines Tages sei jemand bei ihm erschienen und habe mit ihm über seine Zukunft im Kulturbund sprechen wollen. Mehr als ein paar Sätze seien dem ihm Unbekannten dazu nicht eingefallen, viele allerdings über Ruth; er habe nicht herausgefunden, woher der über Ruth so gut unterrichtet gewesen sei. In der gleichen Nacht habe er die wenigen Briefe von Ruth verbrannt, ohne sie noch einmal zu lesen. Es sei noch keine Woche her. Niemand in Leipzig wisse, wo er sei. Er, recht besehen, auch nicht.
Ruth fand nicht, daß Jost darüber lachen sollte. Er lachte

aber, hob die Oboe vom Boden auf, drückte sie an die Brust.
Dies ist mein Pfund, ich werde wuchern lernen.
Abends saßen die beiden bei der Bäuerin in der Küche. Ruth löste den Mietvertrag und war nicht sicher, ob es nur die Traurigkeit über den Abschied war, als die Bäuerin sagte: ich weiß nicht, aber ich glaube, Sie wissen nicht, wo Sie hingehören.

Überhasteter Mut war es nicht, daß Ruth wenige Tage später in Hamburg mit Jost vor der Tür stand:
Können wir auch ihn mit über den Winter nehmen?
Bettina war nicht verwundert, daß Ruth nicht allein kam. Das wird schon noch werden, meinte Jens bedächtig, daß wir uns zusammenfinden. Der erste Tag war leicht, sie beredeten die alltäglichen Dinge künftigen Zusammenwohnens, eine Wohnung wächst mit den Bewohnern, davon gingen sie aus. In der Küche dann, abends, saßen sie um den großen Tisch. Jost blieb lange still, ließ die anderen reden, sie zeigten sich wortgewandt in ihren Vorstellungen von Verantwortung füreinander. Jost ließ sich nichts fragen. Er mochte über sich nicht sprechen, auch nicht über den Staat, den er verlassen hatte.
Was soll aus dir werden hier?
Ich will leben, sagte Jost, und nur Ruth hörte den erschöpften Unterton, ich habe Lust zu leben, will nicht zu Wort kommen wie ihr, ich will zu einer Haut kommen, in der ich mich wohl fühle.
Er macht sich lustig über uns, sagte Jens neben ihm.
Da staunte Ruth doch, wie nun Jost einen Apfel aus der Schale nahm, ihn hoch in die Luft warf und dann mit saurem Gesicht hineinbiß. Besonders schmackhaft ist er nicht, der Apfel vom Baum eurer Erkenntnis, sagte Jost kauend. Hört auf zu reden, ihr redet euch ja zugrund. Ich finde euch komisch, darüber zu rätseln, ob ihr nun Nar-

ren seid oder nicht, auf freiem Feld oder nicht. Vielleicht wißt ihr gar nicht, was ein Narr ist. Oder seid ihr verunstaltet, geht ihr mit dem krummen Leib machtlos hinter den Leuten her und sagt ihnen, was sie schon wissen, auf die Gefahr hin, ihr werdet verjagt? Mit dem Zustand des Narren läßt sich nicht prahlen, ihr kennt ihn vermutlich nicht.

Sie erwiderten nichts, schämten sich, daß sie in den alten Fehler verfallen waren, sich mit Verteidigungsgebärden zu behaupten. Für Jost klang es, als sei ihnen Verantwortung wichtiger als Glück, wußten sie doch, an ihrer Lebenslust wird ihre öffentliche Verantwortung zu messen sein. Warum stockte ihnen der Mut?

Weißt du, Jost, sagte Bettina endlich, die Bekenntnisse von Jan und Jens klingen großspurig, in Wahrheit aber begnügen sie sich mit den kleinen Fetzen gelingenden Lebens.

Jost lachte einfach. Entweder, sagte er, reden sie, um zu leben, oder sie leben, um zu reden. Da möchte ich nicht der Schiedsrichter sein. Ich möchte wissen, wie ich zu Geld komme.

Jost kümmerte es nicht, daß er sich in den Augen der anderen leichtfüßig ausnahm. So vertraut ihm diese Leute erschienen bei ihren wortreichen Vorkehrungen, einen Schiffbruch abzuwehren, der noch gar nicht eingetreten war, so entschieden wollte er sich von ihnen fernhalten. Ihm war zwiespältig zumute, sich mit Menschen verknüpft zu sehen, die die Schärfe ihrer Wertungen über sich und ihr Land gar nicht wahrnahmen. Er setzte auf die Karte der Freundschaft, die Ruth zu ihnen empfand, und hielt sein Mißtrauen nieder. Wiewohl fast gleichaltrig mit ihm, erschienen ihm Jan und Jens um vieles älter, und nur manchmal traten sie wie verjüngt aus den Exerzitien ihrer Selbstironie hervor. Es muß, sagte er sich, eine dünkelhafte Zerknirschung im Spiel sein, eine Art abstraktes Mißtrauen gegen die eigene Person.

Aber nun nahm sich Jens schon seiner an, mit einer seiner großen, auf Rettung bedachten Gesten. Freilich ließ er es, Ratgeber, der er nun einmal war, an der Rücksicht auf Josts vermeintliche Schonungsbedürftigkeit nicht fehlen. Er habe zwei ruhige Arbeitsplätze für ihn in Aussicht, an denen er zu Verstand kommen könne. Die in Rede stehenden Möglichkeiten waren aber dergestalt entgegengesetzt, daß Jens' Sätze schließlich in Gelächter untergingen und er sich Ruths blitzendem Spott nicht weiter aussetzen wollte. Er hatte nämlich vorgeschlagen, Jost möge einen eben frei gewordenen Platz am Rundfunk im Gleichwellenlabor übernehmen. Seine Tätigkeit dort bestünde vorwiegend in Präzisionsmessungen von Quarzfrequenzen und in Untersuchungen über das zeitliche Verhalten von Schwingquarzen.

Da könne er den ganzen Tag stillsitzen und erfahren, welche Stunde es geschlagen habe. Sollte er noch immer nicht begriffen haben, wie spät es sei in seiner Wahlheimat, dann könne er sich auf den Weg machen und den Ort aufsuchen, an dem die besten Komöden des Landes auftreten und ihm die eingreifendsten Vorstellungen vom Zustand des deutschen Gemeinwesens übermitteln möchten. Jens kannte einen Dorfpfarrer unweit des Kellersees, dessen Familie nicht mehr miteinander rede, da sie sich in ein Orchester verwandelt habe, in dem die Oboenstimme noch fehle. Jost könne ja vorblasen. Auch gebe es in jenem Dorf ein Blasorchester, das die Verstorbenen auf dem schön gelegenen Kirchhof zur ewigen Ruhe geleite. Wenn Jost sich nun nicht abzappeln wolle im Westen, könne er, wie gesagt, morgens immer auf die Schwingquarze starren und sich nachmittags auf dem Kirchhof die Beine vertreten und frische Luft schöpfen.

Jost aber sagte, gut, das mache ich, und damit war für ihn die Sache erledigt.

Jens war dankbar. Er hatte in Jost einen Vorwand gefunden, jenen Pfarrer am Kellersee, den er von einem Praktikum her kannte, wiederzusehen. Mehrmals im Monat fuhr er nun mit Jost auf das Dorf und schlug wortreich dem künftigen Kollegen eine Revision seiner vollautomatischen Predigten vor. Der aber verstand ihn gar nicht, gliederte Jost bereitwillig in sein Orchester ein und drückte ihm eine derart großzügige Summe dafür in die Hand, daß sie als Spende für die Brüder und Schwestern in der Ostzone überhaupt gelten mochte. So gut hatte Jost noch nie verdient, nahm das Geld verwirrt, wenn auch kommentarlos, und erwarb sich bei drei Oboenschülern jedes Achtel redlich.
Mit Jens redete er nicht über das, was er auf dem Friedhof hörte. Jens kam nie mit, erging sich lieber ‹im Freien›. Jost begriff langsam, was er damit meinen könnte. In Hamburg saß Jost wortkarg bei den Mahlzeiten, aß wenig.
Du sagst ja gar nichts, nun red doch mal.
Jost hob ratlos die Hände. Alle Beerdigungen in Deutschland sind gleich, es gibt trockenen Kuchen, der nasse wird für Taufe und Hochzeit reserviert, da sei er ja nun nie dabei.
Was Jost umtrieb, konnte er nicht sagen, es hätte nach Rechthaberei geklungen, und davon wurde er nicht lebendiger.
Was ihn zermürbte, hatte nur mittelbar mit den Predigten zu tun, die er über sich ergehen lassen mußte. Er spürte dabei erneut und mindestens so heftig wie zuhause den Horror vor jeder Art doppelbödiger Rede. Der Pfarrer redete an dem vorbei, was er wußte, die Funktionäre redeten an dem vorbei, was sie wußten. – Die Redner waren gut verborgen und geschützt in ihren Sätzen, denn es waren ritualisierte Sätze, für die sie nicht verantwortlich waren. Die Pointen der Funktionäre unterschieden sich sehr von denen des Pfarrers, aber die Haltung der Perso-

nen glich sich fatal. Hinter Dogmen zu verschwinden war so leicht, egal aus welchem Bekenntnis sie stammten. Jost hatte nur einen winzigen Ausschnitt westdeutscher Öffentlichkeit gesehen, zudem einen kultisch geschützten, aber in seinem Schrecken nahm er den Teil für das Ganze. Eine Erfahrung von Verlogenheit. Und er war auch weggegangen von zuhause, um eine Sprache zu sprechen, in der privates Denken mit dem öffentlich formulierten zusammenfallen durfte. Der Pfarrer und die Leute auf dem Friedhof benahmen sich – den Funktionären nicht unähnlich – wie in einem geschichtslosen Raum. Sie hielten ihren Scheitel für die Segnungen hin, so blieb der Kopf geschont. Die Lebensdetails der Verstorbenen schlossen sich allemal zu einer Heiligen- und Märtyrerlegende zusammen, tote Nazis zum Beispiel kamen auf dem Gottesacker nicht zu liegen.

Natürlich wußte Jost, daß überall in Deutschland ein Toter als guter Mensch beerdigt wurde, nichts Übles über Tote, daran hielt man sich. Aber der Pfarrer türmte theologische Sprüche und humanistische Lugreimereien so geschickt übereinander, daß der Mensch luftdicht unter den vielen Antworten, die der Geistliche auf sein Leben wußte, verschüttet lag. Die Umstehenden nickten zu den unzuverlässigen Einsichten über den Dahingegangenen. Verblendung so ganz im allgemeinen, sie durfte schon vorkommen, aber als rhetorischer Hintergrund, auf dem sich dann Gottes Erbarmen über dem ‹wir-sind-allzumal-Sünder› um so leuchtender ausnahm. Am Ende lag der Begrabene immer in der Gnade.

Das ging Jost nichts an, doch wie über Leben gesprochen wurde, ging ihn etwas an. Und alle Verstorbenen waren ausnahmslos Wertvorstellungen gerecht geworden, die vor dem Krieg galten. Jost kannte sich nicht mehr aus. Er hatte nie geglaubt, daß Menschen bildbar sind für eine Güte, die sich aus der Vernunft herleiten ließ. Er hatte nur bedürftige und schwache Menschen gesehen, die allerdings um so unerschrockener die alten Hoffnungen über den Menschen aufsagten, je erschrockener sie in ihrem Leben herumliefen. Jost wollte nicht in den Kopf, daß sich nach dem Krieg keine neue Sprache gebildet hatte, in der zu hören war, daß die Hoffnungen zerronnen sind auf den durch Vernunft zu sich kommenden Menschen. Eine solche Sprache hörte er zuhause nicht, und im Westen sprach sie auch keiner. Stottern, dachte er oft, wäre angemessen, wenn wir über uns reden sollen. Es stotterte aber keiner, er hörte die Leute nur von sich selber weggleiten in einer fahrlässigen Sprache, und das nicht nur, wenn sie über die jüngste Vergangenheit redeten.

Manchmal lächelte er über die Wendungen in des Pfarrers Predigten. Er sprach davon, daß Gott die Kinder heimholt, Erwachsene ließ er allesamt im Frieden Gottes eingehen. Es war Jost oft, als mischte der Geistliche damit eine schwarze Wahrheit in die helle Tröstung. Vielleicht gingen die meisten ein in eine fürchterliche Grabesruhe und Stille, weil über sie nach der Beerdigung nichts mehr zu sagen war. Man mußte sie liegen lassen für immer, wenn nicht eine neue Sprache aufkäme, die wie Feuer in eine trockene Landschaft fährt. Die Leute, die im Krieg so tapfer waren zu schweigen, um das Leben ihrer Kinder zu schützen, hatten nun ungemein tapfere Kinder, die sich ausschwiegen über ihre Retter.

Das verstand Jost nicht.

Woher sollte er den Mut nehmen, einen Weg einzuschlagen, der ihn dazu führte, am Leben der Leute teilzunehmen, mit denen er nun leben wollte? Ihm kam die seelische Landschaft, in der er sich bewegte, so unbewohnbar vor wie die zuhause auch. Die Unbewohnbarkeit hatte nur andere Gründe. Jost wußte wohl, daß dies, spräche er es aus, sehr hochmütig geklungen hätte. Ihm fehlten angemessene Wörter für seine Erfahrung.

Auch Ruth hatte er nicht erzählt, wie er zum Beispiel nach dem Krieg im Internat ausgerechnet die griechische Grammatik auf dem Speicher aus den verstaubten Spielsachen gezogen hatte, vernarrt in die Sprache. Auch hatte er sein Taschengeld für Fontanes Romane ausgegeben, die es als eine Art Fortsetzungsroman auf durchscheinendem Zeitungspapier zu kaufen gab. Einmal las er so «Frau Jenny Treibel» und verstand nicht, warum er heulte. Wegen des Inhalts war es nicht; er heulte, weil die schöne Sprache Fontanes verloren war. Die Tränen weinte er mit fünfzehn, schämte sich sehr und redete mit niemandem darüber. Einmal war Jost zuhause in den Glockenturm gestiegen, hatte – sehr feierlich – den Eulen auf der Oboe vorgespielt und dabei trotzig beschlossen, Musik zu studieren. Jost wäre gern ohne die Scham im Hals Musiker geworden, daß seine Wahl durchaus zu tun hatte mit seiner Hilflosigkeit der Sprache gegenüber und mit einer Ratlosigkeit, die ihn beschwerte.
Hier in der Hamburger Küche saß er nun und sagte ja, ja, als Jan ihn bat, Musik für das Puppentheater zu schreiben.
Nur mit Bettina redete er sich manchmal an sein Trauma heran. Sie hörte geduldig zu und sagte dann: warum wehrst du dich immer gegen das Böse, leb doch und verteidige dich nicht mit jedem Atemzug vor dir selbst.
Wie macht man das?
Sagen kann ich dir das nicht.
Ich möchte teilhaben am Leben hier und nicht nur bei euch. Ihr seid im Getto, ich weiß nicht, ob ich das aushalte.
Willst du Herrn Globke ablösen?
Bettina, du spinnst ja.
Du und Ruth, lachte Bettina. Es klang ein wenig wie: sie hat sich einen Liebsten von zuhause geholt, ich verstehe es, aber –

Im späten Herbst erhielt Ruth einen Brief aus Bonn.
Ein Dokument bürokratischer Sprachmoral. Ein untergeordneter, wenn auch adeliger Beamter darf mitteilen, daß die Ermittlungen noch nicht abgeschlossen sind. Kein Wort darüber, was der Gegenstand der Ermittlung ist. Doch darf Ruth mit dem Beamten hoffen, daß sie alsbald über das Ergebnis der Nachforschungen unterrichtet wird. Keine dem Bundesministerium nachgeordnete Behörde hat die von Ruth erwähnten Besuche gemacht. Ruths Erwähnung ist an das bayrische Staatsministerium weitergeleitet worden. Das Staatsministerium gestattet sich zu Ruths vorliegendem Schreiben, es ist immerhin einige Monate alt, folgendes zu bemerken. Der Bedienstete damals gehörte dem Geschäftsbereich des Staatsministeriums des Innern an und war ermächtigt zu seinen Handlungen. Sie waren für notwendig erachtet worden, da die zuständigen Stellen einen vertraulichen Hinweis erhalten hatten, daß das Staatsministerium für Staatssicherheit des anderen Teils Deutschlands, dessen Aufgaben Ruth vielleicht bekannt seien, versuchen wollte, mit ihr in Verbindung zu treten. Es sei leider eine Tatsache und durch umfangreiche Rechtsprechung erwiesen, daß insbesondere die erwähnte Behörde Verbindungen zu Bürgern der Bundesrepublik für ihre ausschließlich gegen die verfassungsmäßige Ordnung der Bundesrepublik gerichtete Tätigkeit suche und ausnütze, wenn im Einzelfall die tatsächlichen Voraussetzungen dafür vorliegen sollten. Über Art und Umfang der Recherchen schwieg der Brief sich aus. Die Dienststellen haben allerdings auch Sachverhalte, die Anlaß zu einer solchen Annahme bieten könnten, aufzuklären. Der Sachverhalt bleibt dunkles Staatsgeheimnis. Nur, Ruth ist ein solcher Fall, bei dem man, bevor man Verbindung mit dem Betroffenen aufnimmt, Klarheit über denjenigen gewinnen muß, der das Ziel eines Kontaktversuches sein soll. Im übrigen wird die Angelegenheit als abgeschlossen be-

trachtet. Ruth darf hoffen, daß solche Ermittlungen nicht bedeuten, daß gegen den Betroffenen ein strafrechtlicher oder irgendein sonstiger Verdacht besteht. Es darf auch um Verständnis gebeten werden, daß das geschilderte Verfahren im Interesse des Schutzes unserer staatlichen Ordnung leider unvermeidlich war. Es bestand nicht die Absicht, Ruth in irgendeiner Weise zu beeinträchtigen. Sollte sie diesen Eindruck gehabt haben, so wird das bedauert.
Wie großherzig, sagte Ruth, und: jetzt fühle ich mich wie zuhause. – Eine Welle von Verachtung stieg in ihr hoch, schloß ihr den Mund.
Wenn Lächerlichkeit töten könnte –, sagte Bettina. Laß dich bloß nicht von einer solchen Farce bestimmen, es wäre schade um jeden Antwortbrief. – Ruth wollte gar keinen schreiben, nur abends in der Küche saß sie schweigsam beim Essen.
Na, du mit deinem Spioninnengesicht, griente Jens.
Ruth blickte gemessen von ihrer Tasse auf, faßte sie locker und schüttete Jens den Tee ins Gesicht.
Bravo, sagte Bettina.

Jost war für Abende nicht zu sprechen. Er las Grimms Märchen. Plötzlich sprang er wie ein Kind im Zimmer umher: ich habe ein Märchen gefunden, das uns auf die Haut geschneidert ist. Wir spielen es im Puppentheater und nennen es: Als das Schnüffeln einmal geholfen hat.
Die Aufführung wurde ein großer Erfolg. Jost hatte das Märchen vom lautenspielenden Eselein leicht umgeschrieben. Es war eine traurige Wunschgeschichte für die Gegenwart geworden.
Es lebte einmal ein König und eine Königin, die waren reich und hatten alles, was sie sich wünschten, nur keine Kinder. Ich bin wie ein Acker, auf dem nichts wächst, klagte die Königin lange. Endlich brachte sie ein Men-

schenkind zur Welt, das sah aus wie ein Eselein. Natürlich jammerte die Königin nun erst recht und hätte lieber gar kein Kind gehabt als einen Esel und sagte, man sollt' ihn ins Wasser werfen, damit ihn die Fische fräßen. Die Idee mit dem Wasser ging dem Eselein nun nicht aus dem Kopf, im Wasserspiegel kann man auch sich sehr ruhig ansehen, fressen lassen mußte man sich nicht. Das Eselein hatte alles gehört, was über es gesprochen worden war, denn die Ohren wuchsen ihm fein hoch und gerad hinauf. Es redete nicht viel mit den Eltern und hatte besonders seine Lust an der Musik. Man hielt es für unbrauchbar, es war aber stolz und unbeirrbar, ging zu einem berühmten Spielmann, der sollte es lehren. Er aber sagte: Eure Finger sind nicht allerdings dazu gemacht, ich sorge, die Saiten halten's nicht aus. Das Eselein aber war stolz und sagte sich: wenn ich im Leben nicht bekomme, was mir zusteht, so will ich es doch im Spiel haben, und war frohgemut. Es hatte sich selbst noch nie gesehn, und als es längst so gut spielen konnte wie sein Meister, ging es einmal nachdenksam spazieren und kam an einen Brunnen, da schaute es hinein und sah im spiegelhellen Wasser seine Eseleinsgestalt.

Betrübt ging es in die weite Welt, wollte nicht mehr nachhause, das Wasser hatte ihm gezeigt, daß es Zeit war, sich auf den Weg zu machen. Einen treuen Gesellen nahm es mit. Ganz allein hat es sich nicht getraut, von zuhause sollte einer wenigstens mitkommen. Es wußte, sein Vater und seine Mutter würden es nicht vermissen. Das Eselein war lange unterwegs, und eines Tages kam es an ein Reich, in dem ein alter König lebte. In dem Reich wollte das Eselein bleiben, dort, das spürte es genau, würde es angenommen, wie es ist, dort wohnte seine Zukunft.

Da das Eselein aber nichts gelernt hatte außer mit seinen Vorderfüßen die Laute aufs lieblichste zu schlagen – so gut als ein gelernter Meister –, wurde es vom Türhüter der

Zukunft ausgelacht und natürlich nicht erkannt. Der König sagte, laß mir den Musiker hereinkommen. Das Eselein ließ sich auch nicht zu den Knechten und schon gar nicht zum Kriegsvolk setzen. Ich will beim König sitzen, sagte es, ich bin kein gemeines Stalleselein, ich bin ein vornehmes. Und der lachende König sagte: komm her zu mir. Das Eselein durfte neben der Königstochter sitzen, aber es schaute nach einiger Zeit immer sauer wie ein Essigkrug und dachte, die Zukunft sitzt nur so neben dir, und du kannst sie dir ansehn.

Willst du reich sein? fragte der König. Nein, sagte das Eselein. Willst du Macht haben? Nein, sagte das Eselein. Willst du geliebt sein? Ach ja, sagte das Eselein und war auf einmal ganz lustig, denn das wars gerade, was es sich gewünscht hatte. Bei der prächtigen Hochzeit wurde die Braut allerdings nicht gefragt, ob sie das Eselein wollte. Sie traute ihm und schwieg.

Der König traute dem Eselein nicht ganz und hieß einem Diener sich im Brautgemach verstecken. Der sah nun, wie das Eselein auf einmal seine Eselshaut abwarf, als es mit dem einzigen Menschen allein war, der ihm traute und nach seiner Gestalt nicht fragte. Am Morgen, als das Eselein wieder unter die Leute gehen mußte, zog es die Eselshaut wieder über und schützte sich.

Ihr sollt den Esel haben, für den ihr mich haltet.

Der Diener aber, der die wahre Gestalt des Eseleins gesehen hatte, riet dem König, die Eselshaut ins gewaltige Feuer zu werfen. Das ist gut für den Königssohn, sagte er, so muß er sich wohl in seiner rechten Gestalt zeigen. Der König blieb selbst dabei, bis die Haut zu Asche verbrannt war. Als das Eselein am Morgen seine Haut nicht mehr fand, war es traurig und hatte Angst. Nun muß ich sehen, daß ich entfliehe, sagte es. Der König aber sagte zu ihm: bleib hier, ich habe dich erkannt und will meine Verantwortung mit dir teilen. Der König verlor kein Wort über

die Eselshaut, und das Eselein beklagte sich auch nicht über die Gewalt, mit der es gehindert worden war, sich als Esel zu zeigen. Das konnte es nämlich nicht allein – sich ungeschützt zeigen –, auch das Vertrauen der Königstochter hatte ihm dazu nicht verholfen. Es mußte hinaustreten, seine eigene Haut ins Königreich hinaustragen, damit man ihm sagen konnte, du bist ein lebendiger Mensch, du bist kein Esel. Der alte König traute dem Menschen, dessen Eselshaut er verbrannt hatte, so sehr, daß er es sich erlauben konnte, schon nach einem Jahr zu sterben.
Komisch, sagte Ruth, daß die Haut hat öffentlich müssen verbrannt werden. Ich glaube, das stimmt so ganz und gar, daß ich heulen könnte. Wir sind es gewohnt, die Eselshaut nur abzustreifen, wenn wir allein sind mit Leuten, die wir lieben. Wie es noch einmal darauf ankäme, daß man unsre Eselshaut verbrennt, und ich weiß gar nicht, meinte Ruth dann erstaunt, vom Saitenspiel des Eseleins ist nach der Häutung gar nicht mehr die Rede.
Alles, sagte Bettina trocken, was nicht wichtig ist, wird im Märchen weggelassen.
Die Puppenbühne war vor einem großen Spiegel aufgebaut, in dem die Zuschauer das Brunnenwasser sehen konnten, und wenn sie wollten, ihr Gesicht darüber. Jost hatte die Eselmusik geschrieben. Für eine Oboenstimme.

Warten Sie mal einen Augenblick, sagte ein Herr im Frack zu Jost. An einem Sonntagmorgen auf dem Fischmarkt war es: der Herr war wohl noch nicht wieder ganz nüchtern, aber noch immer soigniert. – Ich kenne Sie, sagte er und hielt Jost am Ärmel fest. Sie gehören doch zu den Leuten, die die niedlichen Märchenstücke aufführen. Können Sie eigentlich auch etwas Seriöses blasen, na, sagen wir, eine Geburtstagsmusik?
Was wollen Sie von mir? fragte Jost.
Etwas Heiteres für meinen Freund, er wird fünfzig. Alter

Kriegsfreund von mir. Ihren politischen Kram müßten Sie schon rauslassen aus der Geburtstagsfeier.
Ich komme ja gar nicht, sagte Jost.
Sieh mal einer an, sagte der soignierte Herr auf dem Fischmarkt, er kommt gar nicht. Ich finde euren Voyeurismus zum Kotzen.
Lassen Sie mich in Frieden, sagte Jost und ging ein paar Schritte weiter. Aber der andere war schon wieder an seiner Seite, und Jost war sich gar nicht mehr sicher, ob er nicht doch stocknüchtern war.
Wieviel Spaß macht es denn, junger Freund, allen Eltern das Hakenkreuz als Emblem auf die Jacke zu nähen? Auf der überdachten Tribüne der Gegenwart könnt ihr ja in sicherem Abstand das Spiel der Vergangenheit kritisieren. Dieses Eigentor der deutschen Geschichte hättet ihr nicht geschossen, dieses Nazifoul wäre euch nie und nimmer untergekommen?
Auschwitz war kein Sportfest, schrie Jost und wollte weglaufen. Aber der andere heftete sich ihm an die Fersen und fuchtelte mit einer Hand vor seinem Gesicht: wie schmeckt denn der masochistische Lustgewinn, mit dem ihr unsere Fehler betrachtet?
Jost ging schneller.
Kompromißlos seid ihr Jungen, auch Hitler war kompromißlos. Das Wort war eine seiner Lieblingsvokabeln.
Wie gut, daß Sie das wissen, sagte Jost.
Sagen Sie Ihrem Kellerharlekin, ich pfeife auf seinen Nationalstolz, mit dem er die Deutschen zum auserwählten Volk macht, zum Weltmeister im Bösen, wenn es schon in anderen Sparten zur Weltmeisterschaft nicht reicht.
Jost lief, so schnell er konnte, aber der im Frack heftete sich an seine Fersen, lachte und lachte. –

An der Universität lebte Ruth auf, stellte ihre Fragen deutlich und ohne die Schärfe aus der ersten Zeit. Manch-

mal brachte sie es mit Josts Gegenwart zusammen, daß es ihr nun möglich war, freundlich zu sein, obwohl sich die Erfahrung von Fremdheit nicht verlor. Ruth machte von dem Vorsprung ihres Wissens Gebrauch und wendete ihn nicht mehr als Selbstschutz gegen die Menschen. In ein Seminar über Barockliteratur, der sich die Studenten widerwillig wie einem exotischen Gegenstand näherten, brachte Ruth eines Tages eine Vorrede zu einem Gedichtband aus dem 17. Jahrhundert mit und bat, daraus vorlesen zu dürfen. Ich möchte, daß wir darüber nachdenken, wie die Zeiten nach deutschen Kriegen einander ähnlich sind.
Die Hitz und Wut des unsinnig kranken Deutschland, las Ruth langsam vor, *ist zwar noch zu groß, daß es seine Schäden und Schmerzen recht fühlen könnt; sollte aber der gnädige Gott... den lieben Frieden erteilen, so möchte man die Gebresten erst recht sehen und empfinden: ... auch sonst allerlei wichtige Amtsstellen wird man mit Leuten besetzen müssen, die nicht halb genug tüchtig dazu sind, da doch alsbald wohl ein Ausbund derselben vonnöten wäre, bis man das verwilderte Volk wieder zäumte... Aller Art Stümpler wird man leichtlich ganze Herden können auftreiben...*
Ruth legte das Buch mitten im Satz beiseite und fragte: welche Lebensstümpler werden wir bald sein, wenn wir unsere Fähigkeiten nicht einbringen in ein Leben, das mehr einschließt als Sorge um das Fortkommen unserer eigenen Person?
Der Seminarleiter fragte Ruth, wie sie, jung wie sie sei, sich einbringen wolle in öffentliches Leben. Erstaunt über die ungeschickte Frage, sagte Ruth, es sei die Universität ein öffentlicher Platz, an dem man sich auseinanderzusetzen habe mit der Verdrängung der Nazizeit und mit der Möglichkeit ihrer Wiederholung. Ruth schlug vor, Kogons «SS-Staat» mit den Leuten aus dem Seminar zu lesen. Es fand sich kein Raum in der Universität, in dem das gestattet wurde, so kam Ruth mit den Interessenten in Bet-

tinas und Jans Wohnung, und sie redeten und lasen halbe Nächte miteinander.
Sie wollten dem Schweigen im Land etwas entgegensetzen und fanden keinen anderen Ausdruck dafür als: Mut zur Ratlosigkeit. Wie schwer sie auszuhalten ist, lernten sie schnell, erfuhren aber auch die bindende Kraft, die daraus wuchs. Es war auf einmal ganz leicht, in einer Buchhandlung an mehreren Abenden Anna Seghers' «Das siebte Kreuz» in Auszügen vorzulesen.
Im Gespräch erfuhr eine Generation die andere als wildfremd. Das Wort wildfremd führte Ruth nun täglich im Mund.
Wie wildfremd wir einander doch alle werden, wenn wir reden sollen über unsere undurchschaubare Teilhabe am Vergangenen, wir sind uns dann manchmal so fremd, als gäbe es uns gar nicht. – Ruth fand sich zu Tränen wütend, als sie hörte, welchen Namen man ihr gegeben hatte: da geht sie, die Rahel Levin der Hamburger. Es stellte sich heraus, kaum einer wußte, wer Rahel Levin gewesen war. Müssen wir alles sogleich mit Namen belegen? fragte Ruth oft, damit wir vor unserer Beunruhigung einen Schritt zurücktreten können und nicht mehr gemeint sind?
Wenige Tage vor Weihnachten besuchte Ruth mit Jost Plätze, die sie auf der Fahrt nach Leipzig kaum wahrgenommen hatte. In Mainfranken blieben sie länger. – Ein schönes Ländchen, sagte Jost, beinahe ein Land.
In großer Kälte liefen sie täglich für Stunden unter den Weinhängen hin und sprachen wenig. So gut war ihnen mit einemmal. Für Augenblicke konnte Ruth ganz annehmen, was aus ihr geworden war. Josts Nachbarschaft hatte sie ruhig gemacht.
In Volkach hatten Ruth und Jost von Jens' Geld ein Zimmer gemietet, in das sie jeden Abend erst spät zurückkehrten. – Einmal waren sie unterwegs bis Nordheim und be-

gegneten niemandem. Sie gingen unter einem hohen Himmel über die leicht überfrorenen Felder. In der Mittagssonne lagen sie da wie unter Glas. Beim Gehen hörten sie die hauchdünne Eisschicht unter ihren Füßen brechen, bevor sie den Boden berührten. Von überallher drang ein starkes Braun aus dem Boden. Auf den fleckigen Feldern blendeten kleine Schneeinseln. In Nordheim saß ein Mann neben der Mainfähre und versuchte vergeblich, einen Aal zu erschlagen. Er wand sich noch nach dem fünften Schlag gegen den Stein. Mit einer Geste des Ekels warf ihn der Mann ins Wasser zurück. Dann setzte er Ruth und Jost mit abgewandtem Gesicht über den Fluß und wollte am Ende auch kein Trinkgeld annehmen, warf auf der anderen Seite des Flusses gleich wieder die Angel ins Wasser, kehrte Ruth und Jost grußlos den Rücken. Die beiden schlenderten durch Escherndorf, bis sie ausgefroren vor einem Gasthaus stehenblieben.
Über der Eingangstür ein kaum lesbares Schild: Zum Engel. Die Gaststube war voll. Ruth und Jost fanden in der familiären Wärme Platz neben ein paar alten Männern am Stammtisch. Auf der Speisekarte war bis auf ein Gericht alles durchgestrichen. Es gab nur noch Fisch. Statt des erwarteten Karpfens fand sich auf dem Teller ein Aalgericht. Nach der ersten Verblüffung aßen sie ein paar Bissen davon und ließen den Rest stehen.
Scheurebe entschädigte für jedes Essen. Ein wenig schmeckte sie nach Erde. Die Bedienung, die erst unwirsch die Teller beiseite trug, wurde sehr umgänglich, als Ruth zwölf Flaschen Wein erbat.
Jost und Ruth, die den Wein abwechselnd trugen, wunderten sich, wie leicht sie gingen. Ein paarmal setzten sie sich auf den kalten Boden neben den Wein, hielten nach nichts Ausschau. Alles, was sie wahrnahmen, schien auf sie zuzuhalten. Sie hörten das Eis auf den Fischteichen springen, vor ihnen im geröteten Abendhimmel warf sich ein

Schwarm schreiender Saatkrähen in die Luft. Ruth faßte Josts Gesicht: es bedeutet nichts.
Nein, sagte er, aber kannst du es heute auch dabei lassen, nur zu sehen, was du siehst, ohne dich dabei an etwas zu erinnern?
Ja, sagte Ruth, ich vergesse auch den Fährmann, wir sind schon angekommen. Wir haben uns nicht verfehlt. Hier sind wir, ich kann unsern Atem sehen. Ich weiß nicht, warum es mich so rührt –
Du brauchst es nicht zu wissen.
Ja. – Ruth sah zu den Vögeln auf, die noch immer in weiten Bögen über ihnen kreisten. So, sagte Ruth, könnten wir tauglich werden für uns selbst. Gelänge es ein einziges Mal, alle Geschichten abzutun, die wir über uns wissen, und alles um uns her.
Sie standen an einem der zugefrorenen Fischteiche und setzten den inzwischen schwer gewordenen Weinkarton ab.
Du weißt, sagte Ruth, dort werden die Fische gejagt?
Ohne Jäger, lachte Jost, wird aus denen nichts –
Die unlesbare Schrift im gesprungenen Eis war hell, und die Zacken über dem eingeschlossenen Gras leuchteten.
Wir sind angekommen, sagte Ruth wieder, und sie ließen sich nieder neben dem Eis. In Ruths Mund war kein fremder Satz mehr, nur eine Silbe, die wachhielt: ja.
Dein gastlicher Leib.
Später wollten sie von dem mitgebrachten Wein trinken, wußten nicht, wie ihn öffnen. Jost kniete sich vor den Teich und schlug ein Loch ins Eis, schöpfte mit beiden Händen Wasser, hielt es Ruth an den Mund.
Probier Wasser.
Umsonst?
Ja.
Später im Gehen sagte Ruth: einen Steinwurf weit klirren die Eisblumen in meinem Haar, wenn ich vorüberzieh an

deinesgleichen keinesgleichen auf dem Rücken des Einhorns mit untergeschlagenen Beinen über Taumantel, Barben- und Bitterkraut trabt mein Gesell. Ganz ohne Leutseligkeit hält er Lawinen auf, findet Mäander im Schmelzfluß, faßt Fuß auf splitternden Brocken. Über uns, du, kreist in engeren Bögen der schwarzgefiederte Vogel, er kennt unsere Fährte, der weiß meine Spur.
Sag das noch einmal, bat Jost und blieb stehen.
Ich weiß es nicht mehr, sagte Ruth. Ich weiß es wirklich nicht mehr.

Till aber litt an Kopfschmerzen und fand sich lächerlich. Nicht umsonst war er der Sohn einer Ärztin, eine Auswahl medizinischer Lexika stand in seinem Zimmer. Manche waren aus dem neunzehnten Jahrhundert, aber das machte nichts. Kopfschmerzen sind ein solides Leiden, sagte sich Till und sammelte einen Katalog möglicher Ursachen für seinen Schmerz zusammen. Die Auswahl war üppig und die Leiden vielfältig.
Till konnte sich schwer entscheiden zwischen chronischer Nebenhöhlenvereiterung, schleichendem Gallenleiden, persistierendem Hochdruck oder dem Gegenteil davon, und wenn es das alles nicht war, kam immer noch ein Gehirntumor in Betracht. Den schrieb Till nicht mit auf den Zettel. Die Sorte seiner Kopfschmerzen war lehrbuchgerecht und paßte auf alle zusammengelesenen Leiden. Vielleicht, sagte sich Till, bin ich von einer heimtückischen Leidenskombination heimgesucht.
Zum nächstbesten Arzt mochte er nicht gehen. So ließ er es für Tage auf sich beruhen, warf manchmal einen Blick auf seinen Passionskatalog, der neben Ruths Briefen lag.
Viel hörte er nicht von ihr. In kurzen Briefen ließ sie sich kaum selber vorkommen. Till war es, als unterhielte sie einen literarischen Briefwechsel mit ihm, und ärgerte sich,

daß er die Kraft der Ironie nicht aufbrachte, die Briefe in seinen Antworten zu parodieren. Dabei war spannend, was Ruth schrieb.
So hatte sie Till auseinandergesetzt, wie verwandt Eichendorff und Büchner miteinander seien, eine ungewöhnliche Behauptung, die sie aber verblüffend belegte mit der wörtlichen Übereinstimmung einiger Sätze aus «Ahnung und Gegenwart» mit jenen aus dem Anfang des «Lenz». Leontin und Lenz wollten im Gebirg auf dem Kopf gehn, unterwegs in den Wahnsinn, den der eine sich wünscht, in dem der andere schon verloren war. Das Gebirg, schrieb Ruth, der Ort der Entscheidung, der lauterste Platz –
Leider interessiert dergleichen unsere Germanisten nicht, sie werden ja epochenweise bezahlt, einer für das, was er für die Romantik hält, und ein anderer eben für Büchner. Wer ihn liest, schaut in der Regel nicht mehr in ein Buch von Eichendorff. – Ruth hatte ja recht, aber Till hatte manche dieser Briefe einfach zerrissen.
Nun hatte er von einem Arzt gehört, der war anders als alle. Er nahm sich so viel Zeit für die Leute, daß es ratsam war, während der Inkubationszeit schon ins Wartezimmer zu laufen, damit der Arzt wenigstens noch die abklingenden Symptome in der Genesungszeit liquidieren konnte.
Die Patienten verdankten die langsame Beförderung vom Wartezimmer ins Ordinationszimmer dem Umstand, daß dieser Arzt des jeweiligen Patienten gesamtes Leben in Augenschein nahm, vielen Menschen Seelensteppen vor Augen führend, die nur gekommen waren wegen eines ziehenden Schmerzes im Nacken.
Das, fand Till, war sein Mann. Im Wartezimmer, das nur ein durch Blumen abgegrenztes Stück Krankenhausflur war, setzte Till sich ans äußerste Ende der Stuhlreihe und las Ruth zuliebe «Aus dem Leben eines Taugenichts». Er gefiel ihm nicht. Till legte das Buch, mit dem Titel nach

unten, auf seine Knie und sah sich die Leute an. In den Gesichtern fand er jenes prophylaktische Grinsen, das er von sich selbst kannte, wenn der Schmerz nachließ. Die Leute warteten mit jener Geduld, mit der man auf Wunder wartet.

Jemand hatte Till gesagt, du kannst getrost promovieren in diesem Warteflur, nimm die ersten Notizen mit, du kommst geheilt mitsamt fertiger Dissertation wieder heraus.

Till wartete schon zwei Stunden, als er aufs Klo mußte. Da war sie wieder, die alte Vorstellung: wenn das nun mein Zimmer wäre oder meine Gefängniszelle, wie würde ich mirs einrichten, endlich habe ich einen Raum für mich. Alte Nachkriegsspielerei, die Till mit anderen teilte und derer er sich, seit er das wußte, endlich nicht mehr schämte. Sollte der Arzt Till zu persönlich kommen, wollte er ihm die Zwangsvorstellung von der Klowohnung andienen.

Als Till hereingerufen wurde, biß hinter dem Schreibtisch des Ordinationszimmers ein Mann herzhaft in einen grasgrünen Apfel.

Setzen Sie sich, wollen Sie auch einen?

Natürlich, sagte Till und kaute vorschriftsmäßig. Lustvoll und gut einspeichelnd. Apfelessend hatte er nun sein Leiden darzulegen. Eine genaue Beschreibung, bitte. Sitz und Art des Schmerzes, Häufigkeit.

Till antwortete korrekt, ließ auch für alle Fälle ein paar Fachausdrücke einfließen. – Wann traten die Schmerzen zum erstenmal auf? fragte der Arzt. Er fragte es mild. Till erheuchelte einen Zeitpunkt und dachte, jetzt gehts los, ich freue mich auf das Spiel.

Indessen schickte der Arzt ihn zum Röntgen der Nebenhöhlen, maß vorher im Liegen, Sitzen und Stehen Tills tadellosen Blutdruck, und als Till mit den Bildern seines Schädels wiederkam, zapfte ihm der Arzt eigenhändig –

Till fand, sehr unbeholfen – noch etwas Blut ab. Wenn die Untersuchung in vitro nichts ergibt, kann es nur noch der Kopf sein, sagte der Arzt und biß in einen neuen Apfel.
Till wollte keinen zweiten.
Ja, es ist der Kopf, sagte Till, ich erwähnte es schon.
Ja, sagte auch der Arzt und setzte sich in Sympathiestellung mit Till.
Till gefiel ihm.
Sie tun sich selber weh, sagte der Arzt, schwieg dann, grinste Till in die Augen.
Natürlich, sagte Till, mein Kopf gehört schließlich zu mir.
Gehören Sie auch zu Ihrem Kopf?
In der Regel, ja, sagte Till.
Sehen Sie, lachte der Arzt. Soviel Direktheit war Till zuviel, er verlangte ein Schmerzmittel für den Ernstfall. – Bitte, sagte der Arzt und reichte Till aus einem Emailledöschen das gute alte Aspirin. Schwieg wieder.
Till wich dem Blick nicht aus. Er sah: wasserhelle Augen unter schlohweißem Haar in einem Jungengesicht. Ein lausbübisches Strahlen. Es irritierte Till mehr als der offen über einem Pullover hängende Kittel. Till zählte die Knöpfe, es waren noch drei. Till hatte plötzlich Lust, mit diesem Mann zu lachen. Dann sah er die schlaff über dem Knie hängende Hand –
Mit einem aufmunternden Blick auf Till, der die Tablette zwischen den Fingern drehte, fragte der Arzt: warum schlucken Sie sie denn nicht? Wären Sie so hoffnungslos gesund wie Ihr Organismus, könnte ich Sie nun wegschikken, aber Sie sind wohl versessen auf einen Rufnamen für Ihr Leiden.
Der will Blößen aufdecken, sagte sich Till, hatte seinerseits plötzlich Lust auf ein Katz- und Mausspiel, er wollte eine beliebige Ungeheuerlichkeit sagen, um zu genießen, was der andere daraus macht.

Ich kannte einen tollkühnen Mann, der lag während eines Luftangriffs gerade so wohlig im Bett, daß er es nicht über sich brachte, in den Keller zu gehen. Von der Entwarnungssirene erwacht, wollte er sich etwas zu trinken holen. Als er die Zimmertür öffnete, schaute er in einen Abgrund, da war einfach nichts mehr. Das Haus war hin, er war noch da.
Schade um den Trümmerhaufen, sagte der hinterm Schreibtisch. Sie haben keine Wahl, das Haus ist weg. Wenn Sie aus der Ruine rauswollen, müssen Sie sich fallen lassen.
Aha, sagte Till.
Tadelloser Arztdarsteller, dachte er, kein Hänger. Er hatte ihm sein Kopfweh angeboten, und schon waren sie mitten in der Katastrophenberatung, der Doktor hatte die Geschichte für Till sprechen lassen.
Es traf sich günstig, er wurde hinausgerufen. Till gewann Zeit, sich einen passenden Abgang auszudenken, ließ den Blick über die Regale streifen. Kaum Fachliteratur. Statt dessen Partituren alter Musik: Monteverdi, Gesualdo, Scarlatti, Schütz, und viel Brahms. Über einem Regal die späte Maske von Paul Klee, die Till immer mit dem Brechtsatz zusammenbrachte: wie anstrengend es ist, böse zu sein.
Da sind Sie ja noch, sagte der zurückkehrende Arzt und blieb unter der Tür mit einer Miene stehen, die unverhohlen sagte: ich würde dich gern trösten, wie einen seine Mutter tröstet, leider ist das in der Approbationsordnung nicht vorgesehen.
Natürlich. Till grinste, so gut er konnte.
Der Arzt lächelte hartnäckig zurück. Wie zeitraubend es ist, krank zu sein. Nicht wahr, Sie haben viel Zeit?
Bei Ihnen kommt es mir so vor, sagte Till und stand auf.
Zum Narren lasse ich mich nicht halten, rief er heftig.
Vielleicht sind Sie ein Narr. Eine anstrengende Lebens-

form, da stehen Sie noch immer vor der gähnenden Leere im Türrahmen und mit Kopfschmerzen. Springen Sie doch. Aber wer so tapfer ist, wird belohnt.
Er reichte Till einen weiteren Apfel, es war der letzte in der Schale, und mit feierlichem Ernst sagte er: dreimal täglich spielen. In dieser Reihenfolge: festhalten, hochwerfen, festhalten.
Für einen, der so viel Weisheit abtrat, wollte Till sein Kopfweh für einen weiteren Besuch simulieren. Mit dem Mann hätte er über Ruth reden können.

Jost braucht dringend Geld. Er will vorerst keinen Friedhof mehr aufsuchen, muß sich anderweitig umsehen. Er hat von einem Begräbnis erster Klasse geträumt.
Mit Säbel und Federbusch geschmückt, rutschen die Sargträger im Regen vor der Grube aus. Unbeirrbar spielt die Kapelle weiter, obschon der Sarg zerbrochen vor ihren Füßen liegt und Josts Lieblingsonkel Heinrich sich steil vom Seidenkissen aufrichtet und herzzerreißend rezitiert: *'s ist leider Krieg – und ich begehre nicht schuld daran zu sein.*
Er hebt mit gefalteten Händen ein Kruzifix hoch in die Luft, von dem ein paar Blumen herunterwehen. Den Pastor mit der weißen Hanseatenkrause stört das nicht, ‹requiescas vivace› psalmodiert er weiter und schubst mit einem kräftigen Amen den Onkel in das Loch. Vom dumpfen Gepolter ist Jost erwacht und ist sich gar nicht mehr sicher, ob er nach Nürnberg fahren will, woher er von des Lieblingsonkels Sohn eine Einladung hat.
Komm doch endlich vorbei, wir helfen dir beim Einfädeln, Junge. Wohinein Jost gefädelt werden soll, weiß er nicht genau, nur daß der Onkel reich ist und ihm sicher Kredit gewähren kann für einen Studienabschluß. Geld stinkt nicht, sagt sich Jost, und doch hat er Angst.
Der alte Heinrich ist zwar nicht tot, aber gleichwohl nicht mehr da. Sein Sohn hat ihn aufgeräumt in eine Heil- und

Pflegeanstalt, selbstverständlich in ein Einzelzimmer, was schon vonnöten ist, weil der die Patienten stört mit seinem ewigen Hast-du-Kazimierz-gesehn. Er sorgt sich nicht mehr um die Tuchfabrik, die er aus einem kleinen Handwerksbetrieb aufgebaut hat, er sorgt sich nur noch um Kazimierz, den er hat laufen lassen, als er beim Volkssturm eingezogen war und den Polen nach Dachau bringen sollte. Fortan war sein Gedächtnis ausgelöscht, er wußte nichts mehr vom Krieg, war wieder das kleine Kind, das morgens vor der Schule in der Webstube die Schiffchen ordnet. Dort wartet er auf Kazimierz, der nicht kommt, obgleich der Sohn täuschend von ihm grüßt, damit die Wunde des Vaters wieder heilt. Aber sie heilt nicht.
Jost fährt mit Jens nach Franken, er will den alten Onkel sehen und später dann den Sohn, er kann nicht herumlaufen mit einem bloßen Verdacht gegen ihn.
Als Jost vor der Anstalt wieder mit Jens zusammentrifft, sagt er: ich weiß nicht, soll ich heulen, weil sie den Alten desinfizierten oder weil sie den Jungen entnazifizierten –
Sie hatten ihm den Onkel anvertraut für einen Rundgang im Garten der geschlossenen Abteilung. Der schmale Alte konnte kaum gehen, stützte sich auf den hornverzierten Knauf des Stocks, mit dem er sich vor vielen Jahren in den Stufen des Glockenturms verhakte, als er zuhause mit Jost die Eulen besuchte. – Damals war ihm schwindlig geworden, so daß Jost ihn die Treppen hinuntergetragen hatte mit dem unverbrüchlichen Versprechen, nie werde ers jemandem erzählen. Jetzt hätte er am liebsten den Onkel aus dem Garten getragen und ihm versprochen, daß es keiner erfährt. Aber der Onkel war taub für jedes Versprechen, er erkannte Jost nicht, hing an seinem Arm, drehte sich in kurzen Abständen um, besah die eigenen Fußspuren auf dem Sandweg, suchte nach Kazimierz' Tritten: er hat größere Füße gehabt, nickte er enttäuscht

vor sich hin, viel größere Füße als du, sie haben mir den falschen Kazimierz geschickt, du bist nicht Kazimierz, weil Kazimierz kein Polack war, und ist auch ein junger Mann gewesen trotzdem, ja trotzdem haben sie mir dich geschickt, und ich hab dir gesagt, lauf so schnell du kannst, und du hast nicht gemacht, daß du wegkommst, daß sie mir immer wieder den falschen Kazimierz schicken können und die Tür zusperrn, daß der Kazimierz nicht zu mir hereinkommt, wenn er mich findet, der tut mir nichts der Kazimierz, den laß ich bei mir arbeiten, sagst du ihm, wenn er kommt, dann schickst du mir trotzdem...
Was ist trotzdem? fragte Jost behutsam. Aber der Onkel wußte es nicht, blieb wieder stehn und rief durch die vors Gesicht gelegten Hände. Kannst später zu mir kommen. Dann schaute er verwundert Jost an. Du kannst nicht zu mir kommen, du nicht.
Der Onkel taumelte, so hat er sich erregt, während er weiter ruft und mit dem Stock droht: weißt du nicht, was Schuß und Faden ist, der Kazimierz weiß und trotzdem...
Ganz nah kam der Onkel an Jost heran und forschte in seinem Gesicht. Dir, sagte er nach einer langen Pause, in der er herausgefunden hatte, was Jost nie erfahren wird, dir werd ich aber abgeben ein Stück vom Hering, vom vorderen Stück, dir schon, trotzdem –
Jost, erfüllt von Mitleid und hilflosem Zorn, geleitete den Mann zurück zum Haus, wo eine junge Schwester auf ihn wartete und, ihn unterhakend, lächelte: trotzdem essen wir jetzt unser Abendbrot.
Sie essen immer mit ihm zusammen, ja? fragte Jost brüsk, als die junge Schwester den Patienten wegführte wie eine Puppe. Der aber wandte sich noch einmal nach ihm um, prüfte ein letztesmal, jetzt wieder unschlüssig, seine Gestalt von Kopf bis zu den Füßen und winkte dann ab, als hätte er einen lächerlichen Betrug durchschaut.
Jetzt erst recht will ichs wissen, wie sie damit leben, sagt

Jost zu Jens, der ihm den Arm um die Schulter legt, weil Jost so zittert, daß er mit dem brennenden Streichholz die Zigarette nicht trifft. Jens bläst ihm das Feuer aus.
Rauchen hilft dir nicht, und wie sie damit leben, du weißt es längst: wie alle, die tapfer als ein Unglück tragen, was sie als Schuld nicht aushalten können. Du wirst den Sohn nicht ändern, der hat schon ausgezittert, mein Lieber. Jens plädiert für Zurückfahren, aber Jost beharrt auf dem Besuch. Und zwar allein, entgegen der Abmachung.
Vor der Tür mit dem blankgeputzten Messingknauf darf er lange warten. Er hat schon recht verstanden, es gibt keine Klingel, man klopft an die Pforte, doch es rührt sich nichts. Im betäubenden Duft von Seidelbast, der zu beiden Seiten der Eingangstür blüht, fühlt sich Jost beobachtet. Er hat Schritte gehört, aber sieht niemanden.
Als endlich die Tür aufgeht, glaubt er nicht, was er sieht: eine hagere Frau mit steifleinenem Häubchen über dem straff zurückgekämmten Haar, eine weiße Rüschenschürze über knochige Hüften gespannt, ein schwarzglänzendes Dienstbotenkleid, schwarze Lackschuhe auf einem Täbris, unter dem ein Afghan hervorlugt.
Sie fragt nach Josts Namen, ja, er werde erwartet. Es wundert ihn nur, daß sie jetzt den Onkel nicht ruft. Jost wird in ein Vorzimmer geführt, darf in einem der Fauteuils Platz nehmen und warten.
Aber er ist ja nicht allein mit der vielen Zeit, ist in eine Art Uhrenmuseum geraten. Das Ticken und Schlagen der unterschiedlichsten Uhren macht ihn ganz nervös. Nur Vollständigkeitswahn kann so viel zusammensammeln. Gewiß, der Onkel macht keine halben Sachen.
Jost gegenüber steht eine Monstranzuhr, gleicht einem tragbaren Reliquiar. In der rotkupfern verzierten Monstranz sind Stunden- und Mondalter abzulesen, die Angabe eines Tagesheiligen ist auch nicht vergessen, der Spindelkloben aus Silber reich verziert; so kostbar war die Zeit

in der Renaissance. Wo hat der Onkel nur die Kopien der Pretiosen her, vielleicht spart auch er Steuern als Kulturhüter, hat gar schon den Doctor honoris causa.
Kleine Standuhren reihen sich an der Wand nebeneinander, hasten mit ihren Zeitangaben hintereinanderher. Auf einem Sekretär ein Himmelsglobus, der zugleich mit der Uhrzeit die Sternkombinationen im Tierkreis angibt. Früher, auf Bildern, gab man Fürsten und Staatsmännern zum Zeichen fortschrittlichen Ambientes solche Uhren bei. Jost ist gespannt auf die Erscheinung des Onkels.
Soeben, Schlag elf, hat ein in den Spiegel blickender Affe in den Apfel gebissen. Der Affe hockt auf einer Automatenuhr aus Ebenholz, feinziselierte Silberzeiger bewegen sich über Emaillemalerei. Über den Affen hat Jost sich noch amüsiert, erschrocken ist er über eine Automatenuhr, gleich daneben auf dem Sims. Ein Strauß auf dem Gehäuse bewegt in einem fort die Augen, schlägt zur vollen Stunde mit den Flügeln, den Schnabel weit geöffnet. Darauf ist Jost nicht gefaßt.
Für harmloser hält er indes die Kutschenuhr, keine zehn Zentimeter im Durchmesser, doch auch nicht ganz ohne Malice. Als Glocke sitzt ein Totenkopf auf dem zylindrischen Wecker. Am Rand des Zifferblatts sieht man Tastknöpfe, vielleicht braucht Jost sie noch in der Nacht, um die Zeit abzutasten, es kommt ja keiner.
Jost schiebt die schweren Volants unter dem Samtvorhang beiseite, blickt aus dem Fenster. Hinter einem mächtigen Ginkgobaum ein Orchideenhaus, in dem sich ein Gärtner bewegt. Jost könnte eigentlich wieder gehen, vielleicht bemerkt es nicht einmal jemand; wäre da nicht das Baffen von mindestens zwei Jagdhunden, die frei im Garten herumlaufen, Jost wäre längst weg.
Mit einemmal geht die Tür auf, der Onkel stürzt herein, reißt Jost in die Arme, ganz leidgeprüfter Vater, der endlich den verlorenen Sohn wieder hat. Er nimmt mich zur

Brust, denkt Jost, wie eine lang vorenthaltene Arznei. –
Laß dich ansehn, strahlt der Onkel, hält in männlichem
Klammergriff Jost weit von sich weg, so kann er ihn besser
taxieren. Jost hält still, jeder Befreiungsversuch wäre lächerlich. Wieso will ihn der Onkel betrachten auf seine
Veränderung hin, er kannte ihn nur als Wickelkind?
Jetzt fehlt nur noch, daß er staunt, bist du aber gewachsen,
damit Jost sagen kann: dir ans Herz. Statt dessen hat sich
der Onkel eine beklommene Gefaßtheit einfallen lassen.
Warum kommst du erst jetzt, fragt er. Es muß ihn
schmerzen, denn er vergräbt eine Hand unter der Weste,
an der selbstverständlich eine goldene Uhrkette baumelt.
Der Onkel, der sich für einen bedeutsamen Industriellen
hält, meint es gut mit Jost, verzeiht es ihm sichtlich, daß er
sozusagen in letzter Minute erst an die richtige Tür geklopft hat, hinter der er, der Onkel, voll und ganz die
Verantwortung für Josts Zukunft übernehmen wird. Voll
und ganz, das ist der Leitfaden, um den sich alles weitere
spinnt, was dem Onkel für Jost am Herzen liegt. Der versteht recht gut, daß dies ohne Magenschmerz nicht abgeht.
Er wird zu einem bescheidenen Mahl geladen, es darf kein
Essen sein. Falsche Vorstellungen von Üppigkeit oder Lebensfreude gar könnten den Ernst der Stunde trüben. Das
bescheidene Mahl wartet im Speisezimmer, wo auch die
Tante, des Onkels kostbarstes Accessoire, sich den beiden
zugesellt, was gar nicht selbstverständlich ist. Ein herzhafter Händedruck von Jost bewirkt beinahe ihr sofortiges
Verschwinden; sie hält den festen Zugriff schlecht aus,
weicht gequält zurück. Es fehlt Jost entschieden an der
Rücksicht, mit der man einer Dame mit Migräne begegnet. Die reichberingte Hand der Leidtragenden fährt unter die frisch gewellte Haartolle, die über den Ort des
Schmerzes gezogen ist; der halbseitige Kopfschmerz, er ist
nicht zuletzt eine Frage der Frisur.
Das Mahl gewinnt einen gewissen Glanz durch den Rah-

men, in dem man es zu sich nimmt. Vorerst schweigend. Hungrige und gute Menschen sprechen nicht beim Essen. Am schmalen Tafelende sitzt der Onkel, noch immer mit der Linken in der Weste, während ihm das Serviermädchen den Teller füllt: Birnen, Bohnen und Speck. Nur für das Tischgebet hat er die Hand kurz herausgezogen, komm Herr Jesus sei unser Gast. Jost findet, daß er mit dem Paar sehr allein an der Tafel sitzt, Jesus als weiterer Gast wäre ihm willkommen, der Onkel könnte dann auch an ihn einmal unbesorgt das Wort richten, weil das für den Magen gut ist. Am schmalen Tischende also der Onkel, gleich neben ihm die Tante an der Breitseite und weit weg, an der anderen Schmalseite, Jost. Jesus irgendwo dazwischen. Im Türrahmen das verhuschte Fräulein, das die Hutschenreutherschüssel hält, den Blick zu Boden senkt und aussehen muß, als verstünde sie kein Wort Deutsch, sonst könnte man ihm sagen, daß es die Schüssel ruhig abstellen kann, genügend Tischchen stehen ja herum. Wer aber dient, hat auf dem Sprung zu sein.
Mit dem Bocksbeutel hantiert der Onkel persönlich. Soviel weiß Jost auch, daß es schade ist um den Würzburger Stein so neben Birnen, Bohnen und Speck; der Onkel jedoch prüft die Temperatur des Weins, befindet, sie sei zu hoch, schickt nach einer anderen Flasche.
Nicht das schüsselhaltende Mädchen an der Tür, nein, er drückt einer über dem Tisch baumelnden Eule das Auge ein, dann klingelt es in der Küche. Die Tante verzieht schmerzhaft das Gesicht. Wie sie den Speck zerschneidet, erinnert es noch einmal an die Ermordung des Schweins. Es ist betrüblich, daß die Tante selbst essen muß und man es ihr nicht abnehmen kann, es lenkt so ab vom Leid. Das quält ja nicht allein den gutgepflegten Kopf, nein, sitzt tiefer, Herzeleid. Säßen doch nun beide Söhne der Tante mit zu Tische, hätten sie nur einen Funken Familiensinn. Leider sind sie abtrünnig, der eine studiert Architektur

und der andere gar Mathematik. Mit der Tuchfabrik lassen sie die Eltern schnöde allein.
Wofür hat sich der Onkel abgerackert nach dem Krieg? Er weiß es selber nicht, aber wie ers gemacht hat, das weiß er noch. Und wenn schon bei den Söhnen für die Mühen kein Ohr zu finden ist, kann ers ja Jost noch einmal sagen, schließlich sind es auch Familienbande, die Jost an ihn knüpfen, wenn auch nicht bedingungslos. Jost muß die Probe bestehen, dann ist er es wert, dazuzugehören. Beim Kauen noch ringend mit seiner Tüchtigkeit, erzählt der Onkel von der harten ersten Zeit. Hart ist sie immer noch, aber man sieht jetzt wenigstens, daß sie in Gottes Händen steht: das Geschäft floriert. Damals, als Deutschland von Gott und der Welt verlassen war, hat der Onkel mitten im Ruinengelände die Ärmel hochgekrempelt und mit eignen Händen erst einmal die Villa wieder aufgebaut. Daß ihm dabei ein paar Arbeiter aus der Fabrik des Vaters selbstlos zur Hand gingen, war Gottes Fügung. Auch daß man das Geld aus der Schweiz zurückholte, von dem der kranke Vater nichts wußte, wirkte sich schöpferisch aus auf den unternehmerischen Mut. Von nichts kommt nichts, es ruht auch kein Segen darauf, wenn der Mensch nicht voll und ganz einsetzt, was er hat: Klugheit, Mut und Gottvertrauen, das sich jetzt in Gestalt von rettendem Wohlwollen Jost gegenüber zeigt.
Zum Glück weiß der Onkel, was gut ist für Jost, sonst hätte der gar keine Chance. Zuvörderst muß Jost haushalten mit dem Geld. Das ist nicht schwer, Jost hat keines. Dann muß er es mit Bedacht anlegen. Diese Hürde würde Jost auch noch im Schlaf nehmen. Für Brot und Schuhe, wie weiter? Es wäre sehr gut für Jost, etwas Handfestes zu lernen. Sperenzchen mit der Musik sind eher etwas für den Feierabend. Spaß darf ja sein, Musik aber ist eine brotlose Kunst, läßt auch rechten Lebensernst vermissen, es sei denn, man ist ein Genie. Aber in des Onkels Familie

gibt es keine Genies, das brächte die ganze protestantische Arbeitsmoral durcheinander. Handfeste Arbeiter sind alle, die in des Onkels Weinberg arbeiten dürfen, auch wenn sie ein bißchen spät kommen wie Jost nun aus der Ostzone. Der Onkel ist nicht musikalisch, er ist nur jedes Jahr in Bayreuth. Jost darf auch nicht musikalisch sein, denn das hätte allenfalls in der Ostzone Sinn, weil man dort nicht sagen darf, was man will. Dem Russen hätte Jost schon was vorblasen dürfen, ihm aber nicht. Es gibt für den Onkel immer noch nicht *die* Russen, nur *den* Russen. Juden dagegen läßt er im Plural zu, es ist ja auch entsetzlich, was man mit diesen Leuten gemacht haben soll. Wenn Jost älter ist, wird er verstehen, wie es dazu kam. Aber jetzt soll er sich um sich selber kümmern, allerdings nicht ganz allein, der Onkel hilft ihm schon beim Einfädeln. Wenn Jost sich nicht mehr in Partituren verzettelt, wird er in Prüfungen sein Äußerstes geben, ganz wie es der Onkel gemacht hat. Nur wer durchhält, verdient sein Vertrauen, findet sogar eines Tages sein Fortkommen in der Firma. Vielleicht als Jurist. Aber dafür ist Jost noch zu weltfremd, er muß seinen Charakter erst noch festigen. Am besten auf Reisen, der arme Bub aus der Zone hat ja von Gottes Welt noch nichts gesehen, er muß Augen und Ohren aufsperren, damit er sieht, wos lang geht. Der Onkel findet auch, daß Jost jetzt sehr verschüchtert dasitzt und noch einen Nachschlag von Birnen, Bohnen und Speck verdient hat.
Jost darf mit des Onkels und Gottes Hilfe zuversichtlich in die Zukunft blicken, weil sein Vaterland so sehr geblutet hat, und nur recht genutzte Zeit heilt Wunden.
Jost will wissen, welche.
Mit solchen Details kann sich der Onkel nicht aufhalten, er hält sich an die Gesamtschau, wie sie ja auch seiner großen Verantwortung entspricht. Jost hat in seiner jugendlichen Torheit einfach noch nicht begriffen, daß es ums

große Ganze geht, um Deutschland, das recht eigentlich eine große Familie ist, die jetzt zusammenhalten muß und auch die entfernteren Verwandten von den Hecken und Zäunen aus der Ostzone berücksichtigen wird.

Der Onkel beobachtet einen deutlichen Expansionstrieb der Firma, es macht ihm manchmal Sorgen, ist er doch schon fünfzig, und neuerdings ist da auch noch dieses tapfer niedergehaltene Magenleiden, an dem, wenn es der Onkel recht bedenkt, die abtrünnigen Söhne schuld sind, für die er doch alles getan hat. Im Zuge leidvoll geübter Rache greift er nun eben auf Jost zurück, weil wir doch alle zusammengehören.

So muß Jost auch auf den Umgang achten, den er pflegt, muß einen Riecher entwickeln. Am günstigsten wäre für diesen Prozeß der Eintritt in eine Verbindung, der Onkel denkt an seine, in der er die jungen Füchse kennt, sie sind aus echtem Schrot und Korn. Auch haben sie handfeste Zielvorstellungen. Es trifft sich auch glücklich, daß Jost dann seine Jugend nachholen kann. – In der sauertöpfischen Ostzone hat er ja außer Angst und Schrecken noch nichts gehabt, von der Dudelei mit der Oboe mal abgesehen.

Leider muß der Onkel jetzt nachdrücklich zu einem heikleren Thema übergehen: die Frauen. Aus Versehen hatte er erst Weiber gesagt, er liebt das Joviale, es hätte ihn die Tante nicht so ansehen müssen, als hätte er soeben die durchaus keusche Verbindung mit ihr infragegestellt. Schwamm darüber. Es geht jetzt schließlich um Josts Rettung, die Tante ist ja schon gerettet unter den Fittichen des Onkels.

Es ist nicht gut für Jost, wenn er in Hamburg mit einer Adligen herumzieht, was ihm leider zugetragen worden ist in einem Brief von Josts Mutter, die weitab vom Schuß lebt. Adlige sind nämlich alle degeneriert, der Onkel kennt einen, Säufer mit einem mongoloiden Kind, und

dann noch einen, der mit den Sozialdemokraten liebäugelt, was mehr beweist als Mißgeburten und Haltlosigkeit im Alkohol. Die Preußen schmeißen sich nämlich jetzt an uns ran, und ehe wir uns dreimal umdrehn, haben die Sozis womöglich alle wichtigen Stellen besetzt. Die Süddeutschen müssen unter sich bleiben, ihr Strickmuster paßt nicht zu dem der Preußen. Adlige sind in der Regel Preußen. Durch Preußens Gloria haben wir schließlich auch den Krieg verloren. Was aber Josts Liebschaft angeht, muß er hautnaheren Problemen voll und ganz ins Auge sehn. Josts Freundin ist nichts und hat nichts. Wenn zwei Flüchtlinge sich zusammentun, kann geradesogut eine Blinde einen Lahmen heiraten, das soll Jost sich hinter die Ohren schreiben, jung und idealistisch wie er ist.
Der Onkel räuspert sich, läßt einen verständnisinnigen Blick auf Jost ruhen. Er wartet auf den Widerruf aller Flausen in dessen Kopf, damit er sagen kann: ego te absolvo. Anschließend könnte Jost gleich beginnen, in die Verantwortung hineinzuwachsen.
Weil Jost aber offensichtlich Bedenkzeit braucht, es war ja auch etwas viel auf einmal für den jungen Spund, gibt ihm der Onkel, nachdem die Tafel aufgehoben ist und die Tante matt winkend in ihr Séparée verschwand, erst einmal einen Überblick über die große Flut der Verantwortung.
Der Onkel hat vor Wochen seinen fünfzigsten Geburtstag gefeiert, eigentlich wird er der Rührung immer noch nicht Herr, haben ihm doch seine Arbeiter in aller Welt vier Bände mit Gratulation und Unterschrift überreichen lassen. Vier Bände in Leder, die der Onkel jetzt sorgsam auf die Knie nimmt und mit schweißnassen Fingern Seite um Seite umblättert. Jost darf erfahren, wie sich Liebe zum Arbeitgeber niederschlägt. Alle, aber auch alle haben sie mit eigener Hand gratuliert, auch die aus dem fernen Taiwan. Nun wird der Blick des großen Vaters aller Ar-

beiter doch tränenfeucht, als er Josts Hand nimmt und gar nicht mehr loslassen kann, so übermannt ist er von Zuneigung: ich vertraue dir wie meinem eigenen Sohn, Jost, wie meinem eigenen Sohn.
Wie ein Vater sich erbarmt über seine Kinder, erbarmt sich der Onkel über Jost. Dem aber ist schlecht. Er beherrscht sich sehr.
Jost entschädigt sich mit einer Lüge, er findet es nicht gut, kann aber nicht anders. Er erfindet ein Konzert, in dem er ausgerechnet anderntags spielen muß, er habe ja nur einmal hereinschauen wollen, was dann sogar schon fast wieder ein wahrer Satz ist. Der Onkel, Beschützer und Retter in einem, reagiert ganz anders, als Jost gefürchtet hat. Immer auf Achse, junger Mann, das ist schon mal richtig, nur mußt du die richtigen Ziele noch finden, du bist hier jederzeit willkommen, das weißt du doch.
Oh ja, gibt Jost, schon fast kleinlaut, zurück. Nun drängt der Onkel ihm einen Chauffeur auf, er soll ihn wenigstens bis Würzburg bringen. Leider kommt er erst gegen Abend hier vorbei, so lange muß Jost noch mit seinem Onkel vorlieb nehmen, der ihn ins Herz geschlossen hat, er muß es einmal aussprechen. Auch die Tante hat ihn ins Herz geschlossen, sie ist nur so geplagt von ihrer Migräne, ein gutes Herz hat sie aber wie eine Mutter.
Für das Telefonat mit dem Chauffeur findet sich Jost wieder in dem Vorzimmer mit den vielen Uhren. Er will wissen, woher der Onkel die Uhren hat.
Ich habe Uhren für mein Leben gern. Ich kaufe alles auf, was mir gefällt, oder lasse es mir nachbilden.
Du hast noch keine Monduhr, stellt Jost fachmännisch fest. Der Onkel ist über Josts Interesse für Uhren erfreut, erkundigt sich wie ein Süchtiger, wo es Monduhren gebe. Josts Entgegenkommen ist gönnerhaft: Quattrocento, venezianisches Gauklermodell.
Aha, sagt der Onkel und notiert sichs.

Gegen Abend bleibt Jost nichts anderes übrig, als mit dem Chauffeur in den Citroën zu steigen. Der Onkel hat ihm einen Fünfziger beim Abschied in die Hand gedrückt und die Tante ein Paket mit Butterbroten, eigenhändig gestrichen, beteuert sie, als gestünde sie eine Ausschweifung. –
Mach uns keine Schande Junge, ruft sie dem Auto nach.
Jede Schande, aber auch jede wäre Jost jetzt recht. Er bittet den Chauffeur, an der Nürnberger Burg vorbeizufahren. Dort, vor der Kaiserstallung, ist er mit Jens verabredet. Leider wird Jost den Chauffeur nicht los, dem er vergeblich erklärt, daß er ihn nicht braucht. Was Ihr Herr Onkel befohlen hat, hat er befohlen, wiederholt der stur. Schließlich fährt Jens hinter dem Citroën her bis Würzburg. Im Juliusspital betrinkt sich Jost zum erstenmal in seinem Leben.
Der Chauffeur muß nicht am gleichen Abend zurück, darf übernachten, wo er will. Er plaudert jetzt aus der Schule, stocknüchtern.
Lang bleibe er nicht mehr bei der Herrschaft, er wolle die Stellung wechseln wegen eines Ehrenauftrages, mit dem würde er noch selber meschugge.
Zweimal im Monat müsse er den alten Herrn in der Gegend rumgondeln, damit er ein bißchen Auslauf aus der Klinik hat. Aber immer auf unbefahrenen Strecken, damit man ihn nicht sieht, wenn er aussteigt. Nun meine er, daß der alte Herr wie ein Papagei im Käfig gehalten werde, nur weil er die falschen Sachen plappere und sei doch eine so grundgütige Person gewesen zu Lebzeiten.
Er lasse den alten Herrn, der doch auch nur ein Mensch sei, manchmal frei laufen, und einmal sei er ihm ausgekommen, und er habe eine halbe Nacht im Wald nach ihm gesucht. Ein Mordsdonnerwetter habe er von der Herrschaft bekommen, wie er mit dem durchgefrorenen alten Mann bei der Villa angekommen sei. Die Herrschaft habe den alten Herrn mit ihm zusammen wie einen Pest-

kranken davongejagt, weil der Kranke nie mehr ins Haus habe hineinsollen. Da habe der geweint und auf dem Weg in die Klinik lamentiert: ein feste Burg ist unser Gott, und trotzdem hat der Kazimierz keine Waffen! Davon träume er, der Chauffeur, wieder und wieder bis zur Vergasung – das Wort kommt mühelos –, und noch beim Sterben werde er sich schämen, daß er damals in der Nacht keinen Krawall vor der Villa geschlagen habe.
Zutode geschämt hat sich noch keiner, wendet sich Jost zu dem Chauffeur, kehren Sie um und sagen Sie meinem Onkel, Jost wird sein Haus auch nie mehr beflecken.
Soll ich das ausrichten? fragt unsicher der Chauffeur. – Nein, sagen Sie ihm: soviel kann er gar nicht verfüttern, wie ich kotzen will. –
Sie passen nicht zur Herrschaft, sagt der Chauffeur, schon wegen der Manieren, aber mir kanns egal sein, ich geh sowieso.

Der Jost großherzig für die Gestaltung seiner Zukunft anvertraute Fünfzigmarkschein muß aus der Welt. Jens rät zu einem Entrecôte in der nächstbesten Raststätte. – Es war danach. Als sie bezahlen, schiebt Jost das Wechselgeld der Serviererin über den Tisch zurück: ist gut so. – Sie versuchen im Auto zu schlafen, finden es noch immer richtig, für eine komfortablere Übernachtung nichts abgezweigt zu haben von diesem Geld. Sollen wir uns mit Almosen zudecken? fragt Jost, der erbärmlich friert.
Als sie gegen Morgen aus dem Auto kriechen, rinnt Regen aus den Bäumen, durch einen Schleier von Kirschblüten leuchtet später ein klarer Frühlingstag. Jost hält sein Gesicht in das wärmende Licht, geht mit geschlossenen Augen neben Jens unter dem hellen Grün der Bäume hin, bis er stolpert. Er bleibt liegen.
Jens setzt sich daneben und raucht.
Hilflose Wut schlägt erst jetzt über Jost zusammen.

Hatte er es nicht darauf angelegt, sich die Sippschaft in Nürnberg vor Augen zu führen, damit er mehr über sich selbst erfährt durch Einspruch und beherzte Gegenrede? Nichts davon. Stumm dagesessen hatte er. In der Öde des Hauses hatte Jost sich bedroht gefühlt. Er brachte nichts mehr heraus, nicht einmal die Kirschkerne des Kompotts. Er hatte sie alle verschluckt.

Wäre es nur ängstliches Mitleid gewesen, das ihn schweigen ließ gegen den Onkel, er hätte sichs verziehen. Es war nicht an dem. Er war mundtot gemacht worden.

Jost sah sich in der Rolle des Feiglings, konnte sich nun auch nicht mehr vorstellen, einem ebenbürtigen Feind Widerpart zu geben. Natürlich wußte er auch die Antworten, die er schuldig geblieben war, nur war er unfähig, sie zu leben.

So schwieg er und zahlte mit der kleinen Münze der Verachtung, wußte sich unstreitig den Nürnberger Spielsachen zugerechnet, sagte nicht mit erhobenem Kopf: mag sein, du brauchst mich, um mich in dein Leben einzusaugen, ich aber brauche dich nicht.

Als der Griff der Wut sich langsam lockert, verlangt es Jost mit ungestümer Traurigkeit nach Ruth, obschon er deutlicher als sonst weiß, Zuflucht dürfen sie beieinander nicht nehmen.

Jost sieht in den Himmel. Das uferlose Blau schmerzt. Der Himmel, die zersprungene Glasglocke über der Welt, in der uns niemand hält, es sei denn, wir halten uns gegenseitig. Die herabwehenden Kirschblüten nur kleine weiße Scherben, vor denen Jost die Augen wieder schließt.

Er sieht einen Rohbau, weit hinausgebaut ins Watt. Schon kommt die Flut lautlos gekrochen, dann plötzlich mit gewaltigem Wind haushohe Wellen, die gegen die Mauern schlagen. Aus den Fensterhöhlen springen zwei schwarze Schatten kopfüber in die weißen Schaumkämme, als das Haus zu schwanken beginnt und langsam im

Wasser versackt. Zwei Gestalten springen zuletzt – Hand in Hand – aus dem obersten Stockwerk, Josts Gastgeber. Er wendet sich um, will um Hilfe rufen. Doch ihm im Rücken hält das Paar auf ihn zu, noch immer Hand in Hand, überzogen mit Schlick: wir sind allda. – Sie drängen Jost zum Wasser, versperren ihm den Fluchtweg. Doch ehe eine Welle ihn erfaßt, rüttelt Jens ihn an der Schulter: was schreist du?
Ich hatte mein Leben verspielt, es ist keine Schande zu schreien, oder? – Jost sagt nicht, was er gesehen hat, sondern: Jens, darf einer, der angewidert ist, sich über eine übertünchte Leiche lustig machen?
Natürlich, *wo viel Sorgen ist, da kommen Träume, und wo viel Worte sind, da höret man den Narren.*
Du tönst unwiderleglich, ich wünsche dir meine Angst an den Hals, damit dir das Weisheitenaufsagen vergeht.
Was hast du erwartet? fragt Jens, dem Jost wirklich Sorgen macht. Was hast du nach deinem Auftritt in Nürnberg erwartet?
Daß du als Held und Märtyrer mit blauen Flecken von der Bühne abtrittst? Sicherlich, *es fährt alles an einen Ort,* aber du hättest vorher gern noch die Menschen im Handstreich erlöst, und es ist nicht gelungen?
Du bist zynisch, ruft Jost und wirft sich auf Jens. Es sieht wie ein Spiel aus, wie sie sich da beide am Hochkommen hindern, nur kann Jens später nicht vergessen, daß Jost ihm gegen den Kopf trat. Dabei hat er nicht mehr gelacht. Im Auto fahren sie lange schweigend. Es ist so schwer, einen beiläufigen ersten Satz zu finden. Darauf läuft es nun hinaus: wer am längsten schweigt, hat gewonnen.

Jost hatte sich so beharrlich wie vergeblich um ein Stipendium bemüht, studierte an der Hochschule in der Meisterklasse und wußte nicht, womit er die Studiengebühren

begleichen sollte. Zunehmend wortkarg, arbeitete er im Marionettentheater, abends saß er manchmal nur so da. Versunken. So sitzt einer, der etwas ausbrütet. Eine Krankheit oder eine Einsicht.
Zuerst hielten sie es für eine von Josts Schnurren. Eines Tages sagte er: ich bin vollkommen entbehrlich. Der Satz wiederholte sich, auch wenn Jost allein war mit Ruth.
Mit großen Erwartungen war Jost in den Westen gekommen. Es war nicht die Bindung an Ruth allein, die ihn auf und davon gehen ließ. Jost hatte einen alten Traum mitgebracht. An ihm überhob er sich nun, und sprach er darüber, hießen sie ihn naiv. In Josts Traum bestimmte der einzelne die öffentlichen Spielregeln menschlichen Zusammenlebens mit, auch waren die Spielregeln variabel.
Jost, du träumst von der Anarchie –
Josts Sätze fielen ins Leere. Er hatte recht, war aber unglaubwürdig. – So vermißte er die verdorrten Arme jener, die nie wieder eine Waffe hatten anfassen wollen nach dem Krieg und doch für die Wiederbewaffnung gestimmt hatten. Er warf den Westdeutschen wirklichkeitsverlassenes Demokratieverständnis vor, nannte das Haus der westlichen Freiheit eine Fälschung, nur der Schacht unter den Fundamenten sei echt.
Aber Jost, das hättest du dir früher überlegen können, wir schenken dir ein Grundgesetz –
Jost wünschte sich ein offenes System, also etwas, das es unter Menschen nicht gab. Das wußte er, ihm war gleichgültig, unter welcher Flagge sein Traum in die Wirklichkeit einzog. Ruths Freunde nannten Jost einen Schwärmer und DDR-Rekonvaleszenten.
Ihr denkt zu klein von den Menschen, sagte Jost und wartete darauf, daß er nicht nur geachtet wurde, sondern gebraucht. Zungenfertig mied er sozialistischen Jargon. Vergeblich. Zog Jost von der Hoffnung der Christen die Gnade ab, glich sie verwirrend und ihn überzeugend der so-

zialistischen Hoffnung: wir machen alles neu, das Alte ist vergangen; die Hungrigen füllen wir mit Gütern und lassen die Reichen leer. Jost hungerte nach Brüderlichkeit, und hier wie dort sah er die einzige Bedingung nicht erfüllt, unter der sie doch zwischen Menschen lebbar wäre: Liebe deinen Nächsten wie dich selbst. Das war der Engpaß. Jost sah niemanden, der sich glaubwürdig selbst liebte. Für sich selbst aber war er sicher, er liebte sich.
Er sah verfestigte Strukturen, an denen die, die mit ihm zu leben bereit waren, sich aufrieben. Unabhängig seid ihr ja gar nicht, warf er ihnen vor, verachtet nur die allgemeinen Spielregeln, lebt ohne Widerhall in einem Getto. Eure Öffentlichkeit ist die Kunst, ohne Blessuren auszuweichen. Ich pfeife auf eure maskierte Tapferkeit.
Sie lachten ihn aus, nannten seine Urteile wieselflink und sagten ihm: komm du erst einmal im Westen an.
Jost ließ sich von seiner Situation täuschen, deren Unsicherheit in allen Bereichen natürlicherweise zu einem Lebensstadium gehörte, für das Jost die Geduld nicht aufbrachte. Er sah sich in einem Leerraum. Die Gesellschaft, in der er nun leben wollte, hatte keine Strukturen, die seinem Hunger nach öffentlicher Verantwortung Rechnung trugen.
Jost nahm es als Symptom der gedankenlosen Erniedrigung junger Menschen, auch die Demütigung durch den Onkel brachte er damit in Verbindung. All dies lähmte ihn, und trugschlüssig kämpfte er gegen Bitterkeit.
Uns siehst du gar nicht, sagte Jan. Schon gab es lange Nachtgespräche, in denen sie sich verletzten. Entmutigt hielten sie auch dies für den Preis der Aufrichtigkeit, an die sie sich halten wollten. Es kam zu Grobheiten in den Gesprächen. Jost nannte die Argumente der anderen selbstgenügsam und weltfremd, und sie gaben ihm den Vorwurf zurück.
Jost, du bist ein Kind –

Wenn ihr nicht werdet wie die Kinder –, sagte Jost, und er lachte nicht. Er suchte die Spur, die von den Menschen, in deren Wohnung er lebte, in die Öffentlichkeit führte. Wahrhaben konnte er sie nicht, und so war er auf Gegenargumente bald nicht mehr eingerichtet.
Jost, wir sind vorerst deine Öffentlichkeit, beschworen sie ihn, aber wir genügen dir wohl nicht.
Ihr seid Lebensdilettanten, schalt Jost wie einer, der weiß, die anderen haben recht, aber er kann es nicht annehmen.
Einmal stand Jost bei Bettina und sah ihr bei der Arbeit zu. Schau, sagte Bettina, vielleicht sind wir lächerlich, aber es macht mir nichts mehr aus. Meine Kinder sollen meine Werte daran erkennen, wofür ich zu zahlen bereit bin, damit sie wählen können, ob es auch die ihren werden sollen. Die Werte, die sie in der Schule kennenlernen, werden sie nicht trösten. Sie werden sehen: Angst und Moralität oder Angst und den erhobenen Finger oder Angst und Resignation. Und wenn ich ihnen etwas vorleben will, so ist es Mut und Beistand, anders zu sein. Ich verantworte, was ich übersehe, das genügt mir, und es ist anstrengend genug. Und wenn du meinst, hier liegen nur Krümel vom Brot der alles umspannenden Menschenliebe, dann sag ich, nimm, mehr habe ich nicht, aber ich gebe sie dir gern. Ich kann nur einstehen für Menschen, mit denen ich wirklich lebe, und wenn wir lebendig sind, vielleicht steckt es an, auf Anhänger und Jünger bin ich nicht aus. Ich habe nämlich kein Rezept. Jost, willst du Macht?
Nein, sagte Jost, aber Verantwortung, die über persönliche Bindung hinausgeht. Ihr duckt euch so weg.
Ja, sagte Bettina, wir lernen gerade, uns selbst zu trauen. Wie sollen andere uns trauen, bevor wir damit im reinen sind? Wir wollen niemandem vormachen, wie gutes Leben aussieht –
Jost wies den Gedanken an die Ohnmacht des einzelnen als Zumutung zurück. Die bloße Vorstellung hieß er Ver-

rat. – Ich dachte, ihr lebt hier im Freien, sagte er, und hörte seinem Wort nach, bis er lachte.
Ein Dach ist nicht über uns, sagte Bettina, gottseidank.
Jost, du bist ein Kind –
Einmal hatte es auch Ruth vor den anderen gesagt. Jost verzieh es ihr nicht. Er hungerte nach Bindung, die nicht nur im privaten Bereich gelebt wurde.
Einmal, gleich als du kamst, meinte Bettina, hast du gesagt, du willst zu einer Haut kommen, in der du dich wohlfühlst. Gilt es nicht mehr? Jetzt redest du, als wolltest du mindestens eine Partei gründen.
Ich brauche, sagte Jost, die Hoffnung, nicht entbehrlich zu sein, egal, in welchem Zustand meine Haut ist. Ich bin aber entbehrlich.
Jost, du redest wie ein Kind –. Jost verzieh auch Bettina den Satz nicht.
Jens hatte dann den Stein ins Rollen gebracht, den keiner gesehen hatte.
Selig sind die Geduldigen, spottete er und klopfte umständlich seine Pfeife aus, selig sind die Geduldigen, die Jost über die Klinge seiner Illusionen springen läßt. Jost, willst du an den Platz zurückgehen, da sie dir die Verantwortung für das gesamte Menschengeschlecht bis zum Scheiterhaufen nachtragen, auf dem sie dich öffentlich für die Zukunft opfern? Die Plage des heutigen Tages genügt dir ja nicht. In den wärmenden Flammen brauchst du keinem Irrtum mehr standzuhalten und keiner Unsicherheit, bist in der eindeutigen Wahrheit des Gemeinwesens geborgen. Du mußt nur den Entschluß, dich zu opfern, verantworten, mehr verlangen sie gar nicht.
Jost stand auf und ging hinaus.
Ruth fand ihn nicht in der Wohnung, er war an die Alster gerannt, Ruth sah, wie er Steine ins Wasser warf, einer kam knapp über ihren Kopf geflogen, als sie sich Jost näherte.

Was hast du?
Ich habe eine Erfahrung gemacht, ihr seid zynische Florettfechter –
Für Jens' Sprüche kann ich nichts, sagte Ruth, komm zurück.
Ich geh zurück, sagte Jost –
Dann komm.
Ihr kotzt mich an, du hast mich nicht gehört.
Wer ist ihr? Bin ich das auch? Was hast du gesehn?
Niederlagen und Zyniker.
Bin ich auch eine Niederlage?
Es wird sich zeigen, ich jedenfalls geh –
Jost, du bist verrückt. Bitte, sag mir, warum du aus der Wohnung gerannt bist, deine Wörter fliegen wie Brokken, unter ihnen kann ich mich nur noch wegducken. –
Jost schwieg, als sie zum Haus zurückgingen.
In der Nacht lagen Ruth und Jost nebeneinander und fanden einander nicht. Da wußte Ruth, es war keine vorübergehende Irritation: Jost wollte nach Leipzig zurück.

Es war schon Juni, der Sommer zog mit den Rufen der Schiffe über den Fluß. Die Luft war voller Sonntagsgeschrei, Ruth und Jost kauften auf dem Fischmarkt die letzten, billigen Schollen, hatten die Kinder an der Hand und sahen den Leuten zu. Übernächtige Gestalten mischten sich unter die feiertägliche Eleganz der ausgeschlafenen Morgenbummler mit dem Tand in der Hand.
Ihr habt immer Angst, sagte Jost, die Leute nicht laut genug zurechtzuweisen, ihr überschätzt eure Kräfte. Die Leute brauchen euch und eure große Sache, die Redlichkeit, gar nicht. Sie tauchen aneinander vorbei wie die Fische im Wasser, sehen einander nicht und wollen wie der Hering und der Hai nicht gesehen sein.
Du mit deinen Festlegungen, sagte Ruth. Vielleicht bürgen wir eines Tages für unsere Kinder, wenn wir nicht

aufhören, der Angst zu antworten, daß auch wir eines Tages nicht genügen. Aber gesehen haben soll man uns, und die Geduld wird nicht vergeblich gewesen sein, mit der sie auf uns gewartet haben. Ach, Jost, laß uns doch Zeit.
Es ist spät, sagte Jost. Ein Blick traf Ruth wie ein Hieb.
Die Ungeduld hat schon so viele Leben gekostet, die bittersten Geschichten leben von der Ungeduld. Denk an Romeo, denk an Judas, sie haben auch nicht warten können.
Ich häng mich schon nicht auf, sagte Jost, setzte eines der Kinder auf die Schultern und trabte ein Stück voraus.
Das war der letzte Augenblick, in dem Ruth noch einmal das Wissen beiseite schob, Jost wird nicht bleiben. Wider besseres Wissen stellte sie sich vor: diese beiden Kinder sind unsere Kinder, wir gehen zusammen nachhause, braten einen Fisch, ich schnüre den Kindern die Schuhe, mittags liegen wir in der Sonne und haben viel Zeit, wir können uns aufeinander verlassen, sind uns ebenbürtig in einem Beruf und reden über diesen Tag heute wie über eine Krankheit, die lange zurückliegt –
Aber dann weiß sie es plötzlich mit der Gewißheit, die ihr die Sinne schwinden läßt, wenn sie sich nicht heftig wehrt: ach, es wird nie sein, mit Jost nicht, vielleicht mit niemandem. Ruth weiß nicht und will nicht wissen, woher ihr diese Trostlosigkeit aufsteigt. Sie hält Tränen nieder, und als sie Jost eingeholt hat und er sie fragend ansieht, hört er sie sagen: es ist vom Wind, er kommt von vorn, Jost.
Auf dem Weg in die Wohnung ist Ruth sehr still, Jost fragt auch nichts mehr, von ihm her hat Ruth Kälte angeweht, die sie kennt. So schweigt sie.

Vertrauen in Plätze, an denen Ruth manchmal ganz bei sich selber war, holte sie ein, und von einem Tag auf den anderen beschloß sie, Jost in das Städtchen zu locken.

In den Seminaren war sie manchmal aufgeschreckt. Wenn sie sich an das Zimmer erinnern wollte, in dem sie wohnte, waren alle Hamburger Bilder ausgeblendet, und sie fand sich wieder in der Scheune. Ruth wußte, es erwartete sie an diesem Ort nichts, sie versprach sich aber von einer Begegnung zwischen Till und Jost, er könnte seinen Rückzug in einem andern Licht sehen und von ihm abrücken.

Jost schwieg schon längst zu den Herausforderungen von Jens, der an einer Arbeit über Kierkegaard saß und es nicht lassen konnte, Jost mit melancholischen Gebärden vorzusagen: geh und du wirst es bereuen, geh nicht und du wirst es bereuen, gehe oder gehe nicht, du wirst beides bereuen. Er warf Jost die Bindungsunfähigkeit des kierkegaardschen Ästhetikers noch dann vor, als längst niemand mehr darüber lachte.

Bereitwillig gab er Ruth sein Auto, hatte ihr schon das Geld für den Führerschein geliehen, und als Ruth fuhr, sagte er: du verläßt dich wohl auf die List der Haut, in Hamburg bei den Fischseelen gelingt das nicht gut.

Auf die Idee, daß Jens an Eifersucht litt, kam Ruth nie.

Im Städtchen suchte Ruth Till in seinem Zimmer und in den Seminaren. Sie fand ihn nicht. Einer sagte ihr, Till sei viel unterwegs, schwänze neuerdings die meisten Veranstaltungen, sei aber ein auffällig ausgeglichener Mensch geworden, seit Ruth fort ist. Sie verstand nicht, was es zu lachen gab.

Till war unterwegs mit seinem Arzt, nannte ihn längst Martin und sagte ihm du. Auf langen, hastigen Spaziergängen hatte sich Freundschaft entwickelt, und Till nahm es Martin schon nicht mehr übel, daß er meistens vor ihm herrannte, statt neben ihm zu gehen. Einmal hatte Till im Morast einen Schuh verloren, Martin vor ihm hatte es nicht einmal bemerkt und wartete nicht auf ihn. Er ging immer querfeldein, und Till wunderte sich, daß Martin

alle Sträucher, in denen Till hängenblieb, mit Namen kannte; er blieb oft hängen.
An dem Tag, als Ruth ihn im Städtchen suchte, hatte er Martin auf einen nahen Weiher gelockt. Im Boot konnte er ihm nicht mehr davonlaufen. Till ruderte allein, und als er schließlich Martin die Ruder in die Hand drücken wollte, begriff er endlich, Martin konnte gar nicht rudern. Sein linker Arm war gelähmt, über das Handgelenk lief eine Narbe:
Woher hast du das?
Sie ließen sich im Boot treiben, und Martin erzählte eine Geschichte, die er für sein Leben ausgab. Till hatte Mühe, sie zu glauben.
Während eines Gefechts auf einem russischen Kirchhof hatte Martin sich hinter einem Grabstein verschanzt; der wurde getroffen und stürzte über ihn, brach ihm ein paar Knochen, die gut wieder heilten. Der Arm aber heilte schlecht, und diesem Unglück verdanke er, Martin, die beglückendste Erfahrung seines Lebens.
Mit fiebrig heißem Kopf sei er in einer Panjehütte gelegen, habe stündlich mit seinem Tod gerechnet und geglaubt, die Zeit käme nicht mehr, darüber zu trauern, daß er nie mehr würde Cello spielen können.
Nach einem Doppelstudium von Medizin und Musik hatte Martin seine medizinischen Interessen auf eine kleine, vom Vater übernommene Praxis beschränkt, alle Energien in die Musik gesetzt und mit dem Gedanken gespielt, nach dem Krieg die Medizin ganz aufzugeben, zögerte aber um der Sicherheit von Weib und Kind willen, die er, wie er sagte, abgöttisch liebte. Als Martin aus russischer Kriegsgefangenschaft nachhause kam, fand er sein Haus leer. Frau und Kind waren tot.
Nach einem Angriff auf die Stadt, in die seine Frau zu Verwandten gezogen war, wurde sie mit dem Kind auf dem Rückweg vom Bunker in das unversehrte Haus, aus

dem sie geflohen war, von einer niederstürzenden Wand getroffen. Martin war verstört bis an den Rand der Selbstgefährdung, lebte zurückgezogen in dem verwaisten Haus, verschenkte sein Cello, und in der Nacht, nachdem er sich von dem Instrument getrennt hatte, war ihm etwas geschehen, das Martin nur mit dem Wort Widerfahrnis umschreiben konnte.
Er habe von einer Stunde auf die andere alles fahrenlassen können, woran vorher sein Leben gehangen hatte. Das bloße Nur-noch-am-Lebensein habe sich gewandelt in ein Lebenkönnen. Verlassen von allen und allem, was sein Leben ausgemacht hatte, habe er in einer einzigen Nacht alle Selbstsicherheit verloren und sich fallenlassen in den Verlust. Alle Bitterkeit sei in der Erfahrung des Sichfallenlassens plötzlich aufgehoben gewesen, die Gelöstheit von allem habe sich in eine Glückserfahrung verkehrt, in der er noch heute lebe und die ihn nie mehr verlassen habe, gleichgültig, was immer ihm geschah.
Wie hast du das gemacht? fragte Till.
Ich habe es nicht gemacht, sagte Martin, es ist mir widerfahren. Ein Ruhenkönnen im Verlust, ein absurdes Lebenkönnen, gestützt auf nichts.
Martin konnte Till nicht mehr sagen als dies, nannte ihm ein Gleichnis über die Erfahrung der Gelöstheit, das schon sehr alt sei und über dessen Herkunft er weiter nichts wisse. Weißt du, mir ist, als säße ich bei einem Gastmahl, ich muß die Schüssel nicht festhalten, die mir gereicht wird, ich gebe sie weiter und bin ohne Angst. Als mein Arm noch gesund war, habe ich oft nachgedacht über die Einerleiheit von Gut und Böse, nun aber habe ich gelernt, von dem Gleichmut zu leben, in dem ich die Einerleiheit von Tun und Erleiden erfuhr.
Das Boot war abgetrieben, hing im Schilf, und als Till sich mühte, es wieder hinauszusteuern, setzte sich Martin zu ihm auf die Bank, nahm ihm ein Ruder aus der Hand,

und einarmig arbeiteten sie sich wieder hinaus. Martin lud Till zum Essen ein, was er vorher nie getan hatte. Sie saßen auf wackligen alten Holzstühlen am Ufer, und Till redete von Ruth. Ich glaube, sagte Martin am Ende, du weißt ein wenig von dem, was mich hält, bist gelöst von diesem Mädchen und ihm doch näher als vielleicht sonst ein Mensch auf der Welt.

Till antwortete nichts. So sehr ihn alles berührt hatte, was Martin ihm erzählte, so heftig zweifelte er an Martins glücklichem Leben. Till wußte längst vor dem Nachmittag auf dem Wasser, wie sehr er sich im Krankenhaus verausgabte. Martin lebte allein, ging so vollkommen in anderen auf, daß er die losen Fäden seines eigenen Lebens nicht mehr wahrnahm. Dies, dachte Till, gewährt ihm Befriedigung, Frieden aber nicht. Er wagte nicht, Martin darauf anzusprechen.

Noch am Wasser sprachen sie lange über die ersten Jahre nach dem Krieg. Martin verstand sehr wohl Tills Angst vor dem Schweigen angesichts verdrängter Schuld und nannte die Selbstverständlichkeit, mit der die meisten Menschen seines Alters an Lebensformen von vor dem Krieg wieder anknüpften, zynisch.

Was ist in deinem Kopf, fragte Till, kannst du das Wissen über Verbrechen auch einfach annehmen und gelassen sein dabei?

Du stellst die Frage falsch, sagte Martin. Ich kann Zeitgenossenschaft nur aushalten, wenn ich weiß, wovon ich abhängig bin und wovon nicht.

Ruth stellte das Auto am Bahnhof ab. Sie wollte mit Jost über die Wiese gehen, auf der sie ihn hatte blasen hören.
Als sie nachsah, ob alle Türen des Wagens verschlossen waren, rannte Jost ohne ein Wort davon, durch die Straßen in das Wäldchen hinter der Siedlung. Ruth sah ihn

laufen wie um sein Leben, nicht einmal wandte er sich um, hörte Ruths Anrufe nicht.
So laß mich doch mitkommen, warte auf mich, Jost, Jost.
Er ist schon weit, er hört nicht, auch nicht den aufheulenden Motor des Wagens. Daß er Ruth immer wieder absäuft, kommt Jost zustatten. Jetzt hat er einen Vorsprung, ist zwischen den Stämmen des Kiefernwäldchens ein hakenschlagender Hase, längst über die Brücke davon, die übers Flüßchen führt. Ruth steuert die Brücke an, steckt fest, bleibt hängen mit dem Wagen zwischen den Geländern, klettert mit Mühe aus dem gefangenen Auto, läßt es stehen mit laufendem Motor, keucht hinter Jost her. Hinter den Stämmen verschwindet nun auch Ruth, gerät in die Schonung, sieht Jost hocken zwischen den kleinen Kiefern: einen Stamm hält er mit den Händen umfaßt, klammert sich daran. Soll er sich an Bäume halten, bis Ruth ihn noch einmal erreicht. Sie holt ihn ein und will sich über ihn werfen, Jost stößt sie beiseite, als sei sie fremd, stößt sie beiseite mit dem Fuß, hält mit den Händen noch immer den kleinen Stamm. Jetzt würgt er den Baum, biegt seine Spitze bis auf den Boden. Nicht, nicht- Jost hört Ruths flehentliche Stimme nicht, einmal noch schnellt das splitternde Holz zurück, dann bricht es. Jost hält die kleine Baumkrone in der Hand, starrt Ruth endlich an, behält den gebrochenen Stamm in der Faust. Ruth entwindet ihm das Holz. Erst als sie beide auf dem Boden liegen, lockert Jost den Griff. Ruth hütet sich vor Wörtern, sagt Jost das Selbstverständliche mit Augen und Händen:
Der wurzelfeste Baum kann nicht für dich sterben, kann sich verlassen wie du auf sich selbst. Am Ende nimmt er nicht übel, was du getan hast, wächst in die Breite, deckt viel Waldboden mit ausladenden Zweigen, unter denen auch wir später liegen könnten. Im Schatten.
Komm zu dir.

Ruth setzte sich auf. – Hier wollen wir bleiben, bis uns dein Selbsthaß nicht mehr verstört. Jost hielt sein Gesicht hin und schwieg. Ruth sah es mit einer Deutlichkeit wie nie zuvor. Die angespannten Züge machten es älter als den Körper, der Ruth nun bubenhaft vorkam. Blauschwarze Ringe unter den Augen, bis in die Haut über den Wangenknochen schon die feine Faltenspur der Menschen, die, um zu glauben, was sie sehen, die Augen eng machen für immer. Jost wich dem Blick nicht aus, räusperte sich einmal, zuckte die Achseln, schwieg weiter. Soweit Ruth sah, nichts als diese Kiefernstämme über sandigem Boden, fast wie zuhause. Der Geruch ekelte sie plötzlich. Wo ich auch hingehe, aus den Kiefern komme ich nicht hinaus. Eine Erinnerung zerrte an ihr, aber sie brachte die Bilder nicht zueinander, eine Situation aus Kindheitstagen, ein Pferd zwischen solchen Stämmen gehörte dazu, das warme Fell des Tiers.

Jetzt erst fiel Ruth das Auto wieder ein. Sie liefen zur Brücke zurück. Jemand hatte den Wagen von der Brücke geschoben, unter dem Scheibenwischer klebte ein Zettel: verdammter Idiot.
Sie gingen in ein Gasthaus, Ruth bestellte zwei Suppen. Jost stand auf, ging zwischen den Tischen herum und sah den Leuten ins Gesicht, drückte im Musikautomaten «O Donna Clara». Während sie aßen, sagte einer: daß doch die blödesten Männer immer die schönsten Frauen haben müssen! Jost ließ wie versehentlich den Löffel in die Suppe fallen. Er bestellte dem, der es gesagt hatte, ein Bier und ging hinaus.
Später liefen sie durch die Straßen, Jost betrachtete die Auslagen der Schaufenster. Einmal blieb er lange vor einer Märklineisenbahn stehen, sie fuhr in einem kleinen Kreis, sooft die Lokomotive an einem Plüschaffen vorbeikam, nickte der. Ist ja schon gut, sagte Jost jedesmal. Er wollte

ins Kino, Kinder des Olymp. Als Jean-Louis Barrault die Wäscheleine spannte, sagte Ruth zu Jost: du bist ein saublöder Hund. Und du bist Garance, sagte Jost.
Als sie aus dem Kino kamen, war es schon dämmrig, sie wollten im Freien schlafen. Ruth mochte Till jetzt nicht mehr suchen, sie traute ihren Empfindungen nicht mehr. Beim Einschlafen war ihr, als fände die Luft den Weg in die Lungen nicht.

Auf dem riesigen Platz drängt sich die Menschenmenge, tausend Köpfe dicht nebeneinander, Kinder dazwischen, sie werden ersticken, wenn sie den Kopf senken und Panik die Masse bewegt, das kann gleich sein. Die Menschen stecken nebeneinander. Mit nach oben gerissenen Köpfen setzen sie zum Schrei an, die offenen Münder bleiben stumm, Entsetzen hält den Hals im Würgegriff. Über den Platz fliegt ein gigantischer Gaukler, den Leib voller Schellen, an den Fingern klingeln die kleinsten, den Rücken hinunter über schrill buntem Habit ein böses Geläut. Auf dem Kopf zwischen den Ohren läuft die Schellenreihe über die Kappe wie ein Scheitel. Über dem Platz kreist der Gaukler, hat kein Gesicht, springt aus der Höhe herunter, einmal nah, dann weit draußen an den Rändern des Platzes, stößt nieder, schnellt wieder hoch in die Luft. Sooft er niederfährt, berührt er einen. Der ist des Todes. Niemand flieht. Jetzt hört man Glocken, Zwölfuhrgeläut, ein Männleinlaufen hoch über den Köpfen setzt ein, es wendet keiner den Blick, als die Weltenuhr von weit her schlägt. Eine Kirche steigt aus dem Boden hoch, nein zwei, aber dann sind es doch Kirchen ohne verläßlichen Umriß, mit zwei und später hundert Türmen, darüber, hoch über ihnen, der gigantische Narr. Er macht jetzt ein Höllenspektakel, übertönt Uhren- und Glockengeläut. In großen Bögen springt er von Kopf zu Kopf, und alle stehen geduckt. Warten. Wann legst du Hand an mich, hochfliegend schändlicher Possenreißer, wann soll ich getroffen sein, Malefizkerl, du lausiger Spießgesell über der Mördergrube? Wo bin ich, aus welcher Reihe bin ich getanzt, daß es jetzt so hoch hergeht vor der Niederfahrt ins Erznarrenspiel.

Ruth fuhr hoch aus dem Schlaf, hörte sich schreien mit einer Stimme, die sie nicht kennt: lausiger Spießgesell. Jost ist nicht mehr neben ihr, sie sieht ihn durch die Stämme auf sich zukommen.
Hast du mich gerufen? Er fragte arglos. – Nein, sagte Ruth, nein.
Sie froren und fuhren noch in der Nacht zurück nach Hamburg. Ruths Angst war nicht weg, nur verkrochen, und Ruth hielt für möglich, daß sie noch einmal hervorkommt als Wut. Gegen Jost soll sie nicht mehr gerichtet sein. Jost schlief neben ihr, den Kopf weit zurückgelegt, und zog die Luft ein durch den geöffneten Mund. – So habe ich schon einmal einen Vogel sterben sehn, dachte Ruth und wandte die Augen nach draußen. Hoch über der Erde tauchten Blätter aus dem Nebel, trieben Äste aus dem durchlässigen Grau. Sie wußte nicht, warum es sie tröstete, den alten Satz vor sich hinzusagen: *dies lebenlose Leben fällt, als ein Traum entweicht... Doch mich hat dieser Traum nur schreckenvoll gemacht.*

Heimlich, ohne Zeugen, wie er gekommen war, wollte Jost wieder gehen. Über die Zeit des Abschieds zog er niemanden ins Vertrauen. Ruth nannte es Angst vor der Teilnahme der anderen, die Jost nur noch als falsche Darstellung seiner Lebensmöglichkeiten im Westen auslegen konnte. Ruth nahm es noch immer insgeheim als Zeichen von Unentschlossenheit.
Jost warf sein Gepäck zusammen. Er verabschiedete sich nicht von den anderen, nur Bettina war aufgefallen, daß

er am letzten Abend länger als sonst bei den Kindern blieb und ihnen eine Geschichte erzählte.
Jost weckte Ruth noch in der Dunkelheit.
Jetzt will ich gehn.
Für die andern kein Wort mehr?
Nein.
Ich ziehe dich nicht, ich schiebe dich nicht, ich komme mit dir bis zur Grenze, hörte Ruth sich sagen, sah sich und Jost leise in der Wohnung herumgehen, Jens' Autoschlüssel vom Küchentisch nehmen. Im Treppenhaus machten sie kein Licht. Erst draußen auf der Straße, als Jost die Tasche neben dem Auto noch einmal absetzte und zu den Fenstern hinaufsah, spürte Ruth sich wieder eins mit der Person, die hinter Jost trat, ihm leicht die Arme um den Leib legte und das Gesicht auf seine Schulter. Ihr Blick fiel auf den Skarabäus an ihrem Finger. Die Person, der sie beim Verlassen der Wohnung zusah, hatte ihn sich angesteckt.
Diesen Ring, Jost, sagte Ruth, wolltest du wiederhaben. Hier, er gehört dir, nimm ihn dir, ich bin kein guter Verlierer.
Jost rührte sich nicht.
Auf der Fahrt zur Lauenburger Grenzstation begann es zu regnen. Ruth fand es peinigend, es paßte zu gut. Sie folgte mit den Augen nur noch den Scheibenwischern, vermied, in die Morgendämmerung weiter als bis zum Straßenrand hinauszusehen. Unwillkürlich hatte sie den Kopf hin- und herbewegt, bis ihr schwindlig wurde.
Was wägst du ab, fragte Jost, nicht wie einer, der die Antwort weiß.
Den Preis, sagte Ruth, den Preis für einen abgebrochenen Versuch, für den ratlosen Fall in Sprachlosigkeit.
Ruth erschrak, wie schroff Jost Amen sagte.
Sie wollen uns hier nicht brauchen, fuhr sie fort, es ist die Wahrheit. Aber wir haben uns einander zugemutet, und

was hilfts, wir können uns nicht halten. Nie habe ich uns anders als ungeduldig gesehen. Aber einmal im Winter bei den Krähen am Eissee war es anders. Gegen diese Erfahrung mußt du viel Bitterkeit aufgebaut haben in dir. War nicht der Tag so leicht auf uns gelegt wie ein Versprechen – und eishell stand unser Aug gegen die heraufziehende Dunkelheit. Dort Jost, waren wir doch lebendig, entlassen aus der Ungeduld, und Zukunft stand uns weitauf, hielt um uns an. Nichts galt mehr, aber wir haben gegolten. Jetzt sind wir verwaist. Daß ich verraten bin, ficht dich nicht an, du siehst uns nur vor der Falle und läßt mich zusehn, wie sie zuschnappt –. Damals hat für eine kurze Zeit nichts mehr an uns gezerrt, einmal wollten wir nicht gewaltsam mehr haben als diesen einen Tag, konnten ihm standhalten und hatten genug. Welch voreilige Lust auf den bitteren Nachgeschmack hast du nun, welche Erinnerung wird dir aufsteigen, wenn du weißt, was du gewählt hast. Glaubenssätze, aber Menschen nicht und mich nicht.
Jost saß mit steifem Rücken und sagte: auch ich bin ein schlechter Verlierer, ich weiß. Aber dort, wo ich hingehe, wissen sie wenigstens, daß sie ein verlogenes Leben führen, auch wenn es niemand aussprechen darf, hier wissen sie es nicht einmal.
Du kannst so unbestreitbar recht haben, wie du willst, sagte Ruth, aber verstehst du, nun setzt du ein Unrecht obendrauf, dein Opfer ist unnütz. Was wir jetzt nicht können, vielleicht lernen wir es später, es haben dich doch nicht irgendwelche Dummköpfe ans Herz gerissen.
Es ist alles eins, sagte Jost, du brauchst dich nicht so anzustrengen. Ruth legte ihre Hand in Josts Nacken, er zuckte zusammen, so kalt war sie, er legte seine darüber und wärmte sie.
Eines Tages, sagte Ruth leise, hätten wir in ein anderes Land gehen können, sonstwohin. Einer aus meiner Fami-

lie ist in den frühen dreißiger Jahren nach Südamerika gegangen, und als er wiederkam, um die Landschaft hier an der Elbe zu sehen, setzte er sich in ein Restaurant am Wasser, stand gar nicht mehr auf, erstickte an einer Gräte. Siehst du, hatte damals mein Vater gesagt, so geht es den Leuten, die zurückkommen, zum tief Durchatmen ist der Fischesser gar nicht mehr gekommen. Mein Vater hat unrecht, du und ich verschlucken uns auch an Erfahrungen, die wir glatt runterwürgen könnten, wären wir nur nicht so, wie wir sind. Jost, erfinde mir einen Grund, mit dem ich leben kann, daß du gehst, deine Ungeduld verstehe ich, aber als Grund kann ich sie nicht annehmen. Schreiben werde ich dir nicht.
Ich weiß, sagte Jost, das gilt als abgemacht, Trost und Linderung für die eigenen Dummheiten soll einer nicht annehmen dürfen, das hast du doch sagen wollen, nicht wahr?
Ruth spürte ein unbekanntes Mitleid in sich aufsteigen, aber in ihre Sätze reichte es nicht, sie klangen hohl. Vor lauter Lebensunentschlossenheit entschließt du dich zur Selbstbestrafung.
Was für mich zählt, sagte Jost, kommt in deiner Bilanz nicht vor. Ich suchte nicht nach einer Rechnung, die aufgeht. Ich hatte gerade gedacht, wenn ich nun auf immer von dir getrennt sein werde, bist du mein mildernder Umstand, sooft ich mich frage, bin ich verurteilt?
Auf einem verwilderten Weg kurz vor der Grenze hielten sie noch einmal an, gingen unter einem unerhört klaren Licht nebeneinander her wie zwei Fremde, die sich zufällig getroffen haben und nun über gemeinsame Bekannte reden aus einer viel früheren Zeit.
Ruth bückte sich nach Lupinen, die zu beiden Seiten des Wegs standen, zögerte und ließ sie stehen. Sie gingen zusammen zum Auto zurück.

Wir sind da, sagte Ruth.
Wir haben verloren, sagte Jost langsam.
Ich bin einverstanden, sagte Ruth, hob ihr Gesicht in den Himmel mit einem kleinen Blick für die schlitzäugige Traurigkeit und hielt Jost ihr Gesicht noch einmal hin, vollkommen offen:
Wer Augen hat, sieht früh das Jahr, im Blut schon Treibgut. Jost, versprich den Wölfen die Folter der Schafe! Zigeuner gehn immer zollfrei über meine Grenze, das weißt du.
Nichts mehr, wehrte Jost und legte Ruth die Hand auf den Mund.
Er spürte, wie sie hart die Zähne aufeinanderschlug, dann aber fuhr sie ihm mit beiden Händen ins Haar, ließ sie über die Ohren gleiten, und, sie so verschließend, sagte sie etwas, das Jost nicht verstand. Er fragte nicht, nahm seine Tasche auf und ging auf die Grenze zu. Ruth blieb stehen. Jost ging sehr langsam.

Ruth wandte sich um und ging die wenigen Schritte zum Auto, stieg ein und fuhr sofort los, sah Jost nicht mehr nach.
Sie hörte sich atmen, kurbelte die Scheibe herunter und sah vor sich hin auf die Straße, plötzlich auf der Suche nach einem Satz, an den sie sich für die nächsten Stunden halten könnte. In einem fort ging ihr nur durch den Kopf: ich fahre über Land. Ruth blieb bei achtzig, ließ sich von den dicht heranfahrenden Wagen hinter ihr nicht treiben. Einmal nur blieb sie lange hinter einem Lastwagen mit der Aufschrift: würzig frischer Quell aller Braukunst. Der Fahrer gab Ruth Zeichen. Sie überholte nicht.
Ruth sah, daß ihre Handknöchel weiß waren, konnte den Griff ums Lenkrad nicht lockern, obschon sie es wollte. Ein Krampf in den Fingern. Gehört mein Körper nicht mehr zu meinem Kopf?

In der Straße, auf der sie hinfuhr, erkannte Ruth das Ebenbild jener, die sie sich in Kindheitstagen ausgedacht hatte, wenn sie nicht einschlafen konnte. Ein gerades Stück ungeteerter Landstraße, zu beiden Seiten von Birken gesäumt, die in gleichmäßigen Abständen voneinander wuchsen. Sich selbst hatte Ruth immer schlendernd auf diese Straße gewünscht, auf der sie in den spitzen Winkel fortlaufen wollte, in dem die Parallelen sich trafen. Dort vorn, wo die Bäume zu einem Wäldchen zusammentraten, wohnte nicht nur der Schlaf, sondern die Geborgenheit überhaupt und das Geheimnis der Seligkeit. – Eine Strophe kam Ruth in den Kopf. Sie paßte nicht, aber es ließ sich mit ihr, wenn Ruth sie sang, tief aus- und einatmen. *Und meine Seele spannte weit ihre Flügel aus, zog durch die stillen Lande, als flöge sie nach Haus.*
Später, als Ruth bremste, lösten sich die Hände für einen Augenblick zu früh vom Steuer, der Wagen geriet in eine winzige Schleuderbewegung. Ruth parkte den Wagen in einen Feldweg und legte sich zwischen die Kornblumen an einen Feldrand, sah in den sanft strömenden Junihimmel hinauf.
Ach, Ährensilberblau –
Hunger spürte Ruth keinen, wiewohl sie seit dem frühen Morgen nichts mehr gegessen hatte. Sie wollte nur mit dem Gesicht nah an der Erde sein und den Geruch des Sommers in sich aufnehmen. So fühlte sie sich leichter.
Auf Trennung ist der Mensch angelegt, fährt aus seiner Mutter, und schon wird der erste Schritt gemacht, bald kommt die Niederfahrt in die Schulen, das Winken für das Kindsgespiel, und die Tür wird zugezogen, hinter der Vater und Mutter, wenn einer Glück hat, gute Reise wünschen. So fahren wir fort, fortzufahren, trennen uns von Plätzen und Menschen und wissen, es ist für immer. So lernen wir Lebwohl zu sagen in versuchten Liebesgeschichten, und was am Ende bei uns bleibt, ist nicht alles,

was uns ausmacht, ist nur, was Trennungen überstand und die unzähligen Häutungen unterwegs. Neben dem Feld, vor dem Ruth ausgestreckt lag, ein kleines Wasser. Ruth stellte sich barfuß hinein, ließ Wasser durch die Finger rinnen und zuletzt über den Kopf. Auf der Suche nach trockenen Sachen fand Ruth Josts Jacke auf dem Beifahrersitz. Sie hatte sie während der Fahrt nicht wahrgenommen, erschrak nun und hob sie wie ein Lebewesen auf, hängte sie über die Schultern und lief mit ihr, bis sie atemlos wurde, und warf sich seitlich ins Gras.
Jetzt konnte sie weinen.
Sie sah: in der Wiese die gelben und weißen Blüten, ein paar rote sind schon dazwischen. Der Sommer wird kommen. So geht das Jahr mit den Farben: erst weiß, dann gelb und rot zuletzt. Es tröstete, daß sie dies wußte. Einmal warf sie sich Josts Jacke gegen die heiße Sonne über den Kopf, sah, daß das Futter zerrissen war, fuhr mit den Armen in die Löcher und Schlitze, daß es wirkte, als hätte sie sich in der Jacke verfangen. So blieb sie liegen. Wie lange, das wußte sie nicht.
Später, als es schon dämmrig war, stand sie auf, ließ die Jacke im Gras liegen, zog den Skarabäus vom Finger und zerschlug ihn mit einem Feldstein, vergrub ihn in der Erde unter der Jacke. Dann ging sie zum Auto zurück. Sie fror.
Während der Fahrt starrte sie in den Lichtkegel vor sich auf der Straße, als wäre dort etwas zu finden. Sie suchte aber nichts.
Der Tank war leer, der Zeiger stand schon auf Reserve. Ruth fand eine Tankstelle. Mehrere Lastwagen standen mit offenen Verschlägen vor dem Landgasthaus neben der Tankstelle. Aus den Radios dröhnte die sich überschlagende Stimme eines Sportreporters, mit ausfahrenden Bewegungen gestikulierten die Fernfahrer einander zu; einer pfiff hinter Ruth her, als sie ausstieg und auf das Gasthaus zuging. Dort aber empfing sie dieselbe Reporterstimme,

und sie mußte laut reden, damit die Serviererin sie verstand.
Bitte einen Kaffee.
Jemand hatte plötzlich das Radio ausgestellt, und als Ruth bezahlte, sagte die Serviererin mit in den Nacken gezogenem Kopf, wir werden knapp verlieren. Ja, sagte Ruth und gab reichlich Trinkgeld.
Ruth hatte den Wagen nach dem Tanken nah am Haus geparkt. Nieselregen setzte ein, nun war die Luft dunstig. Ruth hatte den Motor schon angeworfen, stieg aber noch einmal aus, um in Hamburg anzurufen, blieb einen Augenblick zögernd neben dem Wagen stehen, ließ es dann. Ein Gefühl von Verlassenheit und Stolz kam über sie. Jetzt gehöre ich nur noch zu mir. Der Satz hatte nichts Erschreckendes, Ruth horchte ihm nach, verließ sich auf ihn. In diesem Augenblick tauchte zwischen den Lastern ein roter Sportwagen auf, fuhr im Zickzack. Ein Meer von Sonnenfunken sprühte vor Ruth aus dem Boden, die Erde spaltete sich, weiß glühende Lava brach aus ihr hervor, und Ruth verschwand in einem rasenden Feuerwerk.
Der Sportwagen war schon im Nebel verschwunden, als sich die ersten Menschen über Ruth beugten.
Ihr Körper lag gekrümmt wie im Schlaf. Aus den Ohren ein Rinnsal von Blut. Die Arme waren angewinkelt, die Beine an den Leib gezogen.
Die Ambulanz kam schnell, und als man Ruth im bläulichen Licht aufhob, sagte einer: die lag da wie ein Kind.
Ruths Auto stand noch immer mit laufendem Motor, und man fand in ihren Papieren nur die Adresse ihres Vaters.
Aus dem Möllner Krankenhaus telegrafierte man ihm einen vagen Befund und bat um sein Kommen.
Ruth lag in der Intensivstation, als der Vater am frühen Morgen des nächsten Tages das Krankenhaus erreichte. Offen und mit wenig Sinn für Schonung nannte man dem

Vater den Befund: Schädelbruch, Frakturen an beiden Armen, Beckenbruch.
Es kann leider sein, daß Sie einer fremden Person begegnen, wenn Ihre Tochter aufwacht.
Als der Vater seine Tochter ansah, wollte er sie berühren. Man verbot es ihm. Er tat es trotzdem, und es schüttelte seinen Körper vor Erbarmen, als er im grellen Licht der Totenlampen eine Larve in den Händen spürte, in die Ruth verschwunden war.
Ihr Gesicht war in der tiefen Bewußtlosigkeit, die drei Tage anhalten sollte, nicht verzerrt. Auch nicht durch die vielen Schläuche, die in die Atemwege führten. Als der Vater seine Tochter ansah, war die Erinnerung wieder da an einen Abend zuhause in Ruths Kindheitstagen. Mit dem gleichen Gesicht hatte Ruth in ihrem Baumhaus gelegen, sich schlafend gestellt, als der Vater sie bat, doch wenigstens für die Nacht ins Haus zu kommen. Ihr Gesicht damals: um das zu tun, was ich will, stelle ich mich notfalls tot. Damals aber hatte Ruth plötzlich lachen müssen. Nun wartete der Vater, unsinnig war es, das wußte er, auf dieses Lachen. Damals hatte er die Tochter auf den Armen ins Haus getragen. Heute aber schickte ihn eine strenge Oberschwester hinaus. Sie blickte auf die rissigen Hände des Mannes und meinte: für heute lassen wir es genug sein, guter Mann.
Ein alter Mann ging aus dem Krankenhaus und fuhr den gleichen Tag zurück auf seinen Hof.

Beim Erwachen peinigten Ruth wandernde Schmerzfelder, wo sie war, wußte sie nicht. Bei dem Versuch, sich zu orientieren, versagten die Augen. Manchmal glaubte Ruth, ein lächelndes Gesicht über sich zu erkennen, es hätte zu Bettina gehören können, aber Ruth wußte es nicht, war in Wolkengebirgen über einer verdeckten Gegend unterwegs. Vor ihr bizarr sich türmende Formationen, mit einem Wolkenschlitten flog sie steile Wolkenwände hinauf und stürzte lautlos ab in tiefste Krater. Durch weite Schneesavannen floh sie vor dem Schmerz, Deltalandschaften taten sich auf, die in Regenbogenfarben glänzten, bevor sie sich auflösten und vor Ruth davonglitten. Oft war sie in einer Iglustadt, bevölkert war die noch nicht. Überhaupt keine Menschen dort im Schnee, Ruth war allein, es war ihr so recht. Bettina saß jeden Tag für Stunden neben ihr, wollte bei ihr sein, wenn sie ganz zu sich kam. Eine Schwester gab Bettina zu verstehen, es geschehe Ruth ganz recht, wie sie hier nun liege, wenn sie wirklich unterwegs war auf dem Weg über die Grenze. Jens, der sich im Krankenhaus seine Autopapiere geholt hatte und, entgeistert vor Angst, nicht einmal hinsah zu Ruth, hatte unverständliche Bemerkungen gemacht. Bettina gönnte ihm das schlechte Gewissen. Es stand ihm gut, hielt auch vor, und manche Tage redete er so, als hätte Josts plötzliches Verschwinden durchaus mit ihm zu tun, nur wußte er nicht, warum.

Die Ärzte fragten nach Ruths Angehörigen, den Vater hatten sie wohl gleich wieder vergessen. Zu wem gehört dieses Mädchen?

Zu mir zum Beispiel, sagte Bettina und verweigerte jede weitere Auskunft. Sie sah die vermummten Ärzte und Schwestern durch den Raum gehen und nachsehen, ob die Apparate noch laufen, ihr war, als sähen sie nicht nach Ruth. Sie galt wohl als Teil der Apparatur in einer Art Funkstation. Bettina konnte nicht sagen, warum ihr Tränen in die Augen traten, als Ruth sie am dritten Tag für einen Augenblick ganz klar ansah. Bleib, flüsterte sie nur und war dann gleich wieder weg.

In Hamburg trafen auch Till und Ruths Vater zusammen. In der Küche saßen sie alle und kamen sich wie Leute vor, die auf jemanden warten. Ruths Vater hatte von Jost nichts gewußt, der karge Bericht über ihn, von

Rücksicht auf Ruth diktiert, genügte immerhin, daß Ruths Vater sagte: wie habt ihr ihn gehen lassen können, er hat doch nur ein paar Leute gesehen hier, und die falschen waren es auch. – Aber sie hatten hohen Einschüchterungswert, gab Jan zu bedenken und wollte nichts davon hören, als Ruths Vater meinte: vielleicht hättet ihr deutlicher auf euch zeigen müssen.
Uns fand er zum Ausreißen, sagte Jens und spielte die Rolle des Mißverstandenen glaubwürdig.
Ich weiß so wenig von meiner Tochter, sagte der Vater, saß gebeugt über ein Glas Wein, das er die ganze Zeit auf den Knien hielt, und trank nicht daraus. Einmal meinte er, mehr für sich: hätte ich meiner Hände Arbeit nicht, ich wüßte nicht, wie ich über die Zeit käme, bis meine Tochter wieder ansprechbar ist. – Jens nannte ihn später einen Sprücheklopfer, Bettina fuhr Jens über den Mund: ich kann ihn verstehen, ob er recht hat, ist mir egal.
Mit ihm zusammen stand sie auf den ausgetretenen Treppen des Krankenhauses und redete ihm Mut zu, er fürchtete sich jedesmal vor der Atmosphäre des Raumes, in dem Ruth lag, fürchtete noch mehr die Höflichkeit, mit der die Ärzte seinen Fragen auswichen, und Jovialität haßte er mehr als seine Angst.
Einmal, als sie im Vorraum sich die Schutzkleidung überstreiften und gerade die Hände desinfizierten, wurde ein Bett hinausgefahren, das Tuch war dem Leichnam schon über das Gesicht gezogen, und Ruths Vater hörte jemanden sagen: armes Stück. Er bezog es auf seine Tochter. O nein, sagte lachend die Schwester, Ihre Tochter ist ein zähes Stück.
Sie standen zu beiden Seiten von Ruths Bett, berührten behutsam ihre Hände, man konnte sehen, sie erkannte beide Gestalten, wandte den Blick von einem zum anderen, sprach aber nicht. Ruth konnte noch immer nicht deutlich sehen.

Gestern waren am Fenster keine Gardinen. Aber dort bauscht sich jetzt etwas, beginnt zu wehen, hält auf Ruth zu. Schon streift die Gardine ihr Bett. Ein heruntergekommenes Stück Stoff in grau gedämpftem Weiß. Es löst sich aus der Verankerung des Gestänges an der Zimmerdecke, hergeblasen von einem erst leisen Wind.
Das Tuch wickelt sich um Ruths Leib, der Wind bläst die Gestalt sehr sacht aus dem Fenster. Sie fliegt in einer geraden Bewegung über die Stadt fort. Hoch unter einem Himmel mit Zirruswolken, die lösen sich auf, wenn sie vorbeikommt. Da fliegt sie nun in ein fadenscheiniges Grau.
Jetzt ist sie eine Braut. Der Stoff weht um ihren Körper als Gewand. Die Arme sind nackt, das Kleid hat eine überlange Schleppe, ein Segel, das die Braut in der Luft hält. Auf dem Kopf sitzt ein bunter Kranz von Strohblumen lose über dem Haar. Im Fahrtwind löst er sich und fällt herunter, verschwindet. Die Fahrt geht zu schnell, die Braut kann sich nicht umwenden.
Im Gegenwind kann sie nichts halten, ihre Hände sind klamm, rudern nackt in der Luft, mühsame Schwimmbewegung. So hoch fliegen Engel sicher nicht, in dieser Kälte sind sie als Windsbräute nicht gedacht.
Ich bin so gedacht, hochfahrend, wegfliegend. In den Lüften ein Grab, wo steht das? Nicht aber für mich. Wer bin ich, die Rede von mir, das Widerfahrnis in der Luft, ich Mauersegler, ich Windverschleierin –
Es müßte mir eine Orientierung gegeben sein, hoch oben in der Luft ist keine möglich für Treibende, weißgrau Verwickelte, endgültig Verdeckte in aller Dürftigkeit hier, wo die Luft dünn wird in den sauberen Verhältnissen, da ich mich zu nichts mehr verhalte außer zu meiner Niederkunft mit zerbrochenen Knochen.
Geschwängert, mit dem rasch auftreibenden Leib, verirrt in der frostigen Höhe, von der Kälte nicht geschwängert,

nur ausgesetzt in ihr mit dem Kind, dem Kindchen, einem Luftgespinst, gezeugt auf der Irrfahrt hier oben, wo haben sie deinen Vater hingejagt, wo hat mich dein Vater hingejagt, meine herzliebe kleine Brut, wo sollen wir niederkommen?

Das Kindchen, das Kindchen, ist ein strohblumengeschmücktes Waischen, fällt auf seine vier Pfötchen, wird ein Kätzchen werden, ein buntgeschecktes, kann auch wieder hinaufspringen zu mir, wenn ich hier bleiben muß. Flög über die Landesgrenzen ich, werd ich ausgeflogen aus heimatlichen Pflöcken, so bin ich eine lächerliche Braut, hab keinen Mann, nur das Kätzchen. Werden sich nicht trauen, mich zu vermählen mit jemand, werden dumm dastehn und mit mir warten, daß er wiederkommt, der sie heimführt, die Braut. Auf zwei Füßen müßte er gehn und die weiß Verschleierte erst auswickeln aus dem Windsegel. Werden sagen vor dem Portal der Kirche, wo die Strohblumen haufenweis stehn, noch mit den Würzelchen in der Erde, da vor dem Portal, werden sie sagen: Sie hier kommen nicht hinein, Sie haben ja den Kranz dort oben verloren, den kleinen Strohblumenkranz, der war der Trauring für diesmal, solche wie Sie tragen den nicht am Finger, aber auf dem Kopf können Sie ihn wohl nicht halten, Sie sind wohl jemand zulieb auf den Kopf gefallen, daß Sie den Kopf nun so hochhalten müssen in der Luft, so windig –

Das ist Ihr Hochzeitsmärlein, das ist Ihre kleine Predigt, mein Fräulein, sagt der junge liberale Pfarrer mit der Goldbrille, der versteht was von Fahrenden, sagt er, ist weit heruntergekommen in seiner Ausbildung, das gehört auch zum Hochzeitsmärlein, daß er, der Heruntergekommene, sie traut.

Doch so weit ist sie nicht, fährt in der Luft, hört aber schon die Flöten, die werden zu ihrer Hochzeit nicht geblasen, mit den Fingern schlägt man gegen das Silber, was das Metall hergibt, ist ein Hochzeitsklopfen, ein kleines, weckt das Kätzchen nicht, nein, weckts Kätzchen nicht. Es ist in der Stille abhanden gekommen, weckts nicht. –

Ruth lag in ihrem Bett, hatte die Augen nicht geschlossen, erschrak ein weiteres Mal, weil sie das wußte. Die Augen weit auf? Ja. Das kahle Fenster war verriegelt, airconditioning, niemand kann hier hinauswehn, niemand wird so leicht gemacht, keiner liegt mit den Füßen so fest auf der Erde wie Ruth hier im Haus.
Sie möchte sprechen, aber sie schämt sich ihrer Angst vor dem Gesehenen. Für gefährdet soll sie keiner halten, das wird sich alles wieder geben, ist nur eine Frage der Zeit? – Aber gerade vor ihr habe ich den größten Respekt. Sie ist ein sehr selbständiges junges Ding, hatte Ruth neulich dem Arzt gesagt, der sich über sie beugte und den dummen Satz mit der Zeit als Trost ausspuckte, wie gelernt. Wenn wir alles der Zeit überließen, hatte Ruth antworten wollen. – Aber sie wandte sich nur um und schloß die Augen.
Was sie sich wünschte, war eine beschleunigte Uhr, wenn sie auch nicht zu sagen gewußt hätte, woraufhin sie sich das Vergehen der Zeit vorstellen wollte. Auf nichts hin stellte sie sich etwas vor. Als sie wieder einschlief, ging ein Wunsch mit ihr in den Schlaf, der wieder nicht frei von Bildern sein würde, die sie gewaltsam aus diesem Zimmer brächten. Den Wunsch wollte sie mitnehmen.
Sie wollte gehalten sein von jemandem, der sie dabei an keiner Stelle des Körpers berührt, gehalten, wie man nur umgeben sein kann von Räumen, in die man hineingehört wie in seinen Körper und auch in sein Grab. Ruth peinigte die Vorstellung, es möchte jemand ihren Leib halten oder auch nur ihre Hände. Es schmerzte sie der Gedanke auch, jemand striche ihr über das Haar, dessen Verlust sie so sonderlich wichtig nahm, den einzig leicht ver-

schmerzbaren, die Haare würden wieder wachsen. Verunstaltung drohte aus dieser Richtung nicht. Vielleicht war es die Angst vor dem verunstalteten Körper, die ihr die leidenschaftliche Abkehr von Berührungslust so schmerzlich bewußt machten.
Gehalten wollte sie sein und dabei vollkommen für sich. So schlief sie ein und sehnte sich nach einem Schwebezustand, wie sie ihn an den stärkeren Engelsgestalten immer geliebt hatte und sich selbst dabei nicht verstand. Unterwegs sind sie, ohne den Boden zu berühren. Wie müßte eines Engels Hand einen bodenlos guten Raum schaffen auch für sie.

Heute ist ein Festtag, sagte der junge Arzt und setzte sich mit einer Schnabeltasse neben Ruths Bett. Die Zeit der künstlichen Ernährung war vorbei. Ruth schmeckte schalen Tee im Mund, wünschte sich kaltes Wasser, meinte aber zu hören, daß einer zu ihr sagte: nein, nein, etwas Kräftiges muß es schon sein. – Sie schluckt gut, lobte jemand. Ruth spürte, wie ihr der Tee über das Gesicht lief und hörte einen lachen. Sie hatte die Augen geschlossen, die Stimmen kamen von weit. Etwas Festes, hörte sie zuletzt, nein, etwas Festes lieber noch nicht.
Die Hand, die Ruth nun spürte, mußte Bettinas Hand sein. Sie war rauh, es genügte, daß sie da war. Warm.

Ein buntes Fest währt schon lange im Sommerzelt. Lampions schaukeln über lachenden Leuten. Sie tanzen zu Mozarts kleiner Nachtmusik, stoßen immer sorgloser gegen die Zeltwände, die beginnen zu schwanken, die Leute sollten ins Freie gehn, brauchen so viel Platz für ihre Freude. Das Zelt ist zu klein. An der Seite steht Ruth, außer Atem vom Tanzen, lehnt sie gegen die Zeltwand. In der lichterhellen Nacht kann sie Jost nicht sehen, er muß schon draußen sein in der kühlen Luft.

Ruth kann ihn nicht suchen, hört Stimmen jetzt von sehr weit her, gar nicht deutlich, sind feindliche Stimmen im Chor, sind Kriegsparolen, sind Polenhetzlieder, übertönt von Heilhitlergeschrei. Nun will Ruth doch hinausgehn und nachsehn, woher es kommt, dies schriller werdende Geschrei, hört es denn niemand außer ihr? Das Getöse kommt näher, und noch immer tanzen die Leute im Zelt, längst müßte ihnen schwindlig sein. Ruth lehnt mit dem Rücken gegen die Wand, hält den Atem an, schwindlig ist ihr allein, sie sieht auch nicht mehr deutlich, was sich alles um sie dreht.
Die Tänzer müssen hinausgewirbelt sein, nur der Lärm noch von draußen und jetzt ein gewaltiges Krachen über ihrem Kopf. Das Zeltgestänge bricht über Ruth zusammen, die Zeltwände kippen über sie, leicht wie ein Kartenhaus. Jetzt ist sie schon begraben. Sie müßte nun fliehn, sich auswickeln aus den Zeltwänden wie aus einer Decke. Es ist nicht möglich. Die Tücher erstarren zu grell weißen Kalkwänden und drücken Ruth die Atemluft weg.
Gelernt hat man, die Verschütteten auszugraben, das ist nicht lange her. Nicht Fremde werden Ruth herausholen, Freunde werden gleich das Gesicht über die Kalkgrube halten und Ruth herausziehn, unverletzt. Da wartet sie nun einen Augenblick zu lange. Denkt zuletzt erst, was haben die Leute gemacht, die sich selber befreiten, was haben sie gemacht beim Zusammensammeln der Glieder? Ruth weiß es nicht mehr.
Sie spürt, daß sie mit ausgebreiteten Armen da wird liegenbleiben müssen. Auch die Füße muß sie, leicht verschränkt, wie sie übereinanderliegen, so lassen wie sie sind: Ruth ist an die Zeltwand gekreuzigt.
Sie hört draußen einen Lautsprecherwagen vorbeifahren, aus dem nach der Entwarnungssirene einer in einem fort plärrt: Wir haben hier keine bleibende Stadt, sondern die zukünftige suchen wir.

Auch ein Feuerwerk muß draußen abgebrannt werden, in den Kalkritzen wird es in Abständen hell, und ein langgezogenes Aah dringt bis zu Ruth unter den Kalk.
Man hat sie vergessen, solange das Fest fortdauert, ein historisches Fest unterdessen. Durch eine Ritze sieht Ruth viele vorbeigehn in alter Rittertracht, bei Renaissancefürsten eingehakte Damen im Biedermeierkostüm mit voluminösen Hüten. Sie flüstern miteinander und sind dann ganz stumm geworden vor dem Lautsprecher. Der spielt nun blechern, nach Ostland wolln wir reiten – Wer sich die Ohren zuhalten könnte! Wer gekreuzigt ist an ein Freudenzelt, hört alles und sieht immer besser, auch im Dunkeln.
An den Armen hat Ruth jetzt diese Pulswärmer, die man im Keller während der Angriffe trug, die Pulswärmer duften so kräftig nach Äpfeln, sind über die Wunden gezogen, ein bißchen zerschlissen, mehr als eine Laufmasche in der schönen Wolle. Aber sonst ist nichts da gegen die Kälte, die zunimmt. Zu dünn ist Ruths scharlachfarbenes Kleid, und die kalte Luft ist nicht still. Gezänk ist in der Luft.
Für Kinder sind diese Gasmasken nichts, wirklich nicht, ich sage es Ihnen doch, streiten sich draußen erbittert zwei Männer und stoßen im Vorübergehn achtlos gegen das zusammengestürzte Zelt, in dem nun, baute es einer noch einmal auf, nicht mehr als drei oder vier Menschen Platz fänden, so ist es geschrumpft.
Ich sage Ihnen doch, die Kinder können nichts haben, was eng anliegt, am besten nehmen Sie Tücher, diese Geschirrtücher. Aber nein, die Gattin darf dagegen nichts einwenden, am besten nehmen Sie diese Geschirrtücher und binden sie, gut angefeuchtet, den Kindern um den Mund, dann sind sie sehr still. – Ja, wenn nicht, können Sie so einem Balg auch das Tuch um die Ohren schlagen, gegen Panik hat schon immer der plötzliche Schlag geholfen.

Mit nassen Tüchern geht das vortrefflich, mein Bester. – Aber ich bitte Sie, sagt der andere, Sie können Kindern doch nicht einreden, daß sie unter Küchentüchern gerettet sind im Falle eines Gaskrieges, das konnten Sie Vierzehn-Achtzehn machen, aber doch heute nicht mehr. Kinder haben ein empfindlich affizierbares Atemsystem, Herr Kollege, ich bitte Sie, ich muß ja nicht sagen, woher Sie das wissen –
Jetzt klettern die beiden Herren, sich ereifernd im Streit, über das Zelt, Ruth hört die Tritte der Stiefel. Tanzschuhe können das nicht mehr sein, so empfindlich ist sie nicht geworden in der unterirdischen Verfältelung. Ja, ein Faltengebirge über ihr, aus Kalkstein. Da hört sie:
Was für ein schöner Einschluß in diesem Gestein, ein Schmetterling mit ausgebreiteten Flügeln, vorzeitliche Schwingenbreite, mein Gott aber auch, in dieser schönen Scharlachfarbe fliegt bei uns nichts mehr herum –

Vor dem stets geschlossenen Fenster stand ein großer grauer Himmel, als Ruth wieder zu sich kam; irgendwo im Haus schlug eine Tür. Ruth wartete darauf, daß sie gleich neben ihr noch einmal zuschlüge. Doch außer dem Surren der Apparate hörte sie nichts, machte mit den Augen große Fahrten im ungeheuer stillen Grau des Himmels, noch immer mit dem Wunsch, nicht wegzugleiten in Traumbilder, aus denen sie so schwer zurückfand. Sie stellte sich Frauen mit Einkaufskörben auf der Straße vor, in denen sie Brot nachhause trugen und ganz aufgehoben waren in einer selbstverständlichen Gegenwart.
Sie selbst aber war aufgehoben, wie ausgestellt auf diesem Tisch, der ihr als Bett nicht einleuchtete. Vielleicht aber, dachte sie, sehe ich nun alles mit falschen Augen und frage lieber niemanden danach, auch Bettina nicht, die, wenn sie da ist, meist von den Kindern erzählt oder still neben mir sitzt, ich weiß nicht, wie lange.

Ruth verfolgte die Geräusche draußen auf dem Flur, wenn für einen Augenblick die große Glastür zur Station offenstand, hörte das Geklapper von Essensgeschirr, die Geschäftigkeit, mit der es hart auf den Wagen gesetzt wurde.
Ruth hatte zu verstehen gegeben, daß sie die starken Schmerzmittel für den Kopf nicht mehr wollte. Ihr war, als trieben die sie fort in die Tagträume, von denen sie Bettina vergeblich zu erzählen versuchte. Bettina hatte einmal ihre Hände über Ruths Augen gelegt, und dann nur gesagt: ich weiß doch, du, ich weiß.
Es tat wohl, aber Ruth war, als sei sie sich selbst abgenommen und aus allen Zusamenhängen mit der Welt entlassen. Nur das Atmen war ihr als erste Aufgabe wiedergegeben, und manchmal erschrak sie, als sie sich wünschte, es möchte auch die letzte sein.
Wie in einem Hohlspiegel nahm Ruth alles wahr.
Die Münder der Menschen waren viel zu groß. Schalltrichter. Daraus dröhnten Kundgebungen zum Durchhalten. Appellfetzen den ganzen Tag, in der Nacht nur etwas leiser. Nie ist ein ganzer Satz dabei: bleibe bei uns, wir begleiten dich.
Die Sorge galt den Infusionsflaschen, den sterilen Verbänden. Immer mehr Gesichter beugten sich über die ausklappbaren Blätter, Daten wurden getuschelt, immer mehr Daten. Ruth war noch verwaltbar, konnte haftbar gemacht werden für das Verschwinden im Glashaus.

Dort liegt sie auf einem kahlen Tisch. Nackt auf der Tischplatte, kann sich nicht rühren, weiß, daß sie sich nicht selbst dort hingelegt hat. Ist verbracht worden dorthin, abgelegt in einer kostbaren Sammlung. Um den Tisch, auf dem sie ausgestellt ist, stehen kostbare Schränkchen mit Einlegearbeiten, deren Türen soll lieber niemand mehr öffnen, sonst fallen die Kristallvasen alle heraus.

Zum Bersten überfüllt sind die Schränkchen mit Nippsachen. Schälchen und Väschen, gezackte Teller, Flakons, Gläser und Platten, sorglos übereinander gestapelt, das meiste kippelt, klirrt es nicht auch, will es nicht auseinanderfallen und aus den Glastüren durch splitternde Scheiben heraus?
Lieber wegsehn in anderes Glas. In die Fensterscheiben ringsum.
Ruth liegt in einem Rundbau, er ist ringsum verglast, mit schmalen Fensterverstrebungen, Ebenholz zwischen den Fensterpartien. Sehr helles Licht dringt durch die Scheiben, läßt das Kristall in den Schränkchen blitzen, es blendet, Karfunkel, Karfunkel.
Lieber hinaussehn, dann wird Ruth dieses Wort wieder los. Karfunkelhimmel und Karfunkelbaum. Nichts davon.
Eine tote Landschaft. Der Glasraum bleibt umstellt von eng nebeneinander gepflanzten toten Bäumen. Sie sind gekappt, abgestorbene Äste stehen in einen Himmel von vollkommenem Weiß. Stamm bei Stamm und viel zu knorrig, das hat sie doch schon einmal gesehen, hat Bekanntschaft gemacht mit einem der Stämme. Das war gestern. Gestern hat sie sich den Kopf angeschlagen an einem solchen Baum oder wird morgen gegen ihn sausen, morgen ist Winter. Auf einer langen, lustigen Rodelbahn flitzen die Schlitten, Kindergeschrei auf mutwilliger Jagd, da muß sie mitfahren, da will sie dabei sein. Die Kinder ziehen, mit Lachwölkchen vor dem Mund, ihre Schlitten die Bahn hoch durch blitzenden Neuschnee.
Bei der sausenden Abfahrt mischt Ruth sich unter die Kinder auf ihrem kleinen Schlitten. Sie hat nur einen Taschenschlitten, in die Manteltasche paßt er, Ruth schämt sich, steckt ihn weg, wenn sie die Bahn wieder hinaufklettert, hat keine Lachwölkchen vor dem Mund, hört nur inwendig das Gespött: Taschenuhr und Taschendieb, Ta-

schentag und Taschenwörter, Taschentuch und Taschenschlitten; Taschenfreude.
Wo bleiben deine Taschenkinder, wo hast du die Taschenhoffnung hinverloren? Muß mit dem kleinkleinen Schlitten in den Schnee gepurzelt sein, hui, wie das bedauerlich ist, und was hilft dir denn die in der Tasche geballte Faust, du mit den Taschenfäusten, du mit dem Taschengelächter, weil dir alles etwas zu klein geraten ist jetzt, könnte noch kleiner werden, du selbst auch, kannst verschwinden, in wessen Tasche an einem frühen Tag?
Mit leichtem Sinn steckt dich einer in die Tasche, ein Rübezahl, geht übers Gebirg mit dir, tappt und stapft in den gefrorenen Bergadern herum, was du da hörst, ist nicht dein Herzschlag, du bist geschrumpft, und mit dir kann sich nicht einmal mehr einer die Taschen füllen. Es tut nichts, tut auch dem Rübezahl gar nicht leid, der hat mit sich selber zu tun.
Er hat dich in der Tasche stecken und steckt selbst fest auf einer Brücke, steil führt sie bergan, muß stadtauswärts gewesen sein, das Kindergeschrei ist schon verhallt, ein fernher tönender Lärm. Gegen die Innenwand der Rübezahltaschen wirst du geschleudert bei jedem Schritt. Er, der dich fing, er, der dich trägt, macht verwirrende Sprünge, brückenaufwärts springt er von einer vorgetretenen Spur in die andere. Daß es doch nicht so klirren möchte. Du reckst den Kopf über den Taschenrand, wahrhaftig, da führt eine Spur die vereiste Brücke hinauf, mit Pickeln ins Eis gehauen für einen großen Fuß, der sichs leisten kann, für einen Großspurigen eine Spur, aber du hast doch nicht mitgewollt.
Du hast es kommen sehen, die Brücke bricht jählings ab, ist einfach fortgesplittert an beliebiger Stelle. Die Bruchkanten stehen hinaus in den Eiswind, muß eine Holzbrücke gewesen sein, und was tut sich dort unten auf? Eine schöne Sommerlandschaft, eine Junigegend, und ein

kleiner See blinzelt dir zu, dir allein, macht dir ein Zeichen gegen den ganzen Schwindel, auch ein Zeichen gegen den Schwindel in der Tasche. Der alte Riese siehts nicht, heckt sich ein Abenteuer aus, wie er hinunterkommt in die bessere Jahreszeit, solange kannst du nicht warten, bis der Zauber fertig ist, wird eine unehrenhafte Schelmerei sein, was der vorhat, er lacht nämlich so scheppernd, daß es dich in der Tasche beutelt, und du kannst froh sein, daß du hinausfliegst aus der Tasche.
Mit dem Taschenschlitten im Arm stürzt du von der Brücke hinunter, wirst gar nicht bemerkt, fliegst so lange durch sich erwärmende Luft, gleitest mit dem Taschenschlitten in ein sommerliches Abenteuer hinein, was wirst du dir wünschen dürfen? Eine Umarmung, eine lange, und den Schlitten wirst du auch behalten.
Jetzt schlägst du auf, mit dem Kopf gegen einen Stamm, der wird immer dunkler, bis dir schwarz ist vor Augen. Und nun liegst du wieder da, nicht in der Sommerlandschaft, vielleicht doch in der Sommerlandschaft, dann aber in der entlegensten Gegend von ihr, liegst im Glashaus auf dem eichenen Tisch. Warum hättest du nicht lachen sollen jetzt, bis die Türen aufspringen, bis der ganze Kristalltrödel auf dem Boden zerschellt? Nur keine falschen Rücksichten und keine falsche Scham. Wer verbracht ist, muß nicht so lange ins Glas starren, bis ihm Schneewittchen einfällt, bis ihm das Wort im Hals steckenbleibt: Taschenwittchen oder das einzig andere: Ebenholz –

Eines Tages blieb der Oberarzt mit übertriebener Munterkeit vor Ruth stehen: heute werfen wir Sie hier hinaus. Er wartete auf Ruths Freudenausbruch. Der kam nicht. Gut, sagte sie nur und blieb die Zuversicht schuldig, die wohl zur Ausfahrt aus dieser Station gehörte.
Verstört lag Ruth in einem Einzelzimmer und fragte sich täglich, ob sie es vorzöge, mit dem Tode davongekommen

zu sein. Eine klare Antwort fand sie auf die Frage noch nicht und rechnete es sich an als Versagen. In den Nächten, auf der Hut vor ihren Träumen, versuchte sie sich Rechenschaft über das Scheitern ihrer Begegnung mit Jost abzulegen. Das Wort Liebe kam in ihrem Kopf nicht vor, nur immer wieder der Satz: realistisch sind wir nicht gewesen.

Einen Sonntag, niemand hatte Ruth besucht, hörte sie über Stunden erregte Gespräche auf den Fluren, eine Schwester kam eilig herein und fragte, ob Ruth ‹es› sehen wolle, und ohne Antwort abzuwarten oder zu erklären, was ‹es› sei, schob sie das Bett schon hinaus neben andere Betten vor ein Fernsehgerät. Ruth sah ‹es›.

Menschen zerrten an den Armen einer Frau, deren Körper weit aus dem Fenster hing. Ihre Beine baumelten ins Bodenlose. Ruth erkannte die Behrendstraße in Ostberlin, verstand in der Erschütterung nur Splitter aus den Kommentaren zu den Schreckensbildern. Stacheldraht, kilometerlang, heimlich gelagertes Baumaterial, Betonplatten, Metallgitter. Und immer wieder der Satz, im Juni hat Ulbricht versichert, niemand denke an den Bau einer Mauer in Berlin. Wegen dieser Stadt riskierten die Alliierten keinen Krieg. Zwischen die Satzfetzen aus dem Fernseher drängten sich wütende und hämische Kommentare derer in den Betten, viele weinten auch, Ruth aber schwieg mit versteinendem Gesicht. Sie sah Mißbilligung und Argwohn in den Gesichtern der anderen sehr wohl, die sich jetzt zu ihr umdrehten, wie einer sagte: die da, das ist sie doch, die sich auf der Fahrt in die Menschenfalle die Knochen brach. Im Namen der Selbstgerechtigkeit ließen die Leute ihrem Zorn freien Lauf, auch wenn er Ruth traf, sie konnte sich nicht wehren. Die Wut der Leute schloß Skepsis gegen das eigene Land nicht ein.

Dann fiel das Wort Schlupfloch. Berlin war ein Schlupfloch für einen Flüchtlingsstrom. Ja wie denn, sagte mitten

in den Redeschwall ein junger Mann in tadellosem Sächsisch, ein Strom durch ein Schlupfloch? Was täten Sie nun, wenn die Mauer ein Loch hätte, ja was denn? Ich, sagte der Mann, führe nach Görlitz. — Warum?
Ich würde mich hinten anstellen. Das Gelächter hörte gar nicht auf, und viele lachten, weil sie außerstande waren zu weinen. Ruth bat darum, hinausgebracht zu werden. Sie wollte allein sein.
Abends dann ein Anruf ihres Vaters. Nun ist es so weit, sagte er müde, ich habe es kommen sehn, Deutschland, ein Bild von Hieronymus Bosch. — In der Nacht ließ Ruth das Licht brennen, in der Dunkelheit sah sie statt der Frau im Fenster Jost zwischen Himmel und Erde aus dem Fenster hängen, manchmal verwandelte sich sein Gesicht in das ihres Vaters und zuletzt in das eigene. Als Ruth wieder ganz wach war, konnte sie sich Josts Gesicht plötzlich nicht mehr vorstellen.
Nichts sprach mehr dagegen, daß Ruth gegen Ende der Nacht dachte: du dort, ich aber hier. Was auf mich zukommt, werde ich annehmen, die Mauer im Rücken. Sie spürte die Tränen übers Gesicht laufen, wischte sie nicht weg, und als die Haut spannte von dem trocknenden Salz aus den Augen, schlief Ruth ein mit dem Gefühl: so könnte es sein, wenn einem die neue Haut über den Leib wächst.

Und wie wollen Sie das jetzt machen, da Sie nicht die kleine Seejungfrau sind? Barfußlaufen sind Sie nicht mehr gewohnt, gnädiges Fräulein, einen anständigen Schritt haben Sie hier allerdings gelernt. Also, wie wollen Sie das nun machen, wenn ich sage, Schuhe ausziehen und weitergehen, aber keine Umstände, bitte.
Mitten im Spätherbstwald hört der Weg auf, bricht in der Steigung plötzlich ab und setzt sich fort in einen schmalen Balken. Der führt über eine durchaus schöne Schlucht.

Reines Wasser auf ihrem Grund, ein stilles Wasser, Blätter kann man darin schwimmen sehen, golden und leicht bewegt von einem fast sommerlichen Wind. Es ist überhaupt in der Luft viel zu warm, wie Ruth nun auf dem Balken steht, der über die Schlucht führt. Mitten auf ihm steht auch der Scharfrichter, geht mühelos auf den Eiskanten, die sich schimmernd auf dem Balken bilden. Das ist keine Kleinigkeit, meine Allerbeste, sagt der Scharfrichter und deutet mit generöser Geste auf das Machwerk, es wird schon das seinige sein.
Bin ich herübergekommen, sagt Ruth, komme ich auch wieder hinüber, wenn Sie schon die Wegabkürzung eigens für mich erfunden haben.
Ich hätte auch durch die Schlucht gehen können, ich habe Zeit.
So viel Zeit wie ich können Sie gar nicht haben, mein Herr, und überhaupt, seit wann geben Sie sich ab mit Holz, ich denke, seit hundert Jahren halten Sie es mit dem gut geschliffenen Eisen?
Wir nehmen es heute nicht mehr so gern in Gebrauch, kichert spitz der auf dem Balken, ich kann es Ihnen ja schon einmal sagen, das Eisen behalten wir uns vor bis zuletzt. Aber bitte, gehen Sie doch weiter, zum Stehenbleiben habe ich Sie nicht aufgefordert. Ein Aufenthalt ist hier nicht, machen Sie, daß Sie weiterkommen, aber so, daß ich Ihre Fortschritte sehe, einen Fuß vor den anderen, es ist nur eine Frage der Methode.
Allerdings, allerdings, sagt Ruth, da haben Sie einen guten Einfall, da haben Sie sogar recht, es ist nur eine Frage der Methode, wie ich mich von der einen Seite auf die andere bringe. Sehen Sie, meine ist das Schlittern.
Mit einem schnellen Anlauf kommt Ruth ins Gleiten, saust in großer Geschwindigkeit über den Balken, fegt den Scharfrichter hinunter, ist schon auf der anderen Seite. Ruths Schuhsohlen sind durchschnitten, das Eis auf dem

Balken hat die Haut geritzt, aber es macht nichts. Ruth dreht sich um und ruft: Aufschneider Sie, gehn Sie Ihrer Wege.

Aber der steht nicht mehr hinter ihr oder unten in der Schlucht, hat die Flucht nach vorn angetreten und versperrt Ruth ein letztes Mal den Weg. Als Maroniverkäufer.

Hat sich aufgepflanzt neben einem schönen Feuerchen, die Luft drüber zittert, es ist empfindlich kälter geworden, auch dämmrig. Dies sind meine letzten Maroni, sagt der Maronimann, es sind auch Ihre letzten, es sei denn, Sie holen sie mit bloßer Hand aus dem Feuer, aber einzeln. Darum würde es sich schon handeln, wenn Sie so etwas noch einmal essen wollen, oder sagen wir gleich, wenn Sie überhaupt noch etwas essen wollen in diesem Winter.

Es soll mir recht sein, sagt Ruth, aber auch ich stelle eine Bedingung, gegen die können Sie schwerlich etwas einwenden, denn Sie haben vergessen, mir mitzuteilen, daß ich noch einen letzten Wunsch habe, die Seriosität des Geschäfts hat wohl ein wenig gelitten im Laufe der Zeit.

Sehr wohl, sehr wohl, die hat auch gelitten, ich sage nur, auch sie hat gelitten, den ganzen Überblick möchte ich Ihnen nicht wünschen über die Vereinfachungen unseres Verfahrens, Sie erkennen sie früh genug, Sie sind ja schnell von Begriff. Also bitte, fragt der Maronimann, lässig mit der Schulter zuckend, was also sind Ihre beiden letzten Wünsche, bleiben wir korrekt in Ihrem Falle, was ist Ihr kleiner Zwillingswunsch?

Ich möchte die Maroni mit Ihnen teilen, sonst holte ich immer die Kastanien für die anderen umsonst aus dem Feuer, ich finde nämlich keinen Geschmack daran. Ein Kartoffelfeuerchen wäre mir lieber, aber Mord und die begleitenden Feuer sind ja nicht eine Frage des persönlichen Geschmacks. Würden Sie also bitte mit mir teilen, denn ich fürchte, was aus dem Feuer in die Hand kommt,

wird auch gegessen, oder ist es nicht mehr so? Mein zweiter Wunsch, der, recht besehn, mein erster Wunsch heißen müßte: ich möchte einen Stein in die Luft werfen.
Bescheiden, bescheiden und in gewisser Weise wacker, entgegnet der Maronimann, Sie haben märchenhafte Wünsche. Mit dem Stein in der Luft wird es hapern, der wird nicht zum Vogel, daß der lustige Vogel weg ist, genügt schon.
Nun faßt Ruth in die Glut, holt wortlos eine Maroni nach der anderen heraus, steckt sie mit unversehrter Hand dem Maronimann in den Mund, heiß, wie sie sind, auch leider mit der Schale, denn es muß zügig gehn. Dann nimmt sie einen Stein vom Boden auf und wirft ihn in die Luft. Senkrecht wie ein Stein saust er nieder auf den Maronimann und trifft ihn auf den Kopf. Da der aber mit einem Helm bedeckt ist, bekommt nur er einen Sprung.
Sie müssen bei mir, sagt Ruth, immer mit Direktheiten rechnen, seien Sie gewarnt vor meinen märchenhaften Vorstellungen, Sie sind nichts gegen meine Wünsche in Tateinheit mit meinen Handlungen. Sie können jetzt gehn. Feuer- und Wasserproben habe ich längst bestanden, das muß einige Jahrhunderte her sein, wir sind in einem schwierigen Kapitel, mein Herr, Ihre Verfahren sind veraltet, denken Sie sich etwas anderes aus, wenn Sie sich nicht lächerlich machen wollen. Folterpraktiken dieser Art sind aus der Mode, ich kann Ihnen leider nicht entgegenkommen mit ursprünglich wirkendem Entsetzen.
Sie bleiben bei der ganzen Wahrheit? Der Maronimann legt unschlüssig den Kopf schief.
Immer, wenn sie sich zeigt –

Ruth lag wieder in ihrem Zimmer, und sie wußte plötzlich, gewinnen könnte sie schon.

Verpuppung

Die Herren hatten sich einen lang gehegten Wunsch erfüllt. Auf der Suche nach einer allgültigen Sprache der Wissenschaft waren sie weit gekommen. Den Schlüssel zum liber scientiae hatten sie schon. Sie mußten nur noch das Wort ‹verstehen› richtig verstehen, dann würde sich eine rundum verstandene Welt vor ihnen auftun. Sie hätten auch eine Sprache über diese Welt gewonnen, die frei wäre von den Querelen sich widersprechender wissenschaftlicher Methoden. Müßige Frage, wer in der Runde den Mut des Anfangs hatte. Hier saßen sie seit Wochen locker beieinander. Sprachwissenschaftler, Philosophen, Theologen und Historiker. Die Löwen neben den Schafen, ein paradiesisches Bild.
Umständlich verteilten die Herren, festgefahrene Gewohnheiten herkömmlicher Seminare weit hinter sich lassend, ihr Wohlwollen aneinander. Kollegialität hatte endlich ihr Symbol gefunden. Die Herren zeigten sich gegenseitig ihre Lexika, unversehens hatten sie etwas von einer Bubenrunde, mit der der Sammeleifer durchgeht.
So weit waren sie schon: das Wort ‹verstehen› wies die unterschiedlichsten Bedeutungen auf, und es war nicht eine Frage der Tapferkeit allein, wie man sich in diesem weiten Feld einen Überblick über die verwirrenden Sinnzusammenhänge des Verstehens errang.
Cäsar verstand Brutus nicht, der anwesende Philosoph verstand nicht Japanisch, Bratsche zu spielen indes recht wacker, während der Theologe, sein Nachbar, wieder gar nichts vom Gospiel verstand. Zum Ausgleich verstand ein anderer die Gesetze des freien Falls, Lear aber verstand Cordelia nicht und der Historiker nicht die Quantenmechanik. Bei dieser Variationsbreite möglichen Verständnisses hatten sie selbstredend jedes Verständnis füreinander, daß sie sich bei den einzelnen Gegenständen nicht lange aufhalten konnten, das Feld des Verstehens war lockend weit und entschuldigte eine gewisse Willkür

in der Zusammenstellung der Wortbedeutungen. Autofahren verstanden alle Anwesenden, konnten sich jederzeit dem Wortwirrwarr entziehen, sollten sie plötzlich einem unverständlichen Kopfschmerz unterliegen bei all den Mühen interdisziplinären Ringens. Mit glühenden Gesichtern starrten die Herren auf die Tafel.
Dort stand schon allerhand. Wer es eine zusammenhanglose Versammlung unterschiedlichster Bedeutungen des Wortes ‹verstehen› nannte, hatte eben noch gar nichts verstanden. Leider waren die Herren nicht ganz unter sich, hatten die Gegenwart reiferer Doktoranden widerstrebend zugelassen. Gleichwohl ließ manch einer unter ihnen die Geduld des geborenen Forschers schmerzlich vermissen.
Also, fragte ein Doktorand, wie ist das nun? Verstehen hat mit Kennen zu tun, eine Sache verstehen, savoir. Gründe für etwas einzusehen kann dazu führen, daß man Handlungen mitmacht, sich mit anderen verständigend über alle gemeinsamen Sachen.
Bien entendu, sagte der Historiker, fahren Sie fort. Nimmt man das sympathetische Verstehen hinzu, sagte der Doktorand und nickte sich, mit den Augen Halt suchend, durch die krummen Zeilen auf der Tafel, nimmt man also Verstehen als Nachfühlen und Einfühlen hinzu, so gelangt man verständlicherweise zu einem gewissen Savoir-vivre, das mit Redeverstehen oder gar dem Verstehen eines Mechanismus nicht das geringste zu tun hat. Mit Handlungsverstehen auch nicht unbedingt.
Richtig, sagte der Theologe, denn Redeverstehen heißt umgangssprachlich zu allererst den Sinn auf etwas richten, eine, womöglich dem eigenen Leben fremde, Sprache verstehend, Sinn und Sache zusammenbringend, Kenntnis besitzen, indem man auch mit den Sinnen vernimmt. Zeile siebzehn links unten: ‹sensibilité› gegenüber ‹imagination›. Dort ist noch etwas Platz, erlauben Sie, meine Her-

ren, daß ich noch etwas Entscheidendes einfüge. Verstehen ist ein Sich-zu-etwas-Hinstellen, ein Davorstehen, Durchstehen eines Prozesses, causa.
Lieber Herr Kollege, sagte der Altphilologe, haec res intellegitur per se, nichts weiter als eine simple Variante der cognitio. Nicht ganz, gab der Philosoph, sich die Augen reibend, zu bedenken; nehmen Sie Zeile elf rechts oben hinzu, das indogermanische ‹sama›, Hören oder Redeverstehen, so erkennt man unschwer die Verständnisklippe angesichts des chinesischen ‹tung jen› mit seiner Grundbedeutung: hellwerden, durchsichtig werden, in einem neuen, gewisserweise unangenehmen Licht. Der Neutestamentler sah die Klippe nicht, auch der chinesischen Wortbedeutung gegenüber plädierte er für ein liebevolles Sich-Hineinversetzen, für ein Wortverständnis aus der Buchstabenindividualität heraus, ungeachtet chinesischer Zeichenschrift. Dies wiederum, fuhr er fort, schlägt den Bogen zur Mitte der Tafel. Dort stand ‹jada›, hebräisch für: erkennen, wissen, lieben.
Ich denke, sagte der Philosoph und legte die Fingerspitzen locker gegeneinander, alle Grundbedeutungen des Wortes ‹verstehen› sind uns nun durchsichtig geworden. Es wird uns künftig erspart bleiben, ‹intellectualitas› mit ‹sensualitas› zu verwechseln. Wir haben nun begriffen, im Sinne von ‹cognoscere›, in welcher Richtung wir weitersuchen müssen. In der deutschen Sprache, am besten wieder an einem Beispiel.
Kurzes Schweigen im Raum. Bevor es sich zu einer Erholungspause auswachsen konnte, sagte der Philosoph: sagen wir einmal, ich kann Eichmann verstehen. Auch jene Doktoranden, die sich längst in die Irrgärten ihrer Kritzeleien verlaufen hatten, fanden blitzschnell heraus, schauten dem Philosophen auf den Mund, als er noch einmal sagte: ich kann Eichmann verstehen, sagen wir das einmal. Wieso wir? fragte jemand, Entrüstung in der Stimme.

Dann Schweigen, ein langes, das der Philosoph freilich für sprachwissenschaftliche Nachdenklichkeit hielt. Er ließ den Leuten Zeit, ging mit den Augen auf der Tafel spazieren, bevor er sich zu einer kleinen Hilfestellung entschloß.
Sollte es, sagte er, einen aufhellbaren Zusammenhang zwischen Eichmanns Verhalten und seiner geistigen Heimat geben, bedarf mein Satz ‹ich kann Eichmann verstehen› keiner weiteren Legitimation. Er ließ den Blick in die Runde schweifen, bis er den Augen einer Frau begegnete, die ihn festhielten.
Nun, sagte der Philosoph, was meint die Dame mit dem catonischen Temperament zu diesem Sachverhalt? – Augenblicklich gefror das Lächeln, und der Professor fügte noch schnell hinzu: ein Sprachproblem, nicht wahr?
Soll ich Ihnen Kandelaber hinstellen, damit Sie den Zusammenhang sehen? fragte Ruth. Suchen Sie tatsächlich heute erst nach einer Antwort auf Ihr Sprachproblem? Für so eingeschränkt möchte ich Ihr Wahrnehmungsvermögen nicht halten. – Unruhe breitete sich aus im Raum.
Regen Sie sich nicht so auf, sagte der Philosoph, wir treiben hier nicht Politik, wir bemühen uns um ein sprachphilosophisches Problem.
Sie haben, sagte Ruth, aber soeben einen politischen Satz gesagt. Er fing sogar mit dem Wort ‹ich› an.
Politik gehört nicht hierher, schweifen Sie nicht ab.
Ruth ließ sich nicht zum Schweigen bringen. Es ist nicht erlaubt, sagte sie, einen politischen Satz bloß beispielsweise zu äußern, nur um mit ihm Sprachphilosophie zu treiben. Ihr Satz taugt nicht für dieses Seminar, solange nicht auch über die Sache gesprochen wird, von der er handelt.
Ich kann meinen Satz verwenden, wann und zu welchem Zweck immer ich es für richtig halte, entgegnete zornig der Philosoph. Sie überschreiten Ihre Kompetenzen. Wir spielen hier nicht politische Aufklärung, wir erklären ein Wort.

Erklärungen begründen nichts, sagte Ruth. Soweit ich weiß, sind wir alle hier Deutsche. Ihr Satz ist eine Frage der Sprachmoral. Wollten Sie nicht eine genaue Sprache begründen helfen, sitzen wir nicht zuletzt deshalb hier und lernen, an unserer Sprache zu zweifeln? Ich kann noch immer nicht gut damit leben, mit welcher Lethargie die Prozeßberichte aus Jerusalem gelesen wurden, am Ende schließlich wie eine Serie über eine Ausgeburt der Hölle. Ich stelle anheim, ob Eichmanns Gehorsamsethos nicht uns allen noch in den Knochen sitzt, soweit wir am protestantischen Erbe teilhaben. Mißtrauen in die Macht, in öffentliche Institutionen, sind in dieser Tradition nicht sonderlich sorgfältig gelehrt worden, hat doch das Bündnis von Thron und Altar ein Vertrauen in Obrigkeiten aller Art gestiftet, das sich nun als Erbschaden erweist, der demokratischem Verhalten im Weg steht. Mißtrauen gegenüber Autoritäten war bei uns von jeher als Spielart religiöser Ketzerei verdächtigt. Natürlich hat man es so nicht genannt, wer benennt die Deformation von Verantwortungsfähigkeit schon gern mit solchen Namen? Geradezu mythische Scheu verbietet an dieser Stelle den öffentlichen Diskurs. Ein protestantischer Staatsbürger durfte die allerlängste Zeit das Muster persönlich vertrauensvoller Bindungen auf öffentliche übertragen. Das Vertrauen in patriarchalische Handlungsmuster ist deshalb auch den Strukturen der Konzentrationslager noch eingeschrieben gewesen. Jenes protestantische ‹der Herr wird's wohl machen› saß auch den Handlangern in den Gefängnissen unter der Zunge, wenn ihr Gewissen sich regen wollte. Natürlich sprach das in Auschwitz keiner mehr aus. Heute aber gibt es Leute, die sagen, es wird den Juden das Geschehene am Ende zum besten dienen. Der Ratschluß der Geschichte ist unerforschlich. Der Prozeß gegen Eichmann ist vorbei, und noch immer wagen wir nicht, ihn uns endlich selbst zu machen, so selbstgerecht gehen

wir umher in der Welt und so sicher in unserer Unredlichkeit.
Ihre geschichtsphilosophischen Phantasmagorien können Sie aus dem Spiel lassen, sagte der Philosoph. Wie immer jemand die Autoritätskrisen in unserem Land und in unserer Geschichte deutet, hängt davon ab, auf welcher philosophischen Welle er dahergeschwommen kommt. – Mit der Hand machte er eine Bewegung durch die Luft, stromlinienförmig.
Die Kollegen hielten sich heraus. Ruth war, als fürchteten sie, jede Stellungnahme könne als Zweifel an der Integrität dessen mißdeutet werden, der auf seinem Probesatz ‹ich kann Eichmann verstehen› bestand.
Es gibt, sagte Ruth, die achtenswerte Tradition des methodischen Zweifels, die Tradition einklagbarer, weil gespielter Naivität ist ebenso alt. Sie sähen Eichmann gern schadlos reduziert auf ein Sprachproblem wertfreier Wissenschaft. Unstatthaft aber bleibt es, Eichmann in einem Beispiel zu benutzen, wenn Sie nicht bereit sind, über Ihre Zeitgenossenschaft, vielleicht sogar über Ihren Geburtsjahrgang in gleicher Weise nachzudenken. Sie wünschen sich vernünftigen und eindeutigen Gebrauch des Wortes ‹verstehen› in Ihren Sätzen. So werden Sie ihn aber nicht finden, es sei denn um den Preis des Selbstbetrugs. In Ihrem Wissenschaftsweltchen, in dem Sie nicht mehr wahrnehmen wollen, als Ihnen gerade bequem hineinzupassen scheint, werden Sie so lange auf die Fata Morgana einer durch vernünftigen Sprachgebrauch ins reine mit sich selbst gekommenen Welt starren, bis Ihnen die Wirklichkeit wie ein Trugbild vorkommt. Ich habe sehr wohl verstanden, Sie wollen zuallererst vernünftig sprechen lernen, eindeutig und klar wie ein Naturgesetz. Allein, es wird weitergeredet in der Welt und nicht gerade hinter Ihrem Rücken. In aller Ohren klingt die Sprache der Macht. Die nämlich schert sich nicht um Ihre Bemühungen und läßt

Sie gern gewähren. Solange Sie nichts verstanden haben, kommen Sie ja nicht aus Ihrem Bau. Welch sonderbares Verständnis politischer Kultur, in der wir politische Abstinenz als philosophische Tugend zugunsten des Gemeinwohls ausgeben können. In den Zentren der Macht interessiert widerspruchsfreie Sprache überhaupt nicht, sie wird dort nämlich nicht gebraucht. Sie können lange warten, bis Sie ein Privatissimum für Politiker einrichten dürfen.
Im Raum hatten sich Fronten gebildet. Die mühsam erprobte Kunst des Einanderausredenlassens war längst vergessen. Der Theologe nannte Luthers Staatsraison ein kniffliges hermeneutisches Problem, der Historiker beschwor die multifaktoriellen Ursachen des Faschismus, die Doktoranden hörten schon gar nicht mehr zu. So lachte der Sprachwissenschaftler ganz allein über seinen vermeintlichen Witz, daß er zwar gar nichts verstanden habe, aber nun gehen müsse, es sei weit über die Zeit. Der Theologe freilich hatte sich schon auf ein Purgatorium eingestellt, er wollte es nun auch durchsprechen. Wir haben kein Recht, sagte er endlich, Eichmanns Haltung in einem Sprachspiel zu benutzen, das liefe darauf hinaus, es für gleichgültig zu halten, an welchem Phänomen man sich seine Sprachschludereien klarmacht.
Denkschludereien, gab Ruth zurück. Entschuldigen Sie bitte, aber ich nenne dergleichen Denkschludereien. Die Moralität der Sprache ist ein Spiegel unseres Denkens.
Verärgert blickte der Philosoph auf die vollgeschriebene Tafel. Nun war er nicht mit seinem Sprachspiel zuendegekommen, nächste Woche mußte jemand dies alles noch einmal untereinanderschreiben. Sie haben, sagte er kühl zu Ruth, uns heute sehr aufgehalten. Ich darf Sie bitten, die Wörtersammlung nächste Woche noch einmal an die Tafel zu schreiben. Ich habe nämlich nicht mitgeschrieben, nur mitgedacht.
Ruth nahm ein Stück Kreide und warf es gegen die Fen-

sterscheibe. Eichmann, sagte sie, saß im Glaskasten, und wo, bitte, sitzen wir? Ob Sie Eichmann verstehen oder nicht, müssen Sie sich bereits in der vorgefundenen Sprache klarmachen.
Die Mehrzahl der Doktoranden wußte nicht so recht, ob sie so mutig sein wollte, wie sie sich, während Ruth sprach, gefühlt hatte, und zog es vor, sich aufs Klopfen zu beschränken. – Der Historiker sagte flink etwas über die noch ausstehende Differenzierung der Standpunkte und erinnerte dann, glaubhaft um Belanglosigkeit bemüht, an das schöne Seminarthema. Zum Ausklang reichte man ein paar unverfängliche Sätze hin und her: der Dompteur versteht den Löwen, der Schuster versteht sein Handwerk.

Mit der Baumschere in der Hand stand Ruth im verwilderten Garten, suchte nicht Zuflucht bei der Wahrheit der Bäume. Die war ohne Sprache, ließ manchmal zu: die Bitte um Aufnahme.
Soll ich meines Bruders Hüter sein?
Die Antwort war schon gegeben: Mord.
Soll ich meiner Zunge Hüter sein?
Noch immer fuhr sie geschwätzig zwischen den Zähnen, verweigerte sich, entkam dem Ja und sprach die stumpfen Trugwörter nach: Schock und Entsetzen, Grauen und Scham. Während der Frankfurter Prozesse kamen sie über die Lippen wie Brot und Salz, heute und gestern. Ruth hatte in Frankfurt im Gerichtssaal gesessen. Neben Bettina. Ihre Körper sprachen eine deutlichere Sprache als ihr Mund. Bettina war mit Bronchialasthma nach Hamburg zurückgefahren, und Ruth stotterte: über diesen Abgrund können wir keine keine keine Decke ziehen, der ist ist ist auch in uns. Dieser Satz war zugleich ihr Abschiedssatz von den Freunden in Hamburg. Was sie über die Frankfurter Prozesse gehört und gelesen hatten, zersprengte die schon ruhig gewordene Selbstverständlichkeit des Zusam-

menlebens. Jan löste das Kellertheater auf, Bettina eröffnete an derselben Stelle eine Kindermalschule. Jan wurde Zeichenlehrer an einer Privatschule, und Jens lebte in einer anderen Stadt. Für die Einsicht, daß sie sich nun zu trennen hatten, wußten sie keine Sätze, aber sie handelten danach.
Das lag Jahre zurück. Ruth lebte wieder im Städtchen. Sie hatte einen Pakt mit sich gemacht: die Rückkehr bleibt gültig, solange sich ihre Begründung nicht in einen Satz zwängen läßt. Auf sich selbst zurückgezogen, wohnte Ruth in einer Villa, besorgte einem gebrechlichen alten Paar den Garten, so wohnte sie umsonst, verwaltete an der Universität eine Assistentenstelle und bereitete sich auf ein Examen vor, das wog ihr nicht viel.
Ruth sah Till gelegentlich. Damals, als sie ihn wiedertraf, war Winter, und sie wohnte schon seit Wochen am vertrauten Platz. Sie trafen sich auf der Straße, sahen sich an, und plötzlich waren sie um die Wette gerannt. Ein Ziel hatten sie nicht.
Till ließ Ruth nicht gewinnen. Sie hatte gewonnen. Hatte Till nicht gesagt: das muß ich dir lassen?
Was läßt du mir sonst noch, hatte Ruth sich sagen hören, und Till hatte sich damals umgewandt, in den Schnee zurückgesehen und gesagt: alles, du weißt das, sieh genau hin. Zwei Spuren im Schnee von weit her, wir werden weitergehen, bis wir die Erde sehen.
Sie hatten einander dann für Wochen aus den Augen verloren. Nachbarn reden nicht alle Tage miteinander, und Ruth wußte ihre Zunge zu hüten. Sie hatte Till nicht gesagt, was sie damals Nacht für Nacht sah, als sie miteinander im Schnee liefen.
Ruth stand auf einem Schneefeld. Allein. Zwischen kleinen Hügeln, menschenleibgroß. Von allen Seiten Schüsse in der Luft. Sie zielten auf Ruth und trafen nicht. Noch nicht. Ruth stand und rührte sich nicht, mied es, Spuren

zwischen die Schneehügel zu treten. Es hätte sein können, unter ihnen lagen, atmend, Verfolgte. Gekrümmt und geborgen unter dem Schnee. Für Ruth gab es kein Anrecht auf einen Platz unter dem Schnee. Aufrecht blieb sie stehen, schützte nicht den Kopf mit den Armen.
Beim Erwachen wußte sie immer, die Schüsse galten ihr. Unter Todesangst war sie die Hüterin der Toten, bis sie getroffen würde eines Nachts. Später wußte Ruth es auch im Traum und wich keinen Schritt.
Ruth genoß den Respekt ihrer Kollegen. Nahm man die Achtung und Verehrung der Studenten hinzu, die sie durch ihre Strenge, gerade durch sie, erworben hatte, so blieb unannehmbar, daß jener Mann, der von sich sagte, er verstehe Eichmann, sich mit Ruth nach dem Seminar nicht verständigen mochte.
Ruth war am Abend jenes Tages in die Johannespassion gegangen. Sie hatte sie lange nicht gehört.
Als der Schlußchoral verklungen war, stand Ruth gefangen in ihrer Reihe. Links von ihr stritten ein paar Leute bereits verbissen über die Aufführung, auf der anderen Seite saß ein Mann, in sich versunken, als schlafe er. Ruth wartete, zögerte, ihn anzusprechen. Nun sah sie, der Mann hielt die Augen geöffnet.
Ruth fragte: darf ich vorbei? Der Mann hob den Kopf, sah Ruth in die Augen.
Nein, sagte er und hielt ihren Blick fest. Sie sah, ein Scherz war es nicht. Der Mann lächelte nur, als Ruth schließlich rücksichtslos über seine Beine wegstieg, sich noch einmal umdrehte und sagte:
Das ist vielleicht eine Art –
Ja, sagte der Mann, es ist meine.
Ruth antwortete nicht und ging schnell hinaus.
Einen Tag später stand der Mann vor Ruths Wohnungstür.
Erschrecken Sie nicht, lächelte er, ich bins –

Reden Sie immer wie ein Gott? spottete Ruth und hatte Lust, augenblicklich die Türe wieder zuzuziehen. Aber sie konnte es nicht.
Es war Martin, mit dem Ruth wenig später in ein Gespräch geriet, aus dem sie nicht mehr hinausfand.
Till hatte Ruth nie von Martin erzählt, sie sprachen einander nicht von Begegnungen, die ihnen zählten, so sehr waren sie beschäftigt mit dem, was unverständlich blieb zwischen ihnen. Martin aber wußte von Till viel über Ruth aus der Zeit vor dem Unfall, und als er, noch während des Konzerts, seine Banknachbarin betrachtete, war er vollkommen sicher, das ist Ruth. Beiläufig hatte er Till nach ihrer Adresse gefragt und war einfach hingegangen.
Als sich Martin spät in der Nacht verabschiedete, fühlte Ruth sich geborgen wie nie in ihrem Leben zuvor. Sie mißtraute sich dabei sehr und sagte sich, es hat nur an der Wendung gelegen, die unsere Reden am Ende genommen haben.
Sie hatten noch einmal – wie zu Beginn des Gesprächs – über die Johannespassion gesprochen, ließen ihre musikalischen Interessen dabei außer acht, verrieten einander, warum ihnen die Johannespassion die liebste sei. Martin behauptete, er sei des Schlußchorals wegen so lange, für Ruth hinderlich, in der Reihe gesessen. Er habe darüber nachgedacht, was es bedeute, in Abrahams Schoß zu sitzen nach dem Tod – und er sei zu dem Schluß gekommen, das Bild von Abrahams Schoß besage nichts anderes als die Rückkehr an den Anfang aller Geschichte.
Ruth widersprach leidenschaftlich, wunderte sich auch über die offene Art, mit der Martin über seinen Tod redete. Sie selbst, sagte sie, sei der Johannespassion seit Jahren verfallen um ein paar weniger Takte willen: *ich habe der keine verloren, die du mir gegeben hast,* heiße es vor der Verhaftung des Menschensohnes, und dieser Satz sei das menschengemäßeste, das einer überhaupt sagen könne.

Glauben Sie mir, sagte Ruth, in der Realität kann kein Mensch den Satz nachsprechen: ich habe der keine verloren, die du mir gegeben hast. Verlust gehört zu unserer Erfahrung und wird uns im Laufe der Jahre zum Allernatürlichsten. Auch kommt es mir zunehmend so vor, als verlören wir in unserem Land besonders leicht und verschmerzten schnell.
Dann redete Ruth von den Vertriebenen und Verfolgten des Dritten Reiches, daß es Martin war, als beklagte sie den fahrlässigen Verlust von Nachbarn, für den sie mit ihrem Leben haftete.
Martin bekannte sich zu seiner Mitschuld an der Barbarei der Nazizeit. Er hatte mitgeschwiegen. Nun aber könne er seine Schuld annehmen. Nicht der Entschluß eines einzigen Tages sei es gewesen, sondern ein noch fortwährender Prozeß, der erst mit seinem eigenen Tode zuende käme.
Verlierenkönnen, sagte Martin, ist ein paradoxes Lebenkönnen. Mit diesem Satz traf er Ruth an der verletzbarsten Stelle, an der ungeschütztesten auch.
Er redete Ruth von der Gelöstheit, wie er es vordem mit Till gehalten hatte, der sich hütete, auch nur ein Wort aus Martins Wortschatz zu übernehmen. So hörte Ruth Martin unbefangen zu und schüttelte, als sie allein war, den Kopf über seine Sprache. Am wenigsten verstand sie den Ausdruck ‹Gelöstheit ist ein Widerfahrnis›. Martin hatte es mit der Kunst des Verlierenkönnens zusammengebracht.
Ruth erzählte Till nichts über die Begegnung mit Martin. Auch er schwieg sich aus gegen ihn. Till wunderte sich nur manchmal, wie selten Martin Zeit für ihn hatte. So pflegten Ruth und Till eine Freundschaft mit Martin und wußten es lange Zeit nicht voneinander.
Bald sah Ruth Martin täglich. Verständnis suchte sie bei ihm nicht. Sie genoß seine bedächtige Art zuzuhören. Die teilnahmsvolle Geduld mit seinen Patienten, um derent-

willen sie oft bis nach neun Uhr abends vor dem Krankenhaus wartete, bewunderte sie sehr. Es geschah häufig, daß Martin ihr ausführlich unglaubliche Genesungsgeschichten vortrug, bevor sie einen Satz wechselten, in dem sie selbst vorkamen.
In Ruths Wohnung kam es zu Streitgesprächen, die mit so spielerischer Leichtigkeit geführt waren, daß Ruth zuerst erheitert, später zunehmend verwundert hinnahm, wie Martin sie infrage stellte.
Er führte ihr vor Augen, wie sie ihre Intellektualität gegen sich selbst wende; befangen in unwissentlicher Selbstverurteilung bestrafe sie sich selbst und entschuldige sich dafür mit dem Traum von einem heilen Leben. So fällt keinem Menschen Leben zu, sagte Martin. Er wurde nicht müde, es zu wiederholen, bis Ruth ihm schließlich – fast wütend – entgegenhielt, zufallen könne Martin und ihr allenfalls die Karikatur von Zugehörigkeit in einem Zusammenleben, das, gegründet auf feige Abmachungen und überlebte Konventionen, den Schein des Heilen vorgebe. Vor diesem allerdings graue ihr, und sie zöge jeden Ausdruck ungebärdiger Verweigerung vor, auch dann, wenn ihr nichts geraten sollte als ein bruchstückhaftes Leben. Schon fast im Ton der Beschwörung sagte Ruth, sie könne vielleicht nur ein solches Leben haben. Sie wähle es gern anstelle bourgeoiser Selbstdarstellerei.
Martin lachte Ruth aus, aber so, daß sie sich dabei noch stärker zu ihm hingezogen fühlte. Insgeheim machte sie ihm manchmal Vorhaltungen, er unterliege der Unmoral einer Abgeklärtheit, die es ihm erlaube, eine bürgerliche Lebensform weiterzuführen, indem er, sich des Instrumentariums, sie sichtbar darzustellen, entäußernd, allein lebe. Er verweigerte nach dem Krieg die Teilhabe am bürgerlichen Glücksmodell, einer von Selbsthaß unterhöhlten und zerfressenen Lebensgestalt.
Je heftiger der Streit zwischen Ruth und Martin ausfiel,

um so selbstverständlicher griff er regelmäßig zu den Wahlverwandtschaften, um Ruth daraus vorzulesen. Sie hatten einmal damit begonnen, und Martin fuhr darin fort, unabhängig von der Bedeutung, die das Buch plötzlich bekam: Spiel mit dem Zerrbild.
Herzlich, doch ohne Verständnis, nahm Martin Anteil an Ruths Erschütterung über dieses Buch.
In der Wärme, mit der Martin Ruth umgab, wuchs ihr Lebenswille, führte sie aber zugleich auf die Spur des Zweifels an der Rechtmäßigkeit der Freundschaft zu einem um so viele Jahre älteren Menschen, der sie väterlich vor vermeintlich zu hochgespannten Anforderungen an sich selbst und ihre Verantwortungsfähigkeit zu schützen versuchte. Er war es denn auch, der ihr das Gefühl, unermeßlich viel Lebenszeit vor sich zu haben, vermittelte, in der es nicht zählte, daß Ruth sich vielleicht immer in Zukunft älter vorkommen mochte, als sie an Jahren war. Sparsam in den Andeutungen über ihre eigene Lebensgeschichte, überließ sie sich Martins Gegenwart.
Im Gehen, auf ausgedehnten Spaziergängen, die Martin, jeder Witterung zum Trotz, in der ersten Zeit der Begegnung mit Ruth unternommen hatte, sprachen sie schutzloser miteinander. Meist aber lief Ruth hinter Martin her, der, in weit ausholenden Schritten vor ihr hergehend, boshaft lustige Geschichten über Leute erfand, deren Zwangsidee es war, ein ganzes Leben schließe mehr ein als individuelles Glück. Die Helden seiner Geschichten glichen alle ihm, sofern sie glückliche Helden waren: sie hatten die Ruhe weg. Ruth schlappte hinter Martin her, erheitert von dem Gegensatz, in dem Martins Verhalten und sein Sprechen zueinander standen. Er rannte und fabulierte über die Gelassenheit.
Ruth sah Martins Gesicht nicht, als er, so im Gehen einmal plötzlich den Ton wechselnd, sagte, die Befreiung zu einem ganzen Leben habe für ihn gerade darin bestanden,

schrittweise zu lernen, nur dem zu trauen, was er selbst verantworten könne, nämlich seinem Noch-in-der-Welt-Sein und seinem Beruf. Die gesellschaftlichen Ordnungen, in denen er sich vorfinde, habe er nicht gewählt, folglich werde er sich in ihnen auf übersehbare Bereiche beschränken und sie mit Leben erfüllen. Die Welt sei ohnehin aus den Fugen, und Gott spielen wolle er nicht.
Ruth fand nicht heraus, wann Martin sich nur rhetorisch in der Rolle apolitischer Demut gefiel, um sie, in der Maske des Unbeteiligten versteckt, zu irritieren.
Ruth entdeckte aber die Kraft, die in Martin wirksam war, in sich selbst und erschrak. Einen Namen fand sie nicht dafür, nannte sie manchmal Gleichmut, der aber mitunter auf Ruth wie eine Spielart niedergehaltener Resignation wirkte, wenn nicht sogar einer Schwermut, die Martin in mißverstandene Abgeschiedenheit lockte, in die er Ruth mitzog. Wäre sie ein wenig älter gewesen, hätte sie sich gegen diesen Sog zu wehren gewußt, nun aber erschien ihre Ratlosigkeit einem Menschen gegenüber, dem sie sich sofort zugehörig gewußt hatte, ohne es näher begründen zu können, nur zwischen den Sätzen. Manchmal erkannte Ruth die Gefahr einer Vereinnahmung, die Gelegenheit zu rechtzeitiger Abkehr von Martin war schon übersehen.
Für Ruth sprechend, machte er sie still, überredete sie zu seinem Verlangen nach Gelassenheit. Einspruch, so erschien es Ruth, kam ihr bald nicht mehr zu, zehrte sie in dieser Begegnung doch von einer Ruhe, die die ihre nicht war. Oft nannte sie sie bei sich selbst einfach Erschöpfung – und in ihr glichen sie sich gefährlich, ohne es wahrhaben zu können, was Ruth wußte und worüber sie sich schamvoll ausschwieg.
An freien Wochenenden begleitete sie Martin auf Fahrten ins Voralpenland. Oft gingen sie für Stunden nebeneinander her und schwiegen. Aber miteinander.

Vergeblich fragte Ruth nach Martins Leben. Er winkte regelmäßig ab, nannte es vergangen oder aufgehoben, und nur einmal setzte er hinzu: mit dir bin ich mir selbst zurückgegeben.
Warum? fragte Ruth.
Martin antwortete nicht.
So fand Ruth die Quelle dieser Freundschaft lange nicht und rührte daher auch nicht mehr an den Ursprung ihrer Sorge, sie könnte einer Beziehung verfallen, in der der scheinbar Stärkere sich um die Einsicht in seine Lebensunlust betrog, weil er den Mut nicht hatte, sie anzusehen. Situationen, in denen sie es – gemeinsam – hätten tun können, setzte Martin sich nicht aus. Er überredete Ruth zu vielen Kurzreisen, gab ihnen widersprüchliche Namen. Lebensneugier, Entspannung. Sehr selten nur brachte er es fertig zu sagen: wir wollen Spaß miteinander haben und sonst nichts.
Einmal, auf einer Fahrt ins Weserbergland, saßen sie für Stunden im Reinhardswald in einem hohlen Baum, und während es draußen ohne Unterlaß regnete, las Martin den Schluß der Wahlverwandtschaften vor. Auf dem Weg zum Auto zurück trafen sie zwischen den uralten Stämmen auf eine heitere Gesellschaft, die, laut singend, einen Tisch deckte und Ruth und Martin einlud mitzuessen. Ruth wäre gern geblieben. Die Erde roch stark und gut nach dem Regen, und Ruth war hungrig, aber Martin wehrte ab, gab vor zu frieren. Es war kein Grund, eine Einladung auszuschlagen, als dürfe es nicht wahr sein, daß eine Tischleindeckdicherfahrung so zum Greifen nahe war.
Unter einem schönen Abendhimmel gingen sie zum Auto zurück, und Martin sang: *Drei Sonnen sah ich am Himmel stehn / Hab lang und fest sie angesehn / Und sie auch standen da so stier, / Als wollten sie nicht weg von mir / Ach, meine Sonnen seid ihr nicht...*

Du und deine Nebensonnen, spottete Ruth, wetten, du siehst sie gar nicht? Martin aber fragte unvermittelt:
Ruth, hast du eigentlich eine Stimme?
Wie ein Gott, sagte Ruth und sang irgend etwas.
Es stimmt, nickte Martin und vergaß dabei zu lachen, beschwor Ruth, sofort in seinen Chor einzutreten. Ruth kannte ihn vom Hörensagen und hatte ihn nie mit Martin in Verbindung gebracht. Unmittelbar nach Kriegsende hatte er ihn aufgebaut. Mit Kollegen aus dem Krankenhaus, Studenten und einigen Leuten aus dem Städtchen studierte er die alten Madrigalisten. Die Sänger wählte er nach einem strengen Prüfungsverfahren aus. Eine vorzügliche Stimme galt als selbstverständlich. Martin sang Ruth nach einem Vortrag über die vollkommene Gleichberechtigung der Stimmen in den schönsten Madrigalen sehr lange vor. Ruth fand, zum erstenmal sehe er dabei gelassen aus und sogar glücklich.
Noch in derselben Woche erschien Ruth zu einer Chorprobe in Martins Haus, das sie zuvor noch nie betreten hatte. Zwei durch Flügeltüren verbundene Räume standen vollkommen leer. Dort fanden die Chorproben statt. An den Wänden hingen Bilder von Martins Vorfahren. Ihren Blicken konnte man sich nicht entziehen. Ruth sah überall die hellen Augen Martins.
Nach dem Krieg hatte er die meisten Möbel verschenkt, nur so viel Hausrat belassen, daß Studenten, sofern sie Martins spartanische Vorstellungen über Komfort zu übernehmen imstande waren, darin hausen konnten. Die Studenten wohnten kostenlos, singen konnten sie alle.
Ruth fragte Martin, warum er sich nicht von dem riesigen Haus getrennt habe, er aber, als spräche er das Selbstveständlichste aus, antwortete: in diesem Haus bin ich geboren, und vielleicht will ich darin sterben, ich mag die Leere hier. Sein Mund lachte, als er es sagte, aber seine Augen lachten nicht mit. Ruth erschrak.

Die Chorprobe dauerte dreieinhalb Stunden. Ruth fand, das war zu lang. Mit dieser Auffassung blieb sie allein, hatte doch die Atmosphäre des Abends etwas Konspiratives, und Ruth fühlte sich fremd unter Menschen, die, Martin an den Lippen hängend, dankbar hinnahmen, man könne Monteverdis L'Orfeo auch unter Verzicht auf originale Instrumentierung aufführen. Purismus, sagte Martin, sei Provinzialität, Cornetti und Chitarronen brauche er nicht, die Fanfarenstimme in der Toccata des Anfangs täte auch so ihre Wirkung, ungleich bedeutsamer seien die dissonanzreichen Harmonien in dieser Oper, denen man in der Musikwissenschaft nie genügend Rechnung getragen habe. Dann verlor er sich über die dem Sprachrhythmus folgende Melodienführung in der Partitur, ging ins Detail, und Ruth hörte schon gar nicht mehr zu.

Erst als Martin ihr vor allen anderen mitteilte, sie habe den Part der Eurydike zu singen, fuhr sie hoch, hörte die Rollenzuteilung wie ein Diktat und dachte: unter diesen sonderbaren Leuten wird das wohl zur Spielregel gehören, auf Widerruf spiele ich mit.

Später, als sie mit Martin allein war, nannte er die Chorarbeit nicht ohne Spott seinen Beitrag zur Restauration, sich selbst einen unmaßgeblichen Mittler der Überlieferung.

So sentenzenselig, spottete Ruth, wie Goethes Mittler bist du doch gar nicht, der, unstet unterwegs, das Unglück anderer beschwichtigend, als Person selbst verschwindet. – Es wird sich zeigen, lachte Martin, und Ruth sah, sie hatte ihn verletzt.

In den folgenden Wochen war Martin so intensiv auf die Einstudierung von Monteverdis Oper konzentriert, daß kein Raum blieb für Gespräche mit Ruth. Sie achtete, Martin wußte es, die Genauigkeit, mit der er sich des Orpheusmythos lesend vergewisserte. Irritation blieb nicht

lange aus. So schalt Martin zum Beispiel Gluck für Eurydikes Rettung einen Toren. Niemals dürfe in der musikalischen Behandlung dieses Stoffes Orpheus gegen den Tod gewinnen, der Mythos von Trennungs- und Verlustangst müsse rein überliefert werden, zulässig allein bleibe seine antike Gestalt, Verwandlung liefe allemal auf Verzerrung hinaus. Warum, fragte Ruth, nennst du das Davonkommen der Liebenden in Glucks Oper eine Verzerrung?
Martin bestand auf dem Wort, sprach Ruth mit befremdender Eindringlichkeit von der menschlichen Grunderfahrung des Nichtverlierenkönnens und, als Ruth ihm widersprach, mit anwachsender Heftigkeit von Orpheus als Verkörperung menschlichen Trotzes. Was wirklich in ihm vorging, wußte Ruth nicht. Von Martins Heftigkeit genötigt, schwieg sie. Einspruch hätte Martin als Zurechtweisung erfahren. Todeserfahrung, sagte er zuletzt, ist zu meistern, die Verlustangst des Menschen aber nicht, auch sei die todbezwingende Kraft der Musik schwächer als Orpheus' Todestrieb.
Ruth war sich in diesem Punkte mit Martin einig, nur der Grad ihrer Beunruhigung darüber war schwer vergleichbar. Im Tone tröstlicher Beiläufigkeit sagte Ruth, nur um aus diesem Gespräch wieder herauszukommen: wenn die Menschen nicht loslassen können, wie Orpheus es nicht konnte, dann können sie es eben nicht, ich finde es ganz natürlich, was willst du?
In den Chorproben setzte Martin, in Beschwörungen sich steigernd, das Lob der Kunst des Loslassens fort, wurde nicht gewahr, mit welch unverhohlener Beklemmung die Zuhörer seinen Sätzen folgten, bezogen sie sie doch, je häufiger er sie wiederholte, auf Martin selbst. Dem sicheren Gespür jener, die Martin seit Jahren in Bewunderung und herzlicher Achtung verbunden waren, entging die Doppelbödigkeit seiner Ausführungen nicht. Sie wußten nicht nur, daß er im Leben viel Verlust hatte hinnehmen

müssen, sie sahen auch, wie Ruth, die Beziehung zu Martin in der Schwebe haltend, ihn Verlustangst erfahren ließ, ohne es zu wollen. Im Chor redete man offen davon: Martin liebe Ruth, sie aber liebe ihn mit Sicherheit nicht. Die kurzen Eurydikepassagen, die Ruth zu singen hatte, ließ Martin unverhältnismäßig oft proben, und alle, außer ihm, fanden, Ruth singe ihren Part, gemessen an der Tatsache, daß sie Laie war, längst makellos:
Ich kann nicht sagen, Orpheus,
wie groß mein Glück bei deiner Seligkeit ist –
Womöglich singt sie die Wahrheit, sagte jemand, so daß Martin es hätte hören können. Musikalisch einwandfrei, meinte einer, nur, diese Eurydike läßt sich im Glück vertreten. Die von Sympathie gemilderte Spottlust der Sänger hätte keine weitere Nahrung gefunden, wäre Martin nicht bei den Proben für das Ende des zweiten Aktes gewissermaßen in seinen Reden steckengeblieben. Musiziere, Sänger, und rede nicht, sagte einer, als Martin sich über Gebühr lange darüber ausließ, wie menschengemäß und über alle Maßen doch beunruhigend auch jene Passage sei, in der Orpheus die Geliebte beklagt:
Du tot, mein Leben – wie? Und ich – ich atme? Du bist von mir gegangen... und ich bleibe?
Im Ton leidenschaftlicher Betroffenheit warnte Martin vor der natürlichen Todesbereitschaft des Verlierers, die im Glücksfalle, aber nur im äußersten Glücksfalle, in das Widerfahrnis des Loslassenkönnens aufgehoben werde. Die denkwürdigsten Erfahrungen habe er, Martin, in seinem Beruf mit dieser Einsicht gemacht und für sich selbst nie eine Antwort gefunden, in welchem Verhältnis menschliche Bindungsfähigkeit zu Verlustfähigkeit stünde. Er komme, je älter er werde, immer häufiger zu dem Schluß, es müsse sich um ein unseliges Verhältnis handeln. Mit Rücksicht auf die Lebensgeschichte, die den meisten Chorteilnehmern vage bekannt war, schwieg man zu den

Ausführungen Martins, auch deutete man das Schweigen wohl als eine diskrete Form der Anteilnahme an Raub und Verlust in Martins Leben. Ruths Gegenwart aber brachte man eben auch mit Martins heftigen Reden in Zusammenhang, hörte sie gleichzeitig als eine sonderbare Ausdrucksform verzweiflungsbereiter Werbung. Zur Geduld mit Martin, den alle verehrten, entschlossen, ließ man ihn gewähren bis zu jenem Augenblick, als er einen Studenten, der nun, ersichtlich befangen, den Part des Orpheus weitersang, heftig attackierte.
Sie singen mit der Anteilnahme eines musikalischen Lexikons, sagte Martin, Ihr ästhetisches Verständnis mag brillant sein, Ihre Stimme desgleichen, aber Sie dürfen Ihre Intelligenz für Menschensachen gern ins Spiel bringen.
Als Klagemeister bin ich nicht kompetent, gab der Student zurück und schaute Martin herausfordernd an: lebensmüde bin ich nicht.
Sie tönen ohne Sachverstand, schalt Martin, sang dann selbst Orpheus' Drohung, jene vorweggenommene Angst, Eurydike nicht zurückgewinnen zu können:
Wird aber dies vom Schicksal mir verweigert, / Bleib ich bei dir, mit dir im Tod verschwistert. –
Sie müssen es spielen, sagte Martin, und eindringlich bis an die Grenzen des Parodistischen wiederholte er:
Rimarrò teco, in compagnia di morte. –
Ruth glaubte zu träumen.
Verdammt noch mal, sagte der Student, ich bin doch nicht blöd. – Aber Martin fuhr fort: nichts haben Sie, mein Bester, begriffen, und was einer nicht begriffen hat, soll er auch nicht singen; die Erfahrung endgültigen Verlusts führt natürlicherweise in vielen Fällen zu magischem Lebenshaß. Orpheus, zurückverbannt ins Leben, kann zuerst nicht anders, als vom Weg hinaus zur verhaßten Sonne zu sprechen.
A l'odiosa luce, sang Martin, er tat es gleich dreimal, um

dann, wohl überrascht von seiner Vortragsart, die für weniger wohlwollende Ohren die Farbe des Bekenntnisses hätte annehmen mögen, ruhig sprechend zu enden: nur auf schmerzhaften Umwegen ist die zweite Liebe zum Leben zu gewinnen. Nun wieder gefaßt, forderte er, eher kühl, Ruth sofort auf, Eurydikes Klage im Hades, gemäß seinen Ausführungen zu wiederholen. Ruth zögerte, sang dann, ersichtlich irritiert und nicht ohne einige Fehler:
Verlierst mich so durch Übermaß von Liebe! / Und ich verlier', Unsel'ge, / Das süße Mitgenießen / Von Licht und Leben.
Martin schwieg lange und sah Ruth unverwandt an.
Einverstanden? fragte Ruth. In die Rolle einer Toten kann ich mich mit mehr Eifer und Sachverstand noch nicht hineinversetzen, bin Licht und Leben sehr verhaftet, auch wenn es musikalischen Darbietungen nicht förderlich ist.
Martin sagte noch immer nichts. Ruth aber lachte. Denkwürdig, denkwürdig, sagte Martin endlich und schüttelte den Kopf, daß hier niemand zwischen ästhetischen und existentiellen Fragen zu unterscheiden weiß.
Nun lachten aber alle, und ein Kollege Martins parodierte den Charon vor sich hin:
Nicht kann mit Toten hausen, wer noch atmet.
Ich, lieber Martin, zöge es vor, heute für den Rest der Probe einen schönen alten Schütz zu singen, du hast uns alle ganz konfus gemacht.
Wir streiten doch gar nicht, wunderte sich Martin, wir suchen das Angemessene.
Eben, sagte Ruth und lachte schon wieder, diesmal steckte es an. Martin freilich lachte erst mit, als die ersten schon wieder still geworden waren. Etwas war passiert, das Ruth nicht verstand, und fragen konnte sie niemanden, am wenigsten Martin, der sich beim Abschied unter dem Schutz der Selbstironie von den Chorleuten für seine Unduldsamkeit entschuldigte. Ruth fand die Ehrerbietung,

mit der man sich von Martin trennte, unangebracht, fragte ihn, als sie allein waren, warum er sich so mißverständlich mit seiner musikalischen Arbeit identifiziere. Martin sah keine Mißverständnisse, er sah nur Ruth, und im Tone schalkhafter Lehrmeisterei sagte er: die *Favola d'Orfeo* ist sträflich unbekannt, und mir und Monteverdi liegt daran, das Stück von der engen Bühne zu führen, damit es sich allen Menschen zeigen kann.
Das ist keine Antwort, sagte Ruth, jedenfalls keine auf meine Frage.
Du stellst die Fragen falsch, sagte Martin.
Ganz schön arrogant, sagte Ruth laut.
Martin teilte sich den musikalischen Triumph der Aufführung mit den Instrumentalisten der Musikhochschule. Nach einer ausgedehnten nächtlichen Feier fragte er Ruth auf dem Weg zu ihrer Wohnung:
Könntest du mich begleiten, Eurydike?
Du siehst mich nicht, lächelte Ruth und sagte: unter falschem Namen werde ich dir immer unkenntlich sein.
Martin sah sie fragend von der Seite an.
In den nächsten Tagen wichen sie einander aus. Ruth hütete ihr Befremden in Stillschweigen. Die Trennung von Martin für einige Wochen war ihr willkommen. Ruth hatte einer Redaktion, für die sie als freie Mitarbeiterin schrieb, zugesagt, sich an einer Umfrage über die Verlängerung der Verjährungsfrist für Mord zu beteiligen. Martin gab zu bedenken, Ruth werde nichts erfahren, was sie nicht schon vorher wußte. Du wirst nicht gelassen bleiben können, sagte er, wenn du auf Gleichgültigkeit gegen die Hitlerzeit stößt und erfährst, wie gering das Interesse der Öffentlichkeit an der Verjährungsdebatte ist. Herablassung wirst du begegnen und manchmal auch Haß. Fragen nach unserer Antwort auf die Schuld-Mitgift aus der Nazizeit werden nur wenige hören wollen. Warum lieferst du dich aus?

Martins Überlegungen waren Ruth vertraut. Sie schüttelte den Kopf, als er bat: bleib, unsinnig Kräfte zu verschleißen brauchst du nicht.
Es wird nicht leicht sein für dich, sagte Martin beim Abschied, viele Gesichter in der Erinnerung nicht zu hassen. – Ich weiß, sagte Ruth, manchmal wandelt sich Haß in Mitleid, laß mir doch Zeit.
Mit dem Tonband war Ruth in Banken, Kneipen und Akademien unterwegs, verbrachte halbe Tage in Wartesälen von Bahnhöfen. Mit dem Notizblock in der Hand stand sie in Supermärkten an der Kasse. Ruth war auf Zurückweisung gefaßt und Zynismus in der Verdrängung der Hitlerzeit und ihrer Opfer. Sie begegnete aber so viel Ahnungslosigkeit, daß sie manchmal zu träumen glaubte. Verjährung, welche Verjährung? fragten die Menschen. Von Ruth ins Bild gesetzt, wonach sie fragte, blickten viele beiseite und ließen Ruth einfach stehen. Damit habe ich nichts zu tun, winkten sie ab, für Politik interessiere ich mich nicht. Besonders die Älteren – Männer wie Frauen – zuckten vor dem Mikrofon zurück, sie mochten, falls sie überhaupt eine Meinung zu äußern bereit waren, auch nur selten ihren Namen nennen. Der Wunsch nach Anonymität, Ruth wußte es, entsprach der Weigerung, am öffentlichen Leben des eigenen Landes teilzuhaben. Was die Menschen sich dadurch selber antaten, wußten sie nicht. –
Auch Gleichaltrige vermieden, Ruth ins Gesicht zu sehen, während sie sich mit kaum verdeckten Winkelzügen aus den Fragen davonmachten. Manchmal hielt Ruth einfache Leute im Gespräch fest. Sie führte ihnen vor Augen, wie Gleichgültigkeit gegen das öffentliche Leben den Satz wiederholbar macht, mit dem sich nach dem Krieg Abertausende aus der Mitverantwortung für die Naziverbrechen hinausgeschlichen hatten: wir haben davon nichts gewußt.

Sind Sie sicher? fragte Ruth, daß es in dem Staat, in dem Sie heute leben, nichts gibt, über das Sie später werden sagen wollen: ich habe es nicht gewußt? Ich weiß nicht, antworten die meisten, so etwas Entsetzliches wie damals unter Hitler passiert doch nie wieder. – Woher wissen Sie das? fragte Ruth dann und erhielt nie eine Antwort.
In Hotelzimmern saß Ruth nachts zunehmend verstört über ihren Notizen und gab bald das Überspielen der Tonbänder auf. Angst kam auf, und bis in den Schlaf verfolgten Ruth so arglos dahingeredete Sätze wie diese: ich habe keine Zeit, über die Vergangenheit nachzudenken; ich habe zu arbeiten; wo ich hingestellt werde, stehe ich meinen Mann. Ruth fand es noch immer richtig, daß sie in Zorn und Empörung entgegnet hatte: wenn Sie morgen auf die Selektionsrampe gestellt werden, nicht wahr, dann stehen Sie auch dort Ihren Mann.
Die Toten sind nicht sicher vor solchen Leuten. Ruth sagte es sich laut in der Nacht, und sie fürchtete sich. In der Gegenwart verborgen, trieb unerkannt die Wurzel der Barbarei. Eingesperrt in ihre ordentlichen und gehorsamen Leben, war die Mehrzahl der Befragten bereit, sich noch immer alle politische Verantwortung abnehmen zu lassen. Ungebrochen lebte das unselige Vertrauen in die Obrigkeit fort. Ruth dachte manchmal, vielen ist es tatsächlich vollkommen gleichgültig, ob in Bonn ein Kaiser sitzt oder ein Parlament. Manchmal rief sie aus den Hotelzimmern Jan und Bettina an. Sie redeten es Ruth nicht aus: die politische Lethargie in Deutschland ist die unheilvolle Voraussetzung für eine Wiederholung der Barbarei. Ruth fürchtete nicht so sehr die alten Nazis, die, im Besitz der Macht, einfach das Parteibuch gewechselt hatten, sie fürchtete die Deutschen, die nach Ruhe verlangten und mit ihrer Geschichte nicht behelligt sein wollten. Die Gleichgültigen von heute, schrieb Ruth in einem Brief an Martin, schützen die Diktatoren von morgen.

Wer die eigene Fehlbarkeit nicht ansehen mag, ist zu Toleranz nicht fähig. Wie lange wird es in Deutschland noch dauern, bis man den neuen inneren Feind gefunden hat? Vielleicht sind eines Tages die Gastarbeiter an allem schuld oder die Linken, ich weiß es nicht.
Hamburg war Ruths letzte Station. Martin reiste ihr nach. Vor Ruth traf er bei Jan und Bettina ein. Sie begegneten einander mit Herzlichkeit. Die Kinder nannten Martin sofort Großvater. Angstbeladen kam Ruth in Hamburg an. Ihre Berichte waren von Tränen, für die sie sich entschuldigte, unterbrochen. Der moralische Abgrund, der sich vor Ruth aufgetan hatte, verschloß sogar Martin fast den Mund. Du kannst, sagte er, nichts von dem, was du gehört hast, ungeschehen machen, indem du dich von deinem Entsetzen würgen läßt.
Ich kann mir nicht aussuchen, was mich würgt und was nicht, sagte Ruth und erzählte von einem, der hatte die Kriegsverbrecherprozesse Orgien von Bußfertigkeit genannt und in einem Atemzug von einem Schuldkomplexdefätismus der Deutschen gesprochen. Er verwies auf die blutigen Taten Richards des Dritten in England. Die Engländer, meinte er, fänden nichts dabei, der Welt unheimlich zu sein. Die Ungeheuerlichkeit seiner Behauptungen nahm er nicht einmal wahr. Wie man gelassen in der Nachbarschaft solcher Leute leben sollte, wußte auch Martin nicht. Sie sprachen lange, wie mit der Unsühnbarkeit der Verbrechen zu leben sei. Sie wollten dafür eintreten, daß weniger Menschen als bisher zu dem Fehlschluß verleitet würden, es könne die Justiz die Verbrechen sühnen.

Martin und Bettina begleiteten Ruth auf ihrer Weiterfahrt nach München und machten mit ihr auf dem Hof des Vaters Station. Er hatte einen jungen Bauern mit Frau und zwei Kindern ins Haus genommen und lebte mit ih-

nen wie in einer Familie. Ruth verstand nicht, warum sich der Vater – wie sie es nannte – mit einem geborgten Leben begnügte, obschon er längst geschieden war. In Martins und Bettinas Gegenwart sprach sie es aus. Das ist meine Antwort auf die Erfahrungen in diesem Land, sagte Ruths Vater, und Martin meinte: Sie könnten mein Bruder sein.
Nein. Ruths Vater sagte es sehr entschieden. Bettina aber schloß er ins Herz und nahm ihr das Versprechen ab, Ruth nicht allein zu lassen. Bettina fand den Zusammenhang nicht, in den die Bitte gesprochen war. Mißtrauen gegen Martin hörte sie heraus, aber sie achtete Martin und wußte von Ruth, sie liebte ihn längst.
Als Ruth die Artikelserie abgeschlossen hatte, überraschte Martin sie mit dem Geschenk einer Reise nach Griechenland. Ruth gewann Abstand von den Schrecken der vergangenen Wochen, ein anderer Schrecken aber, der des Lebendigen, holte sie ein. Martin wollte es nicht bemerken. Auf der Heimreise, während der Überfahrt von Patras nach Brindisi, setzte Ruth sich in der Nacht in eine windgeschützte Ecke auf Deck und schrieb Martin einen Brief. Gedacht war er als Antwort auf die Teilhabe an einer Einsicht, die Ruth Martin zu verdanken glaubte.

Ausgesetzt auf den Planken, hier werde ich bleiben, bis es wieder hell wird und ich aus dem Schiff trete in eine andere Zeit. Für dich, Schläfer, will ich die Blätter über das Wasser treiben lassen. Eine Botschaft. Es kommt nicht mehr darauf an, wo du sie aufnimmst.
Davonmachen wollten wir uns nach Griechenland, Martin, du weißt es. Die Reise ins Licht ist nicht gelungen. An dieser Stelle der Welt habe ich nichts mehr vermißt. Entlassen war ich aus jeder Täuschung und losgelassen, aber bei dir.
Unerkannt betritt keiner dies Land, und auch wir konn-

ten nicht ausweichen zu Fuß, ins Licht des kargen Gebirgs. Wir haben uns doch erkannt, und du weißt, wo es war.
In der Ebene von Argos, am anstößigen Platz, auf dem Berg der Vergeltung. In Mykene. Dort gelingt die Flucht nicht vor der Teilhabe am Geheimnis des allerunseligsten Hauswesens. Auf dem Berg der Verstoßung hat jeder Fluch seine Heimstatt und seine Schädelstätte jeder Haß. Unter dem gleißenden Licht auf den Stufen, die zum Palast hinaufführen, schleiften auch wir unsere Geschichte zu dem Herdplatz unter freiem Himmel. Die alte Angst- und Wunschspur führt das Gedächtnis herauf: Angenommensein, dort am fürchterlichen Herdplatz, dem Auge unerbittlicher Landschaft.
Ich drängte mich nicht, mich zu versehn mit alten Geschichten und Mythen und dem Gnadengesuch an unser Gedächtnis in der Tasche, wir möchten nicht verknüpft sein mit dem, was wir wissen über den Ort, der uns den Tod geben kann, solange wir nicht mit ihm zu leben wissen: bis wir bei uns selber sind und einander annehmen können.
Dort zwischen Ginster und Mohn über den Grabstellen ist die Trümmerstätte des Heiligen plötzlich bewohnbar gewesen. Dort mußten wir ankommen, damit die Zeit aufhörte, in der ich *sprach zum Lachen: du bist toll! und zur Freude: was machst du?* Dort besann ich mich auf das Königsrecht: ich lobte die Freude, als ich Torheit und Tollheit erkannte und mich zu leben verdroß, daß ich mich umwandte und mein Herz lassen wollte von aller Arbeit, die ich tat unter der Sonne. Ich lobte die Freude, als wir den Retsina tranken auf dem Fluchstein und das Brot aßen unter dem Himmel, dem ich mich aussetzte, damit wir weitergehen konnten unter die Ölbäume und ich ihre Antwort verstehen lernte aufs Licht, das einzieht in die Blätter als silberner Widerschein, wenn die Zweige den Windlinien folgen.

In Mykene konnte ich auf einmal annehmen, was mir das Schwerste schien.
Ich habe es nicht gemacht. Es ist mir widerfahren. Ich hatte plötzlich den Mut zu sagen: ja, wir lieben uns, und es kann Leben daraus kommen, nicht Angst und Schrecken und diese fürchterliche Tapferkeit, mit der wir herumgehen in der Welt. Ich habe dich erkannt in Mykene, wie du mich erkannt hast schon lange Zeit davor. In Mykene habe ich mich gefreut wie nie zuvor in meinem Leben. Dort am Schauplatz der entsetzlichsten Geschichten, die Menschen einander ausdenken können. Du aber, Martin, hast die Lebensruhe nicht. So tapfer gelöst von allem und allen, daß du mich nicht brauchst. In dieser Nacht auf dem Schiff will ich dir sagen, du bist so tapfer, mich nicht zu brauchen, weil du dann die Tapferkeit sparst für die Zeit, in der wir uns verlieren. Was du nicht angenommen hast, das kann man dir nicht wegnehmen. Hast du nicht so gedacht und uns so voreinander schützen wollen? Dort unten schläfst du aufrecht in deinem Sessel, und ich glaube dir nicht, daß dir das bißchen Sturm auf den Magen geschlagen ist. Es war etwas anderes, das dich fortzog in die Schwere des Schlafs. Du wolltest nicht dabeisein, wenn wir wieder nachhause kommen, hast die Rückkehr verpassen wollen. Ich freue mich auf die Rückkehr und möchte die Freude mit dir teilen.
Vorhin bin ich zu dir hinuntergestiegen, habe dir die Jakke weggezogen, es ist sehr kalt hier oben auf dem Schiff. Du bist zurückgesunken in die Schlafschwere und hast nur etwas gemurmelt, das ich nicht verstand. Wie kann einer so fest schlafen, wenn vor ihm am Boden die Leute hokken, laut lachend Zeitungen auf dem Boden ausbreiten für eine Mahlzeit mit Brot und Oliven mitten in der Nacht. Ich glaube dir deinen Schlaf nicht, den du haben sollst, wenn du dir so viel von ihm versprichst. Du sahst niedergeschlagen aus und nicht wie ein Lebens-Gast, der lose in

den Händen hält, was ihm angeboten wird, der die Schüssel nicht festhält, wenn man sie ihm reicht. Die stoische Ruhe hast du nicht, du hast dir gar nichts genommen, damit du nichts verlierst, ist es nicht so?
Die Liebe zwischen dir und mir darf nicht wahrgenommen werden, damit wir sie nicht eines Tages verlieren, ist das nicht deine Angst, die auch so lange meine Angst war? Jetzt aber bin ich gehalten von einer Freude, die mir widerfahren ist und die mich nicht verläßt.
Mit dieser Freude, die sich nicht gegen dich wenden kann, habe ich dich in Griechenland ein paarmal ausgelacht, und du warst beinahe gekränkt.
Dein Gesicht auf der Agora in Athen, als ich von dem Scherbenhaufen, der, auf der Mitte des Platzes zusammengetragen und eingezäunt, mich erheiterte, mir ein Stück mitnahm und es hinaustragen wollte aus der Stadt! Ins Freie wollte ich die Stadtscherben mitnehmen. Du aber hast es mir verboten mit dem Gesicht eines, der einen Kirchenräuber ertappt. Ich habe gelacht über deine Ehrfurcht vor der Scherbenhinterlassenschaft dieser Stadt, du hast sie dir geheiligt wie ein Glaubensbekenntnis und bist der stoischen Vernunft doch nicht froh geworden.
Leicht sind wir geworden, als wir aus den Städten und heiligen Plätzen auszogen und hinausgingen in die Weinberge und weiter, immer weiter in die Wildnis. In den Tempelruinen, alten Gassen und Straßen habe ich dich nicht gefunden, dort hockte nur unser Wissen über das Land und wartete, daß wir es rufen sollten.
In Korinth habe ich gesehn, wie du mit der Leidenschaft eines Verdurstenden den Spuren der grasüberwachsenen Wasserleitung gefolgt bist, als wolltest du dich noch einmal heimisch machen in der Stadt und ihrer nicht nur gedenken. Getrunken haben wir anderswo und hatten Wassers die Fülle, und du weißt, wo es war. In den Felsklüften und Steinrissen, in denen uns die Erwartung verließ, wir

könnten die Hinterlassenschaft der Griechen tragen und uns halten in den alten Geschichten und zur Ruhe kommen an einem vielbeschworenen Platz. Lebens-gefährlich ist uns dies Land erst geworden bei den Felsklüften und Steinrissen, als wir allein waren mit uns unter dem Licht, das ins Wasser tauchte mit uns in einen hellerleuchteten Schmerz. Als wir auf den Steinen am Wasser lagen und uns liebten, ist unser Verlangen nacheinander endlich befreit gewesen von der Angst vor dem Verlust. Und später dann, als wir die Steine über das Wasser tanzen ließen, wünschte ich mir, es wäre eine Scherbe von der Agora in Athen dabei gewesen, sie wäre als letzte gesunken.
Ich möchte dich begleiten ohne den Schutz deiner stoischen Einsichten, an dich gebunden in der gemeinsamen Lust, aufzubrechen dorthin, wo es keine Sicherheiten gibt.
In Delphi, Martin, ist uns zuerst ein Polizist begegnet, und er hieß Christos, weißt du es noch? Das ist, wahrhaftig, eine delphische Bedenklichkeit gewesen, über die wir nicht lange genug lachen können. Einer ging da herum im Namen der Ordnung und trug den Namen dessen, der alle Ordnungen aufhob, damit wir sehend werden und zur allerhöchsten Vernunft kommen: es ist genug, daß ein jeder Tag seine eigene Plage habe und sein eigenes Glück, es ist die Gegenwart genug. Du aber, lieber Martin, du nimmst die Plage und das Glück nicht an, sagst, danke, ich habe schon gehabt, und ich werde schon gehabt haben und nennst es Gelöstheit.
Mir sind die Augen aufgegangen, ich sehe dich in einem Schonraum, in den du mich nicht hineinziehen kannst, denn ich habe dich erkannt und will erkannt bleiben von dir.
Dann vielleicht wirst auch du eines Nachts den urweltlichen Schrei hören, der mich in Delphi weckte gegen Morgen, als alles noch still war und ich hinaussah auf den schneebedeckten Parnaß, über den in meinem Traum eine

Echse herabkam und schrie. Was ich hörte, war nur ein Esel, der schließlich auch dich geweckt hat, und du hast gesagt, verdammt nochmal. Sag öfter, wenn du aufwachst und dir ein Esel guten Morgen sagt, verdammt nochmal, dann kannst du aufstehn, und ich lege Lösegeld unter die Schuppen der züngelnden Echse, damit sie uns vorbeiläßt, wenn wir aufbrechen miteinander und vor uns hingehn ohne Furcht. Vielleicht eines Tages noch einmal nach Griechenland, damit du siehst, was ich gesehen habe, als du schon schliefst, und wahrnehmen kannst, was mir mykenische Freude gezeigt hat: Gekrönt vom Distelstern, Igoumenitsa. Flügelschuhleicht trat ich ein. Stadt mit dem Brandmal. Dürrevertraut, dein Boden gegerbt und gesalbt, vom Licht des Ölbaums gesegnet. Lautlos tut sich die Wildnis auf, bewirtet mit bitterem Honig, der löst mir die Zunge, verschwistert dein Siegel dem meinen: glasheller Stein, Beryll und Zitrin, der aus den Adern der Bergkuppen heimlich ins Meer zieht. Über die staubigen Wege ziehen die Sphinxen einher und knoten die Rätsel ganz ohne Hast.

Ich werde jetzt zu dir hinuntergehn, mich neben dich setzen und mich nicht fangen lassen vom Schlaf. Es ist früher Morgen, die Zeit der Hinrichtungen schreckt mich nicht mehr, im allersanftesten Blau der Welt steht über den Inseln eine purpurne Sonne, und ich sage zur Freude, was machst du?

Viel später erzähle ich dir, wie ich dem Fischer zusah, der mit seiner ganzen Kraft ein Bündel Aale auf die Steine am Meer schlug. Er war auf einmal Herkules in Fischergestalt, der die Hydra besiegt, und der andere griechische Bauer, den wir mit seiner Herde vor dem Grab des Agamemnon in Mykene trafen, der seinen Hund bis an die Stufen des Palasts rufend verfolgte, war Herkules noch einmal, der den Zerberus nach Mykene gebracht hat.

Martin las Ruths Brief mehrfach, ohne nur einmal zu ihr aufzusehen, die mit fliegenden Haaren an der Reling stand und zu Martin herübersah. Er wußte, Ruth hatte recht mit ihrem Brief, zugeben allerdings konnte Martin das nicht. Er hätte die Rolle des väterlich schützenden Menschen aufgeben müssen. Er brauchte sie und konnte es sich selbst nicht erklären. – Du kannst herzzerreißend schöne Briefe schreiben, sagte er daher nur zu Ruth, und sie hörte den abwehrenden Unterton seiner Stimme. Ach Ruth, fuhr er fort, die Grenzen deiner Einsicht kann ich dir nicht zeigen, bevor du sie nicht erfahren hast. Die Begegnung mit dir will keinen Namen, auch den Namen Liebe nicht.
Darauf konnte Ruth nichts antworten. – In den kommenden Wochen spürte sie Martin unsicher werden in der zwiespältigen Geborgenheit, die sie einander gaben. Für Augenblicke – deren sie sich sofort schämte – sah Ruth in Martin einen Menschen, der, ohne es wahrzunehmen, Macht ausübte. Ruth brauchte Martin, und er brauchte sie. Genau dieses Ineinsfallen der Bedürfnisse verletzte beider Stolz, und es gab Augenblicke, in denen sie sich, ohne darüber je ein Wort zu verlieren, als der Gefangene des anderen erfuhren.
Martin stellte sich blind gegen die leisen Rückzugsversuche Ruths. Überrascht über die Entwicklung seiner Empfindungen gegen Ruth, überließ er sich nicht ohne Selbstironie den Phantasien über eine Ehe mit ihr. Er sah sich in der Rolle des Vaters, der, die Strenge der Mutter vor den Kindern tadelnd, sagte: das Leben ist nur ein Spiel.
Noch immer mied er, selbst in seinen Ehephantasien, das Wort Liebe. Ruth erfuhr darüber nichts.
Im Sommer wartete Ruth oft vergeblich auf Martin vor dem Krankenhaus. Niemand wußte, wohin er schon vor Ende der Dienstzeit verschwand. Eine Nachricht für Ruth fand sich nicht.

Einmal sah Ruth Skizzen und Pläne ausgebreitet auf dem Schreibtisch im Ordinationszimmer, die Martin, als Ruth hinzutrat, so hastig zusammenfaltete, daß Ruth ihm die Elektrokardiogramme nicht glaubte, die er da vorgeblich in der Hand hielt.
Ruth hatte gesehen: es waren die Pläne für ein Haus.
Wochen später nahm Martin Ruth mit auf einen Spaziergang. Außerhalb des Städtchens, nach der Seite zum Dorf hin, in dem Ruth früher gewohnt hatte, blieb Martin vor einer Baustelle stehen. Es wurde kein großes Haus, das sich da einer hinstellte. Übermäßig originell wirkte der Grundriß nicht, jedenfalls nicht einfallsreich genug, daß Martin die Baustelle hätte betreten müssen.
Du, sagte er vergnügt, dies hier wird unser Haus.
Ruth sah die Betonmischmaschine, den frisch gegossenen, noch nassen Boden, die aufgeworfenen Erdhügel rund um die Baustelle, auf denen schon Sommerblumen leuchteten. Ruth sah die Drahtrollen, über die Martin nun wegstieg auf dem Weg zu ihr. Da erst wurde sie gewahr, daß sie Schritt um Schritt zurückwich.
Ruth sah in Martins glücklichem Gesicht, er hielt sie für eine Meisterin der Verstellung, die listenreich das fällige Glückswort hinauszögert. Es kann ja nur einmal gesagt werden. In Martins Kopf gibt es viele solcher Glückswörter, er hatte Zeit, sie im Laufe der Monate für Ruth auszudenken, eines muß sie jetzt nur sagen, damit er sie in die Arme ziehen kann.
In lichterlohem Zorn zog ein Wort Ruths das andere nach sich und verbrannte alle Erwiderungen Martins. Kein Glückswort war dabei, nicht eines von Verständnis.
Eine lebensgefährliche Verlockung hast du dir ausgeheckt, rief Ruth und bewegte sich zögernd auf die Baustelle zu. Am Rand der frisch gegossenen Betondecke blieb sie stehen. Martin wartete auf der anderen Seite, den Umweg an der nassen Decke vorbei fand er nicht mehr.

Ein Haus, ein Kind, ein Baum, hast du dir das gedacht? fragte Ruth.
Ihr war, als müßte sie verletzen, damit Martin sie wahrnehmen konnte.
An mich hast du gedacht, als du dirs ausgeheckt hast? rief sie und achtete nicht darauf, daß Martin mit versteinendem Gesicht noch immer schwieg. Ich bin nicht deine Frau, als hätte er es behauptet.
Ruth stampfte mit dem Fuß auf den Boden.
Was hat du dir gedacht?
Martin konnte es nicht sagen, Ruth ließ keine Lücke zwischen ihren Sätzen. Keinen Tag hatte er daran gedacht, Ruth zöge nicht mit ihm in das Haus. Sie warf ihm vor, er traue ihrer Freundschaft nicht.
Willst du einen sichtbaren Beweis meiner Gegenwart? Soll ich mit dir in einer Fluchtburg sitzen gegen die getarnte Furcht, wir könnten uns vor der Zeit verlieren? Lädst du mich noch einmal ein in dieses Haus, werde ich dich schon verlassen haben. Das sagst du so, unser Haus. Ich will die Gestalt unserer Freundschaft nicht fertig sehen, verstehst du das nicht?
Mit dem Haus hat das wenig zu tun, sagte Martin, aber Ruth warf ihm vor, er könne es nicht aushalten, im Offenen zu stehen.
Ich liebe dich nämlich, sagte sie, wollte immer unseren inneren Raum erweitern, nie bin ich neben dir gehockt in der Hoffnung auf ein Dach, eine Kapsel oder den schützenden Fittich. Unsere Freundschaft habe ich mir kühner gedacht, wäre nie darauf verfallen, ich stieße mit dem Kopf gegen eine Hauswand, wenn ich deine Grenzen entdeckte, Martin. Jetzt sehe ich die Grenzen deines Mutes. Du hättest mich ja fragen können, ob ich bei dir wohnen will, aber so mutig warst du nicht.
Ich bin, sagte Martin, davon ausgegangen, daß du dich vor männlicher Vereinnahmung nicht fürchtest, daß du la-

chen kannst über das ganze Gerede von den tödlichen Rollen der Leute im Krieg der Geschlechter. Ich habe geglaubt, wir könnten den Frieden spielen, nicht das langweilige Stück. Niemals habe ich deine Unabhängigkeit antasten wollen.
Du willst mich nicht verstehen, Martin.
Jedes Verstehen ist doch nur der Versuch einer Annäherung, sagte Martin. Er sagte es mutlos. Wir wollen, bat er dann, das kleinmütige Muster nicht ausfüllen, in dem für dich der Innenraum als Verlies vorgesehen ist, das du mir erwärmst und zum Dank, daß es da ist, das Licht weiblicher Zartheiten anzündest.
Viel Schlimmeres hast du gewollt, sagte Ruth, faßte sich an den Kopf und ging ein paar Schrtte auf Martin zu, da stak sie schon fest im zähen Beton. Viel Schlimmeres hast du gewollt, wiederholte sie unbeirrbar, während sie den Fuß aus dem feststeckenden Schuh zog. Mit beiden Händen riß sie ihn wütend heraus, hörte Martin lachen, als sie den Schuh weit hinter sich warf.
Das bleibt so, lachte Martin und wies auf den Schuhabdruck im Beton, Martin hatte schon wieder ein Grinsen im Gesicht: die Fußspur bleibt im Boden, ich kann dann sagen, du bist hier gewesen und zwar recht lange, sagen wir, seit dem späten Neolithikum.
Ruth fand es nicht komisch, obschon sie lachte.
Wenn auch den Schuh, so hatte Ruth doch nicht den Faden verloren. Zwei Menschen, sagte sie, dachtest du dir furchtlos. Du Träumer, hast wohl geglaubt, wir beide könnten das meistern und in einem Haus wohnen, das keine feste Bedeutung annimmt, ehe wir auch nur dreimal den Schlüssel in der Tür drehn und uns verwünschen dabei, sollte es uns je eine Fluchtburg sein. Soll ich dir sagen, wie ich dein Haus sehe?
Ja, sagte Martin, aber wünsche dich dabei ein einzigesmal hinein, und sei es auf Widerruf.

Ein Dach wäre das Haus, sagte Ruth leise und ließ plötzlich ihre Traurigkeit sehen mitten in der Drohung, ein Dach wäre dies Haus über zweifacher Verarmung. Wir würden den Reichtum, der sich entfalten könnte zwischen dir und mir gar nicht leben unter einem Dach. Es deckte uns die Feindschaft zu, die zwischen Mann und Frau als Ursache zwiespältiger Geborgenheit noch gar nicht entdeckt ist. Ich fürchte das Urteil der Leute nicht. Mögen sie mich für eine Hetäre halten oder was immer sie brauchen, um sich gut zu unterhalten. Sie dürfen mich meinetwegen auch sehen als sanftmütige Konkubine, wenn es ihnen Spaß macht. Es ist mir so gleichgültig wie dein Haus. Lebten wir darin, wir würden es doch eines Tages mit der warmen Höhle verwechseln, in der wir gern geborgen wären miteinander und voreinander, Martin. Genügt es dir nicht, daß du meine Haut bewohnst, brauchst du die Liebe Stein auf Stein, die Freundschaft wird bald fertig sein? – Ich will kein Haus, in dem wir die Tür hinter uns zuziehen. Das können wir immer noch machen, wenn wir uns vor Feigheit und Ermattung nicht mehr zu retten wissen. Aber ich weiß mich noch zu retten. Auch vor dir. Die Galle sehe ich mitten im Honig schon schwimmen. Die Mühe des gemeinsamen Alltags ist nicht die Galle. Der Alltag könnte sogar lustig sein und eine Quelle schönen Streits. Den heimlichen Rückzug ins vorgewärmte Eckchen, den, Martin, will ich nicht, und zöge ich mit in das Haus, müßten wir uns das immer vorwerfen und brächten den Mund doch nicht auf. Du weißt, so würde es kommen. Ich will die Gegenwart mit dir jeden Tag neu bauen, mich nicht auf Riten verlassen. Ich bin nämlich zu schwach, eines Tages verschwände ich in den Riten hinter deiner schönen Haustür und vor mir selber, und du, du würdest das gar nicht merken.

Ruth stockte. Nicht mehr wütend auf Martin stand sie ihm gegenüber mit nach vorn geöffneten Händen, die sie

langsam sinken ließ, bis die Arme, gleichsam ratlos aufgegeben, an den Schultern baumelten.
Nun kommt es heraus, sagte sie vor sich hin, nun kommt es heraus, zwischen Brombeerranken und Bauschutt kommt es heraus in der Wildnis, was du unter tätigem Leben verstehst. Leben in einem Haus, das tagaus, tagein tapferes Abwinken gegen die Bekümmerung ist. So könnten wir uns gegenseitig niederringen in dem Haus, und man sähe es uns nicht einmal an.
In Martins Gesicht verschwand das Lächeln, das unterwegs war, hinüber zu Ruth. Das Haus, sagte er, ist kein Versprechen, wir hätten es haben und bewohnen können, als hätten wir es nicht. Du tust mir leid, Ruth.
Keine Spur von Ironie in seinem Gesicht. Ratlosigkeit. Martin fand keinen nächsten Satz und ebensowenig eine Geste für Ruth. So standen sie, lächerlich getrennt voneinander durch den nassen Beton, bis Martin endlich fragte, könntest du mir wenigstens verzeihen, daß ich dir das Haus verschwieg und mich nicht mit dir absprach?
So sollst du nicht reden müssen mit mir, es ist da nichts, das ich dir verzeihen müßte. Es ist mir nur unmöglich, mit dir dort zu wohnen. Besuchen kann ich dich jeden Tag, wenn du das willst.
Du machst es uns sehr schwer, sagte Martin leise. Hätten wir nicht auch lernen können, über uns zu lachen und über unsere Angst vor den Rollen der Geschlechter? Wir hätten aber besonders auch über meine Sorge lachen können, nach der hast du gar nicht gefragt. Nicht nur deine Schatten hätten mit in diesem Haus gewohnt. Auch meine wären mit eingezogen und hätten mich heimgesucht. Du weißt gar nicht, was du sagtest, als du spottetest, ein Haus, ein Kind, ein Baum, oder weißt du es doch und hast dich darauf verlassen, daß ich schon gelassen bleibe dabei? Du hättest ja auch der Baum sein können, auf dem ich bestehe in Erinnerung einer eingestürzten Welt –

Mut läßt sich mit mir nicht beweisen, sagte Ruth, sah Martin nicht einmal an, mit mir läßt sich überhaupt nichts beweisen. Sie ging zu Martin hinüber, und er war nicht erstaunt, als sie sagte: wenn du willst, können wir jetzt in diesem Haus miteinander schlafen, es ist noch kein Dach darauf, willst du?

Ruths Träume in den folgenden Nächten waren ein Fanal. Jagende Unruhe trieb sie im Schlaf durch Baumhäuser, Katen und Villen. – Zu Beginn des Traums weiß sie jedesmal, sie hat die Häuser gewollt, aber sie wünscht sie leer, nicht mit der Hinterlassenschaft unterschiedlichster Möblierung, die sie inkauf nehmen sollte. Sie durchquert Zimmerfluchten, im Halbdunkel versperren ihr Intarsienmöbel der Renaissance, des Biedermeier und Empiretische, bedeckt mit weißen Tüchern, den Weg. Sie bittet, den fremden Hausrat hinauswerfen zu dürfen, es wird ihr verwehrt. Einmal schließlich findet sie in einem Baumhaus den Plunder deutscher Herrenzimmer. Sie zündet ihn an, flieht über die brechenden Äste des Baums und springt aus großer Höhe auf ein Feld, auf dem Pflanzen aller Jahreszeiten gleichzeitig blühn.
Fortan träumte sie nicht mehr von Häusern. Nur einmal noch findet sie ein kleines Kind, das auf dem Parkett einer Wohnung in der Beletage spielt. Erstaunt sagt es, als Ruth einziehen will: Du kannst hier leider nicht herein, ich gehöre nicht zu dir, mach, daß du wegkommst.
Ruth lag neben Martin, als sie sich im Schlaf aufbäumte. – Sie konnte nicht sagen, warum sie weinte.
Du weißt es nicht?
Nein, es ist nichts, Martin.

Martin litt und erschrak, wie anfechtbar seine Gelassenheit bei dem Gedanken wurde: Ruth will sich an mich nicht binden, wie ich mich an sie gebunden erfahre. Ähn-

lich Ruth fürchtete er jede Form der Abhängigkeit von einem Menschen. Zunehmend wehrte er sich vergeblich gegen eine vage Angst, Ruth zu verlieren. Um sich vor ihr zu retten, nannte er sich eifersüchtig. Eifersüchtig auf Till. Sein Kopf nannte diese Taufe eines Gefühls lächerlich, sein Herz aber war einverstanden. Schon zum zweitenmal hatte Martin den gleichen Satz auf die Rückseite eines Rezeptblocks gekritzelt: Ruth ist meine Versuchung zum Leben. Till ist mein Freund, was will ich mehr –
Das Haus war fast fertig, als Martin Ruth zu einer Spätsommerfahrt an die Ostsee überredete. Till erhielt mehrmals in der Woche Post, allerdings nur von Martin. Unter dem letzten Brief stand als PS: Das nächstemal kommst du mit.
Till, von Ruth und Martin gleichermaßen in seinem Bedürfnis nach Nähe übersehen, schrieb einen Spottbrief zurück: Vor wem flieht ihr, vor euch oder vor mir? Als er den Brief eingeworfen hatte, fiel das Gewicht eines Zorns von ihm ab, dessen er sich nun nicht mehr schämte.

Martin hatte Lust auf einen Spaziergang mit Ruth und fand sie nicht in ihrer Wohnung. Plötzlich aufsteigender Müdigkeit nachgebend, legte er sich auf Ruths Bett, erwachte viel später von ihrem Lachen. Er machte sich einen Spaß daraus, dem leichten Geplauder, in das er scheinbar erwacht war, unentdeckt zuzuhören.
– doch, wir sind verlorengegangen, und keiner hat es bemerkt. – Ob du es wörtlich nehmen sollst? Diesmal schon. Abgesehen davon, daß ich es zuerst komisch fand, stimmte es so, verstehst du? – Situationen gibt es, die einem auf den Leib geschneidert sind, du brauchst gar nichts dazuzutun, mußt einfach mitspielen. – Ich erzähle ja schon. Es war im Timmendorfer Urlaub, den Tag nach einem Feuerwerk über dem Meer. Wir standen draußen auf dem Balkon im achten Stock des Hotels. In Decken gewickelt, sah ich

bunte Feuerräder über das Wasser rollen. Sie verloschen auf dem Weg zu dem Platz meiner Kindheit. Das Lichtgewitter vor der Grenze ist mir nahegegangen. –
Wo denkst du hin, mit Martin habe ich darüber nicht gesprochen. Noch auf dem Balkon, hoch über dem Wasser, beschlossen wir einen Tagesausflug mit dem Fährschiff nach Gedser. Du kennst meine Lust, auf dem Wasser zu sein. Wir begannen die Fahrt, trunken vor Heiterkeit, waren auch schon viel zu gut erholt, als daß uns nicht etwas hätte zustoßen müssen. Zu lange wohl hatten wir die Rolle des ungleich liebenden Paares schon gespielt. – Doch, auch ich beherrsche die Rolle gut. – Nein? So wörtlich sollst du mich nun auch wieder nicht nehmen. – Wie? Das Schiff, ja, das mußt du sogar wörtlich nehmen. Randvoll mit Touristen schipperte es nach Gedser. – Betrunkene? Und ob – schon gleich zu Beginn, gesehen habe ich sie nicht, nur gehört, bin die meiste Zeit neben Martin auf Deck in der Sonne gestanden und hielt mein Gesicht über das Wasser. Die winzige Tageskabine, die wir gemeinsam gemietet hatten, war stickig, gerade gut genug für unser Gepäck, das wir dann allerdings lange nicht mehr wiedersahen. – Nein, nein, um das Buffet bin ich nur ein paarmal herum gegangen, hatte keine Lust, Zeuge der Völlerei zu sein. – Eine bestimmte Spielart von Weibern dort, ja, du hast recht. Es sind immer die gleichen, die mit der Schwiegermutterphysiognomie und dem ewig zu kurz gekommenen Lächeln. – Wieso bin ich boshaft? Natürlich habe ich vorher gewußt, in welcher Gesellschaft wir fahren würden. In Gedser haben wir uns gleich im Laufschritt davongemacht. – Martin? Und wie – der überholt mich noch allemal mit einem Kindergesicht. – Natürlich wollten wir nichts in Gedser! Nur einfach dort sein. – Nein, auch in Gedser wollten wir nicht über Kierkegaard und die Ehe streiten. – Wo denkst du hin? Wir kämpften mit Wespen. –

Ja, wörtlich. Der kleine Ort mit seinen geraden Sträßchen war schnell abgelaufen, die Vorhut der Schiffsgesellschaft huldigte vor ein paar putzigen Pornoläden ihrer erotischen Neugier, und wir saßen schon fast ganz allein in einem Gartenrestaurant, tranken Kaffee und aßen einen Bienenstich nach dem anderen. Martin trieb den Teufel mit Beelzebub aus. Über dem Bienenstich immer die Wespen, vor denen Martin eine rührende Angst hatte. Später liefen wir auf dem Deich um die Wette, dort gab es mit Sicherheit keine Wespen. – Ja, wir sind lange in der Sonne gelegen. – Freilich, das hätten wir auch in Timmendorf haben können, die Pointe der Fahrt war das nicht. Ich spazierte lange auf dem Deich als das aufgeputzte Landkind, Martin zulieb, im grellbunten Sommerkleid mit rotem Kopftuch. Komisch wurde alles erst, als Martin von mir wissen wollte: wann fährt unser Schiff zurück? Wir hatten uns aufeinander verlassen. Keiner von uns hatte eine Ahnung von der Abfahrtszeit, so verläßlich-unverläßlich schlenderten wir da vor uns hin. – Natürlich siehst du das richtig. Das Schiff war weg, unser Gepäck auch, schlingerte übers Wasser zurück mitsamt der Jacke, in der Martins Scheckheft stak. Da standen wir nun, eine weitere Fähre gab es den Tag nicht mehr, ohne Geld, bei mir fanden sich noch ein paar Münzen für ein Gespräch nach Deutschland wegen unseres Gepäcks. – Klar, bei Trost waren wir nicht, sind wir das je gewesen? Erheitert aber waren wir. – Kindsköpfe? O ja. – Selbstverständlich geschah uns recht, ergab sich doch die einmalige Gelegenheit, herauszufinden, was wir, gewissermaßen gelöst von allem, eigentlich tun – frei nach Martins Seligkeitsvorstellungen: angewiesen aufeinander und einander bedürftig. – Meine Stimme, – traurig? Ich benutze nur Martins Lieblingswörter. Seit der Nacht am Deich finde ich sie allesamt komisch. – Ja, du hast richtig gehört, wir verbrachten die Nacht am Deich. – Kalt? Und wie. – Nein, so mutig war

Martin nicht, in einem Hotel Schulden zu machen. Ich hätte es auch nicht gewollt. Mir hätte sie schon gefallen können, die Nacht draußen am Wasser unter freiem Himmel. – Habe ich das gesagt? Es ‹hätte› mir gefallen? Ach so. – Nein, wir haben die Gelegenheit nicht verpaßt, uns über uns lustig zu machen. Erst gegen Ende der Nacht gelang es nicht mehr. Als es wieder hell wurde, waren wir stumm. –
Du sollst nicht sagen, Martin macht alles kaputt. Schließlich habe ich Streit provoziert, nicht er. Ich habe ihn aufgezogen mit seinem seltsamen Wortschatz. – Natürlich, in unserer Situation drängte sich der Spott geradezu auf. – Wieso ist Martin nicht halb so seltsam wie sein Wortschatz? – Gut, meinetwegen. Aber ich habe zu Martin gesagt, als wir schon froren, daß Gott erbarm, und als wir uns schon stundenlang auf dem Deich gegen den Frühwind stemmten: nun hat es endlich einmal nicht geklappt mit der ‹selbstbefangenen Selbstbesorgung›. Bist du glücklich darüber, Martin? Auch so ein erlesen scheußlicher Lieblingsausdruck von Martin, diese selbstbefangene Selbstbesorgung, mit der er alle Egozentriker in die Flucht schlagen möchte. Ach ja, mein Martin, der liebenswürdige Schwindler – er hat es nicht hinnehmen können, daß ich ihn – wenn auch nur im Scherz – an seine Forderung erinnerte, es müsse der Mensch immer reisefertig sein, bereit, sich zu lösen von allem. – Reisefertig? Nun ja, für den Tod. – Kennst du nicht das schöne Gleichnis über die Gemütsruhe der Stoiker? – Nein? Erzähl ich dir, es ist nämlich angesichts unserer Gedserfahrt ein erleuchtender Gotteswitz. Geht ungefähr so:
Legt ein Schiff unterwegs an, darfst du seelenruhig aussteigen und Wasser holen oder Weib und Kind oder Gemüse, was immer du willst, aber das Schiff mußt du im Auge behalten, dich immer wieder umdrehen und hinsehen nach dem Schiff, damit du das Abfahrtssignal nicht ver-

paßt, während du dich törichterweise ans Leben klammerst oder an den Besitz einer Zwiebel. Sobald du das Signal hörst, mußt du alles loslassen, also auch die liebe Ruth, und du darfst dich nicht mehr umwenden, nichts wie rauf auf das Schiff und in aller Leichtigkeit Einverstandensein mit der Abfahrt, glattwegs in den Hades. – Fürchterlich? Überhaupt nicht, andernfalls nämlich wirft man dich gebunden aufs Schiff wie ein Schaf. – Wir sind Idioten, die alles mißverstehen? Kann sein. – Warum soll mir in so einer Nacht am Deich das Gleichnis nicht einfallen? Ich habe Martin nicht gefoppt für seine Weltfremdheit, ach nein. – Natürlich haben wir gestritten. – O nein, nicht gleich, saßen erst einen lauen Abend mit knurrendem Magen am Wasser, Martin sang mir das Doppelkonzert von Brahms vor. – Nein, es ist kein Witz, er kann das, kennt viele Partituren auswendig für eine Zeit, in der er, gelähmt oder todkrank, sich nicht mehr in ein Konzert schleppen kann. Er liebt die Katastrophenprophylaxe, da hilft seine Gelassenheit keinen Takt weiter, da hast du es. Er braucht etwas für sein Leben im voraus, in dem er vielleicht einmal die Zeit allein erfüllen muß. – Wie? Ja, ich habe erfüllen gesagt, nicht ausfüllen. – Nein, die ganze Nacht hat er nicht gesungen, dazu war es zu kalt. Im Gehen spielten wir das alte Spiel: wir sind Robinson und Freitag. Wir haben auch das andere erprobt: was nimmst du mit auf die verlorene Insel? – Nein, du findest nicht heraus, was Martin mitnehmen würde. Die Wahlverwandtschaften. – Wieso ‹verdammt nochmal›? Ich hätte ja immerhin den Hiob dabei und natürlich, Martin ungleich, eine wärmende Decke, und vielleicht sogar dich. – Nein? Mit Martin jedenfalls habe ich mich warmgestritten. Du glaubst nicht, wie schnell sich in der Saukälte ein Streit entzündet. Es hilft dann auch nicht, wenn einer der Kontrahenten zwischendurch ins kalte Wasser springt, um dort den nächsten Satz noch einmal zu überdenken. –

Doch, ich bin in der Nacht im Meer gewesen, weit draußen sogar. – Angst? Wieso Angst? Ertrinken würde ich nie. –
Du, zu verstehen ist da vermutlich nicht viel, nur auszuhalten. Vielleicht habe ich tatsächlich den Groll über Martins Haus als unverlierbares Reisegepäck mit nach Gedser genommen. – Das kannst du gar nicht genau wissen. – Doch, ich bin mir einig mit Martin, in sein Haus ziehe ich nicht ein, und meine Gründe für die Weigerung sollen nicht zwischen uns stehen, das ist abgemacht. – Natürlich kann man so etwas abmachen. – Ich will mit niemandem darüber rechten, auch mit dir nicht. Können wir es dabei belassen? – Ich danke dir, ich danke dir herzlich.
In jener Nacht nämlich sind Martin und ich ausgesetzt gewesen auf dem Deich, und das stundenlange Hinsehen über das unruhige Wasser hat etwas in uns noch einmal in Bewegung gebracht, das wir gern beruhigt beiseite gelassen hätten. Was unsere Augen sahen, stimmte plötzlich grotesk mit der Erfahrung überein, die wir miteinander machen. Gelöst wären wir gern, sind einander aber ausgesetzt, ohne jeden Zusammenhang mit anderen Menschen, einfach liegen gelassen, schöne Gelassenheit das. – Nein, ich habe soeben nicht wie Martin geredet, du bildest dir das nur ein. Ich habe mir höchstens gewünscht, wir hätten etwas gelöster die Situationskomik genossen. – Nein, weltfremd ist Martin nicht, nur manchmal handelt er wie ein Bub und suggeriert sich die Gemütsruhe des abgeklärten Greises dazu. Es rührt mich an ihm und ärgert mich gleichzeitig. Hätten wir es in jener Nacht gekonnt, unserer Situation ins Auge zu sehen, so könnten Martins Sätze über die Gelöstheit mir manchmal zählen und gelten. Aber so ist es nicht. Allemal spricht er anders, als er empfindet. – Du magst recht haben, wir halten es alle so, er ist keine Ausnahme. Nur seine Wörter, da muß ich dir recht geben, die sind eine Provokation besonderer Art. Recht

gedeihliche Schuldgefühle gegen Martin sehe ich in mir wachsen, er kann, allen Abmachungen zum Trotz, mein Nein gegen sein Haus noch immer nicht annehmen. Gegen Morgen auf dem Deich in Gedser war plötzlich alle Fürsorglichkeit aus seiner Stimme dahin, und er hat mir Vorhaltungen gemacht.
Was sollte ich schon darauf antworten, daß Gedser in Martins Augen ein Sinnbild sei für meine Sehnsüchte. – Ja, ich kann sie dir nennen; wie Martin sie sieht, heißen sie so: Hätschelung der Phobie gegen ein Dach über dem Kopf und ein bockbeiniges Ausharren in eigenmächtig erduldeter Saukälte. – Ja, wörtlich, leider.
Meine Gereiztheit in der Nacht in Gedser, sie tut mir nicht leid, wieso auch? Mit Martin habe ich ein weiteres Mal die Gegenwart verpaßt. Was hätten wir alles sehen und hören und riechen und sogar schmecken können dort draußen auf dem Deich in der Sommernacht. Aber nein, anderswo sind wir gewesen. – Muß ich dem Ort auch noch einen Namen geben? Für dich tu ichs. – Danke. – Wir haben die Nähe, die wir erfahren, nicht aushalten können, sie fortwährend Feigheit genannt – und ich ganz besonders. Martin als Klammeraffe, als stoischer aber. Das hat er mir nicht verziehn. – Ja, ich habe es ihm gesagt. – Warum sollte es mir leid tun? Wüßten wir besser, was Gelöstheit im Leben und nicht neben allem Lebendigen bedeutet, die Leute könnten den Abstand spüren, mit dem wir Verzicht und Verlust auf uns nehmen; es ist nicht an dem. – Warum nennst du das eine unmenschliche Forderung? – Nein, o nein, es ist nicht wahr, daß Martin versucht, sich mit mir die selbstgewählte Einsamkeit zu verdecken, und es stimmt auch nicht, daß er mich vornehmlich dazu braucht, mir seine Wortweisheiten aufzusagen, damit man seine Lebensdummheiten nicht so genau beobachtet. – Nein, der stoische Schwindel läuft bei Martin, wie bei uns allen, auf unwillkürliche Verstellung hinaus. –

Hast auch du längst begriffen, nur noch keine Sätze darüber nötig gehabt. – Doch, ich kann dir welche machen. Wir alle verstellen uns die Erfahrung, daß weder Freundschaft noch Eros das Alleinsein des einzelnen jemals mildert, daß wir längst wissen, Geborgenheit gibt es nur als Erfahrung des erfüllten Augenblicks –, und als Naturzustand auf Dauer eben nicht. Weil Martin das weiß, und weil er sich von der überwältigenden Kraft des Eros die dauerhafte Geborgenheit verspricht, muß er sagen, ich habe Geborgenheit stoisch von mir gewiesen. Sein Gelöstsein ist eine Spielart des Abwesendseins, nur, er weiß nicht einmal, daß er spielt. Wissen wir immer, wann wir spielen und wann nicht? – So teuflisch ist die Täuschung nicht, da hast du recht. Sie ist das Natürlichste von allem, was wir vornehmen. Warum lachst du? – Gut, ich frage dich nicht. Teuflische Täuschungen fühlen sich immer gut an, das weiß ich, brauch deine Erklärung nicht, schade um das viele Telefongeld. – Nein, ich bin nicht empfindlich, will es nur gut sein lassen jetzt. – Wenn du willst, geradeso wie Martin. Vernünftige Gelassenheit, die man mit Argumenten herredet, gibt es nicht, das mußt du mir nicht sagen, ich weiß es. – Ja, ich werde gern nachdenken darüber, ob vielleicht viele Menschen ein Leben lang in Wahrheit, wie Martin sagen würde, die Dimension ihrer Entbehrungen ausmessen, während sie, werbend für die große Ruhe, vor sich hinsagen, ich kann alles lassen, ganz wie Martin mir sagt: ja, ich kann dich lassen, begegnet bin ich dir, verfügen kann ich nicht über dich und weiß das alletag, ein Recht auf die Wiederholung von Glückstagen habe ich nicht, deine Nähe ist mir ein Geschenk. – Wie Martin aussah, als er das sagte? Wie jener, der auftaucht vom Schlunde, da war er müde und alt. – Zynisch? Keine Spur, ich meine es wörtlich. Es ist wahr, daß wir aufeinander angewiesen sind, nur manchmal fürchte ich, es wird ein Anklammern daraus. – Nein, das möchte ich nicht sagen,

Martin gleiche einem, der wie geschaffen dazu ist, daß man ihn in seiner Bedürftigkeit verletzt.
Martin war längst hinter Ruth getreten. Sie legte den Hörer auf und sagte, gar nicht erschrocken: da bist du ja, woher kommst du?
Aus deinem Bett, sagte Martin. Über seine Unverschämtheit in der Rolle des stillen Zuhörers redeten sie nicht. Martin fragte auch nicht, mit wem Ruth gesprochen hatte, dachte, es sei Till. Den fragte er später: nun, wie findest du Ruths Schiffsabenteuer?
Ich weiß davon gar nichts, sagte Till, erzähl doch mal.
Nun ja, meinte Martin, während dieses zauberhaften Ostseeurlaubs haben wir einmal in Dänemark die Fähre verpaßt und verbrachten eine Nacht in königlicher Ruhe am Deich. Die Welt konnte uns gestohlen bleiben.
Saukalt, nicht wahr? fragte Till und: bin ich die Welt?

Martin zog allein in sein Haus. Tiefer Winter war es, als die Gäste aus dem Städtchen mit einem Fackelzug für Martin zur Einweihungsfeier erschienen. Alles deutete darauf hin, daß man die Bekanntgabe der offiziellen Verbindung zwischen Martin und Ruth erwartet hatte. Geschenke für beide, belustigende Gesten der Aufforderung zu einem ordentlichen Leben. Ruth nahm es von der heiteren Seite, Martin aber, der nach der Verabschiedung der Gäste aus dem Städtchen ein wenig schwankte, lehnte sich gegen Till, winkte den Leuten noch immer nach, als sie schon nicht mehr zu sehen waren, winkte so beharrlich, bis es schließlich wie ein angewidertes Abwinken aussah.
Warum? fragte Martin dann, könnt ihr nicht alle bei mir bleiben, mein Haus ist groß.
Du hast es so gewollt, sagte Till und machte sich von Martin los. Jens, Jan und Bettina, die auch gekommen waren, standen abseits und kamen erst herüber, als Till, nicht eben freundschaftlich, sagte: Menschen gibt es, lieber

Martin, die finden nie, was zu ihnen paßt, immer alles um ein paar Nummern zu groß – Häuser, Einsichten, alles...
Till, das verbiete ich dir, sagte Ruth.
Bettina schob sie beiseite, nannte die ganze Gesellschaft komisch, und dann sah sie Martin mit einer unerschöpflichen Geduld ins Gesicht, bis er ihrem Blick endlich nicht mehr widerstand: Martin, wer dein Freund ist und wer nicht, entscheidet sich nicht an den Weisheiten, die er dir nach ein paar Flaschen Wein aufsagt.
Dann könnten wir ja nun die Spuren des Festes verwischen, sagte Ruth. Sie sagte es vollkommen sachlich.

Wäre es für dich und mich nicht Zeit, ein wenig näher zusammenzurücken? fragte Martin, als Ruth ihm auf der Terrasse seines Hauses erheitert von der Tomate erzählte, mit der ein Student im Seminar nach ihr gezielt hatte. Ruth hatte sie aufgefangen und zurückgeworfen: wenn wir miteinander spielen sollen, brauchen Sie es nur zu sagen.
Martin empfahl, Ostereier als Wurfgeschoße für die Studenten mitzunehmen, ihr Symbolwert für die Erneuerung der Gesellschaft übersteige den von Tomaten erheblich. – Ruth sah sich, während Martin über ‹harmlose linke Kraftmeiereien› noch immer lachte, in einem Zwiespalt, über den mit Martin zu sprechen sinnlos war. Er nahm die Studentenrevolte nicht ernst, verkannte die Ereignisse an der Universität des Städtchens als provinzielle Nachahmung des Aufruhrs in Paris und Berlin und anderen großen Städten. Den Aufbruch der Studenten nannte er: die fröhliche Wissenschaft nachreifender Flegel.
Ruth war es unheimlich, als in den Seminaren von einer Woche auf die andere gesprächsfeindliche Rechthaberei zunahm, die als dummdreiste Verunglimpfung aller Lebens- und Denkformen jenseits sozialistischer Utopie daherkam.

Die Reaktion auf den Tod Benno Ohnesorgs war im Städtchen sehr verspätet gekommen, fast um ein Jahr: erst nach dem Pariser Mai. Ruth hatte an der Universität keinen öffentlichen Protest nach der Ermordung von Martin Luther King gehört, Tränen des Zorns über das Attentat auf Dutschke waren privat geweint worden, und die Junta in Griechenland war weit weg. Nun aber, wie in plötzlich ausbrechendem Fieber, holten die Studenten nach, was in einem langen Gärungsprozeß vorbereitet worden war. Ruth schien es, als lebten die Studenten, die nur wenige Jahre jünger waren als sie selbst, den Aufbruch aus den überkommenen Lebensformen nicht, sondern spielten ihn vorerst. Zu ihren eigenen Bedürfnissen und Ängsten wagten sie nicht zu stehen, von ihrer Verzweiflung am eigenen Leben zu sprechen, fehlte die angemessene Sprache. In den Seminaren rührten sie einträchtig an einem Eintopf aus Sätzen von Marx, Freud, Reich, Marcuse und Adorno, es durfte auch ein wenig Habermas sein. Sie rührten nicht um des Rührens willen, sie wollten das Verkochte als nahrhafte Speise an die sozialistische Menschengesellschaft verfüttern. Sie stellten sie selber dar, selbstgenügsam, blind für den Selbstbetrug.
Der Abscheu vor der Fremdheit in der eigenen Haut entlud sich in heftigen Emotionen, zum Erwerb haltbarer Kenntnisse über Marxismus oder Psychoanlayse führte er selten. Der politische Protest in einer geborgten Sprache hatte in Ruths Augen etwas Gestelltes. Selbst die gerechte Empörung über den Vietnamkrieg wirkte geborgt.
Je heller das marxistische Glaubenslicht leuchtete, um so wirksamer arbeiteten viele Studenten an der Verdunkelung ihrer eigenen Lebenssituation. Sich einzulassen auf die eigene Bedürftigkeit, hätte sehr weh getan, so schlug man lieber in die Richtung, in der man die Urheber der Schmerzen vermutete: bei den Repräsentanten der Institutionen.

Ruth verteidigte öffentlich die Abkehr der Studenten von bürgerlichen Dogmen, aus denen längst alles Leben gewichen war, aber zur Flucht in neue – zudem mißverstandene – fiel ihr nur das Wort Selbstzerstörung ein. Ihre demütige Deklamation vertiefte die Entfremdung vom eigenen Leben und verhinderte die Befreiung zu eigener Sprache, eigenen Riten und Ausdrucksformen von Zorn, Hoffnung und Glück.
Ruth fand keine Gesprächspartner, die ihre Frage nach der angemessenen eigenen Sprache teilten. Till nannte Ruths Geduld mit den Studenten Erziehung zur Lüge. Ruth ließ ihn. Till sah den Konflikt nicht, weil er seiner nicht war. Warum sollte Ruth ihn überreden, Schmerzen zu spüren, die er nicht hatte. Fassungslos aber beobachtete Ruth, wie die Studenten das Ablegen der alten Talare verlangten und gleichzeitig in aller Selbstverständlichkeit rote überzogen, in denen sie, als Personen unkenntlich geworden, ihre gerechte Empörung an der Basis zerredeten. Ruth graute vor den Sprechblasen und Spruchbändern, die den Studenten aus dem Mund quollen, wenn sie, ihrer politischen Erfahrung vorgreifend, auf Rache an den Verwaltern der Macht sannen.
Vergeblich bat Ruth, seht euch den real existierenden Sozialismus doch an, – reist! Die Studenten winkten ab, sie wüßten schon, Ruth habe ein Ostzonentrauma, der Sozialismus gehe eben schmerzliche Umwege. Bei Ruth vermißten sie die Tapferkeit der Opferbereiten. Doch anders als die meisten Universitätslehrer galt Ruth nicht als hoffnungsloser Fall.
Ruth saß im Sommer fast jeden Abend mit Studentengruppen in ihrer Wohnung zusammen. Die Gruppen waren so vielgestaltig wie ihre politischen Programme. Die Studenten brachten ihre Matratzen für die Übernachtung gleich mit, denn ohne Alkohol war die Lektüre von Marx einfach zu anstrengend und Ruths Strenge unzumutbar.

Es ist mir ein Rätsel, sagte Ruth, wie Menschen sich im Haß gegen etwas aufreiben, das sie doch – wie ihr das ‹Establishment› – verachten. Wo habt ihr überhaupt diese Vokabel her? Ruth erwies sich als zu dumm für die ‹Relevanz› von Anglizismen. Sie ließ es dabei und versuchte mit vielgestaltiger List, zum Nachdenken ohne Jargon zu verführen. Laßt uns in unsere Zukunft aufbrechen, sagte sie, und nicht in Politbüros einbrechen. Der Stein der Weisen liegt nicht in Moskau, und auch in China werden wir uns nicht so ohne weiteres getröstet finden.

Ruth las mit den Studenten Büchner, «Dantons Tod». Es machte ihr nichts aus, daß dabei die meisten schier hinter den süßlich duftenden Rauchschleiern verschwanden, von denen die Ruhe der Seele vorgeblich abhing.

An der Universität wehrte Ruth sich nicht gegen die Anschuldigung, sie habe sich mit Extremisten verbunden. Sie lud die Kollegen in die Matratzengruft ein: wenn schon Heine nicht wiederkommt, so kommen wenigstens Sie. – Aber es kam niemand.

Die Studenten hatten, Ruth ähnlich, keine eigene Sprache für ihre leidenschaftliche Sehnsucht nach einer existentiellen Revolution, die der politischen vorausgehen müßte, sollte die Veränderung der Gesellschaft zu mehr als zur Erstellung eines Potemkinschen Dorfes führen. Die Hinwendung zu radikaler Selbstprüfung war ihnen allen zu schwer. Mit geborgten marxistischen Dogmen würgten die Studenten ihre Sehnsucht nach einem ganzen Leben in der Lust an der Gewalt ab. Sie konnten sie nicht begründen und fürchteten sie doch.

Sie sahen die unheilvolle Verkettung zweier gegensätzlicher Impulse: die Lust am Aufbruch in ein befreites Leben und gleichzeitig die an der Zerstörung aller Hindernisse. Man hätte sie ja rechts liegen lassen können. Gemeinsam suchten sie nach den Wurzeln der Gewaltbereitschaft. Das Studium des Milgramprojekts der Yale-Universität brachte sie auf eine Fährte, die sie die Natur des Menschen fürchten lehrte.

In jenem lernpsychologischen Experiment hatte sich gezeigt, daß Menschen im Vertrauen auf eine Autorität zu ungeheuerlichen Handlungen bereit waren. Vierzig Prozent der Versuchspersonen zögerten nicht – wiewohl mit ihren Opfern im selben Raum untergebracht –, die Opfer für falsche Antworten mit Stromschlägen der höchsten vorgesehenen Intensität zu bestrafen, obwohl die Opfer unmittelbar neben ihnen in simulierter Pein schrien. Man war versucht, von ihnen als verhinderten Mördern zu sprechen. Der Schluß war falsch. Die Versuchspersonen liebten nicht die Gewalt, sondern die Fügsamkeit, ähnlich Rudeltieren, die dem Leittier folgen.

Die Lust an der Unterwerfung führt zu Gewalt bis zum Mord. Der Ursprung der Gewalt – ein Gehorsam in mißbrauchtem Vertrauen?

Diese Einsicht schien Ruth und den anderen unannehmbar, denn stimmte sie, so war der Schluß zulässig, daß viele Naziverbrecher einer menschlichen Grundhaltung zum Opfer gefallen waren, die zu jedem Menschen als Möglichkeit gehört.

Ruth wußte am Ende des Prager Frühlings: in ihrem Leben bleibt es bei der Teilnahme an einer einzigen Demonstration. Zu einer Verhaftung hat es am Ende dann doch nicht gereicht. Für ihre Handlungen wollte Ruth haftbar bleiben, unter Revoluzzerverdacht gestellt blieb sie, obwohl sie später keiner mehr rote Literatensau nannte.

Die Nachricht vom Einmarsch sowjetischer Truppen in Prag erfuhr Ruth von Jan am Telefon. Er hatte sie mit seinem Anruf geweckt und schrie aufgeregt gegen eine Radiostimme im Hintergrund an. Ruth verstand nur Satzfetzen, und während sie schon die Nachrichten aus dem eigenen Gerät eingeschaltet hatte, brüllte Jan in die

Stimmen zweier Nachrichtensprecher: warte es ab, es werden die verfluchten Deutschen wieder dabei sein, wenn das alte Stück gespielt wird: da stand sein Bruder auf und schlug ihn tot. Vierte Stimme aus einem Lautsprecherwagen: Einladung zu einer Demonstration am Mittag.
Ein gewaltiger Lindwurm wälzte sich durch die Straßen des Städtchens, vorwärts gezogen von den Klängen der Moldaumusik. Empörung und Erschütterung ertranken in Sentimentalität. Viele plünderten sich ein wenig vom tschechischen Unglück, die Füße nahmen am Umzug teil, der Kopf war anderswo. Entlegene Kümmernisse und alte Untröstlichkeiten hatten ihre Stunde, nicht alle Tage zieht Musik vorneweg, wenn sie aufsteigen. In den Fenstern lagen die Fußlahmen auf bunten Kissen, winkten mit trübem Lächeln zu den Bekannten hinunter. Diesmal waren es ja nicht die wildgewordenen Rotten der Studenten, die durch die Straßen zogen.
Es war die Bevölkerung. Die Bevölkerung schwieg aber, zottelte in kleinen Grüppchen, im Tränenrinnsal rann das Sprachvermögen weg. Viele gingen im Takt der Musik. Angst vor deutschem Stechschritt kroch Ruth den Rükken hoch. Sie ging bewußt gegen den Takt.
Vor dem Rednerpult sind die Reihen fest geschlossen. Der Vertreter des Parlaments hat sich in einer bayrischen Tracht versteckt. Heimat muß diesen Tag mit allen verfügbaren Mitteln zum Ausdruck gebracht werden. Ruth sieht, daß sich keiner über die Tracht als Maske nationalistischer Impulse aufregt. Es regt sich auch später überhaupt niemand auf. Es wird genickt und geheult, obwohl der am Pult gar nicht so viel Gesicht hat, daß ers verlieren könnte. Er sagt Kerniges über die Freiheit auf, behält, wie es seine Partei verlangt, die Freiheit, vor allem des Christenmenschen, im Aug: niemandes Herr und niemandes Knecht. Diesen Zustand hat man den Tschechen geraubt.

Es klingt durchaus so, als wüßte der Mann das Wort Sozialismus nicht auszusprechen. Einmal kommt er nur knapp daran vorbei, nach einem Räuspern erfindet er dann einen Satz über den Staat der Tschechen mit dem menschlichen Antlitz. Es darf keinesfalls der Sozialismus mit menschlichem Gesicht sein. Unter einem Antlitz tuts der Redner nicht. Prag, die Hauptstadt von Utopia, –: dort kann Hitler nicht einmarschiert sein. Prag liegt auf der insula nova, dort wohnen die beklagten Opfer der Russen, denen man die Seligkeit vermasselt hat. Dann spricht der Redner ergriffen darüber, wozu die Gewaltlosigkeit der Tschechen alle Mitbürger verpflichte. Sie verpflichtet zur Verurteilung der Invasoren, die Achtung vor der Vision der Prager Reformer kommt nicht vor.
Es kann in Prag nicht eine Handvoll sozialistischer Funktionäre geben, die sich – wenn auch mit eher schwärmerischem Sinn für Realpolitik – auf ihre Dialogfähigkeit besinnen. In Prag wird gespielt: der Wolf und die sieben Geißlein. Stellvertretend für uns alle, wenn auch vergeblich, haben sie die Mühen der Menschwerdung auf sich genommen. Die dunkle Gewalt, sagt der Redner, zerstört das menschliche Antlitz. Das Publikum weint reihenweise, kommt doch so manchem der Verdacht, er habe sich durch einen verpaßten Umzug nach Prag um sein eigen menschlich Antlitz gebracht.
Ruth steht eingezwängt in der Menge. Sie kann nicht heraus, obschon sie möchte. Die Russen müssen die ersten sein, die ein Land überfielen. In Österreich oder Polen ist nie jemand einmarschiert! Der Redner sagts ja: was jetzt in Prag geschieht, übersteigt die menschliche Fassungskraft. Der Redner sieht sich genötigt, nach diesem Satz eine gebührende Pause einzulegen, in der sich schämen kann, wer es nötig hat.
Ruth bekommt die drei Finger nicht in den Mund für einen Pfiff gegen die Schwurhand am Pult. Nichts

wünscht sie mehr als ein Quentchen Mißtrauen, das auch sichtbar würde, zum Beispiel, indem einer weggeht. Es geht aber keiner.

Ahnungslos gerät der Redner in realistische Kulissen. Hinter dem Pult sieht Ruth eine Gruppe Studenten, die sich schrittweise durch das schweigende Publikum drängen. Zunächst unbemerkt von der Polizei, gelangen sie hinter das Pult.

Der Redner ist unbeirrbar, auch als Tumult hinter ihm entsteht, dreht er sich nicht um. Die Studenten ziehen hinter seinem Kopf ein rotes Tuch auf. In die Menge kommt Bewegung, der Redner hälts für eine Spielart von Applaus für sich selbst.

Ruth sieht erst zwei, dann vier Polizisten, die sich an das rote Tuch heranarbeiten, aber sie ist schneller, steht schon neben den Studenten, die sie nicht kennt, und legt ihre Hand an das Tuch. Kein Aufruhr, kein Sprechchor. Sie stehen da nur und können nicht anders. Den Studenten neben Ruth steht kein linker Weltekel im Gesicht, sie tragen kein Erlösungsvokabular auf den Lippen, rechthaberisch sind sie nicht, sie haben nur recht und das rote Tuch, und sie sind leider stumm.

Während der vor ihnen noch immer redet, zeigen sie sprachlos ihr Tuch: Die Tschechoslowakei ist ein kommunistisches Land, in dem das Sterben einer sozialistischen Hoffnung erlitten wird.

Jetzt dreht sich der Redner um, er mischt sich nicht ein, er läßt einmischen mit einer auffordernden Handbewegung gegen die Polizisten, bleibt bei seiner Rednerwürde, spricht nun, nur um eine Spur gefaßter, weiter. Die Zuschauer stehen inzwischen im Simultantheater. Je glühender der Redner sich ereifert, desto erbitterter kämpfen die Polizisten um das Tuch. In einer Materialschlacht sind blaue Flecken das wenigste. Zuletzt steht Ruth allein da mit dem roten Tuch. Sie ist die einzige Frau hinter dem

Pult, jetzt erst fällt es ihr auf. – Rollen Sie diesen Scheiß zusammen, sagt ein Polizist.
Ruth denkt nicht daran, sie folgt ihm freiwillig zum Streifenwagen und zieht das Tuch hinter sich her.
Im Streifenwagen überprüft der Polizist ihre Papiere.
Aha, sagt er. Nun durchschaut er alles. Geburtsort Ostzone, nun ja.
Sehen Sie, sagt Ruth. Der Polizist würdigt sie ausführlicher Betrachtung, die die Delinquentin entlarvt. Das Fehlen mutwilliger Verlotterung in der Kleidung hilft da gar nichts.
Ins Autofenster beugt sich eine Frau. Rote Literatensau, sagt sie und spuckt aus. Ruth kennt die Frau, manchmal hat sie bei ihr eingekauft, als sie noch das Fräulein Doktor war.
Bei dem verhörenden Polizisten, der sich bei gespuckten Kleinigkeiten nicht aufhalten kann, gehen nun Selbstachtung und Staatsachtung ein kräftiges Bündnis ein. Haun Sie ab, sagt er, weil ein älterer Kollege ihm dazu rät, Ruth schon die Autotür aufhält und leise sagt, es hat sich doch nicht gelohnt, was ihr da gemacht habt, während der andere Polizist mit Ruderbewegungen die gaffende Menge verscheucht.
Anderntags in der Universität spricht kein Kollege Ruth auf das rote Tuch an. Viele Gespräche verstummen, wenn sie den Raum betritt. Leben im Widerspruch, sie begreift es, gelingt nicht. Einige Studenten aber aus Ruths Seminar, die links von sich selber standen, feiern sie öffentlich als Bundesgenossin und sprengen in ihrem Namen auf einem Flugblatt die Veranstaltung von Ruths Chef. Als sie die Studenten zur Rede stellt, wird sie mit einemmal geduzt: aus dir wird noch was, stell dich doch nicht so an.
Was Martin zu den Vorfällen weiß: mundus vult decipi. Das hast du nicht gewußt, liebes Kind: es will die Welt betrogen sein?

Jens hatte manchmal Einfälle von unvermuteter Doppeldeutigkeit. Er brauchte es in diesen Wochen sehr, daß Leute ihm zuhörten. Vielleicht hatte er Angst, er sei sonst nicht da. Ruth hatte er eingeladen zu einem Treffen bei sich zuhause. Der Anlaß, ein Gast aus Prag, der sich vor dem August an dem Dialog zwischen Christen und Marxisten beteiligt hatte und schon einige Male in Deutschland gewesen war.

Ruth hatte Jens lange nicht gesehen. Früher wohnte er im siebten Stock, jetzt aber drückte sie im Aufzug auf die Acht. Ruth hielt für möglich, die Wohnung im Stockwerk darunter ist einfach zugewachsen, und Jens hat resigniert die Tür hinter sich zugezogen. Mit der fidelen Selbstgewißheit dessen, der gegen häusliches Chaos längst nicht mehr rebelliert, zog er Ruth durch den zettelkastengleichen Flur, durch das Wohnzimmer wies er mit wehmütigem Lächeln weiter. Er hatte die Einladung nach draußen verlegt. Auf den Balkon. Dort hockten im Schneidersitz Studenten, lebhaft plaudernd, um einen Weihnachtsbaum. Ein ausgedörrtes windschiefes Gerippe ohne Zierat, auf dem ein paar Kerzen flackerten. Ruth fand, Jens spiele die Arglosigkeit sehr beseelt, mit der er sagte, auch sie dürfe den Baum getrost anstößig finden. In jedem Aggregatzustand seien Weihnachtsbäume ein Ärgernis in der finsteren Welt, bitte setzen. Der Hauptgast, der Tscheche, war noch nicht da, die Unterhaltung erhitzte sich längst an der Wandelbarkeit des Demokratieverständnisses. Die Zuversicht der Studenten machte Ruth wehrlos. Sie redeten so, als wären die Russen nicht in Prag oder doch aus Einsicht gerade im Begriff, wieder abzuziehen.

Der Tscheche kam als letzter, Jens fand so lange nicht auf den Balkon. Das Gespräch war abgebrochen, man hörte die wiederholten Entschuldigungen des Gasts, doch peinlich war ihm nicht so sehr das Zuspätkommen, er hielt etwas in der Hand, das er ohne umständlich begleitende Reden einfach nicht aufmachen konnte. Endlich kam aus dem mürbe geknitterten Papier das Mitbringsel zum Vorschein.

Ich hatte nichts anderes, sagte der Tscheche, nehmen Sie das. – Betreten vom Ausbruch der Heiterkeit, lächelte er in die Runde, die sich nun vom Balkon ins Zimmer drängte. Alle schütteten sich aus vor Lachen.

Der Gast wußte nicht, wieso. So komisch fand er den böhmischen Weihnachtsschmuck auch wieder nicht, den Jens nun in der Hand hielt. An einer langen Schnur drehte sich im Lufthauch eine Holztaube, während der Tscheche das Einwickelpapier zu einem Knäuel zerdrückte und vergeblich nach einem Papierkorb schaute. Dabei entdeckte er den erleuchteten Weihnachtsbaum auf dem Balkon. Nun standen sie alle und lachten, lachten die ganze Beklommenheit mit heraus, die sie für den Abend mitgebracht hatten, die Befangenheit vor dem Gast. Der aber fiel Jens um den Hals und sagte: das hast du richtig gemacht, das hast du großartig gemacht. Keiner wollte später gesehen haben, daß Jens sich umständlich geschneuzt hatte, als der Gast die Holztaube an den Baum hängte: dein Baum stimmt schon, jetzt können wir essen und trinken.

Es wurde ein langer Abend, für den der tschechische Gast einen Leitfaden gefunden hatte, den er nicht mehr losließ: Dubček ist eine gute, aber katastrophale Mann. Hinter dem Baum standen nicht wenige leere Rotweinflaschen, und es hörte offenbar keiner außer dem Tschechen mehr sonderlich genau zu, als Ruth die Geschichte mit der Fahne erzählte. Sie erzählte es zum Beweis, daß die Leute hier, die sich an Friedenshoffnungen allgemeiner Art erwärmten, nicht im Prag von gestern lebten, sondern hier. Sie verlangte nicht, daß sie ihr recht gäben, sie erntete Schlimmeres, Bewunderung. Da stand sie auf, stützte die Hände

auf die Brüstung des Balkons und klagte stumm sich selber an:
Belangt wollte ich sein, weil ich gebunden bin, sucht Zorn doch Partnerschaft. Wollte ich gelassen sein und bewundert, so ließ ich alles fahren. Mein Unrecht fiel in eins mit meinem Recht. Es ließ der Redner weg, was uns in Frage stellt, und keiner rief, so schweig doch lieber, si tacuisses, Mann! Im Unrecht standen wir schweigend auf dem Platz, gaben uns nicht zu erkennen in unserem Recht auf Widerspruch und Verneinung. So gilt die Zeigehandlung mit der Fahne nicht. Wer Zeichen setzt, er lügt, wenn er nicht später spricht, seis zornig. Unannehmbar bleibt die zwiespältige Erfahrung: wer es beim Zeichen läßt, er nimmt es schon zurück. Stumm sind sie gestanden, die mehr hätten geben können als ihr Geständnis des Mitleidens und Schaustellerei ohnmächtigen Zorns. Doch wars ein Durchstehen nur mit langen Narrenohren, die zu den stummen Nachbarnarren sich in Erwartung aufstellten. Ins Urteil der Öffentlichkeit gestellt, hab auch ichs nur durchgestanden auf verlorenem Posten, Störenfriedin am Pranger, des Friedens nicht fähig, weil stumm. Welch trostlose Widerstandsgeste, die auf ein Gegenwort wartet, und es kommt nicht. Niemand meinesgleichen ging mir nach, als ich davonging.
Am Ende allein.
Ruth wandte sich um mit einem Gesicht, das den Tschechen erschreckte. Mit unverminderter Herzlichkeit legte er ihr den Arm um die Schulter.
Ich verstehe Sie gut, aber können Sie das nicht auf sich nehmen, daß die Leute die Gegenüberstellung mit der Wahrheit der Stunde nicht aushalten, bitte sehr. Sie erwarten zuviel von den Leuten. Die fixe Idee können Sie aus den Augen verlieren, daß Leute die Tinte erkennen, in der sie schwimmen, haben sie die doch selber angerührt. Ihre Idee ist nicht brauchbar.

Ruth schwieg.
Übrigens sehen Sie aus, sagte der Tscheche, wie eine Sphinx, die mit ihrem unbrauchbaren Geheimnis in die Wüste blickt, wenns auch bloß eine Bauwüste ist da um das Hochhaus her, heute. Aber die ganze Welt ist eine Bauwüste.
Ich weiß schon, sagte Ruth leise, der Kompromiß als Verzicht auf den Schmerz. Prag wird deswegen auch vergessen sein wie Ungarn 1956. Dann werden die meisten auch nur noch wissen, daß sie auf einem Platz herumstanden oder stundenlang Beethovens Trauermarsch auf dem Klavier spielten, als käme die Wende der Weltgeschichte aus den Tasten.
Ruth bestand auf einem Entwurf, in dem Selbstmitleid nicht vorkommt. Zuletzt zog der Tscheche Ruth vor den Baum: ein böhmischer Vogel reicht nicht, wenigstens für heute abend? So viel Heimweh nach der Zukunft ist ungerecht gegen Tauben.

Unerwartet tauchte Ruth bei ihrem Vater auf. Ich komme ganz verwüstet zu dir, Vater, sagte sie noch unter der Tür. Die ganze Fahrt über mußte ich mich zwingen, nicht zu weinen.
Zwinge dich nicht, sagte Ruths Vater. Du weißt doch, bei mir kannst du sein, wie dir ist. Was ist dir passiert?
Ich komme mit fürchterlichen Vorwürfen, sagte Ruth.
Du brauchst mich nicht zu schonen, haben wir es nicht miteinander abgemacht und uns auch immer daran gehalten?
Nein, wir hielten uns nicht daran, sagte Ruth. Ich hatte nie den Mut, dich zu verletzen. Aber von den Ereignissen der letzten Monate bin ich so verletzt, daß es nicht mehr darauf ankommt, wie ich mit dir rede. Nur, daß ich mit dir reden kann, zählt. Ruths Vater mußte es sich gefallen lassen, daß sie ohne Einleitung und so, als führte sie ein be-

gonnenes Gespräch fort, rücksichtslos ausbreitete, was sie zermürbte.
Hat man uns nicht das Volk der Dichter und Denker genannt? Das muß lange her sein, wir sind ein Volk der Richter und Henker. Vater, ich kann mit meiner Wut auf die linken Studenten nicht umgehen. Mehr als einmal habe ich sie angeschrien, sie sollten wirklich sprechen und sich ihren Jargon ersparen, bis ich begriff, sie können nicht anders. Sie sind sprachlos. Und darum bin ich gekommen, denn es hängt mit der Generation der Eltern zusammen. Manchmal weiß ich, meine Wut gilt dir, nur lasse ich sie nicht zu.
Du kannst sie zulassen, sagte Ruths Vater. Was geht in dir vor?
Es zerreißt mich, auch ich fange an, Schuld an die Väter zu verteilen.
Lege sie offen, Ruth, so gut du kannst, vielleicht können wir sie uns teilen.
Du bist ein guter Mensch, sagte Ruth, aber gerade das werfe ich dir vor. Du bist so tapfer und gut, daß du es nie nötig gehabt hast, mit mir über den Schock zu sprechen, daß auch dir nach dem Krieg der Lebensboden unter den Füßen wegbrach. Zwanzig Jahre, Vater, bist du so tapfer gewesen, mich nicht sehen zu lassen, was du damit machtest, daß dein Glaubensbekenntnis zur Vernunft nichts getaugt hat, daß es auch dir in eine Täuschung zerronnen ist. Du warst wie abertausend andere, die zwar von der Stunde Null nach dem Krieg sprachen, sich aber nicht nach ihr richten konnten. Ihr habt die Chance des Neuanfangs einfach vertan. Mit euren Kindern habt ihr weitergeredet, als glaubtet ihr noch immer, die Natur des Menschen lasse sich zur Vernunft erziehen. Euer Bekenntnis zur Vernunft ist eine Schutzbehauptung, damit ihr es nicht aushalten müßt, verdammt noch mal, auch nur einmal einen einzigen Tag ohne Dogmen zu leben. So rücksichtsvoll bist du

gewesen, daß du deine Zweifel an der Tragfähigkeit der humanistischen Überlieferung für dich behalten hast. So brauchte ich nicht zu lernen, dazustehen und zu sagen: mich stützt kein Glaubensbekenntnis, und ich brauchte keinen Namen für das Lebendige.
Ich habe, sagte Ruths Vater, meine Zweifel ausgesprochen, auch dir gegenüber, vielleicht habe ich zu leise gesprochen.
Du hast immer nur über die Schande gesprochen, daß die Aufklärung in unserem Land verraten worden ist, daß Lessing umsonst geschrieben hat und so fort, aber wann hättest du je davon geredet, wie der Verrat der Vernunft auf dich wirkte?
Wie er wirkte, Ruth, ich habe es an dir gesehen, an deinem Trotz und deiner Wahrhaftigkeit, die, verzeih, an deiner Lebenskraft zehren. Ich weiß, zum Glücklichsein hat mir die Tapferkeit, die du mir vorwirfst, nicht geholfen.
Siehst du, sagte Ruth, die Tapferkeit haben wir euch nachgemacht. Wir wollten für sie geliebt sein, und deine Liebe habe ich ja auch bekommen. Aber die Zeit der Contenance ist vorbei, Vater. Die Menschen, die so alt sind wie ich, schreien ihre Hilflosigkeit und Wut hinaus, nur leider mit geborgten Wörtern. Schon wieder muß ein Glaube herhalten, diesmal an die Realisierbarkeit des Sozialismus. Dabei wissen sie so gut wie ich, daß es auf der Welt kein einziges sozialistisches Land gibt. Daraus ziehen sie keine Schlüsse. Können Menschen tatsächlich nicht anders leben, als ihrer Hoffnung auf die Verwandlung der Welt einen geborgten Namen zu geben?
Du bist zu Recht aufgebracht, sagte Ruths Vater, nur denke ich, es wäre besser gewesen, wir hätten viel früher miteinander gesprochen. Im Zorn sagst du so viel gleichzeitig, daß ich nicht weiß, an welcher Stelle ich einhaken darf, ohne ihn zu vergrößern.

Du kannst ihn gar nicht mehr vergrößern, sagte Ruth. Gib wenigstens auch mir gegenüber einmal zu, daß du keine Antwort weißt.
Ich bin ratlos, sagte der Vater. Er lächelte dabei nicht. Wir alle haben, fuhr er fort, nach dem Krieg nie radikal genug gefragt. Den Klagen über die Verödung des Lebens in verkrusteten Strukturen hätte das Nachdenken über die Deformation der Menschen vorausgehen müssen. Du hast recht, wir konnten und wollten es nicht wahrhaben, daß in Deutschland das Bedürfnis nach Hierarchien unstillbar ist. Weißt du, ich denke, die Studenten setzen deshalb so unbedacht auf das sozialistische Modell, weil auch sie zwanghaft nach Führung suchen, obwohl sie so viel von Befreiung reden. Zwar halten sie sich ihre Väter mit Recht vom Leib, die heiligen Großväter aber – Marx, Mao, Lenin, Freud oder wer sonst – sollen sie führen. Es muß eine, in Deutschland jedenfalls endemische, Krankheit sein, daß man ohne patriarchalische Ordnungen offensichtlich nicht auskommt. – Viele deiner Briefe habe ich knapp oder gar nicht beantwortet, weil ich nicht wollte, daß du dich auf mich berufst. Jetzt sprichst du für dich selber gegen mich im Zorn. Ich kann es verstehen.
Die Normen und Werte, die die linken Studenten in maßloser Selbstüberschätzung wählen, schrie Ruth – und es war das erstemal, daß sie ihren Vater anschrie –, werden sie kaputt machen. Es wird Tote in Deutschland geben –
Warum denn gleich Tote, Ruth. Enttäuschte, Verbitterte vielleicht.
Nein, Tote, sagte Ruth und, noch immer in heftiger Erregung, malte sie ihrem Vater ein Bild von Deutschland, über das er schließlich trotzdem lachen mußte.
Deutschland, unser Dornröschen, sagte Ruth wegwerfend, das arme unerlösbare Kind. Da hat es nun hundertzwanzig Jahre seit der letzten Revolution geschlafen – schläft und schläft, bis Sigmund und Karl, die ebenbürti-

gen Prinzen, sich tapfer durch die Hecke schlagen und das gute Kind wachküssen. Aber was passiert? Der Chefkoch steht noch immer vor dem Küchenjungen und verteilt die fällige Maulschelle, damit er endlich in der alten, immer gleichen Suppe weiterrühren kann. Neu im Schloß sind allein die Prinzen, die Suppe ist die alte, fad und lauwarm auszulöffeln. Es geht alles weiter wie vorher, einfach immer so weiter. Nur ein paar appetitlos verdrossene Küchenjungen stehen im Hof vor dem Loch in der Hecke und lassen sich von den Prinzen ausfragen:
Wo tut es euch weh? – In Griechenland. – Seit wann? – Mindestens seit dem Vietnamkrieg. – Was können wir für euch tun? – Die Chinesen heiligsprechen und Nixon absetzen. – Dann geht es euch besser? – Aber gewiß doch. – Für euch selbst wollt ihr gar nichts? – Pst! flüstern die Jungen und gucken sehnsüchtig durch das Loch in der Hecke –. Wollt ihr hinaus? – O nein, wir dürfen nicht. Erlöst uns, bitte, aber ändert uns nicht, sonst bekommen wir nichts von der Suppe.
Der Vater lachte.
Ruth lachte nicht mit.
Ach, Vater, sagte sie, der Kleinmut in den Heilsvorstellungen der Küchenjungen, die uns von heute auf morgen trotzdem eine neue Welt bauen wollen, macht mich krank.
Ruth, sagte der Vater, du leidest, als seist du für die wahnwitzige Enttäuschung, auf die die linken Träumer zusteuern, verantwortlich. Es muß doch jeder für sich gehen lernen. Laßt euch doch Zeit damit. Viele werden vierzig darüber oder noch älter.
Nun redest du fast wie Martin, der die Studentenrevolte für eine Erscheinung der Flegeljahre hält.
Und wenn das wahr wäre?
Dann werde ich zu den wenigen gehören, die die Flegel verteidigen müssen, wenn ihr sie Mörder nennen werdet.

Ruth verabschiedete sich von ihrem Vater und weinte. Sie hatte sich nicht verständlich machen können.

Ruth hatte eine Handvoll Blätter beschrieben, die sie manchmal unschlüssig in der Hand hielt, nicht wissend, wann sie sie zerreißen würde. Daß sie es tun würde, war keine Frage.
Er hat mich auf sich nehmen wollen, und er hat mich bekommen, ist in Bezirke geraten, die ich selbst nicht kannte in mir. Wie haben wir uns übernommen. Bleiben wollte ich, wo ich wohne und wieder zu mir kommen aus einer Erstarrung, die ich heute begreife, und um welchen Preis. Aug in Aug mit meiner Erfahrung wollte ich bleiben mitten unter den Leuten und nicht mit Martin allein. Aus dem engen Städtchen trieb es ihn, und er zog mich nach, und wie spürbar habe ich mich denn gewehrt? Mit seinem Fluchtbedürfnis fährt Martin allemal gut, führt seinen Widerspruch mit sich, von meinen Erfahrungen löst er sich und war doch gar nicht dabei. In einen Schonraum will er mich ziehen, es muß ein Schutzreflex sein, und ich habe dem Sog in die Abgeschiedenheit nachgegeben. So viel Feiges war in unserer Antwort auf den Schock von Prag, beiderseits. Mit der nach Ruhe verlangenden Erwartung haben wir uns gegenseitig getäuscht, damit wir uns selbst nicht spüren.
Martin wollte mein Entsetzen über die Ereignisse in Prag lindern, aber er teilte es nicht. So war er kein Trost, und ich traute ihm nicht. Meine Trauer mußte eine Gestalt finden und nicht einen Fluchtweg. Beirrbar wollte ich bleiben und nicht getröstet von einem, der Tränen billigt und die Trauer nicht teilt. Ich konnte Martin nicht sagen, daß ich damit nicht leben kann, daß ich uns allen mißtraue, denen die Prager Ereignisse so unter die Haut gingen. Wir beklagten und beweinten einen fehlgeschlagenen

Aufbruch und hätten ihn uns doch selber gewünscht, und weil wir seinen Namen nicht kannten, riefen wir Prag, wanden uns in Mitleid mit einem sozialistischen Land – an unserer Unkenntnis über tschechische Geschichte trugen wir leicht – und scheuten den Blick in den Spiegel.
Gelähmt sind wir gewesen, o ja, das haben wir gesagt und auch so empfunden. Aber der Zorn richtete sich gegen uns selbst, und wir erkannten ihn nicht. Wir nährten ihn, um uns zugrundezurichten, aber begriffen hatten wir wenig.
Es soll einer nicht weggehn in solchem Zustand, es ist die Wahrheit, von Menschen und Orten, an die er sich band, doch ich bin gefahren mit Martin, der die Welt für ein Narrenschiff hält, aus dem er nicht aussteigt und mit dem er weiter nichts zu tun hat. Gelöst fährt er mit, wie selbstverlassen muß er sein. Jetzt sehe ich ein, ich konnte es ihm in keiner Sprache sagen, trotz allem nicht, was uns geschehen ist. Geeifert hat er gegen mein Verlangen nach Gegenwart.

Verbracht hat er mich, und ich habe mich verbringen lassen in die Gauklerstadt.
Sollst eine Weile auf dem Wasser gehen, hat Martin gesagt, den Boden nicht mehr berühren, und er hat gelacht, bis der Boden uns wegbrach unter den Füßen. In Venedig, dem schönsten Ort der Verstellung, den ich kenne in der Welt, sind wir uns schließlich so ungeschützt gegenübergestanden, daß es die Steine hätte rühren können. Und als es geschah, was nun alles geändert hat zwischen uns, war von Wasser keine Rede, und ich schlug auf den Stein.
Die Zeit der Schiffsumzüge im Frühling ist in Venedig lange vorbei.
In Barkassen und Fährbooten kommt keiner auf dem Wasser vorüber an der Sehnsucht, die ihm die Füße auf den Boden zieht: standhalten, und wenn es schlimm kommt, scheitern mit offenen Augen.

Sie stehn mir noch immer weit auf, und was ich sehe, ist mir nicht geheurer geworden.

Vom Scirocco in diese Stadt geblasen, so fanden wir uns dort, doch Martin hat den Rückenwind gelobt, hat sich heikel geborgen gewähnt in der sinkenden Stadt.

Läßt die Welt sie nicht fahren und untergehen sehenden Augs? Auch Martin kennt die Zahlen, und es ficht ihn nicht an. Es ist ruchbar geworden, die Stadt wird nicht mehr gebraucht, weil die Menschen sie nicht mehr ertragen. Sie erinnert so ziehend an Frieden, Diplomatie und – in des Wortes Doppelsinn – lebensgefährliche Liebe zum Spiel.

Ausgespielt aber wollen wir haben, wir Kleinmütigen, bewundern als Reisende venezianische Plünderei, orientalisches Gold und glänzende Bronzen, die uns verspotten, weil wir es nicht meistern, Fremdes uns anzuverwandeln, bis es hersieht zu uns, heimatlich und festlich als Teil des Spiels mit der Welt.

Wir wollen sie verändern, vernünfteln und umgestalten, im Mindestfall reformieren, bis sie befestigt und besiegt ist von unseren Systemen, kein Lufthauch vom Wasser her mehr über unsere Mauern kommt.

Aber, die venezianischen Lebensgaukler, waren sie je ummauert, befestigt? Über tausend Jahre unbesiegbar, hatten sie ihre Mühe auf Steine anders verwandt, schliffen Quader für Palazzi nach Art der Diamanten. Geschützt haben sie sich damit nicht, hoch auf dem Wasser in ihren Pfahlbauten über Lärchen- und Erlenhölzern. Meisterspieler und Gewinner gegen die Zeit. Wo sonst auf der Welt ging man vermummt bis zur Kenntlichkeit unter Masken durch die Hälfte des Jahrs, so lebendig im Spiel, daß die Lauscher der Macht unter der Maske die Regeln nicht unterliefen im Erznarrenspiel.

Das ist lange vorbei, die Stadt, eine ertrinkende Hoffnung, von Schadstoffen zerfressen, nicht nur die marmornen

Fassaden, in die die Gesichter zurücktauchen in den Stein vor den Verwaltern einer Welt, die sich die Stadt – nicht nur des Geldes wegen – nicht mehr leisten will.
Die Serenissima, ein Ärgernis, die Masken der commedia dell' arte eine Zumutung für unsere klarsüchtige Welt, in der es immer dunkler wird, je greller wir uns heimleuchten im theatrum mundi.

Unter den Säulenarkaden bin ich mit Martin gegangen, habe die Säulenbasiliken der Franziskaner gesehen, die schönste Frührenaissance aus Martins Händen entgegengenommen. Ist er nicht gegangen wie einer, der die Kunstschätze der Welt vor sich hintragen und hersagen muß, damit er es nicht mit seinem Leben zu tun bekommt? Und habe ich ihm nicht gesagt in Santa Maria dei Miracoli, du Martin, ich will dir noch etwas anderes zeigen. Er aber zog mich fort zu den Gemälden in der Accademia.
Alle großen Meister, die ich liebe, schwärmte er, hier sind sie zuhause gewesen, oder haben doch hier gewohnt für eine Zeit.
Tizian, Tiepolo, ach Martin ja, ich weiß doch, auch Goethe, Byron und Wagner, aber einen hast du vergessen, den mit der Melencolia, den hast du mir nicht genannt!
Hierher paßt er nicht, so Martin, und er überhörte meinen Spott, als ich sagte, er wohnte ja nur im Handelszentrum deutscher Kaufleute. Vielleicht hat er hier seine Schwermut gelassen, daß dir allemal leicht sein kann, wenn du an Ritter, Tod und Teufel denkst, aber du denkst nicht daran. Venedig soll dir die schönste Stadt bleiben, und sie haben sie verkommen lassen zu einer Frau Welt, deren Rückseite ich gern mit dir ansähe, damit du die Stadt nicht mehr mißbrauchen kannst für unser schlechtes Gedächtnis.
Hat Martin unser Quartier im Stadtteil Castello nicht lie-

derlich genannt und sich die langhin gezogenen Schreie der streitenden Familie des Nachts verbeten? Wie hat er geeifert gegen die Gegenwart.

Hat er mich nicht gelangweilt an den kleinen Bootswerften in San Trovaso vorbeigezogen, die Nase gerümpft über den Teergestank, wie er sie auch gerümpft hat über die Glasbläser in Murano. Touristenfänger schalt er die Glasbläser und ist stehengeblieben, als ich mir etwas kaufte, und nannte mich grinsend Retterin der Armen. Zugute will ich ihm halten, daß ers weiß, wie erbärmlich er sich benahm, auch als ich stehenblieb an den Brunnen, die könnte ich alle Tage haben, auch sonstwo in der Welt, und auf die Getto-Insel hat er mich erst gar nicht begleitet, auch nicht zum jüdischen Friedhof am Lido. Er wollte nichts wissen davon, daß auch Fremde hier früher geachtet waren, auch Juden, sogar wenn sie Frauen waren. Hast du gehört von Sara Copia Sullam? Geh mir aus dem Licht der Säulenpracht, grinste Martin, und ich weiß nicht, ob er sich geschämt hat.

All die Tage ist er unterwegs gewesen nach San Marco, hat es sich aufsparen wollen bis zuletzt.
Auf dem Weg dorthin fiel dann der Satz: ich nehme dich auf mich, und daß du mir die Freude an der Stadt vergällst, nehme ich auch auf mich, kannst du dich nicht freuen, daß wir in der Stadt Vivaldis sind und in der Heimat von Monteverdi? O ja, ich freute mich schon, doch nicht so, daß ich hätte vergessen können, was ich all die Tage in der Tasche trug und worüber ich hätte mit Martin reden wollen. Auf dem Weg am Wasser, wir konnten San Marco schon sehn, sang Martin aus den «Vier Jahreszeiten» vor sich hin, und ich fühlte mich unpäßlich, schob es auf den kalten Wind, daß ich fror, und dachte mir weiter nichts.

Der Tscheche, den ich bei Jens traf, hatte mir beim Abschied ein schmales Manuskript zugesteckt. Ein Theaterstück mit dem Titel «Die Irren leben draußen». Er bat mich, dem Stück einen Verlag zu finden. Ich hatte noch mit niemandem darüber gesprochen, war ich doch von dem Stück auf sonderbare Weise bewegt und verwirrt. In absurden Dialogen stellte der Autor die westlichen wie östlichen Systembauer als Paranoiker dar, die sich im Wahn ihrer politischen Konzepte gefangen hatten und auf einem Weltkongreß einmütig darüber berieten, wie sie der Irren Herr werden sollten, die sich zu Tausenden freiwillig in die Tollhäuser zurückzogen, um darin ein menschliches Leben zu führen, befreit von der trügerischen Zuversicht einer verfehlten Aufklärung, befreit auch von den Rezepten für ein gutes Leben. Um Einlaß in die Krankenhäuser zu finden, zeigten die Menschen eine psychiatrischerseits glaubwürdige Symptomatik, die es unmöglich machte, sie abzuweisen. Sie hörten, sagten sie, in einem fort Stimmen aus dem 18. Jahrhundert, gaben Stilproben, die von unerhörter Belesenheit oder Besessenheit zeugten. Anfangs noch geldgierig, entschieden sich die Ärzte für die Besessenheit, und dies gerade steigerte den Zulauf in die Irrenhäuser auf das beängstigendste. Die Kranken versicherten, hinter den Mauern der Irrenhäuser hörten sie mit Sicherheit den Widerhall der Stimmen aufklärerischer Bankrotteure nicht mehr. Sie gingen im Hemd und in Lauterkeit barfuß. Das Stück war voll melancholischen Witzes, verkehrte die Vorstellung von krank und gesund auf das geistreichste und ließ dem Zuschauer am Ende offen, auf welche Seite er sich stellen wollte: auf die der toll gewordnen Vernunft oder jene der Tollheit, in der die Leute heimgesucht waren von der allerhöchsten Vernunft, die auf die Harmonie geschlossener Systeme nicht mehr baute. Frei von heillosen religiösen, politischen und philosophischen Konzepten schlossen sie

sich zusammen als Bewohner von Sokratien. Politisch ungefährlich waren sie nur bei der allerersten Bekanntschaft. Die Pointen im Stück schienen mir streckenweise zu absichtsvoll gesetzt.
Ich hätte Martin gern gebeten, mit mir zusammen jemanden zu finden, der das Stück, ins Spielbare redigiert, verlegen könnte.
Auf dem Weg nach San Marco nun hielt ich in einem fort die Hand über die Tasche, in der das Stück lag, als könnte ich es verlieren, fühlte mich außerordentlich elend, schob es noch immer auf das Wetter und die Erschöpfung vom vielen Umhergehen, und ausgerechnet in Venedig wollte ich keine Scherereien mit der Gesundheit.

Wir standen schon in der Kirche, ich sah das Gold in der Dämmerung schimmern, und mir war, als schwömme es auf mich zu und senkte sich über mich, als ich Martin von fern her reden hörte über den Zauber der Kirche, wenn ihre Akustik ins Schwingen gerät. Er erklärte mir den Sechssekundennachhall in den Gewölben, ich hörte seine Stimme wie ein Echo in mir, und als er mir von den Doppel- und Tripelchören der alten Madrigalisten sprach, stand er weitab, und ich verstand nicht, warum er sich mit jedem Satz weiter entfernte.
Achtzehn Meter Distanz zwischen den Chorem poren im Gewölbe, rief Martin, Canticum Sacrum, rief er, nannte mich mit einemmal Strawinsky, und als ich nicht antwortete, Gabrieli, lobte die Gleichzeitigkeit der Klanggruppen von Gabrielis Chören in der heiklen Akustik des Raums. Ich sah Martin gar nicht mehr, hörte nur seine Stimme rufen, laß uns singen, laß uns hier singen aus dem Orfeo von Monteverdi, die Echopassagen. Schon hörte ich die Stimme Orfeos:
Holdselige Augen, ja, ich seh, ich seh euch; / Ach freilich: aber welch ein Flor umtrübt euch?

Ich wollte auf Martin zugehen, aber ich bin in die falsche Richtung gegangen, hörte eine Stimme singen:
Mit euch setz' ich den Tränen keine Grenze / Und will es anders nie. Ach Qual! Ach Klage!
Und ich hörte auch meine Stimme als Echo: *ahi pianto!*, dachte, ich wäre wieder im Chor wie vor vielen Jahren, wunderte mich aber schon nicht mehr, da ich die anderen nicht sah, als Orfeo sang:
So hab ich doch in all dem Ungemach / Noch nicht so viele Tränen, daß es g'nüge
Und ich schrie *basti!* Schrie die Stimme des Echos aus Monteverdis Oper, und Martin merkte noch immer nichts und ließ mich für all das Weh, das er mit sehr schöner Stimme zu mir herübertönen ließ, klagen: *ahi!* Das muß dann doch in der falschen Tonhöhe aus mir herausgefunden haben, denn plötzlich sah ich Martin neben mir stehen, und er fragte: was hast du?
Ich zog das Manuskript aus der Tasche und redete und redete, ich weiß nicht, was. Meine Stimme war nicht laut, wurde von mehreren Echos in den Kirchenraum getragen, es standen auch plötzlich Leute um uns herum, als Martin mir zornig ins Gesicht lachte: Possenreißerin du, laß fahren dahin, du hast doch mich.
Da schlug ich ihm ins Gesicht, fiel zu Boden und schlug mit dem Kopf auf den Stein. Ich habe nicht gespürt, als sie mich wegtrugen, auch das Krankenhaus habe ich nicht wahrgenommen, in das mich Martin hat bringen lassen, bevor er mich ausflog in seine Klinik, in seine Höhle. Auf seine Verantwortung hat er mich mit einer Lungenentzündung nachhause geschleppt, als hätte sie nicht auch dort auskuriert werden können. Er traute den Ärzten nicht.
Im Flugzeug kam ich manchmal kurz zu mir, erkannte ihn auch, er maß mich mit fremden Augen. Geschlagen mit dieser Liebe zu ihm, hatte ich ihn geschlagen, und

schlimmer als die Gewalt war die Sprachlosigkeit, in die ich mit diesem Schlag gefallen war.
Sie ist heillos, und nun, da ich annehmen kann, was ich getan habe, lebe ich noch immer nicht besser mit dieser Heillosigkeit, obschon sie dazu beiträgt, mich von Martin zu lösen. Noch im Krankenhaus, als ich längst wieder umhergehen konnte, redete Martin übermäßig beschwert von der Last seiner Zeugenschaft für das tschechische Manuskript, und ich hätte Lust gehabt, ihm ins Gesicht zu sagen, daß ich ihn für einen Feigling halte, nähme nur mein Mißtrauen gegen mich selbst nicht zu. Mit gespannter Höflichkeit begegnete mir Martin und sprach nicht einmal von dem Schlag ins Gesicht.
Auch ich habe es nicht gekonnt.
So wird es dabei bleiben müssen, daß er meine Handlung für Maßlosigkeit halten wird, die er dem Fieber allein zuschreibt, aber ich habe gewußt, was ich tat. Ich kann mich nicht erkennen in der Person, die Martin in mir sieht: einen selbstgerechten, von politischem Aktionismus verblendeten Menschen hat er gesundgepflegt. Er sorgt sich so sehr um mein inneres Gleichgewicht, als sei ich nicht imstande, es selbst zu halten.
Ungesprochene Sätze schaffen einen Hohlraum zwischen uns, und mit Freundlichkeit machen wir unsere Ratlosigkeit unkenntlich. Manchmal ähneln sich unsere beherrschten Gesichter.
Worauf warte ich?

Ein strenger Winter kam, Martin wurde krank und erholte sich schlecht. Ruth pflegte ihn sachlich, sprach ihm Mut zu, als er sich bald täglich einen hinfälligen Mann nannte. Die Krankheit nahm er sich übel, sie vertrug sich nicht mit seiner Überzeugung, daß ein Mensch, der mit sich im Gleichgewicht lebt, so langsam genas wie nun er.

So niedergeschlagen sprach er von einer tiefgreifenden Erschöpfung, daß Ruth oft dachte: jetzt nutzt er mich aus. Sie war sich sicher, daß Martin nicht seinen körperlichen Zustand beklagte, sondern eine Lebenskrise, die er nicht wahrhaben wollte. Ruth schwieg sich darüber aus. Sooft wie nur möglich, zog sie sich in ihre Wohnung zurück und blieb für sich. Wann immer Till oder die Hamburger Freunde sie anriefen, nahm sie sogleich den Hörer auf und sagte tonlos ihren Namen.
Das gibt es doch gar nicht, sagte Till eines Tages, daß ein Mensch ständig am Schreibtisch sitzt und arbeitet.
Es soll, lachte Ruth, Leute geben, die schlafen sogar auf ihren Arbeitspapieren für immer ein.
Woran Ruth schrieb, wußte niemand. Till sah nur Unmengen von Papier auf dem Boden, auf dem Bett und sogar in der Küche ausgebreitet. Ruth wollte nicht, daß Till in den Papieren las.
Über Ruths Schreibtisch hing nun Picassos Don Quijote. Sie ließ sich auf das Bild nicht ansprechen.
Kann ich mir nicht an die Wand hängen, was ich will?
Till brachte für Ruth ein kleines Aquarell mit. Ein früheres Geschenk von Jan an ihn. Mit einer blühenden Wünschelrute in der Hand saß ein Fabelwesen auf einem Reittier. Es war auf Rollschuhen unterwegs. Till mochte das Blatt sehr. Ruth wies es ab. Da zerriß Till es vor ihren Augen. Hatte Jan in seinem letzten Brief nicht geschrieben: Sorge dich nicht um Ruth, auch wenn du sie nicht verstehst. Es ist normal, daß Menschen unterwegs einmal hinter einer Wegbiegung verschwinden. Ruth aber war so unauffindbar in Höflichkeit verschwunden, daß Till Angst um sie hatte. Jeden Tag mehr. Auch kannte er die Klagen der Studenten über Ruths zunehmende Strenge. Von jedem verlangte sie eine genaue Begründung für die Wahl des zu bearbeitenden Themas. Es ist nicht gleichgültig, sagte sie, ohne dabei auch nur zu lächeln, wofür Sie

Ihre kostbare Lebenszeit opfern, wenn Sie die Literatur für tot halten und trotzdem verbeamtete Leichenwärter werden wollen. In den Begründungen fand sich viel Ungereimtes über Freud, Adornohäppchen und Marcusespießchen, das Ganze großzügig serviert mit einer Wilhelm-Reich-Tunke.
Warum regst du dich so auf? fragte Martin mit aufrichtiger Verwunderung, sooft Ruth darüber auch nur ein paar Sätze verlor. Die Bemühungen der linken Studenten nannte er noch immer lausige Bubenstreiche, für Ruths Gegenargumente blieb er taub. Er gab ihr regelmäßig zu verstehen, daß sie den Kräfteverschleiß an der falschen Stelle dulde. Ruth wußte recht gut, wo die richtige Stelle gewesen wäre: bei Martin und seiner Erschöpfung, aus der allein sie ihn wieder aufrichten sollte.

Ruth erstickte ihren Zorn: Martin ist erschöpft, sie soll sich erholen. Wie beflügelt von den niedergeschlagenen Gesten ihrer Abwehr, übersah Martin, daß sie nur ein weiteres Mal die Selbsttäuschung mitspielte. Schweigsam stand Ruth schließlich neben ihrem schmalen Fluggepäck, bereit zum Abflug nach Jugoslawien. Ruth verbot sich den Gedanken an eine Reise allein, die sie vorzöge. Ich lasse mich mitschleppen, sagte sie sich, zu Martin aber: dort in der hellen Frühlingslandschaft wird deine Unrast sich auflösen.
Du wirst mich wieder aufrichten, antwortete Martin und übersah Ruths Schrecken über seinen Satz.
Später dann, als die Maschine ihre Flughöhe erreicht hatte, lehnte Martin schläfrig im Sitz, Ruth wandte sich zum Fenster und sah in die Dunkelheit hinaus. Sie möchte jetzt mit Martin nicht mehr reden müssen. Während der Bordmahlzeit hatte sie den Ton verfehlt, mit jedem Satz mehr. Was zum Lachen gedacht war, hatte Martin als

Vorwurf getroffen. Was ihn persönlich kränkte: daß Ruth die Mahlzeit unter der Folie ein Essen im Schneewittchensarg nannte, den zähen Hühnerschenkel ein Relikt aus dem letzten Jahr des Dreißigjährigen Krieges. Martin wollte Ruth auf Händen tragen, aber die Welt spielte nicht mit. Er verhielt sich so, als machte Ruth ihn für ihre Unvollkommenheit haftbar. Daß sie ihn kindisch fand, als er sich bei der Stewardeß über die Mahlzeit beschwerte, behielt sie für sich.
Aber auch, was sie sah: Lichtergirlanden leuchten einen schmalen Küstenstreifen aus. Glänzende Ketten über den Fischerdörfern reichen hinaus bis auf die runden Rücken nebeneinander schlafender vorweltlicher Echsen, deren vielzehige Pranken als Inseln ins Meer hinausgreifen. Der Widerschein des Lichts im Wasser holte die Erinnerung an Venedig wieder herauf wie einen körperlichen Schmerz. Ruth wäre gern allein.
Ins Hoteltaxi leuchtete das weiß verwitternde Karstgestein unter einem kräftigen Sichelmond. Im Scheinwerferlicht sah Ruth die hellblauen Schwertlilien, die aus den Rissen der Felsbrocken in die schmeichelnde Dunkelheit blühten. Durch die geöffneten Fenster der strenge Duft von Rosmarin, die schwarzen Zypressen, Schlagbäume in der Finsternis. Inmitten eines kleinen Pinienhains sah Ruth ein Sommerhaus mit noch verschlossenen Läden, sie würde gern dort bleiben, sich für einen Sommer einmieten, wäre da nicht Martins Fürsorglichkeitswahn.
In der Hotelhalle dann, im öden Surren des air conditioning wollte Martin nicht gehört haben, was Ruth gesagt hatte. Er hatte sehr gut verstanden. Sie beharrte auf einem eigenen Zimmer. Martin stand da mit hängenden Armen wie ein bestraftes Kind, das sich aus Rache die Vaterrolle überstülpt, begütigend klingen will, obwohl es doch um Bestrafung geht:
Ich verstehe von Kapricen nichts, sagte er, wartete dann.

Ruth sah im Neonlicht, wie sich in Martins Gesicht die von roten Äderchen marmorierte Haut unter den Augen spannte, mühevolle Selbstbeherrschung. Es ist Martin zuzutrauen, daß er laut wird. Er verstand Ruth so wenig wie ein Fremder. Ruth ließ Martin Zeit, sich zu fassen, es störte sie nicht im geringsten, daß die Wartenden erst sie und dann Martin mit geringschätzigen Blicken maßen.

Martin stand da wie ein trotziges Kind: I have made up my mind, don't disturb me with facts. Gerade das will ich, dachte Ruth, und Martin tat ihr leid. Für einen Ausbruch seinerseits war es plötzlich zu spät, ein Disput wurde zusätzlich dadurch erschwert, daß der Liftboy Ruths Koffer nahm: your room number, please. – Dann ging alles sehr schnnell, Martin sah Ruth hinter dem Liftboy im Aufzug verschwinden.

Am Morgen fand er Ruth nicht. Es lag auch keine Nachricht für ihn im Schlüsselfach. – Sorry, Sir.

Ruth ist unterwegs in die Altstadt, lehnt gegen die wippende Kette der Zugbrücke am Ploče-Tor, sieht, wie die letzten Fischerboote am Horizont vom Dunst aufgesogen werden. So früh am Morgen ist noch kein Tourist auf den Beinen. Über die menschenleere Placa ziehen die Bauern ihre Karren und bauen hinterm Dom auf schmalen Tischen den Markt auf. Ruth steht neben einer alten Frau, die unter ihrem schwarzen Kopftuch ein Lächeln festhält, die Waage aufstellt, die Gewichte prüft und dann, als gehöre das auch zu ihrer Arbeit, Ruth einen Apfel hinüberwirft. Plötzlich jagt ein Taubenschwarm scharf über die karg mit Gemüse und Blumen beladenen Tische hin. Ruth zieht den Kopf ein. Die Tauben sind schon verschwunden, als sie wieder hochsieht.

Vor der Rolandsäule findet sie den Taubenschwarm wieder. Einen gurrenden Haufen, der Brotkrumen vom Vortag aufpickt und wie auf ein Zeichen, kaum daß Ruth sich auf ein paar Schritte genähert hat, wieder hochjagt.

Ein Flügel streift Ruths hochgestreckten Arm, mit dem sie den Kopf schützt. Vor dem Palast Sponza lassen sich die Tiere kurz nieder, bevor sie, wie gescheucht, wieder im Carré jagen.
Ruth trinkt einen türkischen Kaffee. Allein steht sie unter Männern in einem der früh geöffneten Cafés an einem hochbeinigen Tischchen, sieht durch die offene Tür ins strenge Frühlicht hinaus. Die Stadt liegt wie erstarrt. Kein Lufthauch bewegt die Wäsche auf den Leinen zwischen den schmalen Gassen. Glanz vom nächtlichen Regen auf den hellen Steinen der Placa steigt auf in die weißen Häuserfassaden. Polierter Marmor.
Die Stadt schließt mich aus, denkt Ruth. Es ist richtig, daß ich vor den Toren wohne, mit dem Blick auf die Stadtmauer. Angenommen, Martin würde mich nicht, mit dem Kunstführer in der Hand, über die Stadtmauer jagen, als belesener und keuchender Wanderer mit den Armen um sich weisend, mir die Stadt erzählend noch einmal erfinden, angenommen, er erniedrigte mich nicht zur gelehrigen Tagediebin ihm zulieb und zur geduldigen Zuhörerin aus Hilflosigkeit, was möchte ich wissen von dieser Stadt, wenn er mir den Übergangsstil von der Gotik zur Renaissance erschöpfend erklärt hat, auch die alte Franziskanerapotheke, die Schatzkammer der Kathedrale und die mildtätige Einrichtung des ersten Waisenhauses in Europa, was würde ich wissen wollen? Nichts vom Kitzel eines Abstiegs in die Waffenkammern und Gefängnisse der Stadt, nichts von alledem.
Die vergessene leere Kaffeetasse in der Hand, weiß Ruth plötzlich: auch dieser Platz kann kein Gegenstand meiner Neugier mehr sein. Nur einmal die Versuchung: ich möchte Zeuge sein, wie sie hier lebten in einer anderen Zeit, als das schöne Vertrauen in die selbstgeschaffene Welt noch nicht untergraben war. Für eine Stunde möchte Ruth am Platz der öffentlichen Bestrafung stehen und

mitspielen: Messen mit dem menschlichen Maß, vom Finger bis zum Ellenbogen aus Stein. Aber ein für allemal. Die steinerne Gestalt bleibt für sich, läßt Ruth auch in der Phantasie in ihre Geschichte nicht ein. Das Stück ist aus, Totenstille breitet sich aus auf dem Platz.
Wie gut aber ist das Gedächtnis der Stadt, wenn die Steine des Nachts den Atem mit dem Meer tauschen und die Menschen aus ihr gewichen sind in ihre Träume. Was träumt dann die Stadt, was schleift ihr Gedächtnis in die Finsternis?
Die kahlen Klippen noch einmal, auf denen die Fluchtfestung entstand, heitere Trotzstadt, die selbst den Venezianern die Stirn bot, wenn sie kamen, gewaschen mit ihren dunklen Wassern. Hinter Bastion und Bollwerk und meterdicken Mauern dringt vielleicht in der Nacht noch einmal das Gelächter der todtraurigen Weltkomödie, das Possenspiel der Macht, von Schatten wieder aufgeführt, die durch den Schlaf der Menschen huschen und sie nie aufwecken werden. Wenn sie hochschrecken, war es nichts als der scharfe Ton des Mistrals, in den die Schatten in der Frühdämmerung ihr Gelächter verstecken und übers Wasser davonziehen. Einmal im Monat, wenn die Zeit des Neumonds kommt, sitzt der Rektor noch einmal im Palazzo hinter Schloß und Riegel, gibt den Schlüssel an die Adligen ab; so sehr trauen sie dem Repräsentanten, daß sie ihn zum Zeremonienmeister machen, über den zu lachen sich allnächtlich schickt. Trau schau wem: der Galionsfigur der Macht. Und in der Nacht noch einmal schlagen zwei Bronzesoldaten die große Glocke am Turm, bis er sich wieder zur Seite neigt im großen Erdbeben, als das Gelächter der Menschen übereinander Risse in den Boden trieb. Noch einmal gegen Morgen bricht Ragusium in die Knie mit allen Heiligen und Schutzpatronen, die von den Sockeln stürzen. Es bricht der große Brand noch einmal aus, das lichterlohe Entsetzen, in dem das

Gelächter erstickt und alles still wird und von der Nacht nichts bleibt als die schwarze Brandspur, die kann man übermalen, der Riß im Boden klafft nicht, er ist nur immer da. Was ist die Stadt den Menschen? Ein überdachtes Grab.

Später lehnt Ruth am Onofriusbrunnen, dreht sich zur Seite, wenn jemand vorübergeht, die Stadt belebt sich langsam, schon sitzen die Silberschmiede in den offenen Türen. Aus einer kommt eine rotgescheckte Katze gelaufen, streicht Ruth um die Füße, läßt sich nicht berühren, folgt Ruth aber, als sie den Judenbrunnen sucht, er ist nicht mehr da, er muß versetzt sein an einen anderen Platz; am Brunnen vor dem Tore versiegt das Wasser aus sieben Quellen, mißt das Echo im trockenen Schacht mit zweierlei Maß.

Ruth folgt der Katze, die sich nach ihr umdreht, wenn sie stehenbleibt, und die Pfoten dehnt in der endlich wärmenden Frühsonne. Erst am Eingang zum Rundweg über die Stadtmauer springt die Katze tief in einen der Hinterhöfe hinunter. Andere Katzen liegen hingestreckt in roten Dächerwinkeln, die Rufe der Murmelspieler dringen zwischen krumm ins Licht wachsenden Apfelsinenbäumen zu Ruth herauf. Mit gebückten Knien halten alte Frauen in den Höfen plärrende Säuglinge im Arm. Der Wind bläst Ruth die Haare ins Gesicht. Sie bemerkt nicht gleich, daß sie jetzt von einer anderen Katze begleitet wird, die ihr bis an den Hoteleingang folgt.

Martin frühstückte allein mit der Miene eines Verlierers in der geschleiften Festung. Die heruntergezogenen Mundwinkel bewegten sich nicht, als Ruth rief: aufm Mäuerchen von Dubrovnik sitzen zweihundert Katzen, aufm Mäuerchen von Dubrovnik ging ungeschoren ich. Martin rührte sich nicht. Ruth ist die Täterin, er ist das Opfer. Ruth achtete seine Empfindlichkeit, trank fortan schweigend ihren Kaffee.

Auf dem steinigen Küstenpfad später konnten sie nur hintereinander hergehen. Martin voran mit der surrenden Filmkamera. Er sammelte das Meer, er sammelte die Wolkengebirge, drehte sich manchmal um und holte sich die im Dunst verschwimmende Stadtmauer ins Bild. Ruth, die schweigend hinter ihm herging, die Sandalen in den Händen, filmte er nicht.

Sie würde gern ihre Freude teilen über das, was sie sieht. Buschhohe Malven mit verholztem Stamm, die baumlangen Blüten der Agaven, in deren starres Blattwerk sich blühender Flieder drängt, orangefarbene Palmenblüten, die lila Nelken in den Ritzen der Felsbrocken, über die sie jetzt zum Wasser hinunterkletterten. Martin filmte unbeirrt weiter, auch wenn er im unwegsamen Gelände stolperte, einen unsicheren Tritt nach dem anderen tat.

Zufällig folgte ihm eine Frau –

Ruth stellte sich vor, was er später sehen wird auf dem Film. Eine schaukelnde Welt, eine menschenleere, durch die einer gestolpert ist, der es ausprobiert: verlassen sein.

Was Martin nicht filmte: das Hotel im international style, das Gaunerlächeln, mit dem die Touristen das hilflose Englisch der Jugoslawen quittieren, die gönnerhafte Bewegung, mit der sie nach der zweiten Flasche Žilavka ein paar Dinare als Almosen für ein Entwicklungsland herausziehen, die VIP-Geselligkeit der Wissenschaftstouristen. Was Martin nicht filmen kann: jugoslawische Urlauber im Hotel, das Kontingent reicht nur für ein paar hohe Funktionäre, die verlaufen sich unter den Wohlstandsbummlern.

Ruth hörte noch immer das Surren der Kamera. Sie legte sich auf einen großen flachen Stein in der Sonne, breitete die Arme aus und lag reglos, als schliefe sie, bemerkte nicht, wie Martin sich neben sie setzte und sie ansah. Das Wasser schlug eintönig gegen die Steine. Ein Gefühl der Bedrohung überwältigte ihn. Er wollte Ruth berühren

und wagte es zum erstenmal nicht mehr. Angst fiel ihn an. Er wußte aber keinen Namen für diese Angst, wie er Ruth vor sich liegen sah mit ruhigem Atem unter der Haarsträhne, die das Gesicht halb verdeckte. Er sah ihren leicht geöffneten Mund, wünschte sich, daß er etwas Liebes sagte, er wäre dankbar für jeden Satz.
Wenn sie aufstünde und wegginge, würde ich ihr folgen? fragte er sich, mit einemmal wehrlos vor Angst, er könnte Ruth verlieren. Er hatte schwindelerregende Gründe, sich vor der Beantwortung dieser Frage zu drücken. Er ahnte, eine ehrliche Antwort ertrüge er nicht. Daß Ruth ihm nicht gehörte, glaubte er längst zu wissen. Aber nun konnte er auch nicht mehr darauf antworten, ob sie zu ihm gehörte. Er war jetzt froh um jede Minute, die er so neben Ruth sitzen konnte. Ein fremdes Gefühl der Dankbarkeit überkam ihn. Er war überrascht, als ihm die Tränen in die Augen traten.
Er schämte sich der Tränen noch immer nicht, als Ruth am Nachmittag mit ihm ins Landesinnere fuhr. Mit wehenden Haaren saß sie am Steuer, einen Strauß blühenden Lorbeers auf den Knien.
Vor ihnen eine grüne Mulde mitten in der Wildnis. Halbverfallene Steinhütten. Auf deren zerborstenen Dächern sonnten sich Katzen. Zwischen den zerbrochenen Ziegeln wuchs Gras. Dann ein Friedhof auf offenem Feld, in dem ein alter Mann zwischen weißen, mit blühendem Rosmarin überwucherten Grabplatten Grasbüschel ausriß und sie in einen Sack stopfte. Vor den Gräbern ein magerer Esel mit krankem Fell.
Ruth und Martin stiegen aus. Für sich belassene Armut sahen sie, nicht fotogenes Elend für Touristen. Hierher verirrte sich kein Urlauber. Der Alte verließ eilig den Friedhof, als er die Fremden aussteigen sah. Er verschwand zwischen blühenden Mandelbäumen, in deren Schatten niedrige Kartoffelstauden mit Salatpflanzen ge-

setzt waren. Stark duftende Pfefferminze wuchert am Boden.
Das Dorf, zu dem die Äcker gehören, konnte man nicht sehen. Kilometerweit liefen Ruth und Martin durch die Wildnis, standen dann vor einem Wildbach. Eine Brücke war nicht in Sicht. In der Hitze wurden die Lippen rissig vom Durst. Mit geröteten Gesichtern stiegen sie die Uferböschung hinunter, versuchten, mit den Schuhen in der Hand, das Wasser, das über den bemoosten Steinen nicht tief war, zu durchwaten. Zuerst glitt Ruth auf den Steinen aus, glitt ein Stück bachabwärts in das reißende Wasser, fand Halt an der Böschung. Martin sah sie nicht mehr. Ihre Rufe blieben ohne Antwort. Ruth memorierte belustigt die Technik der Wiederbelebung, bis sie Angst bekam.
Sie hatte Martin nicht kommen hören, der nackt hinter ihr stand, mit den nassen Kleidern in der Hand. Eva, fragte er jungenhaft grinsend, wo ist mein Apfel?
Dann lagen sie, ein Paar vor dem Sündenfall, unter den weiß leuchtenden Blättern eines alten Olivenbaums, die Kleider trockneten in der heißen Mittagssonne.
Ein Paar vor dem Sündenfall, sagte Martin, weißt du, was unsere Sünde gewesen sein wird? Er meints nicht ernst. Er findets nur komisch, erschrickt aber, als er Ruths ruhige Stimme hört.
Ja, ich weiß es.
Die Angst vom Vormittag kroch Martin wieder den Rücken herauf, er wollte nicht ernsthaft reden mit Ruth jetzt.
Du willst es nicht wissen? fragte Ruth. Martin fand sich komisch, daß er seine Kleider holen wollte, bevor er sagte: verrate es mir, ich habe es nämlich vergessen.
Ich glaube dir aufs Wort. Unsere Sünde war, daß wir es nie gewagt haben, aufrichtig zueinander zu sein. Vielleicht waren wir dazu auch nicht fähig. Wir hätten es nämlich

aushalten müssen, nackt voreinander zu stehen. Das haben wir nicht gekonnt.
Die nackte Haut ist eine wunderbare Verkleidung für die Seele, Martin —
Wie meinst du das?
Wir haben uns immer voreinander mit unserer Tapferkeit geschützt. Du dich vor mir und ich mich vor dir. Wir sind nie nackt voreinander gewesen, und wenn wir es waren, haben wir des Kaisers neue Kleider beschworen. Wer nackt ist, wird bekanntlich leichter verletzt, und wir hatten immer panische Angst, uns zu verletzen. Ich finde uns ziemlich feige.
Wer in Rätseln redet, sagte Martin, hat immer recht. Aber sag mir, wer außer Kindern kann es sich leisten, Verletzungen nicht vorzubeugen, sich nicht zu schützen? Es möchte doch so sein, daß die Kleider, die Adam und Eva brauchten, als sie sehen und unterscheiden gelernt hatten, nichts anderes sind als jener Schutz, den östliche Meister die Ichschale nennen, ein natürlich wachsendes Gut gegen Schmerz.
Ich halte ihn nicht für natürlich, sagte Ruth, der Schutz gehört zum Fluch. Wir haben uns ihm unterworfen mit atemberaubendem Eifer.
Martin hätte Ruth jetzt gern in die Arme gezogen, aber er wagte es nicht, es war wieder wie am Vormittag, als sie auf dem Stein lag.
Sie fanden ein Hinweisschild mit einem schönen Namen: Konavorski Dvori. Ein Ort der Verzauberung. Die einen, lachte Ruth, werden aus dem Paradies geworfen, die anderen geraten hinein, wenn sie es gar nicht mehr suchen.
In vollkommener Abgeschiedenheit hinter einem Mandelhain fanden sie eine Mühle. Die Fenster des hellen Gastraumes waren bis auf den Boden gezogen. Mädchen in dalmatinischer Tracht verteilten die Teller auf die weißen Holztische. Kein Gast war zu sehen. Vor der Tür

machte ein moosüberwachsenes altes Wasserrad eine wundersame Musik, wie es sich drehte. Eine Tonfolge in kleinen Terzen. Es müßte ein Schlaflied sein – Ruth kniete vor dem Rad, konnte sich nicht trennen, strich mit den Händen über das tropfende Moos an dem Holz. Martin war dem Brotgeruch nachgegangen.
Am Wasser: Tröge voll glühender Asche, unter der in Metallbehältern Teig gebacken wurde. Eine alte Frau häufelte aus der Kohlenglut Asche über das Brot, hinter ihr sprang eine frisch gefangene Forelle aus dem Eimer, schnalzte über den sonnenheißen Stein, glitt erneut aus der zupackenden Hand, bis die Alte, den Fisch mit beiden Händen umklammernd, ins Haus lief. Schon machte sich ein anderer Fisch aus dem Eimer davon, geriet mit schnappendem Maul auf die heißen Steine unter den Aschentrögen, blieb reglos liegen.
Über das Wehr des Wildbachs stürzt tosend das Wasser, die Sonne wirft springende Funken in den gewaltigen Lärm. Ruth und Martin setzen sich an einen der Holztische im Freien. Wenn sie miteinander reden wollen, müssen sie rufen. Martin zieht an seiner Pfeife, Ruth hat die Beine auf den Stuhl hochgezogen und sieht Martin an. Sie sitzen einander gegenüber, ein Mann, eine Frau, die unversehens ins Einverständnis geraten: wir sind jetzt kein Paar. Beim singenden Rad sind wir zusammen, aber gehören einander nicht zu. Ein unerwartetes Geschenk. Sie könnten sich jetzt auf den Weg zueinander machen, für diesen Tag die Hinterlassenschaft der letzten Jahre einfach vergessen, als fiele alles von ihnen ab, während sie essen und trinken.
Fisch, Brot und Wein halten dem Widersacher Gedächtnis nicht stand. Kein Mahl bindet sie noch einmal zusammen. Sie wissen es beide, essen bedächtig, nicht ratlos. Heute macht es Ruth nicht Angst, daß es ein fortwährendes Scheitern aneinander ist, das sie seit Venedig teilen.

Wie gelassen Ruth ein- und ausatmet, kann Martin, der nur eine Armlänge von ihr entfernt sitzt, nicht hören. Mit den Augen tastet Ruth ab, was sie sieht: gegenwärtig mit allen Sinnen. Ihre Freude springt auf Martin über. Schöne Gelassenheit, in der das Wasserrad singt. Sie bleiben sitzen, Stunde um Stunde, bis sie vor Kälte schlottern. Martin schlingt Ruth seine Jacke um die Hüften, macht zärtlich ein verschnürtes Bündel aus ihr. Sie küßt ihn auf den Mund: sag nichts.
Dann plötzlich das quietschende Bremsgeräusch eines Busses. Ein Rudel angetrunkener Touristen brach in die Stille ein. Ein Schwall schäbigen Lärms schwappte über den Platz, übertönte das Wasserrad. Die Leute beschleunigten es mit den Händen.
Da hilft nur die Flucht, die durchaus hochmütig aussehen darf.
Pack. Das hat Ruth gesagt.
Im betäubenden Duft der Glyzinien standen Ruth und Martin in der späten Nacht vor dem Hotel. Der Boreas jagte übers Meer. In der Dunkelheit sahen sie, von weißen Sternen umsäumt, die Insel Lokrum. Sie ist unbewohnt.
Ich möchte, sagte Ruth, so lange dort leben, bis ich alles vergessen habe, was mich trennt von der Gegenwart, zuletzt die Ungeduld. Auch die mit dir.

Im Sommer verschwand Ruth vor Martin. Unverbindlich freundlich entzog sie sich an ihren Schreibtisch. Ich arbeite, sagte sie, frage mich nicht, woran, es ist weiter der Rede noch nicht wert. Martin achtete Ruths Zurückhaltung wie ihren Stolz und ließ sie. Die Unmittelbarkeit verlor sich zusehends aus ihrer Verbindung.
Mit Till aber war Ruth oft halbe Tage mit dem Fahrrad unterwegs, sie fuhren nebeneinanderher. Ruth ließ es sich gefallen, daß Till den Arm um sie legte und sie mitzog. –

In Andeutungen sprach sie von einer ihr unerklärlichen Schlaflosigkeit, die sie seit der Jugoslawienreise mehr und mehr mitnehme. Aber kaum fragte Till nach Gründen, winkte Ruth schon ab, nannte ihre Probleme vorüberziehende Schatten, die keiner ernst nehmen dürfe, der aus einem Lichtland zurückkommt. Von sich selbst ablenkend, beschrieb Ruth sehnsuchtsvoll die Farben des jugoslawischen Frühlings.
Ich bin stumm, sagte sie zuletzt, stand da, Hilflosigkeit im übermüdeten Gesicht.
Du und stumm –? lachte Till und tippte sich an die Stirn. Das Lachen verging ihm. Ruth sah ihn an mit dem unglückseligsten Ausdruck eines Hilferufes.
Meine Verbeamtung, sagte sie dann, ist eingeleitet worden. Ich weiß ja gar nicht, ob ich das noch mit mir machen lasse.
Till hätte gern mit Ruth über die Akademische Rätin ein wenig gelacht. Ruth lachte nicht mit.
Und jetzt? fragte Till. – Ruth blieb die Antwort schuldig.
Du nimmst alles zu schwer, sagte er.
Till trug es mit Fassung, daß er, wie er sich selbst nannte, ein frühreifer Staatsbeamter geworden war. Er unterrichtete in Ruths Nachbarschaft an der Universität und hielt sich für unnachgiebig streng. Ihm wäre nie passiert, was Ruth den Sommer vergällte.
Sie zweifelte noch immer nicht an der Wahrhaftigkeit jener, die laut nach der Mitverantwortung im Ausbildungsplan riefen. Die Studenten hatten ein Seminar über Jugendliteratur gefordert, großherzig, denn gleichzeitig ließen sie Ruth wissen, in der glücklichen Gesellschaft von morgen würden keine Bücher mehr gelesen, da lebten die Menschen lieber, anstatt ihre Zeit mit Büchern zu vertun. Ruth hatte dagegengehalten, es sei noch lange hin bis zu diesem Zeitalter, sie wolle sich aber dem Forschungseifer an der Basis nicht in den Weg werfen. Allein, drei Wo-

chen nach Semesterbeginn hatten die Studenten noch immer kein Konzept für ihr selbstverantwortetes Seminar. Da saßen sie Woche um Woche vor Ruth, kleine Vögel mit aufgesperrten Schnäbeln, die endlich gefüttert werden wollten.
Ruth beantwortete diese Haltung mit Ungestüm und Zorn. Ihr haltet euch für Linke, sagte sie, ihr seid keine. Ihr fragt nicht radikal genug, in euren Reden blitzt Verzweiflung auf, zu der ihr nicht steht.
Sie aber, fragten die Studenten, sind souverän links, ja?
Ich sehne mich nicht nach Etiketten aus der Parteiengeschichte. Euch allen fehlt es an Phantasie, darum wirkt ihr auch wie einfältige Schwärmer, die im Kostüm des Weltverbesserers herumlungern und lieber am Kelch ihrer Leiden nippen, ohne auch nur einmal in eigenen Worten mitzuteilen, wie sie sich befreites Leben vorstellen.
Die Studenten schwiegen, ob belustigt oder betreten, Ruth wußte es nicht.
Von diesem Tag an mißtraute sie den Studenten und ließ es sie spüren. Sie hatte ‹ihr› gesagt und nicht mehr ‹wir›. Das verwand sie nicht.
Ruth sehnte das Ende des Semesters herbei, doch bereits einige Wochen davor war sie verschwunden. Für Martin hinterließ sie eine karge Mitteilung, sie habe eine Einladung zu einem internationalen Ferienkurs im Ausland angenommen.

Unverhofft erhielt Till einen Brief von Ruth aus den USA. Den Namen des Ortes, an dem sie sich aufhielt, nannte sie nicht. –
Hexen fahren, du weißt es, auf dem Besen durch die Lüfte davon. Ich begnüge mich mit einer isländischen Flugverbindung, es kommt auf den gleichen Komfort hinaus. Bei flirrender Hitze fand ich mich in einem Terrakottaland. Kein Platz auf der Welt könnte mir nun lieber sein als

dieser. Es ist Nacht, ich schreibe dir draußen im Freien, so hell ist es hier. Zwischen zwei Persimonenbäumen, die du dir sehr hoch vorstellen mußt, liege ich in einer Hängematte und bin ganz mir selber, genieße die knapp bemessene Kühle der Nacht. Die feuchte Hitze des Tages ist arg. Aber der Morgen ist weit, und ich möchte gern in diesem Schwebezustand über der Erde bleiben wie jetzt, mit ihr nur noch verbunden über die Wurzeln der Bäume. Die Geduld der Bäume, du kennst sie, aber weißt du auch, daß sie sich in der Erde fast so tief und breit verzweigen, wie sich ihre Äste über der Erde ausbreiten? Auch Bäume, die wir zuhause kennen, wachsen hier viel höher in den Himmel. Vielleicht sehe ich nicht, was meine Augen sehn, aber es macht nichts. Über mir schreien Zikaden, und manchmal, wenn sie wie auf ein Zeichen alle verstummen, ist mir, als sackte ich fort in einen viel zu tiefen Schlaf.
Muß einer sich hüten vor solchen Zuständen? Sie schaffen wohltuenden Abstand zu allem beim Wiedererwachen, und die Widerstände in jedem Gefühl der Erinnerung an Deutschland sind stark. Vielleicht bin ich einen Schritt zu weit und zu hastig zurückgetreten. Folgsam aber ging mit mir ein Schmerz, womöglich an der verletzlichsten Stelle, und wenn ich tags in der Hitze mich nur mühsam bewegte, außer Wasser in den ersten Tagen fast nichts zu mir nahm, im Schatten auf die Dämmerung lauerte, hatte ich Lust, dir eine schöne Lügengeschichte zu erzählen.
Du weißt, wie Lügengeschichten trösten können. So liege ich hier jeden Abend mit anderen auf Reismatten über dem feuchten Gras, das hier hart und oftmals schneidend wie Schilf ist, und wir warten darauf, daß das Haus auskühlt und wir hineingehn können. Ich wohne in einem Holzhaus ohne air conditioning am Rand einer Provinzstadt. Nur ein klappernder Holzventilator wirbelt die heiße Luft im Haus ein wenig herum, ein Tribut an die Zuversicht, mehr ist er nicht. Jeden Tag legt der Nachbar

einen Fisch vor die Tür, ich habe das Wasser noch nicht gefunden, aus dem dieser Fisch kommt. In der Stadt gibt es nichts, das mich lockt, alle Hochhäuser sind gleich scheußlich, es sind zwei. So bleibe ich gern hier draußen, arbeite mit meinen Händen auf der kleinen Farm, die sie dem Urwaldgestrüpp abtrotzen. Es ist eine schöne Verbannung. Hier habe ich Talent zum Glück. Leben gelingt mir. Denk nur nicht, ich wolle eine Bäuerin werden, so naiv bin ich nicht, selbst in Lügengeschichten.

Aber am Abend glaube ich jeden Tag für ein paar Stunden daran, daß eine Decke über die Erde gezogen ist, ein zerlöchertes Himmelszelt, auf prächtige Art zerschlissen: durch die Löcher und Ritzen schaut das ewige Licht zu uns herein in die Finsternis einer lauten tropischen Nacht. Dann bin ich geborgen und will nicht wissen, warum. Die Matte, in der ich liege, soll ein altes Fischernetz sein, den letzten Fisch hat man darin vergessen, es ist ein Knurrhahn, ich hoffe, er bleibt euch erhalten.

Der Boden hier hat Widerhaken, möchte mich behalten vor der weglosen Hecke, die, so sagen sie, hier jeden Sommer wieder hereindringt über den urbar gemachten Boden. Unter den blauen Blüten der Auberginen glänzt schon, mit dunkelblau leuchtendem Lack überzogen, die Frucht, zwischen poison-ivy hängen dir die Bohnen armlang über den Kopf. Auf den Rindenstückchen am Boden kommt etwas gekrochen, hat einen sehr großen Kopf, hellgrün, mit der Maserung von Moos. Wenn du mich kostest, sagt der Kopf, dessen Leib sich weit über die Erde schlängelt und mit dem Schwanz in einem Komposthaufen verschwindet, wenn du mich kostest, weißt du aus und ein. Was gut und böse ist, weißt du ja schon. Dann nehme ich den sonnenheißen Kopf in meine Hände und trage ihn zu dem Holztisch im Schatten unter den Trauben. Wärest du hier, wüßtest auch du, wie Zitronenmelonen schmecken. Denn darauf kommt alles an?

Mir ist, als legte diese Gegend den Arm um mich und als wäre Ausruhen eine Möglichkeit unter diesem hohen Himmel. Es geht mir bodenlos gut. In dieser schönen Schwebe will ich mich halten.

Till hielt für möglich, Ruth kommt nicht zurück. Noch vor Beginn der Sommerferien tauchte sie wieder auf. Till verbarg den Schrecken bei ihrem Anblick nicht. Ruth stand vor ihm mit fast kahlgeschorenem Schädel.
Was haben sie mit dir gemacht? rief Till.
Das Angemessene. Ruth sagte es lakonisch, redete dann über ihre Arbeit in Amerika, Tränen niederhaltend, die – Till wußte es – den amerikanischen Kollegen nicht galten. Ruhlos ging Ruth im Raum umher. Genaugenommen, sagte sie, sei sie nur auf der Durchreise. Till zog Ruth in seine Arme und hielt sie so lange und voll zärtlichen Mitleids, bis er sich endlich sagen hörte: Ruth, bleib bei mir, bleib du, bitte, bei mir. Ganz.
Es ist, sagte Ruth weinend, wie vor zehn Jahren, Till. Wir stehen noch einmal auf jener Wiese, und du bittest mich zu bleiben. Damals kam ein Hund, nun ist ein Rudel hinter uns her. Ich wollte, ich könnte bei dir bleiben. Diesen Sommer aber, Till, verbringen wir zusammen. Dann fügte sie fast unhörbar hinzu: in Amerika habe ich einmal gelogen. Ich sagte, ich habe ein Kind. Als sie mich nach seinem Namen fragten, sagte ich, es heißt wie sein Vater –
Wie hieß das Kind?
Du fragst? sagte Ruth, und nach einer Weile: Till, du bist der lauterste Narr, der mir in meinem Leben begegnet ist.

Nach einem Urlaub mit den Freunden wollte Ruth ihren Vater wiedersehen und steckte den «Stechlin» als Gastgeschenk in die Tasche. Sie fühlte sich wie auf der Flucht. Mit ihrem Vater wollte sie über die Schlaflosigkeit spre-

chen, über Erinnerungen an die Kindheit, die sie in der Nacht quälten. Eine körperliche Ursache hatte die Schlaflosigkeit, Ruth wußte es, nicht. – Sie fand ihren Vater nicht auf dem Hof. Er sei, so hieß es, auf Reisen, die Zeit seiner Rückkehr ungewiß. Ruth freute sich für ihren Vater, lächelte über seine neuen Gewohnheiten. Von einer Reise ins Unbekannte hatte sie von ihm noch nie gehört. Keiner im Haus teilte Ruths Freude über den neuerlichen Leichtsinn des Vaters. – Auf seinen ausdrücklichen Wunsch hatte man Ruth vor der Wahrheit verschont. Seit Tagen war unklar, ob er seine rechte Hand würde behalten dürfen. Er war mit ihr in eine Maschine geraten.
Ruth wollte sofort zurückfahren, kämpfte mit einer von Stunde zu Stunde anwachsenden Verstörung, die sie mit der Abwesenheit des Vaters nicht in Zusammenhang bringen wollte. Gegen die Kinder war sie abweisend, entzog sich ihnen barsch. Sie wollten mit ihr Von-dannen-Laufen spielen. In früheren Tagen war das Lied ‹Zwischen Berg und tiefem tiefem Tal...› der Auftakt zu einer wilden Jagd über die Felder gewesen. Die Kinder blieben beharrlich vor Ruth stehen: ‹Und als sie noch das Leben Leen hatten› sangen sie werbend; als Ruth sich nicht rührte, fragten sie: warum läufst du mit uns nicht mehr von dannen?
Ich weiß nicht –. Ruth schüttelte den Kopf, schwieg dann. Später hörte sie sich zu den Eltern der Kinder sagen: es geht mir sehr schlecht. – Sie wußte es, zu niemandem sonst hätte sie diesen Satz sagen können.
Hier, bitte, sagte der Bauer und schob Ruth ein liebevoll zubereitetes Schinkenbrot hinüber: Sie haben doch immer gewußt, was gut ist.
Ja, manchmal, sagte Ruth leise.
Noch am gleichen Tag fuhr sie in ihre Wohnung zurück, spürte von der Beunruhigung, die sie hinterließ, nichts. –
Man brachte ihrem Vater den «Stechlin», verschwieg ihm

schonend, in welcher Verfassung Ruth abgefahren war. Der Vater freute sich über das Buch und bestand weiter darauf, Ruth seinen Unfall noch zu verschweigen.

Ruth schrieb an Bettina:
Erschöpft an Leib und Seele – so traurig könnte ich diesen Brief beginnen – verböte mir mein Stilgefühl nicht einen solchen Satz.
Ich lese zum soundsovielten Male Deinen Brief und studiere den zauberhaften Katalog für die Ausstellung ‹So malen Kinder auch› – aber es wird keine Möglichkeit geben, die vielen zwischen uns liegenden Kilometer zu überfliegen.
Meinem Freund Jan meine guten Wünsche für ein neues, vielleicht wirklich besseres und glücklicheres Jahr an der Schule, und Dir, meine Bettina, wünsche ich alles erdenklich Gute für die Eröffnung der Ausstellung.
Ich hatte gegen Semesterende unter dem Druck schwerer Arbeit mich freigestrampelt von einer mir bis heute nicht erklärlichen, langdauernden Erschöpfung, vor der ich ratlos stand, zumal mit der bevorstehenden Verbeamtung ja äußerlich alles so gut sich wendete. Ist es die Erkenntnis, den eingeschlagenen Weg der Freundin eines geliebten Menschen nun tatsächlich auch mit bitteren Konsequenzen zu Ende gehen zu müssen, war es die unfruchtbare Semesterarbeit vor unserem gemeinsamen Urlaub, ich weiß es nicht.
Als ich mich schließlich wirklich nicht mehr mochte und meine wüste Rabiatheit jede sanfte Würde zu verschlingen drohte (die bekannte letzte Tür), da schlug ich einen Salto mortale – und tauchte mit lebendigen Augen wieder auf. Der internationale Ferienkurs in den USA verlangte mir ein letztes an Charme und Kraft ab. Nun sitze ich hier und fange leise an zu arbeiten, ein Manuskript, Semestervorbereitungen, und suche mein Gleichgewicht zu wah-

ren, das ich danach im Urlaub mit Euch manchen Tag wiedergewonnen hatte.
Eine Reise nach Hamburg wäre jetzt in jeder Beziehung zu viel. Das soll Dich nicht traurig machen, ich bin sicher: es wird kein schlechter Winter für mich.
Eine Reise nach Hamburg steht fest, ich unterbreche meine Semesterarbeit im Winter und komme zu Euch.
Verzeih diesen von Lakonismen strotzenden Brief – es ist eine Zeit der Verpuppung, und da spricht man knapp.

Bettina saß lange mit dem Brief in der Hand, gefangen in wachsender Beunruhigung. Sie kam anderswo her, aus dem Brief allein rührte sie nicht. Sommertage stiegen Bettina wieder auf, Bilder aus einer hellen Zeit.
Sie waren bis auf Martin für ein paar Wochen alle zusammen gewesen, über den Namen ihres Feriendorfes hatten sie gelacht. Les Diablerets. Im Bauernhaus, das sie bewohnten, bekannte Ruth sich leicht und heiter zu einem, wie sie meinte, unerhört schönen Sommerglauben. Unterwegs mit den Kindern, hinauf bis an die Schneegrenze, hatte Ruth sich sichtbar erholt. Hab ich den Sommer verkannt? fragte sich Bettina, und noch einmal ging sie zurück in die Zeit im Gebirg und in jenen Morgen, über den sie später kein Wort mehr gesprochen hatten.
Vor Tag war Bettina allein aufgestanden, alle schliefen noch, müde von einer langen Wanderung um den Thunersee, und Ruth hatte gemeint, wollen wir nicht gleich in den Beatushöhlen übernachten, dort gehören wir doch hin, oder nicht?

Noch einmal führte der schmale Pfad hinter Bettina ins Dorf zurück, schon war er nicht mehr zu erkennen, so weit war sie schon draußen, vorüber an weidenden Herden führte der Weg ins Weglose hinauf. Bettina fand sich wieder in dem allfarbig glänzenden Laubwald, stand noch

einmal zwischen kniehohen Disteln, bückte sich zu Türkenbund und Knabenkraut und stellte später die kleinen Papierschiffchen aufs Wasser, die gekentert haufenweise hinter einem kleinen Wehr lagen, das Kinder in einen Wasserlauf gebaut hatten, dort, wo die Straße sich verlor.
Welche Ruhe unterwegs. Geruch von Kräutern und Heu in der Luft. Malachitgrüne Botschaft im Licht. Ein weißer Sichelmond wies Bettina hinüber ins hohe Gestein. Sie ging vor sich hin, bis sie vor den Höllenkopf kam. Welch ein Name und welch ein Wasser. Hell tönte ein Wildbach, begrenzte ein Geröllfeld, das war vergattert. Bettina setzte sich auf einen graugemaserten Steinbrocken im Bach, die Füße im Wasser. Hoch über ihr sieben Wasserfälle, einer für jeden Tag. Ihr Blick glitt hinauf ins Gebirg. Lautlos stürzte das Wasser aus dem Stein.
Im fließenden Silber der sieben Wasser oben trieb ein roter Punkt. Granatrot. Bewegte sich langsam, doch stetig herunter, dorthin, wo Bettina saß. Vielleicht, dachte sie, ist es ein Wetterballon, ich würde gern dort oben mit ihm durch die Luft gleiten. Wie eine Sehstörung stiegen ihr Bilder aus einem Film wieder auf. Abgestürzte sah sie in einer Wand baumeln, bedroht von Lawinen- und Steinschlag und später getroffen von Eisbrocken. Über die toten Körper zuckten Lichtzeichen aus der Wand. Bettina schloß die Augen und verjagte die Bilder aus dem Sommer, hörte das Wasser unter sich tönen und war dabei fast eingenickt. Von weither das Läuten der Glocken, und als Bettina die Augen wieder öffnete und in das Geröll hinübersah, hielt unter den lauten Stimmen der Vögel ein Mensch auf sie zu, sprang über geborstene Brocken, auf dem Kopf den roten Strohhut von Ruth.
Auf Bettinas Anruf hielt Ruth inne, winkte nicht herüber, stand da mit den Armen vor dem Leib, wie ertappt, gleich einem, der die Menschen weit hinter sich gelassen hatte, ins Weglose entronnen.

Was hast du gesucht dort oben? wagte Bettina nicht zu fragen, als Ruth auf sie zukam. Da stand sie Bettina gegenüber, unweit dem Schild Accès interdit, da warteten sie aufeinander, getrennt durch die Verzäunung. Ruth standen die Augen weit offen; sie schwieg.
Hast du den Widerstand der Steine gesucht zuletzt?
In wundgeschundenen Armen hielt Ruth zwei Steine, wie Mühlräder groß, und stand da nun selbst wie ein Findling. Draußen. Vor den Menschen beherbergt auf dem Steilfeld, da stand sie und rührte sich nicht.
Sieh mich an, bat Bettina.
Über die weißen Jahresringe im Stein sickerte Blut aus Ruths Armen, von weither maß sie Bettina mit ihrem Blick: was willst du hier –
Ich hab dich nicht gesucht, sagte Bettina, aber gefunden habe ich dich, zum Lachen wäre es, könntest du mir wenigstens einen der Steine geben, komm herüber zu mir!
Nein, sagte Ruth ruhig, ich trage sie allein, du kamst auch zu spät, ein klarer Morgen ist es gewesen.
Ich bin schon lange hier, sagte Bettina, streckte eine Hand über die Verzäunung, aber Ruth wollte sie nicht, ließ nicht zu, daß Bettina ihr half.
Ist nicht ein Stein für dich und einer für mich, wenigstens bis wir zuhause sind, du?
Nein, lachte Ruth, legte die Steine übereinander und stieg in das Wildwasser. Jetzt erst sah Bettina, Ruth war barfuß gekommen. Die Schuhe, sagte sie, ach, die Schuhe, die verlor ich dort oben, es macht nichts.
Ich habe von den Wasserfällen nichts gewußt, sagte Bettina, wer oder was hat mich diesen Morgen hierher genarrt?
Ich habe sie auch nicht gekannt, sagte Ruth.
Gefragt sein wollte sie nichts, als sie im Wasser stand und die Arme vom Blut reinigte. Bettina hörte Ruth summen, kannte wohl die Melodie, wußte aber nicht, woher. Es hätte aus der Winterreise sein können.

Ich bin zu dir gestoßen, sagte Bettina, als sie nebeneinander ins Dorf zurückgingen. Es hätte dir etwas zustoßen können, du, aber ich war nicht so weit weg von dir, wie du vielleicht geglaubt hast. Und noch einmal bat Bettina einen Stein tragen zu dürfen. Ruth verwehrte ihrs mit einem entschlossenen Beiseitetreten.
So schöne Steine, sagte sie, die trag ich allein.
Später im Haus dann zeigte Ruth sich heiter, verwies den anderen jeden Satz über die Steine und ihre wundgeschundene Haut. Die Steine sind schön, ich werde sie behalten, was wollt ihr? Zu erzählen ist nichts über sie; dabei sollte es bleiben.
Es war einen Tag vor der Heimreise, sie sammelten das Gepäck schon zusammen, und Ruth hatte ihre Steine ins Auto getragen, stand in der Sonne und sang, da brach sie plötzlich ab, als Bettina zu ihr kam. Der war, als sollte sies nicht hören.
Sie fragte Ruth, ob sie für einen Augenblick hier stehenbleiben könne, es ginge ihr nämlich ein Satz nicht aus dem Kopf und sie wisse nicht, wohin er gehöre: Man bricht einen Schacht von da aus, wo man wohnt; drin hangen und schweben sie als Vergessene, da kein Fuß hintritt, fern von den Menschen.
Nein, hatte Ruth geantwortet, ich kenne den Satz nicht, ich möchte aber wissen, wer ihn gesagt hat.

Bettina saß noch immer mit dem Brief in der Hand, und Tränen waren ihr längst in die Augen getreten, als sie den Hörer abnahm und für Ruth bei Fleurop Blumen bestellte. Sie bestand auf Sommerblumen.
Anderntags telefonierte sie mit Ruth, die mit leiser Stimme ihren Namen sagte und wie immer in der letzten Zeit sofort am Apparat war. Ach ja, Bettina, ich arbeite viel, es kommt der Herbst und die Dunkelheit, und mein Brief tut mir leid, ach, vergiß ihn.

Ich würde dich gern besuchen, sagte Bettina, aber ich kann hier nicht weg.
Das weiß ich, sagte Ruth, es wäre schon eine Seligkeit für mich, wenn ich dich wiedersähe, aber ich habe ja deine Blumen.
Dann hängte sie ein, und Bettina sagte leise vor sich hin: was sie nur immer für Wörter gebraucht.

Wenige Wochen später ging Ruth mit Martin einen hell leuchtenden Herbsttag lang über Land. Für eine Weile lief Ruth barfuß im Laub.
Das darfst du nicht, sagte Martin.
Und warum nicht? fragte Ruth. Die Erde nimmt mich auf –
Sie ging vor Martin her, und er trug ihre Schuhe.
Am Abend schlug Ruth seine Einladung zu einem Konzert aus. Sie hatten zusammen gegessen, königlich gespeist, sagte Martin. Ruth hatte Wasser getrunken, Martin Wein. – Du brauchst mich nicht zu begleiten, sagte Ruth, ich möchte allein nachhause gehen. Ein schöner Erdgeruch ist in der Luft.
Später, auf dem Weg ins Konzert, sah Martin in die hell erleuchteten Fenster von Ruths Wohnung hinauf und winkte. Einfach so. Kurz darauf verließ Ruth das Haus.
Eine Frau, unterwegs mit ihrem Hund, fand Ruth am Morgen zwischen den Stämmen im Wald.
Ruth lag, noch atmend, nahe der Stelle, an der sie vor Jahren mit Jost neben dem zerbrochenen Stamm gesessen hatte.
Die Frau bedeckte die Fremde mit ihrem Mantel. Der Hund blieb, laut bellend, neben Ruth hocken, während die Frau in der nächsten Telefonzelle das Krankenhaus verständigte. Sachlich, unbeteiligt.
Junge Frau, ja –

Nein, keine sichtbaren Verletzungen –
Ja, sie atmet –
Die Ambulanz kam schnell. Einer von Martins Mitarbeitern erkannte Ruth. –
Der Anruf aus dem Krankenhaus erreichte Martin, als er, schon im Mantel, unter der Tür stand, unterwegs zu einem Kongreß. Nein, etwas Dringlicheres, schalt Martin, als diese Reise gebe es diesen Tag für ihn nicht, er sei ersetzbar. Er wollte schon auflegen, da sagten sie ihm, Ruth sei soeben ins Krankenhaus gebracht worden, er möge sich beeilen.
Auf dem Weg in die Klinik fuhr Martin an Ruths Wohnung vorbei, sah das ordnungsgemäß geparkte Auto vor dem Haus. Martin betrat das Krankenhaus ahnungslos.
Die Kollegen waren für eine Schockreaktion vorbereitet. –
Sie trat nicht ein. Mit versteinendem Gesicht verschwand Martin augenblicklich in seiner Arztrolle, besah sich die Daten. Die Blutwerte waren verheerend, die Konzentration des Giftes im Blut so hoch, daß mit dem Tod der Patientin natürlicherweise gerechnet werden mußte. Das Gift hätte für zwei Menschen gereicht.
Eine Dialyse war eingeleitet, die Herztätigkeit unter Kontrolle. Keiner der anwesenden Ärzte sprach das Wort Selbsttötung aus. Sie redeten über den medizinischen Sachverhalt. Er war eindeutig und gab zu Hoffnung keinen Anlaß.
Wenig später betrat Martin die Intensivstation. Er kontrollierte die Tätigkeit von Respirator und Dialysegerät, blieb dann für einen Augenblick vor dem Monitor stehen, auf dem Ruths unregelmäßige Herztätigkeit zu sehen war.
Nun erst sah Martin in das wächserne Gesicht, faßte Ruths Arm und zählte den Puls, während er noch immer die Augen auf den Monitor gerichtet hielt und, was er sah, mit dem verglich, was seine Hand spürte.

Eins zwei drei vier fünf sechs sieben, wo ist denn mein Lieb geblieben, eins zwei drei vier fünf sechs acht, hat sich still davongemacht. – Der Abzählvers, der sich im Rhythmus von Ruths Pulsschlag in Martins Kopf abspielte, war stärker als jeder andere Gedanke, den Martin hätte denken wollen. Es war nur dieses Zählenmüssen in seinem Kopf und peinigte ihn.
Barsch schickte Martin den Kollegen beiseite, der ihm beim Anlegen der Infusion behilflich sein wollte.
Meine Hände zittern nicht, sagte er, kümmern Sie sich um Ihre Aufgaben.
Martin verließ Ruth den Tag über nicht einen Augenblick, nahm nichts zu sich, am Telefon ließ er sich verleugnen. Später, in der Nacht, beschloß er, niemandem über Ruths Zustand Mitteilung zu machen. Er erkannte ihn nicht an.
Gegen Morgen zeigte die Hirnstromkurve eine Nullinie. Martin besah sie und legte sie beiseite. Achtlos. Er konnte, was ihm durch den Kopf ging, einander nicht zuordnen.
Martin ging zum Fenster und sah in den Sprühregen hinaus. Die dort auf dem Bett, dachte er, ist gar nicht Ruth selbst. Wie unausweichlich der Tod war, wußte er, nur so aber konnte er sich gegen die Furcht wehren. Aschgrau und mit hartem Blick schwieg er auf alles, was er über Ruth in der Intensivstation hörte. Besessen von seiner Rolle, stieß er die Kollegen vor den Kopf, kämpfte mit zwanghafter Sachlichkeit um Ruths Leben und wirkte abwesend in seinen sinnlosen medizinischen Verrichtungen. Noch in der Nacht ließ man Martin einfach gewähren, seine verzweiflungsvolle Beherrschtheit weckte das Mitleid aller, die neben ihm arbeiteten.
Manchmal berührte Martin Ruths Körper, mit Furcht: er war warm, das genügte, und Martin sprach oft leise Ruths Namen, um ihr näher zu sein. –
In der dritten Nacht wehrte er sich vergeblich gegen einen

kurzen Erschöpfungsschlaf. Weinend stand er im Traum vor einem Brunnen, hielt einen aufgeschlitzten, bereits ausgenommenen Fisch unter den Wasserstrahl. Der Fisch zuckte und schnalzte schließlich aus der Hand auf den Stein. Beim Erwachen rettete sich Martin in Ekelgefühl, er mied zu sehen, was seine Augen schon seit Stunden erkannten: Ruth stirbt.
Für Sekunden überfiel Martin die Frage nach seiner Teilhabe an diesem Sterben, bis Erinnerung ihn fing wie eine Schlinge.
Er gedachte Ruths wie einer erinnerten Liebe, und da gab er sie verloren.
Noch einmal sah er sich gehen auf schon herbstlichen Wegen neben Ruth, es war noch nicht drei Wochen her. Sie waren im Wald über die gespaltenen Stämme gesprungen, sahen die Spur des gewaltigen Sturms vom vergangenen Jahr. Hatte Ruth nicht gerufen: sieh dir unseren Lebensboden an? Zerschlagen und gesprengt. Der wird lange so bleiben. Welch irreführende Spur in die friedlichen Felder hinter dem Wald. So viel Gewalt um uns her. Die Antwort auf die Bitterkeit aller, die umherirren mit dem Traum vom neuen Menschen, ach Martin, sie ist in dem verwüsteten Land noch gar nicht erdacht. Und war Ruth dann nicht fortgesprungen über einen geborstenen Stamm und hatte sich umgewandt? Ach du, die Menschen, die man heute braucht, sind wir nicht, mein lieber Sokrates. Doch, Ruth hatte gelacht über die Darsteller der großen Geduld – und sich und Martin gemeint. Einen Hahn schuldest du dem Asklepios nicht, hatte sie gesagt, aber dir selbst die Lebenslust, mein Lieber. Freigesetzt ist sie noch gar nicht in uns, und löschten wir aus, du oder ich, es fiele doch weiter gar nicht auf –
Antwort hatte Ruth wohl nicht erwartet, freilich, Martin hätte auch keine gewußt. Ruth fragte aber gleich, ob er den Kopffüßler kenne auf der Darstellung des Jüngsten

Gerichts bei Hieronymus Bosch, den vermummten Kopffüßler, dem mans nicht ansieht, ob er Jäger ist oder Gejagter. Gestalten wie er, hatte Ruth gedroht, gingen bald scharenweise durchs Land, und: im Triumphbogen werden die Scharfrichter im Lammfell stehen und sich mit den Kopffüßlern nicht mehr auskennen. Welch altüberkommene deutsche Marterszene dann, wenn sie aus Angst das ganze Land verhexen. – Ruth hatte sich auf einen Stamm gesetzt und zu Boden gesehen, als sie unvermittelt fragte: wie unerfüllbar, Martin, ist unser Friedenswunsch euch gegenüber, die ihr älter seid, sag es mir doch, wenn du es weißt. Warum können wir Niederlagen nicht miteinander teilen und, wenn es sein muß, scheitern, ohne uns zu entziehn?
Martin wußte nicht mehr, was er darauf geantwortet hatte. Er hatte Ruths Gestalt auf dem Stamm lange vergessen gehabt über einen Streit um die Traumtänzer. Noch immer nannte Martin bei sich alle Gestalten aus der Studentenbewegung ausschließlich so.
Eine Lungenentzündung in der dritten Nacht machte Ruths Atem schwer und rasselnd, noch einmal bäumte sich der sterbende Körper auf. Martin gab eine hochdosierte Penicillininfusion, wollte nicht gehört haben, wie die Kollegen – ihm zuliebe – zu einem Luftröhrenschnitt rieten. Verunstaltet soll Ruth nicht aufwachen, hatte Martin, wider bessere Einsicht, gedacht. – Er hörte jemanden sagen: beklagenswerter Mann und wollte nicht wissen, wer das wagte. Er saß reglos neben der Sterbenden, manchmal schloß er die Augen, nicht wegen der Müdigkeit allein. So schwer ertrug er das von Stunde zu Stunde fremder werdende Gesicht Ruths. Gegen Mitternacht richtete sie sich noch einmal auf, Martin nahm es als Zeichen. Daß es trog, er wußte es, noch bevor Ruth vornüber gefallen war. – Martin tat nichts mehr für sie, saß nur so da und stellte sich vor, wie es sein würde, schlüge Ruth

die Augen noch einmal auf. Martin legte Ruths Finger in seine verkrüppelte Hand, und erst, als er spürte, daß die ihre, an seiner vorbei, auf die Decke geglitten war, begriff er: Ruth ist tot.
Das tust du mir nicht, sagte Martin, und sofort darauf, das tust du dir nicht, du –. Das Du schrie er laut.
Was ist? fragte eine Kollegin, die es auf sich bezog. Exodus, sagte Martin, ohne aufzusehen und verbesserte sich dann mit tonloser Stimme: Exitus, stand sofort auf und ging hinaus.
Man fand ihn, den Kopf auf die Arme gestützt, an seinem Schreibtisch. Im Zimmer brannte kein Licht. – Was kann ich für Sie tun? fragte jemand. – Räumen Sie meinen Schreibtisch auf, sagte Martin. Auf Fragen reagierte er nicht, auch nicht auf die nach Ruths Angehörigen und nicht einmal darauf, was mit Ruths Leichnam zu geschehen habe. Man hatte ihn in eine leere Kabine geschoben, und so, während Martin die Tote ansah, griff er zum Telefon neben der Bahre, rief Ruths Vater an und sagte ohne jede Vorwarnung:
Ruth ist tot, sie ist von uns aus dem Leben gegangen.
Martin hätte sich eher die Zunge aus dem Hals reißen lassen, als mit Ruths Vater über die vergangenen Tage und Nächte auch nur ein Wort zu sprechen. Ja, sagte er nur, bitte kommen Sie sofort. Wo wollen wir Ruth hinlegen –. Zu mir kommt sie, sagte der Vater, meine Tochter kommt zu mir. Dann legte er auf.
Noch in der Nacht, als man Ruth schon hinausgefahren hatte, weckte Martin auch Till und Bettina und sagte den gleichen Satz, den er zu Ruths Vater gesagt hatte. – Bettina wählte später Martins Nummer, sie vermutete ihn zuhause. Aber dort blieb es still. – Till ließ läuten in Ruths Wohnung. Schaudernd fuhr er zurück: kein Anschluß unter dieser Nummer, sagte eine Stimme. – Ruth hatte das Telefon abbestellt. Till schrie.

Bis es draußen wieder hell wurde, saß Martin vor dem Telefon neben der Toten. Der Keim des Todeswunsches war schon wirksam in ihm, und mit jedem Gedanken hatte er ihn gefördert, nur wußte er es nicht. Bei sich selbst nannte er Ruth sein unabdingbares Lebensgut, dessen Verlust den Freitod rechtfertigt. Martin fror bei den kalten Worten ‹unabdingbares Lebensgut›, andere fielen ihm aber nicht ein; es waren die alten, mit denen er früher vor Ärzten das freiwillige Sterben gerechtfertigt hatte. Nun erst, da ihm kalt wurde von den Sätzen in seinem Kopf, wunderte er sich, daß er mit Ruth nie über Freitod gesprochen hatte.
Wär' ich ein Possenkönig doch aus Schnee, echote es in Martins Kopf, und in einem fort hörte er eine Musik von weit her; aus der Erinnerung stieg sie auf:
Warum ist das Licht gegeben dem Mühseligen und das Leben den betrübten Herzen?
Und während es in Martin sang, immerfort weitersang, begann er zu weinen. Zum Schweigen konnte er die Musik nicht bringen. Toll wird sie mich machen, klagte er und fürchtete sich, wie er sich noch nie gefürchtet hatte. Er hörte sich flüstern: hat die Musik den *Tollen schon zum Witz geholfen, in mir, so scheint's, macht sie den Weisen toll.* Und Martin erinnerte sich nicht an die Herkunft des Satzes, er war ihm nur wahr.
Am Morgen weigerte er sich, Ruths Wohnung auch nur ein einziges Mal noch zu betreten, bat Till am Telefon, statt seiner hineinzugehen, er könne sich den Schlüssel im Krankenhaus abholen. Till redete nicht mit Martin, als er ihn endlich in seinem Ordinationszimmer gefunden hatte. Beim Hinausgehen aber wandte er sich noch einmal um und fragte mit einer Miene, die Martin schaudern machte: Du hast Ruth zutode gepflegt?
In Ruths Wohnung fand sich kein Zeichen für Martin oder sonst einen Menschen. Till sah das Fenster vor dem

Schreibtisch leicht geöffnet, der Wind hatte von einem welkenden Strauß Blätter auf den Boden geweht, im Zimmer lagen sie verstreut. Till scheute sich, sie zu betreten. Aufheben konnte er sie nicht.
Auf dem aufgeräumten Schreibtisch lag ein Manuskript über Rahel Levin. Versehen mit dem Datum vom Anfang der Woche. Auf dem Sims lagen die Kündigung für die Zeitung und Quittungen mit einem Datum der vergangenen Woche.
Till setzte sich in Ruths Schaukelstuhl, stellte die kleine Messingvase, aus der er allein mit Ruths Billigung einen Aschenbecher gemacht hatte, neben sich auf den Boden und rauchte eine Zigarette aus einer Schachtel, die er bei Ruth vergessen hatte.
Weinen konnte Till nicht, sah lange Zeit hinüber auf die weiße Wand, bevor er dunkle Ränder um einen helleren Fleck wahrnahm. Dort war ehedem ein Bild gehangen. Picassos Don Quijote.
Till starrte auf die Wand, und ihm war, als blendete jemand im Film Szenen aus. Harte Schnitte waren es nicht, die Kamera hielt auf weißes Licht zu, bis Till nichts mehr sah, manchmal noch Bruchstücke von Bildern. – Eine Tischgesellschaft, lange war die noch nicht auseinander gegangen, Till war ja dabei gewesen und auch Ruth. Nicht eine Woche lag zurück, was Till sah, bevor es sich ihm unaufhaltsam entzog. – Eine Tischgesellschaft, ja, steif zuerst, fast verstimmt. Jetzt bringt Ruth die Leute zum Lachen, sie beugen sich über die Teller und essen. Ruth ißt nicht, Martin sitzt dabei, Bettina auch. Wo ist Jens? Till sieht ihn nicht. Aber dort ist Jan. Jetzt sagt er zu Martin: laß Ruth in Frieden, löffle deine eigene Suppe aus. – Ich bin mit allem schon fertig, sagt Martin, weist auf einen leeren Teller. Worüber reden diese Menschen dort am Tisch? Till hört es nicht. Später sieht er sie hinausgehen. Ja, nun verschwindet Martin mit Ruth in einem dunklen

Torbogen. Ruth wendet sich noch einmal um und winkt. Dann zieht Martin sie fort.
Sie verschwanden im erleuchteten Torbogen, hörte Till sich sagen, wußte, daß er log und starrte noch immer auf die Wand in Ruths Wohnung, starrte und starrte, bis er in der Wohnung der Toten schrie: verschwunden bist du in einen Schacht, ich werde dich nie mehr sehen.
Till brachte, was er erfuhr, nicht mehr mit dem zusammen, was seine Augen gesehen hatten.
Was habe ich gesehen? fragte sich Till.
Alles, sagte er – und später: ich habe nichts gesehen.
Er nahm den Messingaschenbecher und ging mit ihm hinaus.

Jens allein erreichte Martin telefonisch nicht. – Unterwegs zum Begräbnis eines Geschäftsfreundes seiner Familie fand Jens die Todesnachricht zwischen Reklame und Drucksachen im Briefkasten, begriff nicht, was er las auf der Karte mit dem schwarzen Rand. Was seine Augen sahen, kam in seinem Kopf nicht an. Jens steckte den Umschlag zur anderen Post in die Tasche des geborgten schwarzen Mantels. Seine rechte Hand stak noch in der Tasche, die linke versuchte vergeblich, die Autotür zu öffnen, als er verstand, was er gelesen hatte. Ohne zu atmen, zerknüllte Jens die steife Karte in der Tasche, zerriß sie einhändig in kleine Fetzen, bevor er in ein Taxi stieg und sagte:
Zum Friedhof, bitte, mich zum Friedhof –
Wo lägen Sie gern? lachte der Fahrer. Er hatte in Jens' Gesicht etwas gesehen, das wie ein Grinsen wirkte. Wo also lägen Sie gern? fragte er noch einmal, zentral oder im Grünen?
Erst jetzt schüttelte es Jens, er zog die Beine auf den Sitz, saß gekrümmt.
Der Fahrer wurde ungehalten, als Jens den Namen des Friedhofs angab, auf dem Ruth begraben werden sollte. –

Haben wir nicht, sagte der Fahrer, unschlüssig, was er mit einem Fahrgast wie diesem tun sollte. – Zentralfriedhof, sagte der nun, die Fetzen der Anzeige lagen auf seinen Knien, er starrte sie an.
Die folgenden Stunden kam Jens aus Mißverständnissen nicht heraus, saß unter einem Glassturz, der wollte nicht brechen. – In der Krematoriumshalle wartete die Trauergemeinde, Zylinder an Zylinder, dazwischen kleidsame Schleierhüte. Jens hörte gedämpfte Reden über Geschäfte, diskret beiseite Gesprochenes, der Tote kam nicht vor. – Weit vorn dann der Sarg im obligaten Blumenmeer, alles in Rot, auf Wunsch des Verstorbenen, der Geistliche wies darauf hin, bevor er den unersetzlichen Verlust beschwor, die nie mehr zu schließende Lücke. Schon glitt er routiniert hinüber in die Trostpartien der Predigt, die Orgel überbrauste das Amen. Ein mächtiger Abschiedschoral dann, die Kollegen des Ausgesegneten sangen alle mit, standen mit dem Zylinder vorm Bauch, darüber die gefalteten Hände.
Jens stand mit leeren Händen dazwischen, hielt sich schlecht auf den Beinen, mußte sich wieder setzen. Außer ihm saß nur die Witwe, er sahs. Schon sangen sie die dritte Strophe des Chorals, auf mehr als vier durfte Jens nicht hoffen, hielt sich, ein wimmerndes Bündel, den Mund zu, saß da geduckt, über ihm schüttelten sie die Köpfe, er sahs nicht, spürte es aber, und endlich rutschte sein Kopf auf die Knie. – Der Choral war zuende, das Orgelnachspiel verklungen, ruckfrei hatte sich der Sarg versenkt, dort vorn nun nurmehr ein Loch, auf das sie jetzt alle starrten, als käme von dort noch etwas außer Zeitgewinn für die Polonaise um die Witwe.
Jens blieb einfach sitzen. Die Kondolenzzeremonie ging ihrem Ende entgegen. Jens weinte laut. – Mit blindem Blick reichte er der Witwe die Hand, und sie, heftig bewegt von so viel Mitgefühl, ergriff Jens' Arm und lehnte

sich kurz gegen seine Schulter. Sie sind, sagte sie, ein guter Mensch, schluchzte dann auf. Überwältigt von Tränen, wandte sie sich ab. Auch die halbwüchsigen Söhne der Witwe dankten Jens, die Mutter von beiden Seiten stützend, in verwirrter Ergriffenheit.
Jens kehrte den Hinterbliebenen abrupt den Rücken und floh aus der Halle über die Gräber davon, als hätte einer ein Messer nach ihm geworfen.

Noch in der Todesnacht hatte Bettina sich in den Zug gesetzt und war zu Ruths Vater gefahren. Aus dem Dämmer des Halbschlafs fuhr sie mehrmals hoch, innewerdend, im verschwimmenden Bewußtsein war sie ins Zwiegespräch mit einer Toten geflohen, in Traumgebilden noch weit zurückgeblieben hinter der unerträglichen Wirklichkeit dieses Sterbens.
Ach Ruth, klagte es in Bettina, was wirst du antworten, wenn ich dir sage, daß ich mich in der Nacht, als du gestorben warst, nicht mehr erinnern konnte an dein Gesicht. Aus meiner Erinnerung war deine Gestalt fortgetaucht in ein schwarzes Tuch, an dem wollte ich mich auch noch wärmen.
Bettina traf Ruths Vater nicht im Haus. Man wies ihr den Weg eine kleine Anhöhe hinauf. Dort oben, hieß es, sei Ruths Vater, auch Ruth sei dort immer gern gegangen, habe den Kindern die Haselnüsse aus den Sträuchern des Kirchhofs stibitzt.
Auf dem Weg hinauf zum Dorffriedhof sah Bettina sich zu beim Gehen, Schritt für Schritt. Als sie den Blick hob, stürzte laut schreiend ein Schwarm Saatkrähen in den blendenden Herbsthimmel. Bettina ging zwischen alten Familiengräbern umher, las die Inschrift auf einem Stein: hat gelebt fünfzig Jahr, drey Monate und eyn Tag. Auf Ruths Alter konnte Bettina sich aber nicht mehr besinnen, für einen Augenblick auch auf das eigene nicht.

Dann sah sie Ruths Vater an einer Haselhecke stehen, den Blick über das weite Land gerichtet. Hinfällig, gezeichnet von körperlichem Schmerz, seine Gestalt. Bettina wagte nicht, ihn anzusprechen. Er wandte sich plötzlich mit dem Ausdruck der befremdendsten Ruhe in den Augen zu Bettina um. So blickt kein Mensch, der auch nur einen Augenblick mit dem Gedanken an den vorzeitigen Tod eines geliebten Menschen gespielt hat.
An dich, Bettina, sagte der Vater, habe ich heute morgen schon gedacht. Da bist du, ja, ich habe es für möglich gehalten, daß du kommst.
Bettina nahm sein Gesicht in ihre Hände. Er wehrte ab, und sie sah, er zitterte am ganzen Körper.
Ruth ist hier gewesen, sagte er, sie hat mich verfehlt.
Ich weiß, sagte Bettina.
Er schwieg einen Augenblick, bevor er fortfuhr: ich werde dich nicht fragen, ob du ahnst, warum sie es getan hat. Bitte, begleite mich, wähle mit mir einen Grabplatz für Ruth.
Schweigend gingen sie miteinander über den Kirchhof, vorbei an vielen aufgelassenen Gräbern in der Nähe der Kirche, kehrten dann wie selbstverständlich zu den Haselsträuchern zurück. Sie bildeten die Grenze zu einem unmittelbar anliegenden Gehöft. Aus den Stallungen hörte man die Tiere blöken. – Hier, sagte Ruths Vater, und Bettina meinte in seinen Augen den Widerschein eines Lächelns wahrzunehmen, das sie im eigenen Gesicht gespürt und sofort wieder zurückgenommen hatte.
Ja, sagte sie, hier –
Ruths Vater nickte, ging dann sofort auf die halbverfallene Kirche zu, die unter einem Gerüst so gebrechlich aussah, als gehöre sie nicht mehr zu diesem Platz und man wolle sie abtragen. – Auf der Dorfstraße rief jemand Ruths Vater einen guten Morgen zu, nannte den Tag einen der herrlichsten des ausgehenden Herbstes. Der Va-

ter verheimlichte im Weitergehen seine Tränen nicht, überließ sich vor Bettina seinem Schmerz.
Viele Tage werden sich nun gleichen für eine lange Zeit, sagte er und griff nach Bettinas Hand. Wie sollen wir es ertragen, diesen unsinnigen Tod nicht eines Tages zu rechtfertigen oder zu verurteilen, damit wir fortleben können. Die Zeit wird nicht ausbleiben, Bettina, in der wir die widersprüchlichsten Geschichten erfinden, um der einen Erfahrung in Ruths Leben auf die Spur zu kommen, von der wir dann sagen wollen, sie habe dem Todeswunsch die endgültige Richtung gegeben. Unsere Erinnerung wird bestechlich sein, worauf sind wir aus, Bettina, wenn nicht auf einen eindeutigen Grund –
Der Boden ist so unsicher, auf dem wir stehen, sagte Bettina, der Grund wird unerkannt bleiben, aber wir werden zu messen sein an unserer Antwort auf Ruths Tod. Der Ausgang ist ungewiß.
Es ist dunkel, antwortete Ruths Vater am hellen Vormittag, und hell werden kann es in uns nur, wenn wir die Verwandlungen anerkennen, die dieser Tod bewirkt in uns.
Sie werden fürchterlich sein, sagte Bettina und entschuldigte sich, daß sie es laut ausgesprochen hatte.
Wir wissen es nicht, sagte der Vater, und er weinte, als er fortfuhr: sie hat sich entzogen, ihr geschieht nichts mehr. Es kommt mir heute so unsinnig vor zu fürchten, wir könnten den Toten zu nahe treten, wenn wir sie, wissend, daß wir irren, uns an den Verwandlungen teilhabend vorstellen, die sie in uns bewirken. Dem Gedanken an Freitod habe ich in meinem Leben nie Raum gegeben, freiwilliges Sterben war mir das Fremdeste, das ich hätte denken können. So habe ich mit meiner Tochter auch nie darüber geredet.
Ruth und ich haben darüber auch nie gesprochen, sagte Bettina. Kaum hatten sie das Haus betreten, schwiegen sie

rücksichtsvoll. Bettina spürte, daß sie in geschlossenen Räumen kaum miteinander sprechen konnten. Die Achtung vor der Erschütterung des anderen führte über halbe Sätze nicht mehr hinaus. Ruths Vater wußte, daß Bettina gekommen war, ihn auf dem Weg zu seiner toten Tochter zu begleiten. Überdeckt von Kinderbildern und Briefen aus Ruths Hand war der Tisch, an dem sie zusammen noch eine Schale Kaffee tranken.
Bettina versprach, sich um die Auflassung von Ruths Wohnung zu kümmern. Martins Name fiel nicht. Was Bettina über ihn dachte, ließ sie auch nicht in die wenigen Blicke ein, die sie mit dem Vater tauschte, als sie zusammen den Tisch freimachten und Bettina ein Bild in die Hand fiel, auf dem Ruth zwischen Martin und ihrem Vater stand. Jede Erwartung auf Worttrost war von einem Augenblick zum anderen ausgelöscht und machte der Totenstille Raum.

Im tiefen Winter war es, als Bettina auf dem Rückweg von einer Ausstellungseröffnung Ruths Grab besuchte. Mit dem Rücken zu ihr hockte dort schon jemand vor dem Grab. Es sah aus, als wärme er sich die Hände unter den Tannenzweigen, die über das Grab gebreitet lagen. Es war Till, der, nicht im geringsten erstaunt, Bettina neben sich zu finden, aufstand und zu den Eiben, die zu beiden Seiten des Grabsteins gepflanzt waren, hinübernickte:
Diese Bäume wachsen so langsam. Wie lange wird es dauern, bis sie Ruths Namen zudecken? Zuletzt verschwindet ihre Lebenszeit im Schatten der Äste. Kannst du dir vorstellen, wir stehen hier eines Tages und sagen: welch altgewordener und zur Ruhe gekommener Schmerz?
Ich kann es mir nicht vorstellen, sagte Bettina. Von wem sind die Blumen über den Tannen, von dir?
Nein, sagte Till. – Sie gingen zusammen zu Ruths Vater. Es kommen nicht mehr viele, meinte er beim Abschied.

Ich gehe täglich zu Ruth hinauf. In der ersten Zeit fand ich dort oft junge Leute vor dem Grab, die legten meiner Tochter Blumen über den Schnee. Ich habe nie mit ihnen gesprochen, könnt ihr das verstehen?
Ein wenig, antwortete Till, und Bettina setzte hinzu: wieviel Angst vor dem Lebendigen haben wir, solange wir uns bei einer Toten treffen und uns nicht einmal wundern darüber?

Lichtschneisen

Ruths Tod wollte ihren Freunden ans Leben. Die widersprüchliche Antwort auf ihren Abschied glaubten sie nicht aushalten zu können. Beschwert von Mutlosigkeit, beschwiegen sie lange den Schrecken: Totenschelte und Totenklage fielen in eins.

Was war dein Name, zertrümmerte Wohnstatt? Ruths Freunde benannten sie nicht. Trumpf gegen die Angst. In der Verheerung der uralte Trotz. Sie fühlten sich jählings versteinen in der allerersten Zeit. *Un muto sasso / che per troppo dolor non può dolersi.* Bevor die Klage ausbrach, lag Zorn in der Luft. Du hast uns entfremdet vom eigenen Leben, hast Mutlosigkeit weitergereicht, nein, du hast sie erzeugt, in unserem Namen bist du gestorben. Wir haben verloren. Du hast uns gestürzt. Unversöhnlich denken wir an dich.

Zeit des Scheiterns, der abfälligen Selbstprüfung. Manchmal schauderten sie bei dem Gedanken: Ruth fiel unsere Stellvertretung zu. Dann fürchteten sie, mit fliegenden Fahnen zu ihr überzulaufen – und wußten doch nicht, wie es wagen, ohne vorher Lebensrecht zu behaupten. Von einem Tag auf den anderen hatten sie es verlernt. In Stunden der Verwüstung, wenn sie – Nachtwanderer in der tiefen Verwerfung – einander begegneten, redeten sie bitter von sich: so haben wir miteinander gelebt, daß Ruth nicht bei uns hat bleiben wollen. Mit ihrem Tod hat sie auch uns verneint. Als verneinte Menschen leben wir weiter, wehren uns gegen die Übermacht der Scham, den Vorwurf auch, nicht zu genügen.

Der Versuch, dem Verlust ins Auge zu sehen, verzerrte in der ersten Zeit jede Erinnerung an Ruth und auch die an eigenes Leben. Sie beschworen ein Haus mit abgetragenem Dach, nähten vor der Ruine eine bunte Friedensfahne aus Erinnerungsfetzen mit lose hängenden Fäden. Vergeblich warben sie mit den Fetzen umeinander im unvermutet

gegen ihr Selbstvertrauen ausgerufenen Krieg. Wer die Anklage erhob, den traf auch der Schuldspruch, das lernten sie schnell. Die Zeit, an Ruth als eine Tote zu denken, kam lange nicht. Zeit der Vernichtungsangst kam, und Ruths Abwesenheit war stärker als ihre leise vertraute Gegenwart. Du hast dir nichts mehr aus uns gemacht, schrien sie ihr nach, und schon trauten sie einander nicht mehr, kündigten leicht Rücksicht und Loyalität gegeneinander auf, wurden sich fremd und konnten es sich nicht erklären. In wilden Zornausbrüchen schalten sie sich manchmal absprungbereit. Steinlippig beschwiegen sie dann die Kränkung.
Wie sollen wir je wieder nachbarlich miteinander umgehn? fragte eines Tages Bettina.
Wie nachbarlich waren wir denn, wenn sie sich davongemacht hat? Sag es uns doch, bat Jan, wenn sie einander besuchten wie häufiger nun, allerdings im Ton der Bedrohung. Auch Jens und Till saßen dabei, als Bettina langsam vor sich hinsprach, als hörte sie einer Beschwörung nach, an die sie nicht mehr glaubte, die sie aber lebensnotwendig brauchte.
Waren wir schutzlos mit Willen, angreifbar, unfähig zum Haß und geduldig um jeden Preis – bis Ruth uns in den Rücken fiel? Was für außerordentliche Talente wir doch waren, fast Menschen, spottete Till. Wir waren so gut, daß Iphigenie unsere Mutter hätte sein können und Goethe unser aller Vater. Verdammt noch mal. Zusammengenommen haben wir uns, bis wir vor lauter Contenance nicht mehr glaubwürdig waren. Viel Aufhebens war unsere Nachbarschaft nicht wert. Tapfer sind wir gewesen, jetzt schnappen wir eben über. Das mit anzusehen, hat Ruth sich erspart.
Du bist sehr witzig, sagte Jens, wir sollten uns ausstopfen lassen.
Nicht lange nach diesem Wortwechsel konnte Bettina im

Traum fliegen. – Verfolgt von Hähnen mit gleißenden Federn, flieht sie unter tiefem Gewölk und wird von den Hähnen gefangen. Sie schlagen die Schnäbel in ihren Arm, und die purpurnen Zackenkronen fangen Feuer, noch in der Luft. Bettina kann sich loszaubern mit Lösch- und Lösesätzen. Es müssen fünf sein, für jeden Hahn einer. Bettina erwacht an einem heftigen Schmerz im Arm, im Schlaf muß sie um sich geschlagen haben. Sie steht auf und schreibt im Dunkeln die Lösch- und Lösesätze auf einen Bogen. Dort stehen sie eher ineinander als untereinander.
Laß mich nicht ohne ein Zeichen – himmelhoher Hahn will mich verjagen.
Mondmuschel gellt im trübblauen Stein, wend ihn im Licht.
Der Kuckucksruf schlägt Schneisen ins Feld in die filzige Dämmrung.
Auf dem Paradiesstein sitzt ein Cardinal, karfunkel sein Flügel, so lockt kein Hahn mich ins Feuer.
Wer unter dem Senkblei liegt, der liegt sehr richtig, wird Tagorte baun aus blühendem Onyx, im Vorhof des schwarzen Orion werden die Hähne verbrannt.
Als Jan am Morgen das Blatt fand, meinte er verdutzt: manchmal geh ich an Bord mit Kannitverstan und erinnere mich nicht an mein Reiseziel.
Herzlichen Glückwunsch, sagte Bettina und nahm Jan das Blatt aus der Hand. Ich will auch gern wieder da sein, wo ich bin. Mit meinen Dämonen, Hexen und Engeln und meinetwegen mit allen Hähnen.
Seit Ruths Tod konnte ich das nicht mehr.
Welche Hähne?
Ihre Asche fliegt dort in der Luft, sieh hin –
Ruths Tod führte sie alle zu abgedrängten Erfahrungen von Todesangst aus Kindheitstagen. Alte Schrecken nahmen sie wieder wahr, die eingewachsenen Splitter unter der Haut begannen zu wandern unter schlecht verheilten

Narben aus der allerfrühesten Zeit. Dies verdammte Schweigen über die Narben: Bettina spürte sie, und alte Bilder stiegen auf, schmerzten.

In einer Ruine sitzt sie mit dem Vater im Feuerschein. Es ist Nacht. Der Vater hütet das Holzfeuer, speist es mit alten Tischbeinen und erzählt Bettina lange Geschichten. Sie sieht ihm auf den Mund. Jeden Augenblick kann er verstummen. Bettina weiß, dann ist er wieder tot. – Bettina ist eine Meisterin der langen Geschichten für ihre Kinder.

Auch glaubte sie der Mutter den toten Vater nicht ganz. Es leuchtete ihr trotz aller Erklärungen über Gefallene nicht ein, daß einer kein Grab hat. Heimlich ging sie am Kindheitsort lange Zeit täglich auf den Friedhof, schlich sich in die Leichenhalle, wartete geduckt hinter geöffneten Särgen auf ihren Vater. Er wird kommen eines Tages, hierher in die Halle. Bettina verläßt sich darauf, sie wird hier sein, wenn sie den Sarg des Vaters hereintragen. Einmal hat sie einen Toten gestreichelt und sich auf dem Heimweg gefürchtet. Es war so leicht.

Als ihr Vater auf dem Feld der Ehre so gefallen war, daß er nicht mehr aufstehen konnte, weinen außer Bettina alle im Haus. Den Gefallenen kennt sie kaum. Sie hat die Arme aufs Geländer gestützt und die Hände vors Gesicht gelegt, so sieht niemand, sie weint nicht. Sie linst durch die vorsichtig gespreizten Finger und wartet auf das Ende der Tränen um sie her. Sie schämt sich noch in der Nacht, als die Mutter an den Wänden des schön nach Äpfeln duftenden Bauernzimmers hin- und hergeht. Bettina ist in die Äpfel evakuiert. Die Mutter bleibt immer wieder vor dem Foto des Gefallenen stehen. Er lächelt vor einer blühenden Hecke, sieht so allein aus auf dem Bild. Im Morgengrauen ist Bettina noch immer wach und sieht die Mutter das tränenbenetzte Bild küssen. Bettina kann nicht weinen, und als sie sich in den Schlaf wünscht, sagt sie in einem fort vor sich hin: mein Vater ist tot, mein Vater ist

tot, bis ihr der Wolf aus dem Märchen einfällt und eine große Furcht sie überkommt. Im Morgengrauen, fragt sie die Mutter, gehn da die Bauern aufs Feld? Ja, sagt die Mutter. Bettina graut es zum erstenmal vor dem Morgen, aber sie kann es der Mutter nicht sagen.
Bettina fand ein kleines, an den Rändern eingerissenes Familienbild wieder. Sie hatte es vergessen wollen. Es war das letzte vor Kriegsende, da hatte sie noch einen Vater. Der mit dem Helm, auf der Decke ganz rechts. Daneben die Mutter in dem schönen weißen Kleid mit den Perlmuttknöpfen, das sie später schwarz färbte für den Vater, und Bettina flehte: wie kannst du das machen, der Frieden ist weiß. Ihr habt die Laken ins Fenster gehängt, und ich durfte nicht lachen über den am Besen baumelnden Betttuchfrieden. Aber für Bettina ist niemand zu sprechen.
Auf dem Bild nun ist sie nicht zu sprechen. Die Familie starrt für das Abschiedsbild in die Kamera. Bettinas Gesicht ist zum Himmel gewandt, man sieht nur die riesige Schleife im langen Haar. Kein Gesicht. Bettina weiß wieder, daß sie den Himmel absuchte nach Tiefffliegern und ihr Vater sie schalt: kannst du dich nicht beherrschen? Nein, nie, hat sie geantwortet, jetzt weiß sie es wieder, und daß sie Stolz empfand für die aufsässige Ehrlichkeit. Aber auch dies weiß sie jetzt wieder: kannst du nicht hinsehen, wohin alle blicken? fragte die Mutter und schlug sie für das Abschiedsbild. Von daher muß die Gedankenverbindung rühren, es ist ein Abschied ein Schlag.

Martin bürdete sich Ruths Freunden als der allein Trostbedürftige auf. Als habe der Verlust Ruths ausschließlich ihn niedergeschlagen, nahm er Schmerz und Schuldgefühle der anderen nicht wahr. Sein Leben engte sich so auf Totengedenken ein, daß er im Zustand seelischer Abwesenheit seinen Beruf zusehends vernachlässigte. Er verschrieb nun, wie viele andere Ärzte auch, willfährig bei harmlosen Infekten Antibiotika, um die Patienten schnell wieder loszusein. – Als Till ihn fragte, wie er diese Haltung verantworte, erschrak er über Martins Antwort: den heilenden Gott spiele er keinem Menschen mehr. – Immer häufiger verließ Martin die Klinik vorzeitig. Man tadelte ihn nicht, unentschlossen, wann man den so sehr verehrten Kollegen zu einem längeren Urlaub überreden sollte.

Nacht für Nacht saß Martin über eine Partitur gebeugt, oft wurde es wieder hell, ohne daß er geschlafen hatte. Vor ihm lag Brahms' Warum-Motette. Der Beschäftigung mit ihr haftete der Schrecken von Ruths Todesnacht an. Martin wehrte sich nicht dagegen, ihm war es recht. Behext von der Partitur, zerriß er morgens alle Notate, die er sich während der Nacht für die Einstudierung der Motette zurechtgelegt hatte. Alles Geschriebene berührte nicht, was er den Chorleuten in Wahrheit hätte sagen wollen: seid mein Klagechor. Der Tod ist mir Schlaf worden, heißt es am Ende der Motette. – Die unaufhörliche Betrachtung dieser Zeile verdichtete sich in Martins Kopf zu einem Pakt mit sich selbst. Sobald dieser Satz ihm wahr sein wird, wollte er freiwillig aus dem Leben gehen. Dies wußte Martin: vorher müßte der wilde Schmerz um Ruth zur Ruhe kommen. Die Gelassenheit der Seele, nach der er sich ein Leben lang gesehnt hatte, wollte errungen sein.

Neben der Brahms-Partitur lag Ruths Brief, den sie auf der Heimreise aus Griechenland geschrieben hatte. Ein Brief über die Freude war es, aber auf einer Seite stand auch: Du aber, lieber Martin, du nimmst die Plage und das Glück nicht an, sagst, danke, ich habe schon gehabt, und ich werde schon gehabt haben und nennst es Gelöstheit. – Hatte er Ruths leise Frage jemals hören können? Nein, zu Ruths Lebzeiten nie, erst jetzt in den dunklen Winternächten. Es tat Martin entsetzlich weh. Für Stunden manchmal ahnte er, daß die Erfahrung von Gelöstheit von jeher einer Todesbereitschaft verwandt war, die Martin, sich verkehrend, nun einholte als Absage an das Leben. Martin schlug mit dem Kopf auf die Tischplatte und fühlte sich mitschuldig an Ruths Tod. So leicht habe ich es ihr gemacht, sich zu lösen von mir – Ruths Wort. Ihren grußlosen Abschied verwand er nicht.

Neben der Brahms-Partitur lag auch, noch immer ungelesen, Ruths Aufsatz über Rahel Levin, den Till auf dem verwaisten Schreibtisch der Toten gefunden hatte. Das Begräbnis lag viele Wochen zurück, als Martin eines Nachts sich ein Herz faßte und die letzte Seite des Aufsatzes aufschlug. Dort las er, und las es mit Tränen, was Rahel über den Freitod Kleists in einem Brief festgehalten hatte. Ruth ließ ihren Aufsatz mit diesen Sätzen enden: *von Kleist befremdete mich die Tat nicht, es ging streng in ihm her, er war wahrhaft und litt viel... Ich freue mich, daß mein edler Freund... das Unwürdige nicht duldete; gelitten hat er genug... Jedem Klotz, jedem Dachstein, jeder Ungeschicklichkeit sollte es erlaubt sein, nur mir nicht?*

Wie lange mochte Ruth mit dem Gedanken an freiwilliges Sterben umgegangen sein? Martin wußte es nicht. Klares Denken half ihm nicht. Bald wurde Martin den Chormitgliedern unheimlich. Während der Proben für die Motette verlor er sich in weitabführende Gedanken. So stellte er sich bloß und nahm es nicht wahr:

Im Sommer 1877, meine Weggefährten, war Brahms' liebster Freund schon viele Jahre tot. Als er die Motette niederschrieb, lag der Verzicht auf Clara Schumann lange zurück. Die Spur des Kummers aber, die Fährte des Unglücks, läuft mitten durch diese Partitur. Mag sein, die Motette ist Teil einer verschollenen Messe, mich aber bewegt der Anfang dieser Musik. In der allerengsten Verbindung mit der Sprachmelodie wird sie eins mit der Trauer. Sie ist ihr Leib. *Warum ist das Licht gegeben dem Mühseligen, und das Leben den betrübten Herzen* – diese

Frage ist das Herz- und Hauptstück des Ganzen, sie schwingt ins Leere wie alle Trauer des Menschen. Auch fehlen die hellen Sopranstimmen im letzten Warum – wie im Requiem an der entscheidenden Stelle. Der größte Sprung aber, meine Freunde, erfolgt auf dem Wort Licht. Mit ihm ist der Tritonus verbunden, der diabolus in musicis...
Die Chorleute wußten es bald: Martin braucht sie als Klagestimmen für Ruth. Die Klage mündet in ein Requiem, möglicherweise für Martins eigenen Tod. – Kühl wies er hinter der Maske des Chorleiters jede Anteilnahme an seiner Person ab. Er zeigte seine Verwunderung auch nicht, als der Chor sich von Monat zu Monat um Leute erweiterte, die, aus früherer Zeit mit Martin bekannt, gekommen waren, um ihm in seiner Lebenskrise beizustehen. Martin konnte sich zu ihr vor Fremden nicht bekennen. Nach den Proben flüchtete er schnell und blieb auch sonst am liebsten für sich.
In seinem Garten lagen Ruths Steine seit ihrem Begräbnis. Er hatte sie unter Schlehensträucher gelegt und ging oft zu ihnen hinaus. Manchmal stand er dort und wartete. Er wußte lange Zeit nicht, worauf.

Martin sah Till selten, rief ihn aber fast täglich an, oft mitten in der Nacht. Er gewöhnte sich und bald auch die anderen an die dünne Gegenwart des Telefonierens, der die Sprache der Augen und Gebärden fehlt. Mancher Verdacht fand so seinen Satz. Am Telefon wurden sie rücksichtslos gegen sich selbst und gegeneinander, sie sahen sich ja nicht und vergaßen mitunter, daß die Stimme, mit der sie stritten, zu einem Menschen gehörte, der ihnen nahestand. Oft redeten sie, insbesondere Martin, zu sich selbst, und der Telefonhörer verwandelte sich in einen Arm, an dem sie sich festhielten.
So verlor Martin im Laufe der Zeit sein Gesicht und Tills

Achtung. Er verlangte ihm Erinnerungen ab, die ihn nichts angingen. Der Vorrat des Erzählbaren war bei Till bald erschöpft.

Zunehmend schien es, als könne Martin nur noch in Sätzen aus der Motette denken, in denen er sich verhakte und die ihn tagaus, tagein auf Ruths Tod verwiesen. Martin war dazu übergegangen, die Proben auf Band aufzunehmen und sie den Freunden am Telefon vorzuspielen, damit sie ihm ihr Urteil darüber sagten.

Till wurde einmal, weit nach Mitternacht, von einem solchen Tonband aus dem Schlaf geholt. Martin hatte das Gerät schon beim Wählen laufen lassen. Als Till aufnahm, hörte er nicht Martin, er hörte: *und dem Manne, des Weg verborgen ist, und Gott vor ihm denselben bedecket* –

Martin: Glaubst du, daß es gut wird?

Till: Was willst du wirklich wissen, Martin?

Martin: Singen sie gut?

Till: Ich verstehe nicht allzuviel davon, ich finde es gut, aber du fragst mich doch nicht nach dieser Musik, dafür weckt man einen Menschen nicht mitten in der Nacht –

Martin: Ich will Ruth verstehen – und wenn ich stürbe daran.

Till: Du stirbst nicht, Martin. Schwermut macht blind.

Martin: Es wuchern Bilder in mir, darin bin ich verstreut, besonders des Nachts in diesem Haus, in dem ich doch immer allein gewesen bin. Ruth hätte sich freuen können, daß wir ein Haus bekommen. Als ich allein darin lebte, hat sie es mir geschmückt und ging wie eine Fremde darin umher. Dein Haus hat sie es genannt, immer nur dein Haus. Ihr verwundertes Gesicht, wenn ich ihrs sagte –

Till: Vielleicht war es nur eine Redeweise, sonst nichts, dein Haus ist es doch –

Martin: Ich gehe darin herum wie in einem Vorwurf. Ihre Abwesenheit in diesen Mauern ist ein Triumph. Hier haben wir uns niemals umarmt, entschuldige, daß ich es

sage, nur dir kann ich das sagen. In der letzten Zeit ist sie hier umhergegangen und hat oft in einem fort gesungen: *Yet all in vain / When all is out of season / For love hath no / Society with reason.* Sie lachte, und ich lachte, und es ist mir vergangen, wenn ich an das Lied aus der ersten Zeit denke. Im ersten Jahr unserer Begegnung hatten wirs im Chor probiert, und Ruth hatte es gesungen. So viel freien Raum hat sie gebraucht, und habe ich ihn ihr nicht gelassen? Obwohl wir uns so liebten, daß es manchmal gleichgültig war, daß ich ein Mann war und sie eine Frau.
Till: Ach Martin, welch geschlechtloses Unglück –
Martin: Manchmal hielt ich sie, ohne sie zu berühren, im Kreis meiner Arme – wie man um Kinder mit den Armen einen Kreis zieht, daß sie daraus jederzeit fortgehn können. Aber sie hat auf ein tödliches Fortgehn gesonnen, und ich habe es nicht bemerkt. Es ist auch der stetige Wunsch nach Alleinsein ein Zeichen von Krankheit, endogene Depression.
Till: Ach –
Martin: Ja!
Till: Du stellst die falschen Fragen. So wäre Ruths Tod ein Unfall der Hirnchemie gewesen, und du, der du bei jedem gebrochenen Bein schon die Lebenskrise witterst, hättest es einfach übersehen?
Martin: Von einem Tag auf den andern kann diese Krankheit die Menschen überfallen.
Till: Du hast Ruth jeden Tag gesehen. Diese Krankheit, an der sie gestorben sein soll, ist nur ein Hilfswort für alles mögliche, das sich ärztlicher Kunst bis heute entzieht.
Martin: Es ist eine schreckliche Krankheit. Wirklich. Es läßt mir keine Ruhe –
Till: Du verschwindest in der Rolle des Arztes, du schwindelst deiner Angst etwas vor. Kann es sein, daß du deine Angst in Ausreden verwahrst?
Martin: Welche denn?

Till: Früher oder später kommt der Tag, an dem du es weißt, ihr Tod hat wenig zu tun mit ärztlichem Mißgeschick, vielleicht aber mit dir und auch mit mir. Wir könnten es doch gewesen sein, oder?
Martin: Sie war auch oft schlaflos in der letzten Zeit.
Till: Und du?
Martin: Ich gab ihr Schlaf.
Till: Wie hast du das gemacht?
Martin: Ich gab ihr Tabletten.
Till: All die Zeit hast du das verschwiegen mit vollem Wissen?
Martin: Was meinst du? Du bist außer mir der ihr vertrauteste Mensch gewesen, hast du nicht gewußt, wie schlecht sie schlief?
Till: Nein, darüber redeten wir nicht. Was gabst du ihr?
Martin: Schlafmittel. Sie hat sie nicht genommen. Sie lagen in der Wohnung herum. Du hättest sie sehen können.
Till: Ich sah sie aber nicht. Tote duzt man nicht, sonst möchte ich Ruth gern fragen: Du, sag mir –
Martin: Entschuldige mich, ich muß das Band ausstellen.

Martin schrieb in der Nacht:
Jedes Jahr werde ich das Sommerdreieck sehen, und immer wird das Gras nächtlich wachsen unter dem weißglänzenden Stamm der verkrüppelten Birke im lauen Gegenwind –
Und Elstern fallen in die Windstille ein, klarsüchtiges Diebsgesindel, Ruth, unterwegs zu dir, die gemordet weinend ich begrub, wer soll mir das sagen dürfen, mir, dem schillernden Mann hinter unverrückbarer Kellerwand, Zuschauer ich – und ein Mörder? Im Arm hielt ich Ruth, im Krüppelarm, weinend. Es kommt die Elster mit dem Silbermesserchen im Schnabel, gelangt in mein Fenster, läßts Messerchen für mich fallen. Wies glänzt in der Nacht, könnt es schon fassen –

Flieh, Vogel, flieh, fahrlässiger du.
Säst Zwietracht zwischen mir und mir.
Und laß doch ab von allem ich, dem die Augen aufgehen wie Knospen, blühen mich an, im Messerspiegelchen, dem scharfen – in endlich entblößter Nacktheit ein starkes Zwillings- und Giftgewächs mit guten tiefen Wurzeln.
Kann ausreißen keiner, auch du nicht, Untertagvogel, your majesty, neben dem alten Kirchturm fündige, beim Glockenschlag im Duett, ich mit der Sternenpolonaise unterm Mond. Im Feldgeruch, sommerlich. Winterwährige Augen –
Ruth, allenthalben Selige du, schuldlos Erschrockene wollen sich ausruhen mit dir wie Geschwisterkinder.
Kein Meteor letzten Sommer, nur diese Sternschnuppen, irrlichternd, sind mit mir nicht vertraut.
Ich bin allein in die Tiefe gestoßen, ins lückenhaft Verschlossene. Nicht Wand an Wand mit dir, misereor, erdwärts Verdorbene –
Welch ein Klang um mich in der Schmiede des Abendsterns, blinkender Steuerstern.
Heimwärts.

Am Telefon hatte Martin Jan und Bettina gebeten: besucht mich am Wochenende, dann haben doch auch die Lebendigen Zeit. Sie kamen, ohne sich anzumelden, waren sie doch sicher, Martin verließ abends kaum sein Haus.
Auf Jans Läuten blieb es still und dunkel. Rauhreif glänzte im Garten, kaum hörbare Glasmusik tönte aus der überfrorenen Lärche am Tor. Der Blick in den unbesorgten Garten tat weh. Martin, der ihn früher liebevoll für den Winter bestellte, hatte ihn nun sich selbst überlassen. Ein musée imaginaire mit unbeschnittenen Rosenbeeten, auf denen die letzten Blüten im Zerfall erstarrt waren. Martin

erkannte das Ende des Jahres nicht an, wollte die Zeit anhalten und eine unsinnige Gegnerschaft mit einer Jahreszeit aufnehmen. Seit Ruths Tod erfuhr er den Winter als Schmähung.

In der Garage stand Martins Auto mit geöffneten Türen. Auf den Rücksitzen eine Decke von Ruth und ein winziges Kissen. Denkbar durchaus, Martin schläft manchmal im Auto. – Das Haus wurde hell, Martin stand starr in der Tür, sprach kein Willkommen und konnte Jan und Bettina doch gut erkennen.

Martin drückte den Summer und ließ die Hand auf ihm liegen. Erst als Jan und Bettina auf ein paar Schritte an die Haustür herangekommen waren, ließ er ihn los, breitete die Arme aus, stürzte den Gästen eher entgegen, als daß er kam, hing zwischen ihnen in stummer Umarmung. Es war mühsam, Martins Gewicht zu halten. Er hatte sich vollkommen losgelassen. Mit einem Ruck richtete er sich auf und lud, noch immer stumm, mit unbestimmter Handbewegung ins Haus.

Beiläufig drehte er das Fernsehgerät aus und schaltete im Raum alle Lichter ein. Ratlos standen sie nun im grellen Schein nebeneinander. Unglückliche sehen manchmal so aus, als habe man sie mit einer unbesonnenen Torheit gerade gekränkt. Martin wies zum Tisch hinüber.

Diesen Strauß brachten mir die Chorleute. Sie sind vorbeigekommen neulich, sagte er.

Man sahs, daß es neulich war. Der strenge Geruch der Chrysanthemen war schon ins Bittere übergegangen, unten in der Vase stand ein kleiner brauner Tümpel.

Es kommen nicht mehr viele zu mir, sagte Martin. Wer Schicksalsprügel bekommen hat, den läßt man gern für sich. – Mit dem Fuß scharrte er ein paar Blätter auf dem Boden zur Seite.

Zu einem Essen außer Haus ließ Martin sich nicht einladen. Noch im Stehen bot er Tee an, weiter nichts.

Martins Körper erschien Jan und Bettina so viel kleiner als sonst. Er stand mit eingezogenem Kopf gleich einem, der Schlägen ausweicht. Sie setzten sich, nahmen Martin in die Mitte, und Bettina legte ihm die Hand auf den Arm.
Martin, du –
Ja, ich. Ich wills euch nicht verhehlen, ich brauche euch.
Martin sah brütend vor sich hin, die Beklommenheit im Raum kümmerte ihn nicht. Er hatte das Gespür für seine Wörter verloren, auch waren seine Sätze wie in einen fremden Zusammenhang geredet. Jan und Bettina kamen sich wie zufällige Zeugen vor.
Ich verhehle es euch nicht, daß ich den Weltwirrwarr immer an mir vorbeilaufen lasse –. Martin wies auf das Fernsehgerät. O ja, sagte er, ich wende die Trugbilder dort gegen jene, die mir aufsteigen und mir die Sicht auf das Natürlichste verstellen, aufs Licht nämlich. In Verheerungen bin ich nicht unerfahren, nun aber lebe ich in einer fortwährenden Nervenüberreizung, sehe Bilder aus der Vergangenheit leibhaft vor mir. Halluzinationen habe ich nicht. Manchmal brennen mir die Augen, und es hilft nicht, wenn ich sie schließe. In den Weltwirrwarr hineinzusehen hilft gar manchen Tag.
Eine Erwiderung schien Martin nicht zu erwarten, saß reglos vor dem Glastisch, auf dem eine gebrauchte Tasse stand, die er nun achtlos hin und her rückte. Dann rieb er sich die Augen, bedeckte manchmal sein Gesicht und holte Atem wie ein Weinender.
Die Erinnerung, flüsterte er, hat nicht Spott und Schaden zusammen, hat beides einzeln und jedes für sich im beschädigten Film – oder ganz allein vor dem beschlagenen Spiegel.
Was meinst du? fragte nach einer Weile Bettina.
Viele sagen, Sterbende sehen ihr Leben wie einen Film vorbeigleiten. Bei mir muß ein langsames Sterben eingesetzt haben, mit einer Handkurbel wird der Film abge-

dreht, und alletag muß ich rufen: haltet ein, gebt mir ein stehendes Bild, laßt Schnitte nicht so grausam folgen. Immer sinds Bilder, die mich in mein Unglück aufs neue einweisen. Sie zeigen Ruths Glücksfähigkeit, oder was ich angesehen habe dafür.
Unter die Platte des Glastisches war eine schöne alte Weltkarte geklebt. Sie war früher nicht da. Die schmutzige Tasse stand jetzt im Stillen Ozean.
Martin, du solltest in die wirkliche Welt reisen, sagte Bettina, an Plätze vielleicht, die du mit Ruth nicht besucht hast. Vielleicht reißt dann der Film, der dich quält, oder es gibt eine heilsame Bildstörung. Es ist eine schöne Karte da unter dem Glas.
Nach Kriegsende, sagte Martin, habe ich sie erworben, sie ist ein paar Jahrhunderte alt, war einmal ein Versprechen an mich selbst, dies Land nicht für das einzige zu halten, in dem ich weiterleben möchte. Damals aber glaubte ich, nicht weggehen zu dürfen. Will jetzt aber für mich sein eher, wollte gehen früher und wußte nicht, wohin. Heute wüßte ichs wohl –.
Der Platz, nach dem du dich sehnst, ist auf keiner Karte verzeichnet, sagte Jan, vom Hades gibt es keine Karten.
Martin reagierte nicht darauf. Dieser Tage, sagte er, war ich einmal auf der Lichtseite der Erinnerung und dachte an Ruth, bin selber in einen freundlichen Schein geraten. Er hat mich gewärmt – noch den folgenden Tag. Jahrelang hat mich Ruths Dasein glücklich bestürzt, den bösen Geist mancher Tage konnte sie von einer Minute auf die andere verjagen. Sie hat Macht gehabt über die Menschenübel, die aus den schwarzen Löchern in uns aufsteigen.
Martin redete länger in unverständlichen Bildern und sah dann Jan und Bettina plötzlich an, als wären sie soeben zu ihm hereingekommen. Er richtete sich auf, und seine Stimme gewann die alte Festigkeit wieder. Er redete sich

in eine übermütig werdende Bekümmerung und versuchte, den Ton ins Gesellige hinüberzuwenden wie in der alten Zeit, als er das Wort nahm und den von seinem Witz Verwöhnten Münchhausengeschichten gegen die Mutlosigkeit erzählte. Martin sah aus, als wäre er ins Freie hinausgetreten, gesammelt für eine Helligkeit, die ihn doch überraschte, und er begann zu erzählen.
Es war die Fahrt mit den hellsten Tönen damals. Ruth hatte gerade das Examen abgeschlossen, und wir waren sofort aus der Stadt geflohen. Unterwegs wollte Ruth sich einen Spaß für eine angemessene Feier ausdenken, wir sprachen nicht weiter davon.
Im Schneidersitz hockte Ruth auf dem Beifahrersitz und suchte uns im Radio eine Musik. Wir gerieten in die Jupitersinfonie, ins Fugenthema, in den Anfang von ihrem Ende. Selbstvergessen hörten wir zu. Wir waren zum Chiemsee unterwegs, der ihr der liebste von allen Seen gewesen ist. Ruth kannte die wenigen Stellen, an denen man das Ufer über die Wiesen erreicht, ohne durch Gärten oder Hotelstrände schleichen zu müssen. Ein See wie jeder sei dieser nicht, hatte Ruth gesagt, er mache die Menschen so weltvergessen wie sonst kein Wasser.
Der verhärtete Zug um Martins Mund löste sich, seine Augen wurden weit im Widerschein wärmender Erinnerung. Den Kopf hatte er in die Arme gestützt, er sah etwas, das zog ihn weit weg.
Bei Grabenstätt hatten wir die Autobahn verlassen, ich ließ mich führen, fuhr Martin fort. Über einen Feldweg kamen wir ans Wasser. Mittag war es und ein heißer Tag. Das Licht strömte über den See, ließ die Berge in blauflirrender Helligkeit tanzen. Ruth bückte sich zu den wilden Lilien und strich mit der Hand über sie hin. Pflanzen und Steine, vielleicht hat sie die mehr geliebt als die Menschen. Sie hielt Zwiesprache mit ihnen. Die Abwesenheit war nicht verletzend, aus der sie später zu mir zurückkam,

und doch, ich bin ihr im Weg gewesen den ganzen Tag, ich weiß es.

Nahe am Wasser saßen wir auf wackligen Holzstühlen vor einem blankgescheuerten Tisch und aßen Renken. Nur so, hatte Ruth gesagt, schmeckt man den See auf der Zunge. Später ließ ich mich in Ruths Freude hineintragen, als wir atemlos über die Wiesen ans Wasser rannten. Wir fanden ein Boot. Mit kräftigen Schlägen brachte Ruth uns schnell auf die Mitte des Sees. Im Mittagsdunst verschwammen seine Ufer. So sanft und hell schimmernd von der hereindringenden Bläue der Berge war das Wasser, daß wir still wurden. Ruth zog die Ruder ein, legte sich auf den Bootsboden und sah in den Himmel. Als sie sich wieder aufsetzte, die Knie mit den Armen umschloß, blieb sie abgewandt von mir. Sie war nicht im Boot, obschon ich sie sah. Plötzlich sprang sie mitten auf dem See, wo er schwarz ist vor Tiefe und voller Strudel, mitsamt den Kleidern über den Bootsrand und tauchte. Ängstlich geworden, rief ich nach einer Weile ihren Namen. Sie antwortete nicht. Einmal sah ich sie weit draußen mit beiden Armen winken. – An die Gefahren und Tücken des Sees hat sie wohl nicht gedacht. Ihr galten sie nicht. Nein, sie war mit dem Wasser in ein Bündnis geraten, jenseits von Angst und Mut. Das Wasser hätte sie am Ende auch lebend an Land gespült, ich weiß es –

Jan und Bettina hüteten sich, Einspruch zu erheben.

Als ich Ruth wiedersah, fuhr Martin fort, hingen ihr die langen Haarsträhnen, funkelnd von Wassertropfen, übers Gesicht. Sie blickte mich an, erstaunt, mich im Boot zu sehen. Im Wasser zog sie sich aus, warf mir ihre Sachen herüber und tauchte wieder weg. Verwirrt saß ich da, hielt wartend das nasse Zeug in der Hand. – Nach einer Stunde erst kam Ruth zurück, stemmte sich über den Bootsrand und ließ sich auf den Boden fallen. Das Boot schaukelte, als wollte es kentern. Ruth blieb mit geschlossenen Augen

liegen und suchte meine Hand. Ihr Haar, wie es in der Sonne trocknend zu glänzen begann –
Da bin ich wieder, lächelte sie, *hergekommen aus weiter Welt.* Dann nichts mehr. Lange ließen wir uns treiben. Als die Schatten der im Wasser schlingernden Ruder länger wurden als das Boot, wollte ich Ruth zur Rückkehr überreden. Sie aber sagte: ich muß auf dem Wasser bleiben. Ich verstand sie nicht und schwieg.
Martin hatte lebhaft gesprochen. Hätte er nur, so forterzählend, sich wieder fassen können in sich selbst. Er stand aber auf und ging zum Fenster, seine Schultern zuckten, ein erst tonloses Weinen schüttelte seinen Körper, bis Jan und Bettina ihn von beiden Seiten faßten und er sich in der Umarmung seinem Schmerz überließ. Sie ließen ihn schreien, trösteten ihn nicht, wünschten ihm nur, er möchte so herauskommen aus dem Schlupfwinkel verklärender Erinnerung.
Später nahmen sie ihn mit ins Städtchen und bestellten ihm etwas zu essen. Wie ausgebrannt saß Martin da, aß mechanisch, ein willfähriger alter Mann vor nutzloser Arznei.
Bei der Rückkehr zum Haus war die Straße glatt, zu dritt hielten sie sich den ganzen Weg umschlungen. Mit einem hellen Ton brach unter den Füßen das Eis der Pfützen in bizarre Muster. Martin blieb stehen und sagte: verbotswürdige Freunde seid ihr. Haltet zueinander, und haltet auch mich. Welcher Widerspruch –
Nach dem Abschied vor der Haustür verschwand Martin eilig ins Haus, das dunkel blieb.

An Ruths Todestag kam Jens nach Hamburg. Über dem Nachtgespräch wurde es wieder Morgen. Worüber immer sie sprachen, es führte eine Spur zu ihrem unannehmbaren Schmerz um Ruth.

Jens erzählte von seiner Tätigkeit in einer Hilfsorganisation für Suizidgefährdete, der er sich nach der tiefgreifenden Lebensstörung durch Ruths Tod angeschlossen hatte. Bereits das Wort Suizid galt ihm als Verschleierung der Frage nach dem Freitod. Man wollte die Frage nicht ansehen, so wie man den Völkermord nicht ansehen wollte und das Wort Genozid in Umlauf gesetzt hatte. Der versteckte moralische Rigorismus, der als mitgeschlepptes christliches Verdammungsurteil dem Wort Selbstmord anhaftete, war in dem Wort Suizid zwar verschwiegen, es besagte aber nichts über die Rechtfertigung freiwilligen Sterbens.
Die Sprache, ein Versteck. – Jens hoffte, daß die allermeisten, die dem Leben tätlich nein sagten, in Wahrheit ein lebendigeres Leben wollten und nicht den Tod, und zugleich fürchtete er sich davor, einen Menschen zu finden, dem er zuletzt würde antworten müssen: ja, ich verstehe, daß du gehen willst.
Die Überanstrengung jeden Gefühls übertrug sich auf die Kinder, die noch immer von nichts wußten. Unmittelbar nach Ruths Tod hatten sie nach ihr gefragt. Mit der Antwort: Ruth ist sehr weit fort, hatten sie sie weggeschickt. Zu viele Lügen lagen nun zwischen diesem Satz und den drei Worten: sie ist tot. Die Kinder waren plötzlich im Weg, sogar Jens brüllte sie an, als sie ihm etwas zeigen wollten. Reizbarkeit und überempfindliche Reaktionen zwischen Jan und Bettina waren alltäglich geworden. Vorwände für Trostlosigkeit, etwa wegen eines vergessenen Brotes, lagen in der Luft, als bedürften alle der zarten Rücksicht wie Schwerkranke.
Am zweiten Abend wurde es nicht spät. Aber der Schlaf wollte Jan nicht. Gegen Morgen erst verließ er die Staffelei.
Das Aquarell war für Ruth. Für Sekunden wußte Jan nicht mehr, daß er es ihr nicht mehr schenken konnte.

Über azurfarbenes Wasser gleitet ein Floß. Ein schwarzer Troll, dessen Bart als Kiel im Wasser treibt, hält eine zart grünende Rute ins Wasser. Auf der vordersten Spitze des Floßes ein hochbeiniger Vogel. Abflugbereit sieht er mit Menschenaugen ins Leere. Es sind Ruths Augen. Mit unsicherer Schrift setzte Jan seinen Namenszug unter das Bild und schrieb daneben ‹Überfahrt›.

Doch der Schlaf wollte Jan auch jetzt nicht. Draußen war es noch dunkel, der Lärm der Müllabfuhr brach aus dem Nebel, Jan wollte aus der Stadt. Er strich Bettina über die Schulter. Sie hatte gar nicht geschlafen, war sofort bereit, mit nach Bosau zu fahren, als wäre es das Selbstverständlichste der Welt. Für Jens hinterließen sie einen Zettel, der die Rückkehr für den Abend versprach.

Jens' Auto stand auf der Straße. Mit bloßen Händen kratzten sie das Eis von den Scheiben. Die Heizung im Auto war kaputt. Der Atem stand vor dem Mund.

Auf der Autobahn nach Neumünster wurde der Nebel dichter. Vor ihnen plötzlich, kaum erkennbar, ein weißer Fiat, der, immer wieder mit den Nebelschwaden verbackend, ein schlechter Wegweiser war.

Es war der gleiche Wagen, den Ruth gefahren hatte. Er ließ sich nicht überholen, bog auch nicht ab, schlug eine matt leuchtende Schneise in den Nebel. Jan berührte mit der Stirn fast die Scheibe, so schlecht war die Sicht.

Schweigend folgten Jan und Bettina dem weißen Fiat bis zur Abfahrt auf die B 430. Dann war nur noch dies milchige Frühlicht vor ihnen. Sie hielten darauf zu wie auf eine weiße Wand. Von der Atemluft war die Scheibe beschlagen. Bettina rieb mit dem Pulloverärmel darauf herum, Jan fuhr zu schnell.

Vor der leisen Flucht aus der Wohnung hatte er nach der falschen Jacke gegriffen. Nur ein paar lose Münzen fanden sich in der Tasche, reichten höchstens für eine einzige Tasse Kaffee. In Ascheberg hielten sie an. Der eigentümliche

Name des Ortes war ihnen früher nicht aufgefallen, als sie mit Ruth durch das freundliche Hügelland fuhren.
Ruths Vorfreude damals auf den Plöner See, den sie durchschwamm – ihre Lügengeschichten über den See, von dem sie behauptete, in ihm habe man widerspenstige Wenden getauft.
Warum, fragte Bettina leise, warum ist sie nicht in einen See gegangen, sie ist immer, wenn sie allein sein wollte in der letzten Zeit, an einen See gefahren. Ihre Karten im letzten Jahr mit den kurzen Sätzen:
Der Königssee ist nicht so finster, wie die Leute sagen.
Im Chiemsee gewinnt man die Seligkeit.
Dieser Walchensee ist grün genug für die allerschönste Flaschenpost. Mit grüner Tinte dann nur noch: Grüße Ruth –
Am Selenter See fängt die Eiszeit an.
Diese Karten, weißt du noch?
Es hätte kein See Ruth aufgenommen, sagte Jan mit einer Sicherheit, daß Bettina fortan schwieg.
In Ascheberg saßen sie in einem Gasthaus, tranken schweigend an einer Tasse Kaffee, während eine unwirsche Person die Bierlachen vom Vorabend von den Nachbartischen wischte und mißtrauisch zu den Gästen hinüberäugte. Gegen den kalten Rauch in der Gaststube hätten sie gern eine Zigarette geraucht. Das Handschuhfach war leer.
Im Auto zweifelte Bettina an der tröstlichen Wirkung von Bosau. Hier, sagte sie, hier lauert uns die Bedienung auf, dort aber unsere Erinnerung. Sie wird uns nichts leichter machen. Was hilft es, wenn wir dort Ruths Ketzersprüche wiederholen? Es ist wahr, Ruth hat die Kirche in Bosau geliebt. Dort, hat sie gespottet, könnte gewiß auch ihre halsstarrige Seele gerettet werden. Laßt euch nicht täuschen von der gottgefälligen Sanftmut des Dörfchens, es ist Gottes Sommersitz, nur der Gasthof ‹Froh-

sinn› ist für die Menschen gedacht, das Gelände sonst nicht geheuer. Die Felssteinbasilika nur ein Pfand im Waffenstillstand zwischen den bockbeinigen Wenden und ihrem neuen Gott. Die Unterwürfigen, ja, sie haben sich die einschiffige Landkirche dazugebaut und setzten ein Triumphkreuz hinein. Der wilde Geist Gottes schwebt noch immer weit draußen überm Wasser des Sees, er ruft die Lebendigen zu sich hinaus.
Damals saß Ruth auf dem Kirchenboden. Sommerlicht flutete herein, und mit großer Geste lud sie den Geist über den Wassern in die Kirche.
Ich fand nichts dabei, sagte Jan. Vielleicht hat sie damals auch nur mit Jens streiten wollen, der nicht müde wurde, ihr leichtfertigen Umgang mit der Theologie vorzuhalten. Ich sehe Ruth wieder hochmütig aufgerichtet, sagte Bettina leise: Ihr seid ängstliche Menschen, ich verletze euch doch nicht? Was gibt es schon zu verletzen, wenn wir auf der Seite des Lebens sind. Das sind wir doch oder etwa nicht?
Wir sind ihr damals die Antwort schuldig geblieben, sagte Bettina. Weißt du, ob wir nur ihren Spott fürchteten, oder haben wir die Antwort einfach nicht gewußt?
Damals schon, heute nicht, antwortete Jan, schwieg dann. –
Sie wußten mit einemmal nicht mehr, ob es lohnte, dorthin zu fahren, wo Ruth sie herausgefordert hatte und, mit dem Rücken gegen die Wand gelehnt, in ein Gelächter ausgebrochen war, das in keine Kirche paßte. Es hing vielleicht noch in den Steinen. Wenn sie schon Ruths Leben nicht mehr teilten, so teilten sie doch ihre Liebe zu diesem Platz. In der heftigen Erschöpfung des Trauerns wollten auch sie dort, mit dem Rücken gegen den Stein gelehnt, am Boden sitzen.
Glaubst du, fragte Bettina, als sie auf der Bundesstraße am See entlang fuhren und es in den dünnen Nebel zu schnei-

en begann, glaubst du, es gibt eine List gegen die Trauer? Ich glaubs nicht.
Es wird sich finden, antwortete Jan, fuhr ruckhaft und fluchte derb über die wäßrigen Flocken. Der Scheibenwischer zog Schlieren übers Glas.
So finden wir nie nach Bosau.
Nein, niemals, sagte Bettina, wir sind schon da, sind längst am Schild Ruhleben vorbei, welch ein Ortsname.

Auf dem Weg zu dem kleinen Pfarrhaus in Bosau begegneten sie niemandem. Sie klopften und riefen umsonst. Schließlich kam eine kleine schwarzgekleidete Frau aus dem Pfarrgärtchen, die Arme voller Wintergemüse. Kunstreisende sind in dieser Jahreszeit selten, sagte sie und gab verwundert den schweren Kirchenschlüssel ab. Der schmiedeeiserne Schlüssel von der Länge eines Kinderarms drehte sich schwer im Schloß. Bettina zog ihn mit beiden Händen wieder heraus und verschloß die Kirche von innen.
Es war eiskalt, Geruch von Staub und so still. Bettina rührte sich nicht, blieb, ans Portal gelehnt, stehen. Die Zähne schlugen vor Kälte aufeinander.
Jan stieß Bettina so heftig beiseite, daß sie stolperte, und lief mit großen Schritten auf den Altar zu. Sein harter Tritt hallte im Raum.
Auf dem Altar liegt eine schwere alte Bibel. Jan hebt sie jetzt hoch über seinen Kopf und läßt sie krachend auf den Tisch niederfahren, wendet sich um und schreit mit einer Stimme, die Bettina ängstigt:
Jetzt rede ich.
Jan hat Bettina vergessen, die den Schlüssel umklammert, sich an ihm festhält.
Jetzt tue ich meinen Mund auf, schreit Jan. Dann ist es einen Augenblick totenstill, während Jan hastig die Seiten wendet, bis er gefunden hat, was er sucht.

Er steht am Altar, mit dem Gesicht nun zum Kirchenschiff, hält in den Armen das Buch.
Unser aller Hausherr, schreit Jan, es kommen uralte Klagen vor dich, du schläfst und schlummerst nicht, aber vielleicht dösest du zwischen den Gräbern deiner besten Freunde. Widerrede will ich dir geben mit alter Stimme. Hat Ruth wohl ganze Monden vergeblich gearbeitet, und elender Nächte sind ihr viel worden... Ihre Tage sind leichter dahingeflogen denn eine Weberspule, und sind vergangen, daß kein Aufhalten da gewesen ist. Gedenke, daß ihr Leben ein Wind ist und ihre Augen nicht wieder Gutes sehen werden. Und kein lebendig Auge wird sie mehr schauen. Sehen deine Augen nach ihr, so ist sie nicht mehr... wer in die Hölle hinunterfährt, kommt nicht wieder herauf... Darum will ich auch meinem Mund nicht wehren. Ich will reden in der Angst meines Herzens... Wenn ich gedachte, mein Bette solle mich trösten, mein Lager soll mir meinen Jammer erleichtern, so erschreckest du mich mit Träumen und machst Grauen mir durch meine eigenen Bilder, daß meine Seele wünschte, erstickt zu sein, und meine Gebeine den Tod.
Sie begehrte, nicht mehr zu leben, laß ab von uns, denn unsre Tage sind auch eitel. Was suchest du uns täglich heim und versuchest uns alle Stunde und nimmst nicht weg unsre Schuld an ihr. Denn nun haben wir sie in die Erde gelegt, und wenn du sie morgen suchest, wird sie nicht da sein.
Jan steht da, hält das Buch in der Linken, die Rechte ist hoch erhoben und bleibt so stehen in der Luft, bis er fast lautlos anfügt: und hast ausgerissen ihre Hoffnung wie einen Baum.
Dann legt Jan, rücksichtsvoll, das Buch auf den Altar zurück, während Bettina nach vorn stürzt und Jan vom Buch zu trennen sucht.
Niemand darf das, sagt sie.

Ich nehme es mir aber heraus, und du weißt so gut wie ich, aus den Steinen schmelzt man Erz... und findet zuletzt das Gestein tief verborgen.
Jan ist außer sich, spricht die Sätze aus dem Buch wie seine eigenen Worte. Er geht in langen Schritten um den Altar herum und legt einen kleinen Stein, den er aus seiner Tasche zieht, auf den Boden. – Er läßt ihn liegen und will sich schnell entfernen. Bettina ist ihm nachgekommen, in Schrecken und Einverständnis: stumm, wie sie den Stein auf dem Boden liegen sieht.
Es ist ein rotgrauer Feldspat, den sie für Ruth aufgehoben hatten, als sie durch Brandenburg fuhren, den sie ihr geben wollten, den sie immer vergaßen, der ihnen als Geschenk eine Nichtigkeit schien, für den sie sich schämten, der als verloren galt und wie nicht aufgehoben. Jetzt ist er ein Stein des Anstoßes, ein zu Füßen gelegter Gedenkstein und Stein des Ärgernisses.
Sie lassen den Stein liegen, wo er liegt. Auch wenn ihn beiläufig einer wegkehrte, es würde nichts ändern. Zwischen Jan und Bettina bliebe er ein gegen den Tod Verschwiegener.
Am Abend dann, in Hamburg, saßen sie mit Jens beim Glühwein.
Ihr braucht euch nicht zu rechtfertigen, sagte Jens, ihr braucht mir nicht einmal etwas zu erzählen.

Jedesmal, wenn Till mit Bettina am Telefon sprechen wollte, fragte er: störe ich dich? – Du kannst mich nicht stören, sagte Bettina, und manchmal klemmte sie den Hörer zwischen Schulter und Ohr, fuhr fort in ihrer Arbeit und redete mit Till.
Till: Jemand aus der Studienzeit schrieb mir: ‹und wie geht es Ruth? Läuft sie noch immer mit dir um die Wette? Sie tut so vieles nicht, was sie kann –.› Ich will mit nie-

mandem mehr zu tun haben, der nicht weiß, Ruth ist tot. Ich will wissen, seit wann Ruth sich verbot, Überflüssiges zu tun, Dinge, die nur Spaß machen und weiter nichts –
Bettina: Warum willst du es wissen, hast du Angst um dich? Willst du Ruths Ende so lange mit Gründen umstellen, bis es dir einleuchtet? Das vergrößert deine Angst. Die Gründe, die du findest, werden allesamt deine Gründe sein, aus deinem Kopf stammen sie und nicht von Ruth. Du willst ihr Ende eindeutig haben, es wird dir nicht gelingen.
Till: Hast du Zeit, Bettina?
Bettina: Wenn du sie brauchst, nehme ich sie, das weißt du. – Einmal, Till, als die Kinder noch klein waren, fragten sie: Ruth, was ist das, Totsein? Auf dem Balkon lag ein toter Junikäfer. Tot ist ähnlich wie kaputt, antwortete Ruth. Die Kinder sagten, es macht nichts. Der Junikäfer ist hier gekrabbelt und dort geflogen, er hat ja schon alles gelebt. – Damals zog Ruth die Kinder in die Arme. – Till, nun habe ich die Wahl, was ich mit meiner Erinnerung mache. Natürlich kann ich sagen, schon damals hat es für Ruth einen Zusammenhang gegeben zwischen Sterbenmüssen und Sterbenwollen, wenn sie den Tod ein Kaputtsein nannte, als ginge es um zerbrochene Stücke, die nicht mehr zusammenheilen können. So früh war sie gefährdet, ja, das könnte ich sagen, und ich sage es nicht. Ich will nicht über Ruth verfügen und ihrem Tod eine Deutung geben, die sie nicht mehr korrigieren kann. Siehst du, genausogut könnte ich sagen, damals war sie glücklich mit den Kindern im Arm. Vielleicht sprachen die Kinder ein Ruth verwandtes Lebensgefühl aus. Sterben als ein Genughaben, ein Genüge haben, nenne es, wie du willst. Gewaltsam bleibt jede Deutung und auch jede Erinnerung.
Till: Du meinst, wir tun Ruth Unrecht mit jeder Erinnerung?
Bettina: Natürlich –

Till: Willst du sagen, unsere Erinnerung an Ruth hat mehr mit uns zu tun als mit ihr?
Bettina: Vielleicht. Wir sind verletzt durch ihr wortloses Fortgehen.
Till: Kannst du sie in Ruhe lassen?
Bettina: Ich weiß nicht, ob es Ruhe für sie gibt, ich will es auch nicht wissen, wenn ich mit dir spreche, weil ich dir wünsche, daß du dich endlich in Ruhe läßt. Deinetwegen hast du angerufen, nicht Ruths wegen –
Till: Nein –
Bettina: Warum kannst du das nicht zugeben?
Till: Weil ich wohl der letzte bin, der mit ihrem Abschied zuendekommt, Martin nehme ich aus, dem ist nicht mehr zu helfen.
Bettina: Es war kein Abschied, es war Trennung, eine Erfahrung von Raub.
Till: Manchmal wünsche ich mir eine Instanz, der wirs einklagen könnten. Auch unsere Erbitterung –
Bettina: Wie du dich irrst. Du möchtest wissen, wie du das machst: einer Toten vergeben.

Der untröstliche Ton in Tills Stimme ging Bettina nicht aus dem Ohr. Da war sie wieder, die ansteckende Niedergeschlagenheit, die sie empörte und an die sie sich nicht gewöhnte. – Bettina kam der Tag endlos vor. Die Stunden verweigerten, wie so oft nach Ruths Tod, den Zusammenhang. Eine Stunde fiel als leere Hülse aus der anderen heraus. Tätig sein, sagte sich Bettina, sich nicht dem vertrauten Schrecken überlassen. Hinwendung hilft, und sei es die zu einem Ding, das einer erst selbst hervorbringt.
Bettina machte eine schmale Kette für Till, um den Hals zu tragen, notfalls unter dem Hemd.
An der Kette hingen zwei Emaillestücke, die an Steine erinnerten. Soll Till sie um den Hals tragen, nicht als

Mühlsteine, sondern als etwas, das seine Füße auf den Boden zieht, damit er nicht mit den Beinen über den Rand der Welt baumelt wie Martin. So beschwert von Erinnerung, dachte Bettina, wüßten wir mit diesem Tod zu leben.
Später stand Bettina in der Küche und briet ein Hammelragout, das sie sich eigentlich nicht leisten konnten. Ganz langsam las Bettina im Kochbuch.
Das in Stückchen geschnittene Fleisch in Schmalz und Zucker auf allen Seiten gut anbraten... Dieses Ragout war Ruths Lieblingsgericht gewesen, Bettina wollte es nicht länger tabuisieren.
Am Tisch dann, als sie zusammen aßen, ohne Ruth zu erwähnen, war es doch wieder so, als säßen sie nicht allein. Es fehlte nur noch der freigelassene Stuhl und das Gedeck für eine Abwesende, wie sie es in den Refektorien gehalten haben: ein Platz für den Auferstandenen. Wie ißt man das Lieblingsgericht eines toten Freundes das erstemal ohne ihn? Bettina wußte es nicht. Während sie die Gabeln zum Mund führten, konnte Bettina sich vorstellen, die Tischgemeinschaft erstarre in ein Bild. Bettina sah sich am Tisch sitzen, schaute sich beim Essen zu.
Plötzlich schmeckte es nicht gut.

Und keine Stimme für die Totenklage –

Jetzt ist die Zeit der großen Sanduhr, da wir sitzen in der unteren Hälfte, und über unseren Kopf rieselt der Sand den ganzen Tag, muß eine Vierundzwanzigstundenuhr sein, die man mitternächtlich umdreht, und wir, so fest verankert in ihrem Grund, stehen für die Hälfte der Zeit auf dem Kopf, wissen nicht, ob Tag oder Nacht ist, wenn uns der Sand über den Leib kommt und uns nicht zudecken kann, uns mit dem nach unten hängenden Kopf.

Aber wir werden von einer zaubrischen Hand auch manchmal außerhalb des Glases gebracht, und dann fühlen wir uns ein wenig freier, denken, daß eine Tagundnachtgleiche eingetreten sein muß, weil wir mit blanken Füßen auf den Stränden hingehen, und zwischen unseren Zehen stecken die Muschelsplitter zusammen mit dem Sand. Kurz währt die Tagundnachtgleiche, auch wenn wir die tollsten Sprünge aufführen dort an dem Saum, wo Sand und Wasser sich treffen, die Flut langsam hereinschleicht, dieses schleichende Verderben, das uns nie mitnimmt, nur wenig später wieder laut rollend und mit dem gleichgültigen Grollen der Wetter sich zurückzieht von uns.
Wir in unserem Gehäuse, dem Zeit- und Stundenglas, nehmen Anteil und verstehen sehr gut, daß es uns nicht nutzt, wenn wir den Meeren den Rücken kehren und auch sie eine Stätte der Verlassenen nennen bei uns selbst, nie voreinander.
Die herzliche Entzweiung, die es unter die Menschen, nein, aus den Menschen hervor treibt, wenn einer freiwillig stirbt, sie ist wie ein Trieb, der, angeboren von jeher, sich auszubreiten beginnt mit dem Einsetzen der Trauer. Wir wachsen auseinander und treiben ab auf Brocken von Erinnerungsgestein.
Wir treiben erst ab, dann geht es über den widerspenstigen Rand der Welt, und wir stürzen von dieser Scheibe. So entzweit mit den fruchtbarsten Einsichten und getrennt von den Früchten unserer Erkenntnis, sind wir ohne Anteilnahme füreinander und wollen doch voreinander etwas aushecken, das unser Unglück mildert. – Es fällt auf, daß die Auszehrung der Gegenwart keine Rücksicht auf das zurückliegende Gute zuläßt, das kleine Stück Boden gemeinsamer Erinnerung. Zerstückelt nur sind uns die Bilder gegenwärtig und lassen sich nicht aufteilen unter uns wie unter Leidensgenossen, die ein Durchkommen

sich doch vorstellen können in spärlich bemessener Hoffnung.

Die Tröstung, die uns endlich so unglücklich machen könnte, daß wir eins wären mit dem Verlust, der uns peinigt, ist immerfort spärlich bemessen. Augenblicklich sperren wir uns gegen jede Linderung, etwaige Ablenkung läßt uns zusammenzucken, und es drängt uns, sie abzulehnen; makellos bleibt unsere Anteilnahme an uns selbst –

Dann sagen wir oft auch, jetzt kommt es nicht mehr darauf an. Ach, mein liebes Herz, worauf wäre es angekommen, sollte ein wahres Durchkommen je in unserer Absicht gelegen sein. Wir wollen mit fortgespült sein, wollen mit verwittern, und es gelingt nicht.

Nur die Auszehrung gelingt, und du kennst doch das Bild von den vertrockneten Seesternen oder den Schlangenhäuten im Gras, für deren Vergangenheit wir uns eine schöne Geschichte ausdenken, Sommergeschichten und diese anderen mit der Teleologie, die für uns nicht infrage kommen, weil wir in der Uhr sitzen.

Auch du bist in der Uhr gesessen, festgemacht auf ihrem Grund, und hast es verstanden, dich umpflanzen zu lassen in eine andere Uhr, die Standuhr der allerlängsten Zeit, diese Uhr, die zum Liegen gebracht wird unter der Erde. Da bist du geborgen, versteckt in deiner Uhr wie das siebente Geißlein, und hätte der Wolf selbst dich begraben, du hättest doch dein Auskommen gehabt, wärest hinabgefahren mit der schönen Täuschung über die Rettung. Diese Rückkehr in den Leib der Mutter, ach, wäre ich nicht gekommen aus dem Leib meiner Mutter, da mir der Herzschlag die Zeittakte gab und keine Zerstückelung des Daseins mich beunruhigte. Diese alte Tagundnachtgleiche, nur wiederzugewinnen unter den drei Schaufeln Sand, in Erdsturz und Erduntergang, erdwärts zurück in den Leib, da die Zeit so still steht in der Verläßlichkeit des Herzschlags.

Fallt auf mich Berge, kommt ihr Felsen über meinen Rücken, rief der Unglücklichste von allen, der den Verrat beging. Und hast du uns nicht auch verraten und den Kopf eingezogen, den Körper gekrümmt, daß die Erde über dich kommen kann, daß wir sie auf dich werfen sollen wie eine Decke –
Auseinanderstieben sollten wir und uns verstecken und kommen doch unter dem Schutz der Dunkelheit zueinander und suchen stündlich den kleinen Lärm der erinnernden Rede, die wir Eingedenksein nennen.
Hineingedacht aber sind wir in eine große Nachricht vom Unglück, und wüßten wirs nur, im ersten Kapitel, im engsten Vorwort treiben wir, und ein Hinauskommen ist nicht. So abhängig geworden sind wir von der Idee, ein roter Faden müsse durch diese Nachricht laufen, daß wir stillhalten und uns unterwerfen, nicht sagen: nein! nein! Wir lassen diese Herabsetzung nicht zu, daß du uns nicht mehr brauchst. Ein Toter braucht niemanden.
Wir aber wollen gebraucht sein und wagen nicht mehr, uns zu bewegen. In so viel Verlassenheit kommt uns eine erbärmliche Scham an, daß du uns vergessen hast. Auch ein abscheulicher Hochmut zuckt manchmal in unserem Gesicht, und wie ein plapperndes Irrlicht ist Hoffart unser Begleiter. Ach, wüßtest du doch, wie bitterlich hochfahrend wir trotzen und immer und immer wiederholen, daß wir uns nicht aussöhnen lassen.
Vor der Zeit nicht, und vielleicht auch nicht danach, wenn wir uns anstrengen aufs äußerste, das Ungetüm Ewigkeit uns vorzustellen, in alle Ewigkeit, nein. Laß uns wissen, was du dazu sagst und zu uns, die wir vornüberfallen wie du und noch einen Schatten werfen, diesen langen Schatten, der dir nachgeht gegen Abend. Von unten herauf ein schöner Widerschein unzügelbarer Lust, dir nachzufolgen, während wir in einem ungestümen Mitteilungsdrang den Sonnengesang anstimmen und schon ganz

geblendet rufen: so können wir nicht gehen – Welch eine Herabsetzung der ruhesuchenden Seelen ist dieser Gesang, welch liebe Litanei aus Widersprüchen.
Plötzlich drängen wir wieder zueinander, um uns ein wenig später winken zu können mit Bewegungen, die uns in Zeitnot bringen und einen winzigen Aufschub vortäuschen für das Vergessen.

Martin rief Jan abends an. Er wußte, abends ist Jan längst betrunken. In einer Art von Selbstbestrafung rief er gleichwohl an und ließ lange läuten. Alles Persönliche zwischen ihm und Jan verschwand in einem Abgrund bodenlosen Verdachts. Erschöpft kam Martin von der Klinik und fragte:
Kann ich ein wenig mit dir reden? Was tust du gerade?
Jan: Ich arbeite wie ein anständiger Mensch, was hast du heute getan, schön gespielt mit dem Äskulapstab?
Martin: Wie ein Ingenieur habe ich heute die Patienten behandelt und zu viel beiseite gedacht. Warum stehen die Menschen jeden Morgen wieder mit ihren Gebrechen auf, die ich jeden Tag sehe, warum gehen die Leute morgens aus dem Bett? Vom Gleichgewicht der Welt wissen sie nichts, und es braucht sie nicht zu scheren. – Warum drehen sie sich nicht um auf die andere Seite?
Jan: Krumme Fragen stellst du, krumm zu denken hast du gelernt. Weil ihnen nichts anderes einfällt, stehen die Menschen morgens auf. Was sollen sie anderes tun, als was sie den Tag davor auch getan haben? Soviel Phantasie wie du haben sie nicht. Mit deiner Phantasie jagst du dich aus der Welt. Höre endlich auf, bei mir Verständnis zu suchen! Ich bin kein Klageweib für dich.
Martin: Seit sie fort ist –
Jan: Sag endlich, sie ist tot. Fort ist sie nicht, sie ist sehr tot, und deine Künste der Verstellung können sie nicht wieder

aufwecken, damit sie dir die Bahn ebnet und vor dir hergeht im Tod.
Martin: Seit sie fort ist, möchte ich ihr nachgehen und weiß doch, ich darfs nicht. Seit sie fort ist –
Jan: Seit ihrem Tod hast du im Eigennutz gelebt und unsere Trauer ausgebeutet. Glaub mir, ich seh die Tücke gut, mit der dus anstellst. Mit List, Verräterei und Ränken läßt du uns büßen, daß du sie weggeschickt hast, ist auch kein Funken Einsicht in deinem Kopf, in dem du die falsche Leiche immer von einer Seite auf die andere bettest. Wenn du liegenbleiben willst, dann steh doch nicht mehr auf, laß dich selbst endlich gehen, der du dich gehen läßt alle Tage. – Hast Ruth eine Kunst gelehrt, die ihr den Hals brach, dieweil du den Kopf nur hängen läßt und zu später Stunde nicht weißt, warum. Hast eine gelehrige Schülerin aus Ruth gemacht, die Kunst des Loslassens hast du sie sehr schön gelehrt, tödlich hat sie die beherrscht, und du, du warst ihr Meister –
Martin: Jan, du hast getrunken. Die Kunst zu leben brauchst du mich nicht zu lehren. Du weißt nicht, was du redest, laß mich Bettina sprechen.
Jan: Ich weiß noch mehr und möcht dir in die Schule pfeifen, ins Kursorium privatissimum, wenns beliebt, dein Schultrick ist die Kunst des Sterbens, nur ist Ruth verreckt, gestorben ist sie nicht. Möcht auch sagen, hat einer sie stellvertretend sterben lassen, hat zugeschaut – in säuberlich eingehaltener Distanz – wie eine sich fallen ließ. Wärst selber lieber tot als lebend, ist aber die Schülerin dem Meister auf die Schultern gestiegen und hat gekonnt, was der sich nicht traut. Verlassen von aller Vernunft barmst du nun so abgekehrt und verloren unterm Lorbeerkranz der Abgeklärten. Nimms herunter, das Kränzchen, daß wir die Suppe damit würzen, den Rest legen wir dir auf die Füße, wenn du zur Ruhe gekommen bist. Hast doch immer geschrien nach der Ruhe, nimm sie dir

doch. Könnt dir ergehen wie einem, der sich selber ein Schnippchen schlug, als er zusah, wie jemand neben ihm so abgeklärt wurde, daß er mußt abgekarrt und aufgeräumt werden im Reisesarg, da hast du fein Hinterhergehen in der frischen Abendluft, geh ihr doch nach –
Martin: Du weißt nicht, was du sagst, wir teilen einen Schmerz, da darf ein Unglücklicher Ungeheuerlichkeiten sagen wie du –
Jan: Hast du heute schon gesungen, hast du zur Nacht die Leute singen lassen? Schlaf ist ein kurzer Tod, Tod ist ein langer Schlaf. Hast du sie singen lassen, so sing allein weiter, nimm deinen Äskulapstab, die Leier kannst du dir sparen, blas auf dem Stab und mach dich auf den Weg. Geh ihr nach, da unten sitzt sie als Unterweltskönigin, dreh dich nicht um, wenn du ankommst. Aber dich lassen sie ja gar nicht hinein, die gleichgültigen Toten. Wenn du kommst, bellt nicht einmal ein Hund, die schmeißen dich raus, wenn du dort unten fragst, wo sie ist, mit der du dereinst willst wiedererwachen. Ist nichts mit Wiedererwachen, und dereinst werden sie dir da unten den Marsch zum cantus firmus blasen. Charon bleibt hocken in seinem Kahn, wenn du kommst, Tantalos wird Hunger und Durst nicht vergessen, wenn du die Hände an das Rad des Ixion legst, in dem du dir die Knochen brichst, denn es steht nicht still, wenn du kommst, sitzt auch der Sisyphos nicht auf seinem Stein. Er rollt hoppheißa hinter dir her, daß du auch noch weglaufen lernst dort unten, bevor die Totenrichter Tränen lachen über dich. Möcht sein, es gelüst' dich nicht danach, geht dir vielleicht wie der thüringischen Gräfin, die nach drei Jahren den Gemahl wieder ausgraben ließ, um nachzusehen, wies um ihn steht, wie er liegt und wie er sich bettet. Sie fand ihn noch immer liebenswert und schön, ließ eine Skulptur hauen ganz nach der dreijährigen Totengestalt, kannst das ja nachmachen, weil nichts draus wird aus dem Wieder-

sehn. Ich kann sie dir auch nicht herreden, hast ja gewollt, daß sie dirs vormacht, das Sterben...

Martin: Du schlägst und fluchst mich hinaus, wüßtest du nur, reisefertig bin ich, könnte mich auf den Weg machen zu jeder Stunde –

Jan: Es ist nicht die Nacht der Reisewünsche, Trost grünt dir nicht in der Ödnis. Ist aber ein Winter abermals mit feinem Eishagel gekommen für die Eisheiligen, die warten auf dich, sieh hinaus. Es tagt, und ich seh Windlichter baumeln am geflochtenen Hanf. Jüngst bin ich hingegangen unter ihnen, sie klirrten, als ich des Wegs kam, des krummen, auf dem ich deine Liebste wiederfand. Im Schnee lag sie, und hab auch gesehn, wie ihr Mund mit Schnee sich füllt, daß die Flüchtigen ihr Schweigen bewohnen, horch, heißa, halt die Hände ans Ohr – war aber nicht ganz allein gelegen mit dem Gesicht zur Erde, ist einer neben ihr gesessen und sitzt noch dort, wartet des Todes und kommt nicht. Für eine finstere Weile sitzt er und dreht in den Händen die Eisscherbe um und um, hat ein Eisspiegelchen gefunden an ihr und gafft aufs weiß gewordene Haar, probiert mit gefrorenen Lippen leis mundfeiles Liebesgeflüster, Aug in Aug mit sich selber: nimm mich zurück, du Aug, und nimm mich zurück, du Mund, daß ich zurückgenommen bin zu ihr. Der Schnee will sich heben, aber siehst du, da kommt er geflogen, der Galgenvogel, fährt herab, dir auf die Schulter, kommt von weit hinter den Trosthängen, so schaukelmüd kommt er geflogen. Unhörbar fährt dein Arm durch die Luft in die Schlinge, vornüber sinkt dein Kopf. Laß ihn liegen, sausen Schuldsprüche durch die Luft, geht ein Gewisper durchs Schneewetterleuchten, und hinter der Stirn verstehst dus jetzt auch. Wer andern eine Grube gräbt, baumelt beizeiten darüber. So fliegt die Botschaft durch die Finsternis, daß ich geduckt drunterhergeh, ich komm auch vorüber und seh dich und höre die klingenden Schellen, lang tö-

nendes Ausläuten, ein Allerweltsläuten. Fallen mitsammen die Töne so zersprungen in den überfrorenen Schnee, wie du den Mund spitzt, mit der gespaltenen Zunge kleine Rufe ausstößt, Eu-Eu-ridikül. Sag du ihren Namen nicht mehr, ihren Menschen- und Fremdlingsnamen. Im Eisgestöber sprängen die Buchstaben einzeln auf die geborstene Glocke, die hängt um den Hals dir, wie du wehst in der Luft im zerrissnen Geweb, im gefrorenen Linnen, am Galgen. Denk dir, dort bin ich vorübergegangen und hab dir gewunken, von allen Schmelzwassern werd ich gewaschen sein – vor Tag und hellem Mittag.
Martin: An dir geht ein Henker verloren, kein Freund. Wärest du bei dir, ich drehte mich für immer um, aber du bist schäbig betrunken.
Jan: Hab dir viel zu verzeihn, aber es graut schon das Gras, das darüberwächst – vor Tag und hellem Mittag –

Bettina war hinausgegangen und sprach den Abend nicht mehr mit Jan. Er suchte sie nicht, wußte aber am anderen Tag bis auf die letzten Sätze noch alles, was er ins Telefon geschrien hatte: ich stehe zu allem, was ich gesagt habe.
Stehst du auch zu Martin? fragte Bettina. Jan antwortete nicht.
Du bist grausam, sagte sie, vermutlich weißt du es nicht. Mit dem, was du getan hast, kannst du keinen Menschen zur Einsicht bringen, umbringen aber kannst du ihn.
Der ist nicht umzubringen!
Du verweigerst Martin den Namen? Du hättest ihm sagen können, daß du nicht mit ihm sprechen willst. Wer sich auf den anderen nicht einlassen will, hat kein Recht, ihn mit der eigenen Deutung einer fürchterlichen Situation zu überfallen, und wäre die Deutung tausendmal richtig. Wenn Martin noch zu dir gehört, und sei es als Gegner, darfst du ihm die Deutung seiner Lage nicht über den Kopf stülpen. So machst du ihn blind, nicht sehend. Kei-

ner darf einem anderen die Gestalt seiner Traurigkeit vorschreiben, es sei denn, er will ihn heimlich loswerden.
Ich will ihn manchmal los sein, sagte Jan, ich verabscheue seine Selbstbezogenheit im Unglück. Zum Teufel, er hat Ruths Grab nicht gepachtet.
Gut, sagte Bettina, du brauchst auch die Stadien deiner Wut nicht zu überspringen, aber wenn du Martin sehend wünschst, muß auch er seine innere Landschaft zeigen dürfen, gleichgültig, wie ichbezogen er darin aussieht. Den Hades solltest du ihm nicht anbieten, dazu braucht er dich nämlich nicht.
Er braucht mich gar nicht, fuhr Jan dazwischen, er benutzt mich.
Hast du ihn deshalb zum Teufel gewünscht? Seine Gefühle kommen kaum zu Wort, da vertreibst du ihn mit deinen eigenen. Du hast ihn gar nicht gehört.
Meine Tragfähigkeit ist nicht die eines Erzengels, Bettina.
Die eines Freundes hast du schon bis an ihre Grenzen erprobt?
Martin ist nicht mehr mein Freund.
Das erschreckt dich?
Der Hypochonder macht mich wild, weil er meine Erinnerung an Ruth wild macht.
So sag es ihm doch, bat Bettina leise und fügte hinzu: wahrscheinlich hätte ich es an deiner Stelle auch nicht gekonnt, hätte ihm bloß zugehört. Manchmal sieht das sehr feige aus, grausam ist es nicht.

Käme Ruth wieder, sie würde auch für Martin sprechen.
Sie kommt nicht und ruft:
Ihr, die ihr aus dem Schlaf springt, dem vertraulichen Klagton nach, die ihr euch taglang aufhaltet an den Rändern des nächtlichen Alps, nie mehr ganz zu euch kommt, damit euch Zukunft, die werbende, nicht aus der Erinnerung scheucht.

Ihr, die ihr Martin wunderlich nennt und heimlich unterwegs seid nach Trosttrödel. Ihr Klagegaukler, nicht einmal habt ihr Martin zuhören können.
Ihr mit der zwittrigen Zustimmung für seine Verheerung, voreilige Trostbüttel, denen mans ansieht, daß sie Martin nicht meinen –
Hätte einer von euch je ihm den Rücken gestützt, damit er den Aufschrei erträgt, den er brauchte, hätte er je den Vorschreien nachhören können ohne Scham? Die schickliche Klammer ums Herz, sie lehrt ihn lügen.
Nein, Unterschlupf findet Martin nicht bei euch, wie soll er mit euch genesen, die ihr gefangen seid in der engherzigen Auswahl: so darf gelitten werden, so aber nicht –
Ihr, die ihr die Zukunft enterbt, weil ihr den ungeteilten Schmerz überspringt mit Trostwörtern und trabenden Trostsätzen.
So kommt euch Leben nicht wieder – und mir bleibt die Schuld.
Stünde ein Wunsch mir noch frei, einzulösen für euch bei meinen Steinen:
Laßt nicht zu, daß Schmerz verdrängt wird, laßt auch Martin gewähren, bis ihm Trost widerfährt, damit er, gelöst von mir und von euch, endlich Gelassenheit spürt.

Bettina saß in heiterer Gesellschaft. Auch gegen Mitternacht, nach der zweiten Flasche Wein, kam die Angst vor der unvermeidlichen Gesprächswendung nicht auf: keiner der Gäste hatte Ruth gekannt.
Als das Telefon läutete, wußte Bettina, wer keine Rücksicht nahm auf Zeit oder Umstände, wer das Gespräch über Ruth wieder beginnen würde ohne einleitenden Satz.
Jan hielt Bettina fest mit einem flehentlichen Blick: steh nicht auf, laß ihn läuten. – Fünfzehnmal schrillte das Te-

lefon, verstummte gerade so lange, wie einer braucht, um erneut zu wählen.
Bettina stellte sich mit dem Rücken zu den Gästen, vielleicht, dachte sie, fällt so weniger auf, daß ich schon lange in den Hörer schweige. Martins Stimme war es nicht, die sie hörte. Die Stimme sang:
Bleibt ihr Engel bleibt bei mir! Führet mich auf beiden Seiten, daß mein Fuß nicht möge gleiten.
Im Hintergrund hörte Bettina unruhige Schritte, die sich mehrmals dem Telefon auf der Gegenseite näherten. Bettina wartete. Abrupt verstummte die Stimme aus der Bachkantate. Bettina hörte den gepreßten Atem Martins, er mühte sich, nicht zu weinen.
Sie zog das Telefon an der langen Schnur aus dem Zimmer in die Küche.
Bettina hat Heimlichkeiten, da sieh einer an. Die Gäste lachten.
Mit seiner Abschiedsstimme sagte
Martin: Es ist mir mein Leben zu schwer geworden, Bettina, es geht auch ein Würgeengel neben mir den ganzen Tag, er kommt mit dem Sichelwagen der Morgendämmerung und verläßt mich nicht.
Bettina: Martin, bist du deiner selbst so unsicher geworden, daß du Musik für dich reden läßt? Die guten Engel aus deiner Kantate kämpfen nicht gegen den Würgeengel, du weißt das. Widersprüchliche Botschaften bringen sie nicht. Sie treten sich nie in den Weg. Auch das weißt du, daß sie Zeichen sind für eine Kraft, die uns im Leben hält –
Martin: Eine entsetzliche Furcht ist bei mir, Bettina, und niemand sonst außer dem Würgeengel. Beim Hören dieser Kantate habe ich an dich gedacht. Früher dachte ich wie du, Engel seien Boten der Zukunft. Aber mein Engel ist mit der Botschaft für mein Ende gekommen –
Bettina: So wehr dich wie Jakob, der stritt und nicht

wußte, mit wem –. Du weißt, er hat gewonnen, und den Preis kennst du auch. Der Sieger hinkte fortan.
Martin: Mein Engel ist nicht berührbar, Bettina. Leicht ist es für ihn, mich zu Boden zu werfen, und Ruth ist nicht mehr da, die mich aufrichten könnte. Im Zustand der Niedergeschlagenheit kommt die Stunde des Würgeengels. Nach dem Krieg dachte ich, mein Krüppelarm wäre schon mein Preis. Damals hatte ich gewonnen gegen –
Bettina: Ruth war nicht deine Behüterin, das redet Traurigkeit dir ein, glaub ihr nicht, aber lasse sie zu. Ich kann es selber nicht, aber an manchen Tagen weiß ich, wie es gelingen könnte. Ein Würgeengel ist nicht um dich, Martin. Und manchmal denke ich, auch die Trauer ist kein Zustand, so wie die Gesundheit keiner ist, sondern ein Prozeß, das hast du selber uns früher gesagt, und du –
Martin: Unter meinem Körper bewegt sich der Boden, die Verwerfungen vibrieren fort in meiner Haut. Ich kann nicht mehr aufstehn und weitergehn, verliere das Gleichgewicht, gleite aus, und es ist niemand mehr da, der mich aufrichtet –
Bettina: Was versuche ich denn die ganze Zeit?
Martin: Du spielst mir den Engel, aber du giltst nicht.
Bettina: Ich bin keiner, aber der erste wärst du nicht, der seine Engel verkennt. Sara hat ihren Engel ausgelacht, der ihr am Anfang einer langen Geschichte in den Weg trat. Auch mußten die Engel auf dem Feld erst rufen: fürchtet euch nicht. Es ist immer die gleiche Geschichte mit den Engeln. Wenn sie Zukunft zusprechen, erschrecken die Leute. Nur einen Engel kenne ich, von dem es heißt, er kam und stärkte einen Menschen. Doch der ist nicht für uns. Für uns sind jene, die uns sagen, was wir längst schon wissen und in unser Leben gebracht haben, und so, wenn du willst, bin ich dir ein Engel, und ich bleibe bei dir. Laß deinen Würgeengel weiterziehen auf seinem Sichelwagen, du selbst hast ihm den beigegeben.

Martin: Er will mich mitnehmen, Bettina –
Bettina: Das sagt dir deine Erschöpfung, die dich zum Stolpern bringt, daß dir der Atem stockt, so fühlst du dich gewürgt. Ach, laß doch endlich los, hast dus uns nicht gelehrt?
Martin: Nach anderen Engeln verlangt mich, daß sie mich forttragen sollen: am letzten End die Seele mein –
Bettina: In vielen Jahren, Martin, in vielen Jahren. Höchste Zeit ist es jetzt, uns ins Leben zu wünschen –
Martin: Manchmal halte ich dich für den Engel, der das Unmögliche verlangt, während ich auf die Trompetenstöße warte, den Ruf nach Begleitung zum letzten End –
Bettina: Dorthin würde ich dich nicht begleiten, das ist ein Versprechen. Mehr kann ich nicht für dich tun.
Martin: Auch du bist grausam, Bettina.
Bettina: Nenne es, wie du mußt.

Jens trug seit Tagen einen Brief mit sich. Der Umschlag mit vier Adressen, unter denen Jens einmal wohnte, ist schon verknittert. Eine Adresse für jede Himmelsrichtung, ganz klein links oben die von heute. Jahrelang hatte Jens mit dem Brief gerechnet, dann hatte er ihn vergessen.
Der Brief ist von Jost.
Auf Verdacht schreibe ich Dir an die alte Adresse. Natürlich fand ich Dich auch nicht unter der vertrauten 25607 am Telefon. Fünf Tage war ich mit einem alten Mann in der BRD. Dort starb er plötzlich. Ich wollte mit einem von Euch sprechen, bevor ich mit dem Toten zurückfuhr. Ich fand niemanden. *Lebt in das Leben wohl!* Kann ich Euch das wünschen, Euch allen? Jost

Dieser Brief fragte nach einer Antwort, und mit einer Mischung aus Neugier und Angst beschloß Jens, Jost aufzusuchen. Von Ostberlin aus wollte er Kontakt mit ihm auf-

nehmen, falls er wirklich noch in Leipzig wohnte. Die Adresse des Absenders fehlte auf dem Umschlag. Jens mochte nicht allein fahren und nahm Bettinas Kinder, die gerade zu ihm gefahren waren, mit. Wissen durfte Bettina das nicht.
Am Übergang Heinrich-Heine-Straße beunruhigte ihn die samtpfotige Abfertigung der Grenzer. Sie öffneten ihm die Kühlerhaube, sie klemmte. Die jungen Hasen auf dem schmalen Grünstreifen nahmen die Kinder zwar wahr, reagierten aber nicht, sahen geradeaus wie Taubstumme. Sie hielten sie für eine Grenzinstitution, vor der sie auch schweigen mußten, wie Jens es ihnen aufgetragen hatte.
Auf dem Weg nach Ostberlin überfuhren sie die Ausfahrt Leipzig, und die Kinder hatten sich an die Stirn getippt, daß Jens nach Berlin fuhr, um jemanden aus Leipzig zu besuchen.
In Brandenburg, wo Ruth geboren war, fiel Jens eine Efeutafel aus der Kinderzeit wieder ein. Er hatte sie nach Kriegsende mit einem Freund aus der Obdachlosensiedlung unter Efeu entdeckt: suchst du die Freunde von gestern und rufst, wo seid ihr, wird das Echo dir antworten, wo seid ihr –. Natürlich hatte das Echo nicht funktioniert, statt der Felswand lag da ein kleiner See und dahinter im Park ein Hungerturm. Die Kinder waren damals in den metertiefen Turm hinuntergeklettert, es war verboten. Wenigstens auf ein paar Gerippe als Entschädigung für das Echo gefaßt, fanden sie leere amerikanische Zigarettenschachteln, Fäkalien und Büchsen unter fauligem Laub. Abwechselnd waren die Kinder in den Turm hinuntergeklettert, versprachen sich jeweils von oben gegenseitig, erbärmlich jammernd, ein Stück Brot und alsbaldige Rettung. Auf Anhieb flossen Tränen. Sie galten dem Kanten Brot, den sie gern gehabt hätten, galten auch den im Krieg verlorenen Angehörigen, und Jens glaubte heute, sie galten auch dem In-der-Welt-Sein überhaupt. Hätten sie sich

sonst sagen müssen: du Idiot, wir spielen doch nur, daß wir heulen, hör auf. Trotz der dämlichen Pleite mit dem Echo, glaubten sie damals, Verlorenes ließe sich wiederfinden. Im Hungerturm muß diese Hoffnung angefangen haben zu sterben, nur wußten sie es noch nicht.
Jens suchte Jost überhaupt nicht, das wollte er sich einreden und ärgerte sich, daß er trotzdem an ihn dachte wie an einen Bürgen vergangener Zeit. Vielleicht wußte Jost sogar, welche Lawine er losgetreten hatte mit den paar Sätzen, in denen er auch noch den Dichter für sich sprechen ließ. Jens wollte gefaßt sein auf alles, auf erneute Fluchtbereitschaft Josts, vor allem aber auf die Frage nach Ruth. Er fürchtete sich davor.
In der holzverkleideten Telefonzelle auf dem Postamt wußte Jens plötzlich die Nummer von Jost nicht mehr, obschon er sie eine Minute zuvor dem Postbeamten auswendig hergesagt hatte. Jens hielt sich an der stumpfen Messingklinke der Zellentür fest und preßte mit der anderen Hand den Hörer ans Ohr. Konditionierte Angst vor Mithörern: deren Lächerlichkeit ging ihm nicht gleich auf. In der Zelle war er allein, draußen konnte mithören, wer immer wollte.
Die Nummer in Leipzig hatte noch einen Teilnehmer. Er mußte nicht Jost heißen.
In makellosem Sächsisch sagte er aber nun seinen Namen.
Ich bins, antwortete Jens und mußte eine Weile warten. Seinen Namen nannte er nicht.
Ich bin sprachlos, kam es von der anderen Seite. Gedehnt. Dreimal. Dann Schweigen. Mit einem Mut, den Jens gar nicht hatte, setzte er noch einmal an, ließ seine Stimme nach Leipzig stolpern. Jost hatte ihn erkannt.
Ich bin in Berlin, kannst du kommen?
Wann?
Morgen mittag zum Ermelerhaus.
Ja, sagte Jost, ich bin sprachlos, dann legte er auf.

Unbefangen wollte Jens am nächsten Tag zum Märkischen Ufer gehen, als wäre das noch möglich. Bin ich von Sinnen? fragte er sich. Das nicht, aber ich habe nur noch fünf, geboren mit mehr als fünf Sinnen werden wir alle, am Ende bleiben die fünf, die anderen sind verraten und stumm, vielleicht nicht bei Jost.
Jens kam mehr als eine Stunde zu spät zum vereinbarten Treffpunkt, die Abfertigung an der Grenze hatte lange gedauert. Er hatte Angst, die sich auf die Kinder übertrug. Auf dem Parkplatz hinter dem Märkischen Ufer schickte er sie allein in den Zoo, fand es nicht richtig, aber mutig. Jens ging, bemüht um einen nicht zu hastigen Schritt, auf das Ermelerhaus zu.
Das hatte er für möglich gehalten. Jost war gar nicht erst gekommen. Statt seiner schlenderte da ein anderer herum, wird sich Jens' schon annehmen und ein paar Sätze mit ihm plaudern. Jens änderte die Gangart. Schneller Stechschritt, immer unter den schönen alten Gaslampen am Spreeufer hin und her, den dicklichen Mann mit der Brille sorgfältig im Auge. Er ihn auch. Er ging betont gleichgültig auf der anderen Straßenseite. Sollte er herüberkommen und fragen, ob Jens etwas suche, wird er Jost verleugnen, die prächtige Restauration der alten Straße loben und ganz besonders das Ermelerhaus, das man aus der Breiten Straße hierherüber trug für eine geschlossene Häuserzeile. Jens wird sagen, daß er hier speisen will, nicht etwa essen, dann würde man schon hören, daß er von gestern ist.
Der Dicke kam nun herüber, überquerte zögernd das Katzenkopfpflaster, hielt zwei Meter vor Jens an, der versuchte, an ihm vorbeizukommen. Schon war ihm der Weg verstellt, der Fremde breitete die Arme aus, und Jens war umarmt. Jetzt bloß nicht den Mund aufmachen, sonst fliegt das Herz raus, im Hals sitzt es schon. Jens aber sah, daß auch er schon dem anderen die Arme um die Schultern gelegt hatte.

Soviel Angst vor dem anderen Gesicht. Jens brauchte Zeit, in der Umarmung Jost die Spitzelrolle wieder abzunehmen, aber dann mußte er noch ein Gesicht erfinden, in dem nicht stand: wie siehst du bloß aus? Ein Gesicht brauchte er, das alles weitere offenließ, und er fand es nicht.
Na, sagte Jost, ließ unvermittelt los, gehn wir?
Jens folgte ihm die schön geschwungene Treppe ins obere Stockwerk. Schon saßen sie am Fenster, waren im Raum fast allein und hatten noch immer nicht miteinander gesprochen.
Als hätten sie sich erst gestern gesehen, fragte Jost: was willst du essen?
Sein Gesicht blieb hinter der Speisekarte versteckt.
Jens wollte nicht essen oder doch nicht gleich, wollte Mineralwasser, das es nicht gab, also Eiswasser, und für den Mann, der sich für Jost ausgab, wurde ein Juice gebracht. Warum kann er nicht Saft trinken?
Der Juicetrinker war hinter der starken Brille gut versteckt. Jens fühlte sich wie in einer Falle. Der andere faltete die Hände über dem mächtigen Leib und ließ warten. Jens' Augen wich er aus. Ratlos zog Jens Zigaretten aus der Tasche und hielt sie hin. Dankend winkte Jost ab, er rauche nicht mehr, nach nichts bücke er sich mehr, schon gar nicht nach Zigaretten. Dann schwieg er wieder, bis Jens mit dem dritten Glas Eiswasser fertig war und endlich einen Grund hatte, warum er von innen her fror.
Jost, sagte er endlich, streckte die Hand über den Tisch, aber Jost ließ sie liegen, schaute zu, wie Jens weiter Eiswasser gegen das Schweigen trank, bis plötzlich der Schrecken auch aus Josts Augen über den Tisch sprang, von Minute zu Minute kleiner wurde, ermüdet auf dem Tisch hocken blieb, noch lauernd, doch machtlos.
Wenn du willst, sagte Jens, können wir jetzt essen.
Früh am Morgen, sagte Jost, sei er in den Zug gestiegen,

das Auto habe er neulich auf einer Konzertreise beinahe auf der Straße stehen lassen, es sei schon wieder in der Reparatur, eine gesunde Wut gebe es heutzutage schon nicht mehr, auch bei den Jungen nicht, dafür müsse man einen deutschen Satz bilden können, eine ausgestorbene Kunst hüben wie drüben. Reif für die Wiedervereinigung im Schwachsinn...
Das Gerede läuft wie eine Spule ab, bleibt manchmal in den schlecht gerichteten Zähnen hängen, wie will Jost blasen mit ihnen?
Spielst du noch Oboe? fragte Jens.
Atmest du noch? fragte Jost und sagte es mit Jens' Stimme.
Da schämte sich Jens und quälte sich auf dem Teller mit der Leber ab, schluckte ganze Bündel von Sehnen hinunter, um nichts Feindliches zu stapeln am Tellerrand.
Jost, der kaum etwas aß, konstruierte kurzlebige Straßen im Kartoffelbrei, in braunen Fettschlieren fuhr die Leber herum.
Kein Gedanke an Schonung gegeneinander. Ja, sagte Jens immer nur, ja. Ich habe die Straße Unter den Linden gesehen; ja, ich weiß, Hitler ließ den Fahnen zulieb Linden abholzen; ja, ich weiß auch den Spottnamen für den Alex, der gefällt mir nicht mehr –
Josts Miene reglos, starr im aufgedunsenen Gesicht. Der beim Sprechen wippende Bart verdeckte schlecht die Furchen neben den Lippen. Das volle graue Haar gönnte Jens dem Freund, den er hatte. Dieser hier streifte sich die Bartenden und sagte: manchmal lassen wir die paar übriggebliebenen Ostermarschierer, die hier noch rumlaufen, über die Mauer gucken in euren schönen Westen. Das Entscheidende haben die hier nicht gelernt: Maulhalten.
Jost salutierte im Feldwebelton.
Jens dachte, jetzt schlägt er die Hacken unter dem Tisch zusammen, wem zulieb bloß? Warum läßt er mich baumeln? – Hinter ihnen saßen nur wenige. Auf der schönen

Straße unten flanierten die Touristen. Jens erkannte sie am Gang.
Jost, du redest nicht mit mir, bist aber da, hast die weite Reise gemacht.
Es war weiter nach Bulgarien und nach Leningrad, sagte Jost und hatte nun ein Thema, bei dem wollte er bleiben. Die Gastfreundschaft der Russen, o ja, und die weitsichtige Städteplanung in Leningrad, gerade dort. Und schon führte Jost Jens in Leningrad herum, pries ihm die unermeßlichen Kunstschätze. Über sich selbst kein einziges Wort.
Die Zeit ist bald um, die Kinder kommen gleich wieder. Das konnte Jost nicht wissen, und hat Jens sie nicht mitgebracht, um Jost nicht allein zu begegnen? Willst du die Kinder sehen? fragte er. Jost weiß gleich, daß es nicht seine sind.
Wo sind Bettinas Kinder? Mach keine Witze, du hast sie dabei? Jost sprang auf, bestand darauf, für sich und Jens zu bezahlen.
Schon gehen sie die Stufen hinunter, Jost redet über Devisen. Das Geländer läßt sich mit einer Tür am Ende der Stufen verschließen. In Goldlettern sieht Jens zwei Wörter darauf: sachte zu.
Jens bleibt stehen und hört sich sagen: das darf nicht wahr sein, Jost, weißt du, was hier steht?
Wegwerfend sagt Jost, Treppengeländer interessieren mich nicht. Jens hat mit einemmal eine andere Stimme, als er die Tür aus der Hand fahren läßt: was, zum Teufel, interessiert dich?
Ganz andere Sachen, sagt Jost, ganz andere. Friedhöfe zum Beispiel. Nicht nur verwahrloste Judenfriedhöfe. Mich interessiert der Zustand vergessener Gräber, verstehst du. Darüber will ich etwas veröffentlichen, du kannst es dann vielleicht auch im Westen drucken lassen, ich bleibe stets loyal.

Er läßt Jens den Vortritt, die Tür vorm Geländer fällt mit einem lauten Knall zu. Jens möchte plötzlich glauben, daß es Jost wirklich um die Unterbringung irgendeines Artikels im Westen geht, aber er bringt es nicht fertig und sagt: bist du deshalb gekommen, daß ich mich für dich verwende bei einer Redaktion, hast du deshalb geschrieben, Jost? – Bewahre, lacht Jost und lacht, bis Jens ihn an den Schultern packt und heftig schüttelt. Bei allen guten Geistern, sagt er, laß uns wenigstens hinausgehen. –
Auf der Straße bricht Josts Gelächter abrupt ab, und er schaut Jens durchdringend an: die guten Geister, ja richtig, was habt ihr mit denen gemacht?
Wer ist ihr? fragt Jens.
Aber Jost sieht ihn nur an. Gleich, denkt Jens, wird er mich nach Ruth fragen. Aber er fragt nicht, nimmt die Brille ab, kommt so nah an Jens heran, daß ihre Köpfe sich beinahe berühren, und flüstert: ich wollte wissen, wie sie aussehen, die gute Geister umbringen. Man siehts dir nicht an, du warst es nicht? Mit einer fremden Stimme schreit Jens dem anderen ins Gesicht: bist du toll?
Sehr von oben herab, von weither hört er den, der die Brille nun wieder aufsetzt: *diese kalte Nacht wird uns alle zu Narren und Tollen machen.* Jens ist erschrocken bis auf die Knochen, und Rücksicht will und kann er nicht mehr nehmen.
Es ist schon geschehen, schreit er. Jost, wenn du in mir einen Todesboten gesucht hast, ich hätte ihn für dich gemacht. Aber du hast mich zum Narren gemacht.
Ich habe, sagt Jost, deine Lebenskunst und deine Geduld immer sehr bewundert, schon damals –
Du hast mich ja nicht reden lassen, sagt Jens, und ins Wort falle ich keinem, es sei denn, er will mir ans Leben mit seinen Wörtern, und das hast du eben versucht. Ich soll dir etwas sagen, was du nicht aushältst, aber aussprechen darf ich es nicht, was verlangst du denn von mir?

Njet, schreit Jost, es ist also wahr –
Jens versucht, Jost den Mund zuzuhalten. Es kommt zu einer Umarmung, die jeden Augenblick in Prügelei übergehen kann, aber die Kinder sind schon auf ein paar Schritte herangekommen. Jost hat sie entdeckt, läßt Jens einfach stehen, und mit einem offenen Gesicht, über das er die Tränen rinnen läßt, geht er auf die Kinder zu.
Vor dem Palast der Republik wollte Jens nicht mehr neben Jost sitzen. Die Kinder hatten ihn in die Mitte genommen, er spielte ihnen den lustigen Vogel, und Jens sah, daß er noch immer weinte. Er erfand Tränengründe für die Kinder, daß die schon fast heulten vor Lachen. Jens fürchtete sich, weil er abrückte von einem, der weint. Er fühlte sich Jost gegenüber schuldig und konnte es ihm nicht sagen.
Auf dem Weg zum Auto nahmen sie kaum noch Notiz voneinander, waren durch die Gegenwart der Kinder aus dem Gespräch miteinander entlassen. Aber Jens waren die Knie weich, weil er neben einem ging und ihn nicht fand. Die Kinder hatten ihn nicht einmal erkannt, aber sie mögen ihn. Vor dem Auto schließlich stand Jost mit abgewandtem Gesicht vor Jens.
Jens wußte nicht, worauf er noch wartete, dann aber faßte er Jost an der Schulter. Du hast, sagte er mit einer neuen Wärme in der Stimme, du hast deine Rolle in der Geschichte damals zurückgegeben. Wir haben es respektiert, es kam uns teuer zu stehen, nicht Ruth allein. Natürlich, du bist verschwunden, aber teil hast du an der Geschichte. Wer die Bühne vor den anderen verläßt, ist nicht wie nie gewesen, kann auch die letzten nicht haftbar machen, die geblieben sind, bis es dunkel wird, und die letzten beißen so oder so die Hunde. Du suchst Ruths Mörder, du suchst umsonst. Kleinmütige kannst du suchen und, bitte, in mir hast du einen gesehen. Mehr kann ich dir nicht sagen.
Standgehalten haben wir einander nicht, sagte Jost und

legte Jens beide Arme auf die Schultern, aber unser Stehvermögen, na, immerhin –
Im Auto dann meinten die Kinder: der Jost, der ist gar nicht so übel, aber von Märchen versteht er wirklich nichts. Als du hinter uns gegangen bist, hat er uns ein komisches Märchen erzählt vom Wolf und den neun Geißlein.
Wie gings aus? fragte Jens.
Richtig beschissen, sagten die Kinder und lachten, erfanden während der Fahrt noch weitere Geißlein dazu und kamen aus dem Lachen gar nicht mehr heraus.

Zu Jan und Bettina sprach Martin am Telefon nun seltener über seine Trauer, die Gespräche engten sich auf Berichte über Chorproben ein. Befremdlicher von Mal zu Mal beschwor Martin die Erwartung, es möge die Aufführung der Motette endlich in vollkommenem Frieden gelingen. Bald, sagte Martin, singen sie mir die letzte Zeile hinüber in die ewige Ruhe, wie verlangt mich nach der requies aeterna, die ich nicht haben will, bevor mir die letzte Zeile der Motette wahr geworden ist.
Er will sich zutodesingen lassen, höhnte Jan. Eines Tages sagte er zu Bettina: wetten, keiner von uns bringt es fertig, ihm das ins Gesicht zu sagen.
Es ist leicht, sagte Bettina, ich werde zu ihm fahren, mir eine der Chorproben anhören. Vielleicht finde ich heraus, ob er mit seinen Sätzen über das Gelingen der Motettenaufführung oder über freiwilliges Sterben spricht. Mit seiner Todeswehmut dürfen wir ihn nicht allein lassen. Ich will ihm die Goldbergvariationen mitbringen. Mit ihnen halte ich ihn wach, weil er so gern mit der Töne Doppelsinn spielt. Die Goldbergvariationen hat sich immerhin einer gegen die Melancholie bestellt – und hat den Schlaf mit ihnen doch nicht gefunden.

Das traust du dich nicht, sagte Jan. Er warf Martin räuberischen Umgang mit den Gedanken anderer Leute vor, schalt ihn einen Sprach- und Tönedieb. Schütteln sollte ihn einer, damit er zu sich kommt und nicht mehr singt: Tod ist mir Schlaf worden. Martin verwechselt sich mit dem alten Simeon, der sterben wollte, als er den lebendigsten Menschen gesehen hatte, den er sich vorstellen konnte. Martin, der Narr, will sterben, weil er den Anblick einer vergotteten Leiche nicht verwinden kann. Schändlicher kann einer sich die Umkehr aller Friedenssehnsucht nicht vorsingen. Nun lässest du deinen Diener in Frieden fahren, ha, sagte Jan, fahr nur hin und sieh dirs an, wie er sich hinausschleicht und im Grab sich noch mit der Erscheinung der Weisheit verwechselt. Martin als Figur im Satyrspiel für die Weihnachtsgeschichte, was hältst du davon? Todesbereit ist er, nur die Bitterkeit wird er nicht los, wenn er daran denkt, daß er so natürlich aus dem Leben gehen möchte, als fiele er in Schlaf, weil er den nicht zu rechtfertigen braucht.

Bettina wurde heimlich Zeugin einer Chorprobe. Martin im Rücken, saß sie auf dem Boden, sah und hörte, wovor sie sich gefürchtet hatte. Von Till wußte sie, daß Martins Chor sich um Leute aus allerfrühester Zeit erweitert hatte. Sie waren gekommen, Martin in einer lebensgefährlichen Krise beizustehen, er aber deutete die Vergrößerung des Chores als musikalisches Interesse. Die Chorleute überschätzten Martins Aufmerksamkeit für die Welt außerhalb der Motette, Zuflucht bei ihnen, sie begriffen es lange nicht, wollte Martin nicht suchen. Seine Bloßstellung vor ihnen nahm er nicht wahr. In den Augen eines Fremden mochte er wie ein leidenschaftlicher Dirigent wirken, Bettina aber war erschüttert.
Sanft und stille, hörte sie Martin die Leute tadeln, ist es nicht, wie Sie eben gesungen haben, grob und verhetzt

sind die Stimmen, vom beseligenden Decrescendo habe ich nichts gehört, das Diminuendo haben Sie vollkommen vergessen. Noch einmal, bitte, die letzten Takte, ersterbend aber, pianopianissimo. Nehmen Sie die Stimmen zurück.
Bettina sah keine Bewegung in den Gesichtern der Sänger, haushaltend mit ihrem Atem, hörte sie sie singen: der Tod ist mir Schlaf worden. Es war nur noch gehaucht.
Welch ein Mißklang, welch ein Geschrei, rief aber Martin; Bettina zuckte vor Schreck zusammen. Eindringlich und nun ruhiger fuhr Martin in seinen Erklärungen fort. Er gab sie ab wie ein Verschwörer. Dieser Choral, sagte er, singt am Ende das Fugenthema zur Ruhe, die Stimmen finden noch einmal zusammen im alten Nunc dimittis. Die Epiphanie des Todes muß Stimme werden in Ihrem Mund.
Martin ging vor dem Chor hin und her. Wie auch immer die Sänger die letzten Takte intonierten, Martin erhob Einspruch, rügte eine persönliche Kränkung. Dann, sich selbst mahnend zur Geduld, verwies er auf den Anfang der Motette, ließ die ersten Takte wieder und wieder singen, bis er schließlich jenem ‹Warum, Warum, Warum ist das Licht gegeben dem Mühseligen› abwinkte wie einem quälenden Echo. Die Stimmen, sagte er dann freundlich, müssen einander antworten, eine Chorfuge ist kein Choral. Die fallenden großen Terzen, getrennt durch die große Sext, stimmen die Hörer auf die Geduld der Gepeinigten ein, die einander allezeit antworten wollen mit ihrem ‹Warum?› – Bedenken Sies wohl, es führt das Fugenthema in die einzige Unisonostelle, führt hin zu dem Manne, des Weg verborgen ist. Und hier, genau hier, wird das mehrstimmige Geflecht der Stimmen in eine einzige Stimme verborgen. Eine Seltenheit, eine große Seltenheit, wie in der großen Passion, da einer freiwillig in den Tod geht, auch wenn es aussieht – wie Mord.

Ein Murmeln ging durch den Raum, als Martin nun, eher für sich weitersprechend, fortfuhr: auch Hiob ist Gottes Sohn, achten Sie auf den Mann, des Weg verzäunet ist, verborgen; ja, verborgen und verzäunet. Hiob steht für die *betrübten Herzen, die des Todes warten und kommt nicht*, sitzt mit der Scherbe in der Asche, sucht den Tod und grüben mit ihm viele *ihn wohl aus dem Verborgenen, die sich fast freuen und sind fröhlich, daß sie das Grab bekommen.* Aber, liebe Freunde, so weit sind wir nicht. Beachten Sie die weite Spanne vom Decrescendo, aus dem Verborgenen aufsteigend, in das Crescendo für die Freude der Todesbereiten. Eine bedenkliche Vorwegnahme des vollkommenen Friedens am Ende, meine Damen und Herren, eine bedenkliche Vorwegnahme der einwilligenden Hinnahme des Todes. So müssen Sie Ihre Stimmen zurücknehmen, wie auch ich die meine zurücknehme.

Martin sang so leise, daß Bettina den Text kaum verstand: der Tod ist mir Schlaf worden. Sie erschrak, als sofort danach die Sänger, ihre Noten zusammenpackend, sich rücksichtsvoll zurückzogen und, flüchtig zu Martin hinübergrüßend, den Raum verließen. Bettina hatte nicht für möglich gehalten: Martin beendet die Chorproben mit rituellem Vorsingen der letzten Takte.

Das habe ich mir oft vorgestellt, daß du hereintrittst, Bettina, sagte er, als er auf sie zuging, ihr beide Arme entgegenstreckte und sie in die Arme zog. – Auf dem Weg zu seinem Haus redete Martin nur von der Tüchtigkeit seines Chores, sprach bedächtig, blieb ein paar Schritte hinter Bettina zurück, hielt es auch so, wenn sie langsamer ging. Sie hörte hinter sich die Tritte im Schnee, es war tiefer Winter. Martin ging ohne Mantel, er schien nicht zu frieren. – Bettina fand sein Haus ungeheizt. – Martin führte sie sogleich in die Bibliothek, um ihr ein Probeband vorzuspielen, das er die vorige Woche aufgenommen hatte. Bettina, hungrig von der Reise und verwirrt über den

Verlust jeder Sorgfalt gegenüber einem Gast, fragte, ob sie in der Küche für ein paar Brote sorgen könne. Natürlich, sagte Martin nur und folgte Bettina in die Küche, vorbei an Schränken, Regalen und Truhen, die alle offenstanden. Schweigend und nicht ohne Ungeduld blieb Martin im Türrahmen stehen, sah Bettina zu, wie sie ein Tablett mit Broten herrichtete. Auf der Suche nach Eßbarem half er ihr mit keinem Wink. Bettina stellte das Tablett in Martins Bibliothek auf den Fußboden, ein anderer Platz war nicht frei, setzte sich auf den Boden neben Martin, der sich in einem großen schwarzen Sessel niedergelassen hatte. Bettina aß, Martin nahm nichts, begann sofort, von der Probeaufnahme der Brahmsmotette zu sprechen; sie sei um vieles besser als alles, was Bettina gehört habe. Martin legte das Band ein, setzte sich, ohne auch nur einmal zu Bettina hinüberzusehen, in seinen Sessel zurück und schloß die Augen.

Seine Arme lagen zu beiden Seiten des erstarrten Körpers auf den Lehnen; bald aber lockerten sich die Glieder, zuckend wie im ersten Schlaf. Martins Kopf sank hintüber. Bettina blieb auf dem Boden sitzen, sah Martin ins Gesicht. Sie hätte es gern gestreichelt, aber Furcht überkam sie, die von Minute zu Minute wuchs.

Bettina konnte sich Martin als Leichnam vorstellen. Ja, so würde man ihn finden, hier im Sessel vor dem Bandgerät. Ja, so wie dieses Gesicht läge Martins Totenmaske im Gegen- und Schneelicht, das durch die Fenster hereinfiel und in der Überhelligkeit Martins Gesicht zurücknahm.

Bettina wandte sich ab, sah zum Fenster in lautlose Welt hinaus, sah die Autos in unmittelbarer Nähe des Hauses vorbeifahren, hörte sie aber nicht. Martin hatte die Fenster so isolieren lassen, daß sie ihn schalldicht von der Außenwelt abschnitten. Da saß er wie in einer Gruft; Bettina fürchtete sich und dachte: deine Totenmaske möchte ich nicht als erste sehen.

Sie rührte Martin am Arm und sagte:
Martin, so sollst du nicht verlorengehn –
Er aber verwies ihr die Berührung. Du sollst nicht sprechen, sagte er, du sollst nur da sein.
Er saß mit dem unverstellten Ausdruck vollkommener Erschöpfung, und plötzlich erinnerte Bettina einen Satz Ruths, gesprochen kurz vor ihrem Tod: unsere äußerste Erschöpfung sieht aus wie unsere stoische Ruhe. Bettina war, als müßte sie augenblicklich Martins Haus verlassen oder dem, was in ihr war, keinen Widerstand entgegensetzen.
Mit Verwunderung aber nahm sie wahr, ihr Zorn war eine Gestalt des Mitleids und ein Zwillingsbruder heftiger Furcht. Hatte Martin vorhin nicht gesagt: setze du dich hinüber an meinen Schreibtisch, während wir den Brahms zusammen hören? Was wäre geschehen, hätte Bettina sich darauf eingelassen und, während sie zuhörte, Martin einen Bogen Papiers als Hinterlassenschaft beschrieben, die ihm das Brahmshören für einen Tag wenigstens sauer hätte machen können? Eine neue Gestalt von Mühseligkeit hätte Martin daraus kommen können, hätte Bettina ihn gezwungen, eine Erfahrung mit ihr zu teilen. Schreiben war Bettina nicht gewohnt, schon gar nicht Sätze über sich.
Wie hätte sie sich Martin zeigen können, als sie ging, damals, im Frühwinter war es, in diesem, und im Traum war es nicht –

Da lief Bettina durch den Schnee, im Wald fielen tauende Schneebrocken von den Ästen, Schmelzwasser tropfte aus den Zweigen. Bettina ging allein, aber sie war nicht allein. Wo sie ging, dort auf dem schmalen ausgetretenen Schneepfad, ließ sie Raum für zwei andere Füße, die wollten dort gehen, Bettina sah sie nicht, und es hätten Ruths Füße sein können. Bettina erkannte nichts, aber sie hätte Ruths Gestalt mit kahlem Schädel und im härenen Ge-

wand sehen können. Sie blickte nicht hin, sagte nur: du hier? Bitte, geh –
Nein, Bettina wird Martin und niemandem sonst sagen, was Ruth, die nicht da war, geantwortet hat: erzähl mir von mir, steh auf dann und geh –
Auf dem Allerweltswanderweg damals war ein Rudel Wanderer ihnen entgegengekommen, und zu zweit wichen sie aus auf den Hang, ließen die anderen vorbei, fielen zusammen in den Schnee.
Bettina saß noch immer neben Martin auf dem Boden, während sie auf dem Band schon zum zweitenmal sangen: mit Fried und Freud ich fahr dahin. Bettina wehrte sich nicht, scheute plötzlich auch jeden Satz, den sie zu Martin hätte sagen können, eine Totenschelte im voraus wäre es gewesen. Um der Zukunft willen: ohne Rücksicht.
Die Geduld Hiobs habt ihr gehöret, sangen sie auf dem Band, und Bettina, alleingelassen mit dem verschlossenen Gesicht Martins, sah es sich an ohne Scham. Was ihre Augen diesem Gesicht sagten, sollte Martin nie erfahren:
Überschwer ist dir dein Leben geworden, nun willst du dahinfahren. Mit Ruths Todeserfahrung kommt alles in Fluß, aber du willst über den Styx, hast vielleicht die längste Zeit in der Todeszone gehaust und Ruth dorthin gezogen, bis ihr heimatlich geworden ist in der Gewöhnung an die Versuchung zum Tod. Du hast sie ja nicht stehenlassen in der Kälte der Todesangst, du Ritter von der traurigen Gestalt, du dreifach geschlagener Ritter, bist selbdritt über die Schneefelder geritten und hast dich fortziehen lassen in Melancholie. Du mit dem schönen Reiternamen und dem Mantel, der Ruth nicht hat wärmen können, du törichter Ritter zwischen Tod und Schlaf. –
Das Bild, das Ruth von der Wand nahm, hast du, lieber Martin, es nicht vermißt? Weißt du nicht, wo Ruths Don Quijote ist? Hast du ihn an dich genommen, du mit den überlebten Einsichten und verführerischen Leitsprüchen,

die Fleisch und Blut verdarben, deines und fremdes. Und nun willst du dahinfahren, daß ich wieder eines Tages im Schnee gehen muß und singen: geht ihr Toten, geht von mir, droht mir nicht von beiden Seiten, daß mein Fuß nicht möge gleiten, und ich in die Grube falle, die du gegraben hast, Martin, mit deinen voreiligen Reden über das Recht auf den eigenen Tod in ruhiger Gelassenheit, erwogen in der Ruhe der Vernunft, einer Schwermutsruhe aber deines Lebens, du von der traurigen Gestalt, neben der du Ruth heimisch gemacht hast, neugierig auf die Nachbarschaft von Schlaf und Tod. Jetzt, in der Erschöpfung, verwechselst du Tod und Schlaf, aus dem einer nachbarlich wieder zu sich und den anderen kommt. Du hast dich gedacht als einen, der, sich mühselig hinschleppend, nur noch weiterlebt. Wohin du uns ziehst, wollen wir dich nicht begleiten. Weil ich Ruth sehr vermisse, geht mir dein Zustand nahe. Ich glaube dir nicht, was du mors voluntaria nennst, dies freiwillige Sterben als äußerste menschliche Handlung. Fahren lasse ich dich nicht, weil du dich entziehen willst mit einem Todesverständnis, in dem die Beendigung des Lebens als Befreiung erscheint. Freitod, ein menschliches Grundrecht? Ach, Martin, ein anderes wüßte ich, das Grundrecht zu scheitern, menschliche Nachbarschaft in Niederlagen schließt es nicht aus. Vielleicht müssen wir uns deiner entledigen, uns ablösen von dir, von unserer Angst um dich auch. Es wird die Zeit kommen, in der wir dich zurücklassen, damit wir aufbrechen können, um die Gestalt unseres Scheiterns zu erfahren, wenn es sein muß. Ich will dich nicht mehr als Drohung im Rücken spüren. Mehr als einen Toten, der sich das Leben nahm, kann ich nicht tragen. Lieber nehme ich Leben und Niederlagen an, soviel ich aushalten kann, aber du sollst nicht zu meinen Niederlagen gehören, du nicht. Verbannen lasse ich mich in dieses stickige Zimmer nicht, sagte Bettina laut. Martin stellte das Gerät ab, sah Bettina

freundlich an und meinte, aber nein doch, und dann, als käme er aus einer erinnerten Welt, der er die ganze Zeit nachgehangen hatte:
Ruth hat mich vor diesen Fenstern gewarnt, ich gehe und öffne eines für dich, du bist doch ein freier Mensch.
Als Martin zum Fenster hinüberging, trat er auf die Schallplatten mit den Goldbergvariationen, die er selbst auf den Boden vor das Fenster gelegt hatte.
Es gab ein widerwärtiges Geräusch.
Die alten Platten, sagte Martin, du weißt, sie zerbrechen so leicht.
Ja, sagte Bettina, mach das Fenster auf, dir geht es nicht gut.
Später rief sie Jan an und sagte: nein, getraut habe ich mich nicht, aber die Platten sind zerbrochen. –
Ob das Absicht war, darfst du mich nicht fragen.
Martin erbarmte Bettina, weil er unfähig blieb, sich seinem Schmerz unmittelbar auszusetzen. Sie selbst hatte es im Sommer nach Ruths Tod gelernt.
Seit jenem Tag fand sie in die Gegenwart zurück und genas.

Bettina liegt im Gras, allein. – In einen Kornblumenhimmel gleiten Mauersegler über den rotleuchtenden Kirschbaum davon. Geruch von Erde mengt sich in den strömenden Duft der Heckenrosen.
Von fernher das Klirren des Teegeschirrs, das Aufschlagen der Pingpongbälle, Getrappel von Kinderfüßen beim Rundlauf. Ihr lautes Auflachen.
Bettina hat die Arme ausgebreitet, empfindet herzliche Zärtlichkeit für den vollkommenen Junitag, blinzelt in das noch immer helle Grün der Bäume. Wind spielt mit den abgefallenen Mohnblättern. Vom Beet her wehen sie in die Wiese zu Bettina herüber.
Plötzlich stimmt nichts mehr für sie an diesem Tag.

Schon hört Bettina sich mit einer Toten reden: Hast du nicht einmal gesagt, du willst im Sommer sterben, da vergißt man die Toten so leicht? – Ich sehe dich nicht mehr, wie du es sagst, kann mir dein Gesicht nicht mehr vorstellen und nicht deine Stimme. Wie hast du mich damals angesehen?
Ich weiß es nicht.
Bist du damals schon umhergegangen mit der Versuchung zum Tod? Ich will es wissen.
In Träumen manchmal, da kenne ich noch deine Stimme. Wenn ich erwache, vom Wiedersehen mit dir überwältigt, ist deine Stimme ein Geräusch unter Geräuschen. Nein, deine Stimme ist wie nie gewesen –. Auch dein Gesicht muß ich erst erfinden und auch dein Lachen, damit es dir heute vergeht, wenn ich dir sage: ich bin dir gram, du hast mir den Sommer genommen.
Soll ich dich ratlos stehenlassen? Soll ich dir die weit vom Körper gehaltenen Arme Ruths geben, die mit den geöffneten Händen? Ich könnte dir Schuld hineinlegen, so viel und schwere Schuld, daß der Arm niedersinkt wie die Schale der blinden Gerechtigkeit. – Du hast keine Augen mehr, das Gewicht der Schuld soll dich auf den Boden ziehen. Hierher. Zu mir, wo ich liege, wo du mir den Sommer verdirbst, in den ich dich nie mehr locken kann.
Als ich in der Windstille lag, dachte ich nicht an dich, jetzt will ich dich schelten –: du, unwandelbar noch, wenn der Baum mit den kahlen Ästen hinausgreift ins Licht und ich verwildere in der Dämmerung –. Zum erstenmal vergeht der Sommer ohne dich. Wir lassen dich schon aus dem Spiel –, soll ich dich lachen lassen über unseren Wettlauf mit der Zeit? Das Ziel, dein Todestag, der Tag der Wiederkehr –
Du hast mir den Sommer vergällt, und ich schäme mich der Totenschelte nicht. Im Zorn denke ich an dich. Lasset die Toten ruhen, noch gilt es nicht. Mit dir ist noch zu

rechten, die du auch die Lebendigen nicht ruhen läßt. Noch nicht im Frieden sollst du gegangen sein, um auszuruhen. Noch nicht.
Anklagen will ich dich, bevor ich dich bitte, sieh dich nicht mehr nach mir um, wie ich mich nicht mehr umwende nach dir. Geh aus diesem Garten mit Schritten, die ich nicht kenne. Laß mir den Sommer, den du nicht mehr hast kennen wollen. Sieh dich nicht um, einer schleicht dir nach, er hat Martins Gesicht. Er wird uns den Winter verderben.
Nie habe ich dir die Gleichgültigkeit der Toten geneidet. Heute sind meine Kinder einen Wiesenabhang hinuntergerollt. Still blieben sie mit ausgebreiteten Armen liegen, ausgestreckt unter dem Sommerhimmel.
Bettina, riefen sie, bist du noch da? Vergrab uns im Heu. Sie lachten, als ich auch ihre Gesichter bedeckte. Mir aber kamen die Tränen.
Was werde ich ihnen antworten, wenn ich sie finde – mit dem Kopf auf den Armen, am Tisch vielleicht oder bäuchlings unter der Decke, wenn sie mich fragen: Bettina, bist dus, warum lebt man? Ich werde ihnen deinen Lieblingssatz sagen. Du hast ihn verraten: *Swer daz leben vrâgete tûsent jâr: war umbe lebest dû? solte ez antwürten, ez spræche niht anders wan: ich lebe dar umbe daz ich lebe.*
Hättest liegen bleiben können, Ruth, wie die Kinder, und rufen: Bettina, bist du noch da?
Ja und Ja.
Die Zeit wird kommen, in der die Kinder den Ruf verlernen, und ich werde dich gehen lassen wie einen Tag in den Abend, sooft ich denke an dich.

Selten schrieb Martin Briefe. In der Regel waren sie kurz. Gegen Winterende aber fand Bettina einen Doppelbrief im Briefkasten. Sie war mit den Kindern unterwegs zum

Schlittschuhlaufen auf dem Alstereis. Zum erstenmal war der Fluß gefroren, seit Bettina in Hamburg wohnte. Während sie Achten zog auf dem Eis, las sie Martins Brief. Er erzählte eine lange Geschichte über den Gefallenen Engel. Die Geschichte war für die Kinder gedacht. Ganz am Ende erst fand sich die entscheidende Mitteilung des Briefes. Martin freue sich auf seinen Geburtstag, er lade alle Freunde Ruths dazu ein, ganz besonders herzlich aber Bettina, der er danken wolle für die Geduld, mit der sie bei ihm ausgehalten habe, bis die Motette ihm wahr geworden sei. An seinem Geburtstag sei es soweit, er wisse es und fühle sich heiter.

An Martins Geburtstag, es war ein milder Tag im April, fanden sich Jens, Jan und Bettina in Tills Wohnung ein, und bevor sie sich gemeinsam auf den Weg zu dem Konzert machten, versprachen sie sich gegenseitig, unter allen Umständen, was immer auch geschehen möge, zu Martin zu halten und ihn vor der Reaktion eines vielleicht grausamen Publikums zu schützen. Das Publikum war weder grausam noch unverständig, das Publikum war hingerissen.

Der Schlußton war lange verklungen. Martin stand noch immer mit erhobenen Armen, drehte schließlich langsam die Handflächen nach oben und verharrte in der Haltung des Lauschenden. Dann verließ er mit schweren Schritten den Raum, ohne sich den Zuhörern auch nur einmal zuzuwenden.

Eine von Augenblick zu Augenblick befremdlichere Stille breitete sich im Raum aus, bevor ein gewaltiger Beifall über den Chor hereinbrach. Die Sänger standen ratlos, warteten nicht lange auf Martins Rückkehr. Als die ersten das Podium verließen, deutete man es als einen Versuch, Martin zurückzuholen. Man dankte es mit stetig sich steigerndem Applaus. Trampeln hörte man und auch Pfiffe, freundlich klangen sie nicht. Martin kam nicht zurück,

der Chor löste sich auf, in Grüppchen gingen die Sänger hinaus.
Mit Spannung und zwiespältiger Neugier war die Aufführung erwartet worden. Daß Martin sich einfach entzog, wollte niemand geahnt haben. Noch im Konzertsaal entbrannte heftiger Streit über die Zumutbarkeit einer Aufführung wie dieser, die man einzigartig nannte, höchst eigenwillig, und doch der Musik Brahms' auf eine bis an die Grenzen der Parodie angemessene Weise entsprechend. Der Musikkritiker weigerte sich, über den Abend zu schreiben, die faire Trennung zwischen Sache und Person sei ihm nicht möglich.
Martin hatte zu sich ins Haus geladen. Die Tür stand weit offen, die Räume füllten sich schnell. Mancher war gekommen, der Martin noch nie persönlich gesprochen hatte. Viele waren dabei aus früheren Tagen der Chorgemeinschaft. Martin hatte ihre Adressen ausfindig gemacht, nun fanden sie in seinem Haus, längst in die entlegensten Städte verstreut, wieder zusammen. Till nahm die Geburtstagsgeschenke für Martin in Empfang. Bettina stand im Badezimmer, ordnete Blumen zu riesigen Sträußen, legte sie in die Wanne, die sich schnell füllte und an ein frisches Grab erinnerte. Till warf weitere Sträuße durch die Tür, bis Bettina sie von innen verriegelte.
Der Gastgeber fehlte noch immer.
Ich danke Ihnen allen, sagte Martin, als er schließlich vom Garten her ins Haus trat. Die Gäste empfingen ihn mit dem Beifall, dem er sich im Konzertsaal hatte entziehen wollen. Kaum war es ruhiger geworden im Raum, holte Martin aus zu einer langen Rede über Brahms, über dessen glücklich-unglückliche Freundschaft zu Robert und Clara Schumann, über seine schwer nachvollziehbare Haltung gegen den Tod. Martin nannte Brahms' Musik ein Zeugnis dunkel-seliger Sehnsucht, zu der er sich diesen Tag noch einmal von neuem bekenne.

In Brahms' Musik, insonderheit in seinem letzten großen Vokalwerk, den Vier Ernsten Gesängen, habe er den höchsten Ausdruck der Melancholia gefunden, für die es noch immer keine Menschensprache gebe, allenfalls eine angemessene Umschreibung in Tönen, vor denen sich selbst Brahms in den Nächten der genaueren Einsicht gefürchtet habe. Brahms habe nicht einmal einer öffentlichen Aufführung der Vier Ernsten Gesänge beigewohnt, sie Schnadahüpfln genannt und verflucht ernsthaft in einem. Die Darstellung von Todesverlangen und Todesfurcht in Konzertsälen sei für Brahms eine Frage nach der Redlichkeit der Trauer gewesen, er habe sich nicht beklatschen lassen wollen für den Satz: *Da lobte ich die Toten, die schon gestorben waren, mehr als die Lebendigen, die noch das Leben hatten.* – Er aber, Martin, freue sich zuzeiten des Tages seiner Geburt, der gleichzeitig der Sterbetag Brahms' sei, was ihn, Martin, zeitlebens beschäftigt und getröstet habe, und Brahms sei sein Lehrmeister geworden in der Kunst des Sterbens.

Martin hob sein Glas, wunderte sich keinen Augenblick, daß seine Gäste längst mit Gläsern versorgt waren, und fuhr fort:

Ich heiße Sie alle willkommen an diesem Zwillingstag, welch heitres und leichtes Ende eines mühsamen Tages. Welch denkwürdiges Beisammensein, liebe Freunde, bei mir heute abend. Ich, ledigen Gemüts dieser Tage, habe auch in meinen Tönen gesprochen wie der andere, und meine Dankesbezeugung an Sie alle heißt: ich rechtfertige nicht die Mühen der Einstudierung, ich müßte das Bekenntnis zu einer unvergleichlichen Freundschaft infrage stellen, und das kann ich nicht. Bei den Mühen um die Motette schlug ich Brahms als Lehrer nicht nach. Sanft und geduldig bin ich nicht gewesen, aber, ihm ähnlich, streng und bestimmt, nie gleichgültig, wenn auch manchmal gereizt. Aber ruhig in der Freude und ruhig im

Schmerz und Kummer ist der schöne, wahrhafte Mensch, hat er gesagt, der mir vertraut ist wie keiner und sich nicht schämte, über eine musikalische Arbeit zu sagen: da habe ich mich von meiner letzten Liebe losgemacht. Und immer hat er sich kurios geplagt dabei, habe ihn gut gekannt und wiedererkannt in den fallenden Melodien und großen Aufschwüngen, in denen die Melancholia haust. Brahms, mein friedfertig Greisengespiel bis auf den heutigen Tag, auch draußen am seltsamen Ort unter den Schlehenhecken, wie Sie vielleicht nicht wissen.
In Räuspern erdrücktes Gelächter dann. Das ist zu viel, erspare er uns das, hörte man sagen. Mit der größten Teilnahme verwies eine andere Stimme den Vorwurf. Er ist ein lauterer Mensch, hieß es; ja, das ist er, bekräftigten andere.
Martin sah ins Leere, mit einer Neigung des Kopfes zum Garten hin, überhörte die Unruhe im Raum und fuhr fort:
Hab mich erkühnt, mich an ihn zu halten. Nun ist es soweit. Eine große Stille mag hereinwehen, und ich jappe nicht mehr nach Worten. Endlich. Meine Freunde, es ist Platz für Sie alle in meinem Haus – in der Stille nach all den Mühen. Die ganze Gesellschaft im Schatten –. Sie, meine Liedgesellen, übertäuben die Stille nicht, daß man hören kann, wie einer sich den Tod holt, ja. Die Nacht ist gekommen, da die Liedgesellen sich ausruhen mögen bei mir neben dem seltsamen Ort unter den Schlehen. Bezwungen die Fahrt im Karren, mit ritterlichem Vorbeisehen am hündischen Begleiter unter dem Roß, die Windungen des Wegs aus der Mulde –. Des Gepolters überdrüssig bin ich, vorbei an Gletscherseen, ich bin zu Fuß gekommen heute abend. Getrost aber und gegürtet mit Frieden. Erdabwärts. Ja, so bin ich gekommen. – So bewohnt ist heute mein Haus und so bestellt für die Feier. Die Nacht ist gekommen, da die Geduldigen sich ausru-

hen mögen bei mir. Seid herumgegangen manchmal auch draußen mit mir bei den Schlehen und habt nichts gewußt von der beschwiegenen Menschenseele draußen bei den Brocken. Unzerstörbar aber meine Treue, auch in der Verfehlung. Im Wiegenlied, manchmal unter den Schlehen hörbar, *Komm oh Tod, des Schlafes Bruder* – hat die Menschenseele fortgeführt und voraus auch an sicheren Port. Um bei mir zu sein, Freunde, seid ihr gekommen, mein Nacken ist gebückt, der Nachen aber ganz im Schatten und alles im Fluß, meine Begleiter in die Totenstille –. Meine Dankespflicht in der Totenstille –. Ein Bekenntnis zur Freude und nicht in Worten. Kein Mißklang mehr in den letzten Takten. Mit Fried und Freud fahr ich dahin. Kein Stapfen mehr, ein Fahren. Dahin, und nicht auf der Stelle treten, so stier. Mit den Wunden. – Auch ihr habt mir gesungen, was mich überschreitet, wahrheitsgetreu habt ihrs verklingen lassen im allerletzten Satz der Motette, die mir die liebste geblieben ist, auch dort draußen, und ihr wußtet es nicht.

Martin wies mit dem Finger zurück über den Kopf hinaus in den Garten. Finsternis flutete herein. Die Gäste begriffen die Abdankung nicht. Ihr bewegender Ausdruck, mißverstanden als taedium vitae, hielt sie gefangen. – Es blieb vollkommen still im Raum, bis Martin bleiern und schleppend zur Terrassentür hinüberging und sie schloß. Mit dem Rücken gegen das Glas gelehnt, blieb er stehen und schüttelte den Kopf. Bin kein gebrochener Mann, in die Jahre gekommen eher, in denen kein Einsehen mehr ist mit Leviathan, der als Technokrat daherkommt heute, nicht mehr gehörnt und bewaffnet mit der Spitzhacke. Der hört uns heute mit verworfenen Systemen, gibt uns einen Beweis für die Beständigkeit des Bösen. Im Stundenglas, das sein Nachbar in der Hand hält, ists einerlei Sand, rinnt aus demselben Glas hinaus und uns in die Augen, am Ende der Tage, wenn wir das Licht nicht mehr

sehen, das uns gegeben ist, uns, den Geduldigen, die wir ein Einsehen hatten miteinander all die langen Tage. Niemand weiß, wo sie liegt, *die Stätte des Verstandes; sie wird nicht gefunden im Lande der Lebendigen*, das ist bekannt. *Der Abgrund und der Tod sprechen: wir haben mit unseren Ohren ihr Gerücht gehört.* Weiter nichts? Es soll nicht mehr gelten, *dein Bund wird sein mit den Steinen auf dem Felde.* Nein.
Martin, der redend in sich zusammengesunken war, reckte sich auf, sah die zu Boden gesenkten Köpfe seiner Gäste, und mit plötzlich heiterer Stimme sagte er in die vollkommene Stille: meine Worte gehen irre, erlauben Sie, daß wir den Brahms noch einmal hören.
Martin hatte das Konzert mitgeschnitten, saß nun vor dem Bandgerät, sah zu Boden, und eine Minute oder länger hörte man das Surren der Leerspule, dann Tritte aus dem Konzertsaal, Hüsteln und Papiergeraschel.
Um Martin aber blieb es still. Nur, einige mochten die Zumutung nicht länger hinnehmen. Vom Gastgeber unbeachtet, drückten sie sich hinaus, sprachen draußen im Flur laut ab, wo sie, der Bestürzung und Irritation in Martins Gegenwart zum Trotz, eine beschwichtigende Mahlzeit einnehmen wollten. Dann hörte man ein kurzes Auflachen, und einer sagte: nun laßt den Alten doch, er hat die Musik nun einmal so gern. Die Haustür fiel ins Schloß, Martin zuckte zusammen. – Da erklang auch schon das ‹Warum, warum, warum ist das Licht gegeben› in der weiten Dehnung der Silben. Martins Schultern hoben und senkten sich im Rhythmus der großen Intervalle, er nahm die Stirn zwischen die Hände, sie glitten langsam vor seine Augen, entzogen das Gesicht den hilflos entrüsteten Blicken. Im Pianopianissimo schwang noch einmal der Satz durch den Raum: der Tod ist mir Schlaf worden. Das laute Knackgeräusch am Ende des Bandes erschreckte Till derart, daß er aufsprang. Die anderen deuteten es als

Aufforderung und folgten Till in einen Nebenraum, wo Till nun, unversehens verantwortlich gemacht für den Fortgang des Abends, zu einem kalten Buffet lud, das Martin hatte bringen lassen.

Stimmen der Empörung, Spott und Mitleid vestummten erst, als Martin hinzutrat und, mit einem Stück Weißbrot in der Hand, die Gäste bat, aus früheren Zeiten der Chorarbeit zu erzählen. Er lächelte über die wortkarge Weigerung der meisten, sprach dann den Gästen mit bewegtem Gesicht über das paradoxe Gelingen des Endes. Die Gäste wußten nicht, wie sie die Sinnverkehrung der Sätze Martins aufnehmen sollten, zu unverstellt sprach er von sich selbst, während er sich ganz und gar in die Huldigung einer Partitur verlor.

Schonend zogen Jan und Bettina ihn in ihre Nähe, und er überließ sich fortan schweigend ihrer Gegenwart. Till aber blieb die Rolle des stellvertretenden Gastgebers. Er wünschte sich mit den Freunden aus dem Haus, verteidigte Martin nicht, als man ihn einen kranken Mann nannte und die Regeln freundlicher Rücksicht im Laufe der Nacht außer acht ließ.

Im Garten bei Ruths Steinen fanden die Freunde noch einmal zusammen, waren allein miteinander. Nun bin ich vollkommen einverstanden mit dem Ende, sagte Martin, kein Mißklang stört den Frieden. Wie habe ich mich gesehnt, es eines Tages sagen zu können. Ihr seid meine Zeugen, und ich freue mich, daß wir gerade hier noch einmal beieinanderstehen. Getrost ist mir mein Herz und Sinn. Ich danke euch, daß ihr gekommen seid.

Mein Herz und Sinn, sagte Till, sind weder sanft noch stille, wenn ich dich ansehe, Martin. Ich frage dich nicht mehr, was du mit der Motette zum Schweigen gebracht hast: den Chor, deine Klage oder vielleicht dich selbst. Hier stehen wir in Friedhofsruhe. Ich denke aber nicht daran, auf Ruths Steinen sitzen zu bleiben für den Rest

meiner Tage und zu grübeln, wie man leben soll in der Welt, daß es auch dir zumutbar wäre, bei uns zu bleiben. Ein lebendiger Mensch will ich sein und nicht zusehen, wie du es uns vormachst, so musikalisch zu sterben. Ich habe nicht vor, mit dir vor Ruths Steinen noch länger stehen zu bleiben, als wären wir auf einem Friedhof, wo wir uns von dir verabschieden, geradenwegs vor deinem Grabstein. Du hast kein Recht auf Ruths Steine.
Auf diesen beiden Steinen bleiben wir aber hocken, sagte Jan und setzte sich auf den größeren der zwei.
Martin zog ihn entsetzt beiseite. Bettina lachte einfach: du lebst ja noch, Martin.
Dann setzte sie sich neben den anderen Stein und hörte kopfschüttelnd zu, wie Martin schalt.
Ihr habt, sagte er zuletzt, nicht viel verstanden.
Wir haben etwas anderes verstanden als du, sagte Till. Wir halten es in der Nachbarschaft dieser Steine aus. Ich könnte einen von Ruths Steinen neben meinen Kopf legen und ihn jeden Morgen, wenn es hell wird, ansehen, ja, das könnte ich, Martin. Gib mir einen der Steine, mich würde er nicht mehr unmäßig beschweren.
Ihr habt keinen Respekt vor dem Tod, sagte Martin, legt mir die Steine später zu Häupten auf mein Grab, ich bitte euch darum.
Wir haben Respekt vor den Toten, sagte Jan, das ist eine andere Erfahrung. Mit unserer Zukunft hat sie zu tun und nicht mit deiner Beerdigung. Zu der komme ich nicht, schon gar nicht mit den Steinen. Zu dir, muto sasso, gehören sie nicht. Wir haben nicht ausgesungen, halten in Zukunft aber wohl öfter einmal den Mund, wenn man uns nach den Regeln des guten Lebens fragt. In Fried und Freud mit meinen Kindern zu leben will ich noch immer lernen, und wenn wir tausendmal scheitern daran, wir werden fortfahren und uns nicht sehnen, dahinzufahren wie du –

Martin ging ins Haus und holte Gläser. – Darauf wollen wir trinken, sagte er dann leise, und der Wein schwappte über. Bettina stellte ihr Glas auf den kleineren der beiden Steine. Es kippte um, der Wein rann über den Stein.
Es macht nichts, sagte Jens. Bald wird es hell, und es kommt die Zeit des Abschieds, Martin. Hast du einmal, seit du die Steine im Garten hütest, an jene Geschichte gedacht, in der ein Mann in Todesangst einen Stein zu seinen Häupten legte? Auf der Flucht war er vor einem Menschen, in dessen Schuld er sich wußte, und der wollte ihn erwürgen. Angstvoll war der Mann bei seinem Stein eingeschlafen. Beim Erwachen war die Furcht von ihm gewichen, er hatte etwas in der dunkelsten Stunde der Nacht verstanden. Genau neben der Mordwaffe, neben dem Stein, begann seine Zukunft, und verwundert sagte der Mann zu sich selbst: ich wußte es nicht. In der Morgenfrühe nahm er den Stein, richtete ihn auf und gab ihm den Namen der Zukunft. Das Zeichen des Endes ist ihm zum Zeichen des Anfangs geworden. Du, Martin, wehrst dich, beschwert von Ruths Steinen, gegen das Leben. Die Steine gehören dir nicht einmal.
Der Mann in der alten Geschichte hatte einem anderen die Zukunft geraubt. In finsteren Tagen haben auch wir dir diesen Vorwurf gemacht, das weißt du. Aber ein Räuber bist du nicht wie jener, der in der Nacht allein blieb vor einer Furt mit seiner namenlosen Angst. Dort hat er mit dem Tod gekämpft, und er gewann gegen ihn, hat sein Janusgesicht erkannt. So ist seine Seele genesen, ein strahlender Held war er nicht. Martin, du weißt es, die Sonne ging ihm auf, und er hinkte fortan. Der mit der verrenkten Hüfte hat ihn, der ihm ans Leben wollte, vergeblich nach seinem Namen gefragt. – Warum fragst du? sagte sein Widersacher und gab den Weg frei in die Zukunft. Gezeichnet für immer, kehrte der Gewinner oft an den Platz zurück, an dem er den Stein errichtet hatte.

Dort stand er im Zwielicht und erinnerte daran, wie Tod und Leben zum Verwechseln einander ähnlich sind. Davongefahren in Fried und Freud – zur falschen Zeit – ist er nicht, hat die Zweideutigkeit des Lebendigen vorgezogen.
Ja, ja, nickte Martin vor sich hin, die Alten mit ihren Geschichten, lehrt sie eure Kinder. Ich bin müde und möchte hineingehen, es war ein langer Tag, und mich verlangt nach Schlaf.
Martin winkte die Freunde ins Haus, sie blieben aber hinter ihm zurück und folgten ihm nicht, sahen ihn von weit durch die Terrassentür treten, schwiegen und ließen die Helligkeit heraufziehen, bis sie ihre Gesichter im Frühlicht deutlich erkannten.
Es tagte.
Martins Haus war noch immer hell erleuchtet. Wie vergessen ging er zwischen den letzten Gästen umher.
Als sie gegangen waren, umarmte Bettina Martin lange.
Ich bin, wie oft, die letzte, die geht, sagte sie.
Es ist das Natürlichste der Welt, lächelte Martin und küßte Bettina auf die Augen.

Ratlos saß Martin vor Bettinas Seiten:
Ich habe Menschen nie verstanden, die einander nicht ansahn, wenn sie sagen wollten, wovon ihr Leben abhängt. Auch Ruth hat es zuletzt nicht mehr gekonnt. – Du bist vor Deinem Tonband gesessen, hast auf die drehenden Räder gestarrt, und ich war Dir gegenüber. Nicht einmal sahst Du auf, behütetest das Band, es riß doch nicht, warum warst Du so besorgt?
Mit der Frage: warum ist das Licht gegeben dem Mühseligen, willst Du uns allein lassen, ich weiß schon. Aber Du hast mit dem Alleinlassen früher angefangen, als Dir lieb sein kann.
Unbemerkt sind einige Deiner Gäste gegangen, weil sie Hunger hatten abends um zehn, und von dem kalten

Buffet hast Du ja nichts gesagt. Ich habe Leute miteinander weggehn sehen, die sich jahrelang nicht mehr getroffen hatten. Manche erkannten sich nicht gleich wieder, sagten dann, ach ja, du auch, natürlich, damals die Stelle in Monteverdis L'Orfeo. Dann haben sie vielleicht einen guten Abend miteinander gehabt, und Du bist mit Deinem Band alleingeblieben, ich weiß nicht, wie lange. Mit Deiner Frage, die Du singen läßt, weil Du sie nicht mit eigenen Worten zu stellen wagtest, warst Du auch allein. Du willst uns verlassen unter dem schönen Geleit der Töne, ich finde es gemein. – Hast Du das Licht nicht genossen, als die Tage Dir heller schienen und Ruth noch neben Dir war? Hast Du nicht mit ihr, mühselig, Lichtländer gesucht? Griechenland, Jugoslawien, Italien. Und die Frage, warum ist das Licht gegeben dem Mühseligen, sie war Dir nie gekommen?

Das Licht in bösen Tagen willst Du nicht aushalten, weil Du sehend geworden bist unter diesem Licht, und auch Du weißt, als die Welt erschaffen wurde, war es finster auf der Tiefe. Die Alten lassen ihren Gott zuerst sagen, es werde Licht – und Gott sah, daß das Licht gut war. – Ist es Dir nicht gut gewesen die allerlängste Zeit? Du wolltest nur Ruhe haben wie er, der das Licht erschuf, weil Leben schaffen mühsam war und er sich ausruhen mußte danach. Er war sehend geworden, vielleicht wie Du: die Schöpfung war nicht gelungen, Gott war allein, und er brauchte einen, der ihm gleich sei. Er hat ihn sich als Zuhörer und Mitschöpfer erfunden. Der erste Mensch hat zugehört, als das Wort Warum in die Welt kam. Nicht die Menschen haben das Fragen in die Welt gebracht, sondern er, der sie schuf. Es macht mich lachen. Unsere Welt ist noch nicht fertig, solange das Warum in ihr zu hören ist.

Warum habt ihr wissen wollen, was gut und böse ist um den Preis des Todes? Warum schlugt ihr tot um den Preis

der Zukunft, wie es bei Kain gewesen ist, der für immer ausgesondert war? Ein Totschläger immerhin, Martin. Die Schöpfung war mißlungen. Du weißt es, wie es die Alten gewußt haben, also wen fragst Du –
Mich hast Du nicht gefragt, Du hättest herüberschauen können zu mir, und Du hättest in meinem Gesicht gesehen, auch ich weiß die Antwort nicht, und ich brauche sie nicht zu wissen.
Sehend sind wir dem Gott gleichgeworden, auf dessen Ruheverheißung Du Dich berufst, und noch einmal sage ich Dir, selbst ein Gott ruhte sich angesichts einer mißlungenen Schöpfung nur aus, sterben wollte er nicht. Willst Du radikaler sein als er, ist das Dein Trotz? Der des anderen war lebendiger. Als ein Mensch scheiternd, lieber Martin, wurde er ein guter Verlierer, denn er hat es nicht dabei gelassen. Da hast Du meinen Ostertrotz. Ich wünsche ihn Dir. Ich möchte die Welt nicht fahren lassen, weder in Fried noch Freud, wohin nämlich –
Es grämte Gott und es leidete ihn, daß es ihm fehlschlug mit den Menschen. Er ersäufte die Welt und rief sie trotzig wieder. Ein Paar von jeder Kreatur in die Arche. Und der Gotteswitz daran, Martin, es war wieder über dem Wasser, über dem der Geist schwebte, bevor das Unglück seinen Lauf nahm. Und Du willst dahinfahren, vielleicht, weil Du nicht sagen kannst: hier bin ich, und sieh, wir sind ein Paar. Es können auch einzelne trotzig überleben und Scheitern zulassen, Martin, weißt Du es nicht? Es muß nicht gut sein, was einer sieht.
Die Geduld Hiobs habt ihr gehört, heißt es in Deiner Motette. Gewonnen hat Hiob am Ende, starb alt und Lebens satt, der Teufel hat die Wette verloren. Wo ist Deine Geduld, es muß ja nicht immer gleich der Teufel um sie wetten, vielleicht genügt es, daß ich Deine Geduld sehe und meine an ihr wachsen könnte. Ich grübe sie nicht aus dem Verborgenen, sondern teilte Arbeit mit Dir, wir nähmen

die Welt miteinander an. Dieses Flickstück, diesen elenden Fetzen mit den schönen Webstellen darin, eine Allerleirauhdecke auch für die tote Ruth. Darunter könnte sie ruhn, ich weiß es, und habe es Dir nie gesagt –